सर्वर डाउन है
(व्यंग्य संग्रह)

सर्वर डाउन है

यश मालवीय

लोकभारती प्रकाशन
पहली मंजिल, दरबारी बिल्डिंग, महात्मा गाँधी मार्ग, इलाहाबाद-1

लोकभारती प्रकाशन
पहली मंजिल, दरबारी बिल्डिंग, महात्मा गांधी मार्ग
इलाहाबाद-211 001

वेबसाइट : www.lokbhartiprakashan.com
ईमेल : info@lokbhartiprakashan.com

शाखाएँ : 1-बी, नेताजी सुभाष मार्ग, दरियागंज
नई दिल्ली-110 002
अशोक राजपथ, साइंस कॉलेज के सामने
पटना-800 006 (बिहार)

प्रथम संस्करण : 2012

मूल्य : ₹ 325

इण्डियन प्रेस प्राइवेट लिमिटेड
इलाहाबाद-211002 द्वारा मुद्रित

SERVER DOWN HAI
by Yash Malviya

ISBN : 978-81-8031-649-4

जिनसे व्यंग्य की
समझ मिली ऐसे
अपने अजय
भइया के
लिए

अनुक्रम

•

ब्रेकिंग न्यूज़ देखते हुए

ब्रेकिंग न्यूज़ देखते हुए बहुत-कुछ ब्रेक हो जाता है मन के भीतर। यह ब्रेक कभी ऑफ़ ब्रेक होता है तो कभी लेग ब्रेक। क्रिकेट की भाषा में कहें तो कभी इनस्विंग होता है तो कभी आउटस्विंग। कभी दायें से चोट लगती है तो कभी बायें से। हादसों की गुगली ही क्लीन बोल्ड मार देती है। ज़िन्दगी की गाड़ी ही जैसे स्पीड ब्रेकर पर आ जाती है। सब-कुछ रुक जाता है, थम जाता है। हर रफ़्तार बन्द घड़ी-जैसी हो जाती है। बहुत-कुछ टूटता-फूटता है, जब ब्रेकिंग न्यूज़ आती है। यह न्यूज़ एक्स्ट्रा प्राउड के साथ दिखायी जाती है। टी. वी. सेट पर लाल-नीली पट्टी चलती है। यह न्यूज़ प्रायः तबाही के मंज़र पेश करती है। कहीं प्यास से चटखी और दरकी हुई ज़मीन दिखती है तो कहीं पानी-पानी हुई मुम्बई दिखायी देती है, कहीं दुष्यन्त कुमार कहते हैं—

बाढ़ की सम्भावनाएँ सामने हैं,
और नदिया के किनारे घर बने हैं

और कहीं पेट के बल पड़ी नावें नज़र आती हैं, सूखी नदी पर रेत के बादल उड़ते हैं, मधुरिमा सिंह कह उठती हैं—

पानी ने रास्ता बदल जो दिया
वो नदी अब ज़मीन लगती है

बिजली-पानी का संकट होता है, ब्रेकिंग न्यूज़ आती है। भूख का ताण्डव होता है, ब्रेकिंग न्यूज़ आती है। बड़े शान से 'गुलशन का कारोबार' चलता है। दहशत कलर टी. वी. में और भी अधिक ईस्टमैन कलर में लुभाती है। आम आदमी आँखें फाड़कर देखता है। बीच-बीच में ड्राइंग रूम में चाय नाश्ता भी चलता रहता है। एनाउन्सर मुस्कुराता है। या मुस्कुराती है, हालाँकि ख़बर फूट-फूटकर रोनेवाली होती है। ब्रेकिंग न्यूज़ देखते हुए थाट जरनी का ही जरनी ब्रेक होने लगता है। ब्रेकिंग

न्यूज़, ब्रेक के बाद जारी रहती है। इधर भूख से बिलबिलाते बच्चे दिखते हैं तो उधर लजीज़ खाने की रेसिपी दिखायी जाती है। वनस्पति घी के तालाब में मछली-सी तैरती पूड़ियाँ मुँह में पानी लाती हैं। कहीं रेल का बजट आता दिखता है तो कहीं कोई रेल पटरी से उतर जाती है। राहत सामग्री के पैकेट गैस के गुब्बारों से हवा में उड़ते हैं, आदमी के हाथ नहीं आते। चैनल-चैनल का खेल चलता है। कैजुअल्टीज मनोरंजन का साधन बनती हैं। हर चैनल पर ब्रेकिंग न्यूज़ का तोहफ़ा मिलता है, बस रिमोट का बटन पिटिर-पिटिर करना होता है, बस इतना करने भर से 'आदमी ठीक से देख पाता नहीं और परदे पे मंजर बदल जाता है।' ब्रेकिंग न्यूज़ नर्वस ब्रेक डाउन भी करती है। आदमी हदस जाता है, हालाँकि बहुत-से आदमी ऐसे भी होते हैं, जिनका बग़ैर ब्रेकिंग न्यूज़ देखे हुए खाना ही नहीं पचता। ब्रेकिंग न्यूज़ में बुरी ख़बरों का परसेण्टेज़ ही डोमिनेट करता है, अच्छी ख़बरें मुश्किल से ब्रेकिंग न्यूज़ का गौरव हासिल कर पाती हैं। ब्रेकिंग न्यूज़ देखते हुए बहुत-कुछ अनदेखा रह जाता है।

•

जिम जाने की सोच रहा हूँ

आजकल पापी पेट थोड़ा निकल आया है। लोगों से मेरी सुख-शान्ति-समृद्धि देखी नहीं जा रही है। जिसे देखो वही टोक रहा है। चलते-फिरते, दफ़्तर की सीढ़ियों पर, चाय की दूकानों पर, कॉफी हाउस पर, यहाँ-वहाँ। सारे शुभचिन्तक एकाएक मेरे लिये चिन्तित हो उठे हैं। कोई कह रहा है, सुबह उठकर नींबू पानी पियो, तो कोई कह रहा है सुबह-सुबह अपने मोहल्ले के पार्क के दस चक्कर लगाओ और पसीने में नहा जाओ, तभी फैट गलेगा, नहीं तो ब्लडप्रेशर के वेलकम के लिए तैयार रहो, हार्ट पेशेण्ट होने का गौरव धारण करने के लिए कर्त्तव्य मार्ग पर डट जाओ, दयानिधे से वरदान माँगो कि मोटापा गगनचुम्बी हो जाये। सारी पैण्टें छोटी पड़ जायें। आपके प्यारे-प्यारे दर्ज़ी को नया-सा काम मिल जाये, वह सिरे से आपके सारे पैण्टों की कमर ढीली करे और फिर कमर ढीली करने की भी कोई हद होती है। उसके लिए भी तो सफ़िशिएण्ट कपड़ा चाहिए। ख़ैर छोड़िये दर्ज़ी महाशय की, उन्हें झख मारने दीजिये, आप तो बस खाये जाओ। तला-भुना सब सिद्ध करो। आलू से फ्रेण्डशिप सेलिब्रेट करो, कार्बोहाइड्रेट से नाता जोड़ो और अल्टरनेट अपने घर में रखी वेइंग मशीन पर चढ़कर उसे शर्मिन्दा करो। वज़नदार आदमी तो अपना वजन लेते ही हैं, आप वज़न नहीं लोगे तो क्या सींकिया पहलवान अपना वेट लेंगे। इसकी चिन्ता न करो कि आपके ही कारण देश में भुखमरी और अकाल है। सबका अपना-अपना नसीब होता है।

कल तक जो लोग आपके दुबला होने पर मर्सिया पढ़ा करते थे, आज वही आपके मध्य प्रदेश का आकार-प्रकार बढ़ता देखकर गश खा रहे हैं, जलन महसूस कर रहे हैं। इंचीटेप लेकर घर बैठे हैं और तुलनात्मक अध्ययन कर रहे हैं। ख़ुद अनिद्रा के रोगी की तरह उठकर टहल ही रहे हैं, चाहते हैं आप भी अपनी नींद ख़राब करें, जॉगिंग पार्क को आबाद करें, कदमताल करें या फिर बाबा रामदेव को

याद करते हुए अपना पेट फुलायें और पिचकायें, ताज़ी हवा में अपनी गन्दी साँसें छोड़ें। इनका मानना है कि दुनिया में स्वास्थ्य है तो सब-कुछ है। इनकी बात मान लीजिये ओर इनकी शरण में चले ज़ाइये। ये मॉडर्न हेल्थ मास्टर हैं। इनकी शागिर्दी कीजिये। इनका हुक्का भरिये। फूड सब्लिमेण्ट का मामला इनसे समझिये। ये कहें तो खाइये, नहीं तो फिर फ़ास्ट रखिये। आपकी अपनी भूख की ऐसी-तैसी। पेट चीत्कार कर रहा है और आप भूख-भूख चिल्ला रहे हैं। सचमुच यह सब सुनकर अब हमारी आत्मा भी पज़ल्ड होने लगी है। कल ही से जिम जाने की सोच रहा हूँ। आप भी चलेंगे मेरे साथ।

•

वोल्टेज डाउन है

दुनिया के तमाम घरों की तरह हमारे घर का वोल्टेज भी डाउन है। कूलर, दादी के हाथपंखे की स्पीड से भी कम स्पीड में डोल रहा है। टुल्लू की साँस ऊपर-नीचे हो रही है। बरामदे का बल्ब मोमबत्ती की लौ की तरह टिमटिमा रहा है। ट्यूबलाइट का चोक, चोक कर गया है, किसी तरह से सी. एफ. एल. रोशनी की लाज रख रहा है। ग़ज़ब का फ्लक्चुएशन है। लाइट ही नहीं आदमी भी फ्लक्चुएट कर रहा है, उसके कानफिडेन्स का स्टेब्लाइज़र ही उड़ गया है। आदमी भी धुआँ दे रहा है और स्टेब्लाइज़र भी। पड़ोस में लगे ए.सी. की पीठ मेरे घर की तरफ़ है। पूरे घर में ही जैसे ग्लोबल वार्मिंग पसर गयी है। अभी लू है, तो अभी आँधी। पसीना पस्त कर रहा है। मई जाने को है, जून आने को है। ज़नाब अकबर इलाहाबादी याद आ रहे हैं, फ़रमाते हैं—

पड़ जायें अभी आबले अकबर के बदन पर
पढ़ के जो कोई फूँक दे अप्रैल-मई-जून

सचमुच! देह पर आबलों, छालों और घमौरियों का साम्राज्य स्थापित हो रहा है। चुनचुनाहट एक शिलालेख-सा रच रही है। समय ही जैसे अपने-आपको खुजला रहा है। आत्मा तक में ईचिंग हो रही है। बिजली बेवफ़ा सनम की तरह पेश आ रही है। इनवर्टर फेल हो गया है। अभी दिनभर के बाद बिजली आयी है और फिर वोल्टेज डाउन है। घरैतिन दौड़कर बिजली मिस्त्री को बुला लायी हैं। वह अपनी ऑनेस्ट एडवाइज़ दे रहा है, कह रहा है, "मीटर में स्टेब्लाइज़र लगवा लीजिये।" आदमी कहाँ-कहाँ स्टेब्लाइज़र लगवाये। कुछ भी तो लोड नहीं ले रहा। रेफ्रिजरेटर दमा के रोगी की तरह घरघरा रहा है, झनझना रहा है उसका तन्त्र, गणतन्त्र की तरह। टी. वी. भी आँखें मुलमुला रहा है, मोतियाबिन्द के पेशेण्ट की तरह, पिक्चर क्लीयर नहीं आ रही। देखनेवाले की आँखों से भी पानी गिर रहा है।

स्टेब्लाइज़र की क़दम-क़दम पर ज़रूरत महसूस हो रही है। आत्मा की तरह इनबिल्ट स्टेब्लाइज़र भी आ रहे हैं। आत्मा के स्टेब्लाइज़र का भी अपना मज़ा है। मेरे ससुर कहते थे 'मज़ा तो ले गये अली रज़ा'। यानी मज़ा लेना हो तो पहले अली रज़ा को सर्च किया जाये। सर्च को रिसर्च तक ले जाया जाये। यह पता किया जाये कि कहीं गिरा हुआ वोल्टेज गिरे हुए चरित्र की तरह तो नहीं हो गया। मैं कल बिजलीघर गया था, बिल जमा करने। पहले तो वोल्टेज डाउन था और फिर धीरे से बिजली चली गयी, यानी वोल्टेज का डाउन होना बिजली के जाने के ठीक पहलेवाली स्टेज होती है। बिजली के जाने के साथ ही बिजलीघर में जेनरेटर का शोर उठने लगा, कैलाश गौतम का दोहा याद आया,

युग विकल्प का आ गया बदल गये आयाम,
बिजलीघर में चल रहा जेनरेटर से काम।

बहरहाल! गर्मी है और 'विन टॉप द हिल' है यानी टापमटाप है। वोल्टेज डाउन है, स्टेब्लाइज़रों की जान में साँसत है, वो बेचारे भी क्या कर लेंगे, अगर बिजली ही नहीं रहेगी।

•

हमारे मोनूलालजी

हमारे मोनूलालजी विचित्र प्राणी हैं। उनकी विचित्रता हैरत में डाल देती है। अभी कल की ही बात है। उनके बिग बॉस का त्रिचनापल्ली ट्रान्सफ़र हो गया था और मोनूलालजी उदास बैठे थे। बॉस बेचारे चक्कर में पड़ गये, उन्होंने पीछे से आकर पीठ थपथपायी और बोले, "माज़रा कुछ समझ में नहीं आया मोनूलालजी! मैं तो लेट आने पर आये दिन आपका सर्किल मार्क कर दिया करता था, बैठे-बैठाये चक्रवर्ती बना देता था, रेड मार्क करता था, 'ए' लगाता था, एक्सप्लनेशन कॉल करता था, डिसिप्लिनरी एक्शन ले लेता था, फिर आख़िर मेरे ट्रान्सफ़र पर आप इतने उदास क्यों हैं?"

बॉस का सवाल सुनकर मोनूलालजी ने अपनी मायूस निगाहें ऊपर उठायीं और सिर खुजलाते हुए कह उठे, "साहब! जब से आपका ट्रान्सफ़र ऑर्डर हुआ है, मैं यही सोचकर हैरान हूँ कि नया अफ़सर कहीं आपसे भी ज़्यादा बदमाश और दुष्ट न आ जाये।" मोनूलालजी की इस गुगली ने कहना न होगा बॉस के तीनों डण्डे उड़ा दिये थे।

एक बार की बात है। यही अपने मोनूलालजी, कुर्सी पर बैठे, मेज़ पर टाँग पसारे, फ़ाइलों के बीच घिरे, सुबह के आधे पढ़े अख़बार को पूरा बाँचने में लगे थे कि साहब ने राउण्ड ले लिया और मोनूलालजी से अख़बार छीनते हुए लगभग चीखकर कहा, "ऑफ़िस ऑवर में आप सेक्शन में काम करने के बजाय अख़बार पढ़ रहे हैं।" मोनूलालजी इस आकस्मिक अटैक के लिए तैयार न थे, कुछ सूझा नहीं फिर भी हकलाते हुए सफ़ाई पेश की, "साहब की इनायत है तो अख़बार पढ़ रहे हैं, इनायत नहीं रहेगी तो कल से यही अख़बार बेचेंगे।" इस दलील पर साहब टुकुर-टुकुर मोनूलालजी का मुँह देखते रह गये थे।

पूरे सर्विस पीरियड में मोनूलालजी का तरह-तरह के साहबों से पाला पड़ा है। मोनूलालजी तेल लगाने में परम पारंगत रहे मगर एक बार एक ऐसा अफ़सर आ गया कि उसे तेलबाज़ी से सख़्त नफ़रत थी। वह किसी भी तरह पुट्ठे पर हाथ ही नहीं रखने देता था। यह देखकर मोनूलालजी छटपटाने लगे, इसी छटपटाहट के बीच आख़िर उन्होंने एक दिन ब्रह्मास्त्र छोड़ दिया, "साहब! पैंतीस बरस हुए काम करते हुए। एक-से-एक रंगबाज़ अफ़सर आये इस बीच, लेकिन सब-के-सब सटककर गिरे हमारे तेल पर। आप पहले अफ़सर हैं जिस पर मेरा कोई तेल ही असर नहीं कर रहा है।" "क्या बात करते हैं मोनूलालजी?" साहब पर यही तेल असर कर गया था, वह पानी-पानी हो गये थे। मोनूलालजी के तेल-पानी ने रंग जमा दिया था। मोनूलालजी के तमाम अपनों का यह मानना है कि मोनूलालजी जैसे बहुमुखी प्रतिभा के धनियों के बल पर ही सरकारी कार्यालय असरकारी ढंग से अपनी भूमिका का निर्वाह कर रहे हैं और उन्हें अपनी इसी कार्य कुशलता के चलते पद्मश्री-जैसे राष्ट्रीय सम्मान से सम्मानित कर दिया जाना चाहिए।

•

रिलैक्स होने का फण्डा

आदमी हर हाल में रिलैक्स होना चाहता है। जरा-सा काम किया नहीं कि उठा और एक गिलास पानी पी लिया, पान जमा लिया, सिगरेट फूँक ली और हो गया रिलैक्स। कम्प्यूटर पर थोड़ी देर काम किया, फिर लगे ताश खेलने। गेम खेलने लगे, धाँय-धाँय गोलियाँ दगने लगीं। रिलैक्स होने बैठा और लगा टेन्स होने। रिलैक्स होने का फण्डा भी कुछ समझ नहीं आता। आज की भाग-दौड़वाली ज़िन्दगी में रिलैक्स होना आदमी का सपना है। यह सपना दरअसल कभी पूरा नही होता। वह रिलैक्स होने के चक्कर में तनावग्रस्त होता चला जाता है। वह अनुलोम-विलोम करता है, रिलैक्स होने के फेर में और उसकी साँस फूल जाती है। वह योग करता है पर उस वक़्त भी ज़िन्दगी के योगफल-गुणनफल सोचता रहता है। प्लस-माइनेस बैलेन्स बनाता रहता है। भाग्यफल के बारे में चिन्तन करता है और सही बटे में फँसा रहता है। ख़ुद को ख़ुद से भाग देता रहता है और कई बार भागफल देखकर भाग खड़ा होता है। लोन लेकर अपने को सलोना समझता है और इसका-उसका आजीवन ऋणी होता है। ऋण लेकर कार ख़रीदता है और बेकार हो जाता है। पेट्रोल की किफ़ायत के चक्कर में मुश्किल से सप्ताह भर में कार सेवा कर पाता है।

स्वास्थ्य की चिन्ता में अनिद्रा का रोगी हो जाता है, फिर सुबह उठकर टहलता है। गहरी गहरी साँसें लेता है, हाँफता है। पसीना बहाता है, फिर सुखाता है। लापरवाही से कमाये गये मोटापे से लड़ता है। शाम को छेने की मिठाई सिद्ध करता है, सुबह करैले का जूस पीता है। पापी पेट घटता है तो उसका ब्लड प्रेशर नार्मल होता है, पापी पेट बढ़ता है तो उसका ब्लड प्रेशर आसमान छूने लगता है। आदमी रिलैक्स होने के लिए हाड़तोड़ मेहनत करता है। कुछ लोग बहुत बिजी होते हैं, ऐसे लोग वीकएण्ड में रिलैक्स होते हैं। रात को बोतल चढ़ाते हैं, गुनगुनी सुबह

में लिव-52 का सेवन करते हैं, यानी पहले तो लीवर पर ज़ुल्म ढाते हैं, फिर बाद में उन्हें जॉनी लीवर की चिन्ता सताने लगती है। मौलिक दिखने के लिए मूली खाते हैं और रिलैक्स होते हैं, हालाँकि कुछ ही देर में सुबह का अख़बार पढ़कर अनइज़ी होने लगते हैं। कुछ लोग रिलैक्स होने के लिए पहाड़ों पर जाते हैं। सफ़र करते हुए सफ़र करते हैं। पहाड़ों पर पहुँचकर जब होटलों में कमरे नहीं मिलते या बहुत महँगे मिलते हैं तो फिर रिलैक्स होने के बदले एक बार फिर टेन्स हो जाते हैं। क्या आप भी रिलैक्स होना चाहेंगे?

•

गड्ढे घावों की तरह खुल गये हैं

बरसात मुँह पीट रही है। बादल बेवफ़ा सनम हो गये हैं। घिरते-घुमड़ते हैं तो लगता है आसमान फट पड़ेगा मगर छाती फटकर रह जाती है। कम्बख़्त हवा बादलों को ले उड़ती है। अजूबा हो रहा है। मौसम पेशानी से पसीना पोंछ रहा है। बरसात हो नहीं रही है और बाढ़ आ रही है या फिर बरसात किसी प्रदेश में हो रही है और भुगत रहा है कोई प्रदेश। उत्तराञ्चल में अलकनन्दा करवट ले रही है और उत्तर प्रदेश में पानी ख़तरे के निशान छू रहा है। कानपुर-इलाहाबाद में गंगा उफना रही है। छाते चकरघिन्नी हो रहे हैं। पानी बरस भी रहा है तो जैसे थाना क्षेत्रों को बाँटकर कर्फ्यू लगा करता है, ठीक उसी अन्दाज़ में। पाँच थाना क्षेत्रों में पानी बरस रहा है, पचीस थाना क्षेत्रों में आग बरस रही है। जहाँ पानी बरस रहा है, वहाँ सड़कों के गड्ढे घावों की तरह खुल गये हैं। यह घाव इलाहाबाद के सिविल लाइन्स, कानपुर के मालरोड और लखनऊ के हजरतगंज में समान भाव से हैं। यह गड्ढे हमारी आत्माओं में भी हैं, जिनसे हमारी संवेदनाएँ रिस जा रही हैं।

मेरा बच्चा जब सुबह सोकर उठता है तो बादलों की ओर उम्मीदभरी नज़रों से देखता है कि शायद आज रेनीडे हो जाय, पर पूरा रेनी सीज़न बीता जा रहा है, एक भी रेनीडे की छुट्टी नहीं मिल रही है। आप कह सकते हैं कि बादलों की ओर चातक भाव से देखना उसका आनुवंशिक गुण है, पर यह गुण लेकर भी बेचारा वह क्या करे? स्कूल जाने का समय निकल जाता है तब बादल बरसते हैं। बादल कम बरसते हैं, घर की छत ज़्यादा बरसने लगती है। छत बरसती है तो आँखें भी सावन-भादों होने लगती हैं, बरसना शुरू कर देती हैं। ज़नाब असलम इलाहाबादी याद आते हैं, फ़रमाते हैं—

छत तोड़ के आ जाता है बरसात का पानी
हम पक्के मकानों में भी महफ़ूज नहीं हैं।

●

उमस की उबासी

उमस भी कई तरह की होती है। हलकी उमस, भारी उमस, चितकबरी उमस, इकहरी उमस, दुहरी उमस, रिश्तों-सम्बन्धों की उमस, मौसम की उमस, बेमौसम की उमस, फालतू उमस, काम की उमस, बेकाम की उमस। इसे आर्त्त भाव से आर्द्रता भी कहते हैं। ज़बान ऐंठाकर इसे 'ह्यूमिडिटी'-जैसा इंग्लिश पैरहन भी दिया जाता है। बुज़ुर्ग कहते हैं कि जब उमस गहरी होती है तो पानी ज़रूर बरसता है। मैंने भी भावुकता में उनकी बात ज्यों-की-त्यों मान ली और कविता लिख मारी—

कोई नहीं रेत के घर में प्यासा तरसेगा
गहरी उमस साफ़ कहती है पानी बरसेगा

एक तरफ़ यह भरोसा और विश्वास और दूसरी तरफ़ बादलों की बेईमानी। काम की उमस तो वह है जो पानी बरसाये, आजकल तो सारी उमस बस बेकाम की है। बुज़ुर्गों का कहा भी ग़लत हो रहा है और मेरी कविता भी बेअसर। बादल केवल भय पैदा करते हैं। कविवर लीलाधर जगूड़ी माफ़ करें, जो कहते हैं 'भय भी शक्ति देता है।' शक्ति देने की कौन कहे बादल तो बस कमज़ोर बना रहे हैं। उनकी फ़ितरत नेताओं-जैसी हो गयी है। वह झूठमूठ में आश्वस्त करते हैं, फिर छँट जाते हैं। वह सावन आने के साथ वादाकश होते हैं, फिर वादाख़िलाफ़ी पर उतर आते हैं या यों कहें कि वादाख़िलाफ़ी उनके रक्त में ही घुलमिल जाती है। अब कवि भला किन नयनों के लिए लिख सकता है—

सावन के बादलों की तरह हैं भरे हुए
ये वो नयन हैं जिनसे कि जंगल हरे हुए।

बहरहाल! उमस हमारे शरीरों पर घमौरियों से भरे चुनचुनाहट के शिलालेख रच रही और दूर-दूर तक झुलसे बादल नज़र आ रहे हैं।

•

अथ गाली माहात्म्य

गाली की महिमा अपरम्पार है, इसी में छुपा जीवन का सार है, ज़िन्दगी बासी मगर यह ताज़ा अख़बार है, इसके चलते किसी का सीना चौड़ा तो कोई शर्मसार है, जिया बेकरार है, घुटते हुए आदमी के होंठों को इसी का इन्तज़ार है, न कोई दीन दुनिया फिर भी इसी का सारा घर संसार है, इसके उच्चारण में मन्त्र की धार है, इसका कोई नहीं पारावार है, यह चढ़ता हुआ ज्वार है, धधकता हुआ बुखार है, इसके बल पर फ़स्ले-बहार है फिर भी चमन ज़ार-ज़ार है, इनसान बेज़ार है, क्योंकि इसी का बाज़ार है, यह झनझनाती हुई झनकार है, मूर्त होता हाहाकार है, सीनाजोरी की जय-जयकार है, किसी की जीत तो किसी की हार है, यह प्रारम्भ है यही उपसंहार है, किसी का दिल तो किसी का दिमाग़ तार-तार है, आम आदमी का तो हथियार है, ब्लड प्रेशर की मार है, आमार-तोमार है, चिचियाता हुआ चीत्कार है, भाषा के साथ व्यभिचार है, बलात्कार है, समाज सुधार है, ग्राम गुहार है, शहर बीमार है, उन्नति-प्रगति के पथ पर भारत का दूरसंचार है, विस्फोटक मोबाइल सेटों का अम्बार है, गालियों की खड़खड़िया गालियों की ही कार है, अमीरों का भोगविलास ग़रीबों का अभिमन्त्रोच्चार है, इसी का प्रताप है (भाई प्रताप सोमवंशी क्षमा करें) कि दुश्मन से भी आँख चार है, दुश्मन बेचारा परेशान लाचार है, बढ़ती जा रही दिलों में दरार है, इसके शब्दकोष से कई बार तो शब्द ही फ़रार है, बहते पसीने, थरथराते होंठ और फूले हुए नथुनों की लयकार है, इसके सिर पर ख़ून सवार है, यह कहीं लालू यादव तो कहीं शरद पवार है, लीला चिटनिस तो ललिता पवार है, बूँदा-बाँदी है बौछार है, अवतार-आविष्कार-चमत्कार है

कौंधती बिजलियों की चमकार है, बार-बार लगातार है या कहिये बारम्बार है, यह चायखाना, काफी हाउस, हौली या बार है, डूबती हुई नाव तैरती हुई पतवार है, यही किनारा और यही मँझधार है, ईश्वर की तरह कण-कण में इसी की टंकार

है, संस्कृतवाले जानते हैं लट्-लोट्-लृट् लकार है, भूत, भविष्यत्, वर्तमान का सम्भार है, वाणी का प्रहार है, बोली का समाहार है, नमो अन्धकारं का उजला त्योहार है, शापों-अभिशापों का सिलसिला दुर्निवार है, अपनी ही डोली का आप ही कहार है, खरपतवार है, अम्ल है कि क्षार है मगर जो भी है अपार है, जीवन को इसी का आधार है, आधार जो निराधार है, ओम् गालियाय नमः का उचार है। त्राहिमाम्! त्राहिमाम्!! पाहिमाम्!!!

•

मल्टीप्लेक्स घातें और बाज़ार का कोरस

इन्तज़ार की एक गुदगुदी-सी है/ जिसमें धड़क रहा है खुरशीद टाकीज का प्रेत/ उसे मिलनेवाली है प्रेतयोनि से मुक्ति/ ज़मींदोज़ होनेवाला है यह खँडहर/ और उठनेवाला है यहाँ/ छह मंज़िला शॉपिंग मॉल एक।

जी हाँ! मैं आशुतोष दुबे की इन कविता पंक्तियों से गुज़र रहा हूँ और मेगामार्ट व शॉपिंग मॉलों की दुनिया में खोया जा रहा हूँ। अभी-अभी मेरा बड़ा बेटा बिग बी की तर्ज़ पर बिग बाज़ार से लौटा है। उसके एक हाथ में जूतों का डिब्बा है और दूसरे हाथ में सोहन पापड़ी का पैकेट। मेरा छोटा बेटा परिहास की मुद्रा में आ गया है, भाई को छेड़ते हुए मुझसे कह रहा है,

"पापा! भइया शॉपिंग मॉल से लौटा है और दोनों ही खाने की चीज़ें लाया है।"

सही बात है। बाज़ार में अगल-बगल जूते और सोहन पापड़ी साथ-साथ बिक रहे हैं। यह जूते भी सामान्य आदमी को खाने के लिए ही पहनने की शक्ल में दिये जा रहे हैं। निदा फ़ाजली साहब याद आते हैं, फ़रमाते हैं, 'आँगन में फैल जाय न बाज़ार देखना।' बाज़ार तो फैल ही रहा है। पुराने सिनेमाहाल धड़ाधड़ बन्द हो रहे हैं। मल्टीप्लेक्स बन रहे हैं बाज़ार की खोपड़ी पर। पंक्तियाँ कचोटती हैं—

सामने सीमेण्ट का तसला/ कि मल्टीप्लेक्स घातें/ बढ़ रहे अपने शहर की/ सिकुड़ती जा रही आँतें।

ग़रीब आदमी और ग़रीब हो गया है। उसका ठेला उलट गया है। मध्यमवर्ग, उच्चवर्ग की ओर अपने सामानों की ट्राली लेकर भाग रहा है। रोज़गार आज ख़ुद बहुत बेरोज़गार है। ग़मे रोज़गार की बातें शेखचिल्ली की कहानियाँ सुन रही हैं। बाज़ार पर ज़ार-ज़ार रोने का मन करता है। विकास की आँधी चल रही है। चितकबरा विकास ठठाकर हँस रहा है। अभी पिछले दिनों दिल्ली से लौटा हूँ। वहाँ भी प्रगति की मेट्रो दौड़ रही है, टैक्सी-टेम्पोवाले झुग्गी-झोपड़ियाँ छोड़कर यू. पी.,

एम. पी., बिहार वापस लौट रहे हैं। हर जगह निशाने पर आम आदमी है।

शॉपिंग मॉल, मेगामार्ट की झूमती इमारतें आसमान से बातें कर रही हैं। सामानों की क़ीमतें भी आसमान छू रही हैं। सामान्य आदमी अपने को दाम पर लगाकर ख़रीदारी कर रहा है। वह ठगा जाकर भी ख़ुश है। उसका काम पहले एक बट्टी साबुन से चल जाता था, अब वह चार बट्टी साबुन ख़रीदता है क्योंकि साथ में एक बट्टी साबुन 'फ्री' है। 'अधिक ख़रीदो ज़्यादा बचाओ' का आप्त वाक्य उसे छल रहा है। आदमी ख़ुद ही बिक रहा है बाज़ार में। बाज़ार चेहरे पर निर्लज्जता की वैनशिंग क्रीम पोते कान फोड़ अन्दाज़ में 'हम होंगे कामयाब' का जयगान कर रहा है।

•

टाइमपास मूँगफली

यह मूँगफली भी क्या ही चीज़ है। चार लोगों के बीच रखी हो तो बतरस का सुख बढ़ जाता है। छीलते जाओ, बतियाते जाओ। न मूँगफली चुके, न बातें। बात-ही-बात और मूँगफली-ही-मूँगफली। 'खर भुंजी, ताज़ी भुंजी।' ग़रीबों का मेवा। सस्ता और स्वादयुक्त बादाम। ट्रेन में सफ़र कर रहे हों और 'टाइमपास मूँगफली' वाला आ जाय, बस ले ही लीजिये सौ-दो सौ ग्राम। पलक झपकते ही तीन-चार स्टेशन फुर्र हो जायेंगे चिड़ियों-जैसे। ज़िस वक़्त को अभी तक फीलपाँव अथवा हाथीपाँव हो गया था, एक भी पग आगे ही नहीं बढ़ रहा था, उसी वक़्त को मूँगफली के सामने आते ही पंख लग जाते हैं। ज़रा-सी मूँगफली सेतु और हेतु बन जाती है। छिलके उतारते-उतारते ही साहित्य-कला-राजनीति और धर्म के जाने कितने अनसुलझे प्रश्न बल्कि यक्ष प्रश्न पनाह माँगने लग जाते हैं। यह बात और है कि छिलकों का साम्राज्य स्थापित हो जाता है और साथ ही मन और मस्तिष्क के स्तर पर ही सही कितनी सरकारें गिर जाती हैं, साम्राज्य विनष्ट हो जाते हैं। घराने मिट्टी में मिल जाते हैं, लेकिन हाथों से लगातार छीली जा रही मूँगफली अपराजित ही ठहरती है। ज़बान कतरनी की तरह चलती रहती है और मूँगफली मुँह को अपने सोंधेपन से सुवासित किये रहती है। इसकी सत्ता जाड़े के जाड़त्व, घनत्व और गुरुत्व को खुली चुनौती देती है। शरद् या कहिये ठिठुरता दिसम्बर प्रीतिकर लगने लगता है। एक दोहा आकार लेता है—

मूँगफली के सँग चला, चाय पान का दौर।
समय शरद् के शीश पर, लगा बाँधने मौर।।

मूँगफली हाथ में आते ही मन होने लगता है कि थोड़ा-सा रूमानी हो जायें। रूमानी होना कभी भी बेमानी नहीं होता और फिर साथ में मूँगफली हो

तो कहने ही क्या? प्रिय को छील-छीलकर पेश करते जाइये, देखिये किस तरह प्यार पान की तरह पकता और परवान चढ़ता है। डॉ. शान्ति सुमन की पंक्तियाँ याद आती हैं—

हाथों में एक-दो मूँगफली और कुछ अन्तरंग बातें।
साँसों में तहियाकर रख लें हम पार्कों में कई मुलाकातें।।

•

जनवरी में क्यों छोड़ दी?

मोनूलालजी रोज़-रोज़ के पीने से तंग आ गये थे। शाम होती नहीं कि दिमाग़ में घण्टियाँ बजने लगतीं। दिनभर की दवा के बाद शाम की दारू आवाज़ देने लगती। वह दारुण होने की सीमा तक दारू पीते और पीते-पीते ही 'दारुलशफ़ा' की स्थिति को प्राप्त हो जाते। समाजवाद बोतलवाद तक आ जाता। बोतल से सारे जिन्न बाहर आ जाते। न लीवर की परवाह होती न जॉनी लीवर की। 'बस खाये जाओ' की तर्ज़ पर 'बस पिये जाओ' का अभियान गति पकड़ता। जब दिल में पीने की हूक जगती तो, 'आज फिर दिल ने इक तमन्ना की, आज फिर दिल ने हमको समझाया' वाली समझ किनारा कर लेती। बेबसी में बस यही कैसेट बजता 'ये लाल रंग कब मुझे छोड़ेगा।' मगर लाल रंग के छोड़ने की कौन कहे, वह तो गाढ़ा और गाढ़ा, गहरा और गहरा होता जाता। आँखों में भी उतर आता। आँखें लाल सुरंग हो जातीं, एकदम सुर्ख़ ख़ून छलकाती हुई। गहरे सुरूर में यह शेर याद आ जाता—

मयक़दे में किसने कितनी पी ख़ुदा जाने मगर
मयक़दा तो मेरी बस्ती के कई घर पी गया।

शेर याद आ जाता और वह बकरी हो जाते। पेशानी पर चिन्ताओं का पसीना चुहचुहा आता। वह मन-ही-मन तौबा करते मगर अगली शाम जब जाम ओ पैमाना उनके सामने आते तो उनकी तौबा बिल्ली की तरह दुम दबाकर खिसक लेती और देखते-देखते वह 'पटियाला जालन्धर' करने लगते और थोड़ी ही देर में आउट ऑफ़ स्टेशन हो जाते यानी आउट हो जाते। स्थिति यह हो गयी थी कि बाबा तो कम्बल छोड़ना चाह रहे थे पर कम्बल ही बाबा को नहीं छोड़ रहा था। मतलब मोनूलालजी तो दारू छोड़ना चाह रहे थे पर दारू ही उन्हें नहीं छोड़ रही थी। वह अहर्निश यह सोचते कि कब वह दारू को और दारू उनको छोड़ेगी। भौजाई तो

सैकड़ों मन्नतें भी मान चुकी थीं। बीच-बीच में वह दौर भी आया जब मोनूलालजी ने दस-दस दिन तक दारू नहीं पी पर ग्यारहवें दिन छोड़ देने की ख़ुशी में फिर यार दोस्तों ने शुरू करा दी और फिर एक बार शुरू हुई तो धुआँधार शुरू हुई। ऐसी पियाई मची कि इधर गार्ड लिया और उधर क्लीन बोल्ड। शराब में पानी नहीं, पानी में शराब मिलायी जाने लगी। ऐसे ही पर्यावरण वातावरण में रवीन्द्र कालिया की किताब 'ग़ालिब छुटी शराब' हाथ लगी। कल्याण हो लेखक का। मधुशाला कण्ठ ही में रही और जिगर जवाब देने लगा, मरहूम जिगर मुरादाबादी भी काम न आये। पीने की अन्त हुई जा रही थी कि नया साल आ पहुँचा।

अब सुनिये नये साल में पेंग भरती जनवरी का हवाल। भीतर से प्रेरणा हुई। कोई संकल्प लेने का संकल्प जगा और बेख़ुदी में न पीने का व्रत ले बैठे। देखते-देखते बहुत-सारे दोस्त बेरोज़गार हो गये। सबने यही निष्कर्ष निकाला कि मोनूलालजी का दिमाग़ फिर गया है। भौजाई तो हनुमानजी को ढेर-सारे लड्डू चढ़ा आयीं। मोनूलालजी ने लड्डू का भोग लगाया और बहुत दिन बाद सादे पानी का स्वाद आत्मसात् किया। उनकी शामें पहले तो उदास और खाली रहीं फिर भजन-कीर्त्तन में बीतने लगीं। मोनूलालजी ने दारू छोड़ी, उनके कई दोस्तों ने उन्हें छोड़ दिया। कल ढलती शाम में उनके मोबाइल पर एक शुभचिन्तक का फ़ोन आया, 'तुमने दारू छोड़ दी, अच्छा किया मगर इतनी सर्दी पड़ रही है, जनवरी में क्यों छोड़ दी? छोड़ना था तो अप्रैल में छोड़ते।

•

यूज़ एण्ड थ्रो की संस्कृति

यह यूज़ एण्ड थ्रो की संस्कृति का गाढ़ा समय है। 'इस्तेमाल करो और फेंको' यही हमारे युग का मूलमन्त्र है। वह समय रुख़सत ले चुका है जब पेन को धो-माँजकर चमकाया जाता था और फिर उसमें स्याही भरकर मोती-जैसे अक्षर काग़ज़ पर बिखेरे जाते थे। अब तो जब तक रिफ़िल काम कर रही है, लिखिये और जब रुक जाये तो आप भी रुक जाइये। पेन को थोड़ी देर निहारिये और फिर नचाकर हवा के हवाले कर दीजिये। थोड़ी ही देर में दूसरी 'यूज़ एण्ड थ्रो' लेते आइये। कहाँ वह समय था कि बरसों बरस क़लमें सीनेवाली बायीं जेब में ऊपर सँजोकर और सहेजकर रखी जाती थीं, दिल की धड़कन के साथ सुर-से-सुर मिलाती थीं। उपहार में ली और दी जाती थीं। किसी याद की निशानी होती थीं। किसी की उँगलियों की जीती-जागती स्पर्श होती थीं। अब न वैसी क़लमें हैं न वैसे क़लमकार। इस्तेमाल के बाद क़लम भी कूड़े पर और लेखन भी। लिखा हुआ जब कूड़े पर दिखायी देता है तब तो ज़ार-ज़ार रोने का मन करता है।

पिछले दिनों जब-जब मेरा बेटा लाई-चना लेकर आया है, मैंने धड़कते हुए दिल से सबसे पहले लाई-चना का खोंगा देखा है। ज़्यादातर मुझे खोंगा उन पत्रिकाओं के काग़ज़ से तैयार किया गया मिला है, जिन पर मेरी कविताएँ और कभी-कभी तो चित्र भी छपे हुए मिले हैं। मैंने उन्हें सबकी नज़रें बचाकर झाड़-पोंछकर अपनी कविताओंवाली फ़ाइल में जब तब सहेज लिया है। प्रायः मेरी कविताओंवाला दबा-कुचला खोंगा मेरी मोटर साइकिल के पहियों तले भी आया है, 'यूज़ एण्ड थ्रो' का करुण राग गाता हुआ।

आज तो आदमी भी एक अदद खोंगा होकर रह गया है। एक-दूसरे के हक़ में इस्तेमाल होता है और फिर कूड़े पर नज़र आता है। आदमी का मूल्य केवल

उपयोगिता रहने तक ही रहता है, तत्पश्चात् विकेट पर थ्रो की गयी बाल की तरह थ्रो कर दिया जाता है, व्यक्ति को रन आउट होते देर नहीं लगती क्योंकि उसका यूज़ तो पहले ही हो चुका होता है। यूज़ एण्ड थ्रो की संस्कृति हमारे पूरे समय और समाज को धीरे-धीरे अपने जबड़े में लेती जा रही है। संवेदनाएँ भी आफ़्टर यूज़ थ्रो की जा रही हैं।

•

मेरा बच्चा ऊब रहा है

एक दिन शाम को दफ़्तर से घर पहुँचा तो दरवाज़े पर ही मेरा नौनिहाल मिला। मैं लपककर उसकी ओर बढ़ा तो मेरे हाथों को परे करता हुआ बोल पड़ा, 'पापा! आजकल मैं बुरी तरह बोर हो रहा हूँ। समय ही नहीं कटता, ऊबता रहता हूँ। अभी पूरी गर्मी की छुट्टी पड़ी है।' मैं उसकी शिकायत सुनकर सन्न रह गया। यह हमारे समय की एक ख़ौफ़नाक ख़बर है कि कोई बड़ा होता बच्चा ऊब रहा है। खेल-खिलौने, टी.वी., कम्प्यूटर और पढ़ाई-लिखाई के बीच भी उसके ऊबने के लिए समय निकल आ रहा है। उसे बेतहाशा भाग रहे वक़्त में भी ऊबने के लिए फ़ुर्सत मिल जा रही है। उसकी आँखों से अचरज, विस्मय, कौतुक और कुतूहल सब ग़ायब होते जा रहे हैं। आने से पहले ही आनेवाला कल ऊब की दहशत महसूस करने लगा है। मैं हतबुद्धि हूँ। काग़ज़ पर पंक्तियाँ उभर रही हैं—

पत्थर पर भी हरियाती-सी दूब रहे हैं
समय अजब है बच्चे भी अब ऊब रहे हैं।

अपने से ही उचट रहे सूर्योदय-जैसे ज़िन्दगी की फाँसी पर लटकने की तैयारी कर रहे हैं। मनोरंजनों से भरी दुनिया में उचाट मन लेकर देश का भविष्य चितकबरा वर्तमान जी रहा है। वह अपने पुरखों के अतीत को भी मखौल का विषय बनाकर हँस नहीं पा रहा है, बल्कि चुटकुले उसे उदास करने लगे हैं। कहकहे मुँह चिढ़ाने लगे हैं। खिलखिलाकर फूलों-सा हँसना, झिलमिलाकर फुलझड़ी-सा रोशनी के बीज बिखेर देना अब सपना हुआ जा रहा है। कभी बड़ों का ऊबना सुना करते थे, लता मंगेशकर के स्वर में गाहे-बगाहे हम भी स्वर मिला लिया करते थे—'कैसी है ज़िन्दगी साँसों से हम ऊबे, दिल डूबा हम डूबे।' सपना हमें भी रुलाता था, पर ऊबने के लिए समय हमारे पास नहीं था या हम ऊबते भी थे तो ऊबकर भी हमारा जी बहलता था, तभी तो लिखते थे—

वक़्त यूँ तेवर बदलता है बताओ क्या करें
ऊबकर भी जी बहलता है बताओ क्या करें।

हम उबासियाँ नहीं भरते थे, जमुहाइयों से हमारा छत्तीस का आँकड़ा था। उदासियाँ हमारे इर्द-गिर्द मकड़ी-सा जाले नहीं पूरती थीं। कब सूर्योदय होता था, कब सूर्यास्त, पता ही नहीं चलता था। दिन के चौबीस घण्टे भी कम पड़ जाया करते थे। नींद में भी 'छल कबड्डी आल ताल, मेरी मूँछें लाल लाल' बड़बड़ाते थे। खो-खो, आइस-पाइस, गुल्ली-डण्डा, छुवा-छुवल्ली सपनों में अनवरत चलता था। अब तो मेरा बच्चा क्रिकेट, फुटबाल, कुश्ती, टेनिस, हॉकी सारा कुछ अपने कम्प्यूटर के स्क्रीन पर ही खेल लेता है। न मिट्टी से सनता है, न मैदानों की धूल में नहाता है, न गिरता-पड़ता है, न ही उसे चोट लगती है। उसे तो केवल ऊब लगती है। ऊबता रहता है।

•

सभी लालची नज़र आते हैं

लालच जितनी बुरी बला है, उतनी ही अच्छी भी लगती है। अगर ज़िन्दगी में 'लालच' नाम का संजीवनी तत्त्व न हो तो आप सहज ही कल्पना कर सकते हैं कि वह कितनी 'मरी-मरी' हो जायेगी। कोई भी लालच हमारे साथ लुभावनी लुका-छुपी का खेल खेलती है। यह लालसा की सगी बहन-जैसी होती है। लालची आदमी दुनिया भर को अपने भीतर समेट लेना चाहता है। कई बार तो लोटा भर लार ही उसके मुँह में भर जाती है। कैलाश गौतम कहते हैं —

लहू-लहू त्योहार देखकर
सच पर पड़ती मार देखकर
झूठ की जय-जयकार देखकर
भक्तिन का शृंगार देखकर
गिरी व्यास की लार देखकर
गाँव गया था गाँव से भागा।

व्यास के मुँह से गिरती लार देखकर कवि महोदय अपना लिलार ठोक लेते हैं और गाँव से भाग खड़े होते हैं। कभी मधुर व्यक्तित्ववाले मधुमेहियों को ग़ौर से देखिये। चाय तो बिना चीनी के पियेंगे पर प्रीतिभोजों में डोंगे में सजे रसगुल्लों को देखकर वल्ले-वल्ले कर उठेंगे और पलक झपकते ही दो-चार चपका लेंगे। लालच बड़े-बड़े सिंहासनों को दोलायमान् कर देती है। सुभद्राकुमारी चौहान याद आती हैं, लिखती हैं, 'सिंहासन हिल उठे राजवंशों ने भृकुटी तानी थी', मगर लालच जब अपनी भृकुटी तिरछी करती है तो बड़े-बड़े चित हो जाते हैं, 'त्राहिमाम्-पाहिमाम्' करने लगते हैं। लोभी मनुष्य अनन्त तृष्णाओं का स्वामी होता है। एक मेरे दारूकुट्टा दोस्त हैं, वह जब पीने पर आते हैं तो तीन-तीन, चार-चार पेग का एक पेग बनाते हैं और फिर गटाक-गटाक कर कटे पेड़ की तरह गिर पड़ते हैं। दारू की

लालच ने उन्हें आचार्य लोभानन्द सरस्वती बना दिया है। उनका लीवर अब जॉनी लीवर होने की दिशा में अग्रसर हो चुका है पर उनकी बुद्धि पर तो जैसे शिलान्यास हो गया है, पी लेंगे और बुदबुदायेंगे—

शायरी छोड़ दें बेकल तो हमें ख़त लिखना,
सस्ती मिलने लगे बोतल तो हमें ख़त लिखना।

लालच महत्त्वाकांक्षा का तद्भव रूप है। यह कब लोलुप हो उठेगी कुछ कहा नहीं जा सकता, शायद पदलोलुपों द्वारा ही इसकी नये सिरे से व्याख्या की जा सकती है। लालच शिखर पर पहुँचाती है तो पाताल का पथ भी प्रशस्त करती है, अब यह इस बात पर निर्भर करता है कि दौराने-लालच आप कितने प्रतिशत गिरे अथवा उठे हैं। मुझे तो भगवान्‌जी की सृष्टि में सभी लालची ही नज़र आते हैं। ऐसी स्थिति में सभी के लिए कबीरदास का यह दोहा आत्मसात् करना आवश्यक हो उठता है।

रूखी सूखी खाइ के, ठण्डा पानी पीव।
देखि परायी चूपड़ी, मत ललचावे जीव।।

•

सोने की चिड़िया खो गयी है

एक चिड़िया उड़ी
दिल्ली की ओर मुड़ी
सोने की हो गयी
संसद् में खो गयी

शिवशरण बन्धु की यह पंक्तियाँ गुन रहा हूँ और देश की संसद् के बारे में सोच रहा हूँ। स्वतन्त्रता-प्राप्ति के साठ बरस तो हो ही चुके हैं, साथ-ही-साथ अपनी संसद् भी सठिया चुकी है। संसद् में सोने की चिड़िया ही नहीं बहुत-कुछ खो गया है। आत्म-सम्मान, जीवन-मूल्य, आदर्श, मर्यादाएँ, विवेक, आचार-विचार, संहिताएँ, इतिहासबोध, सदाचरण, सामाजिक दृष्टि, राजनैतिक समरसता, विचारधाराएँ क्या-क्या नहीं खोया है? जो खोया है उसकी तलाश असम्भव-सी हो गयी है। सोने की चिड़िया सोच रही है कि वह सोने की हुई ही क्यों ? इससे तो अच्छा था कि वह भूरे पंखोंवाली अदना-सी जान थी मगर कह सकती थी, 'दाने नहीं चुगाओ चिड़िया के पंखों बारूद भरा है, बड़ी-बड़ी कायाओं को भी भूरी काया से खतरा है।' मगर अब बदली हुई स्थितियों में आप कुछ नहीं कर सकते। न केवल उसके पंखों से बारूद झरा, वरन् वह सुवर्णलता होकर संसद् में असंसदीय सद्व्यवहार के बीच अपनी पहचान भी खो बैठी। देश की सोने की चिड़िया के, कौओं ने पंख नोच डाले। वह लहूलुहान हो गयी। अब आप मनाया करिये 1857 के डेढ़ सौ बरस और संसद् के साठ साल।

जहाँ फूल-मालाओं का चलन था, अब कुर्सियाँ चलने लगी हैं, मछली बाज़ारवाला शोर है। 'ले तेरे की, दे तेरे की' मची हुई है। किसकी खादी कितनी उजली और किसकी करतूत कितनी काली है, इसी बात में होड़ लगी है। टोपियों और झोलों के चरित्र एक-जैसे हो गये हैं। लोग अपने कुर्तों के कलफ़ और क्रीज़

पर तो ध्यान दे रहे हैं पर आत्मा पर पड़ी सलवटों की ओर उनका ध्यान ही नहीं जा रहा है। पोशाकें बुर्राक हैं, एक छींटा भी नहीं है मैल का उन पर, पर अन्तःकरण पर दाग और धब्बों का मेला-सा लगा है। चिड़िया चहकना भूल गयी है। उसकी आँखों में बसा नीला आकाश काला पड़ गया है। वह अब दूर तक देख नहीं पाती। अपनी ही परछाईं से डरती है। उसके पंख कतरे जा चुके हैं, 'उड़ना' उसके लिए सपना हो चुका है। सन् 1947 के बाद कुछ दिन खोयी-खोयी रही फिर फाइनली खो गयी। आम आदमी नींद में बड़बड़ा रहा है—

ऊँची बातें ऊँचा पद है,
नैतिकता का छोटा क़द है,
चुन-चुनकर आँखें भेजी थीं,
अन्धी-की-अन्धी संसद् है।

•

गुस्सा आयल बुद्धि गय

गुस्सा कई रंगों का होता है। कोई गुस्से में मेज़ पर मुक्के पटकता है तो कोई अपने बाल नोचता है। कोई दाँत पीसता है तो कोई आँखें तरेरता है। कोई बड़बड़ाने लगता है तो कोई चुप्पी साध लेता है। कोई झाग फेंकता है तो कोई महात्मा गाँधी को फालो करने लगता है जो यह कहा करते थे कि गुस्से को पीना इन्सानियत है यानी गुस्से के घूँट पीने लगता है। किसी का गुस्सा बहुत ख़ौफ़नाक होता है तो किसी का बहुत हसीन होता है, तभी तो हरफ़नमौला किशोर कुमार गाया करते हैं, 'गुस्सा इतना हसीन है तो प्यार कैसा होगा?' यानी वह गुस्से की सुन्दरता देखकर उसके बाद आनेवाले प्यार की परिकल्पना में खो जाते हैं। गुस्से को कोप अथवा क्रोध की संज्ञा से भी अभिहित किया जाता है। गोस्वामी तुलसीदास काम, मद और लोभ, मोह के साथ इसे भी नरक का पन्थ बतलाते हैं। कुछ लोग तो ज़िन्दगी भर यही नहीं समझ पाते कि उनको गुस्सा क्यों आता है? अब अपने अल्बर्ट पिण्टो को ही ले लीजिये। पूरी उम्र ही गुज़ार दी यह समझने में कि क्यों उनका चेहरा तमतमा उठता है, भट्ठी की तरह तपने लगता है, पर उनके रत्ती भर यह पल्ले नहीं पड़ पाया कि ऐसा क्यों होता है? बात-बात पर वह पैंतालीस डिग्री का आग उगलता सूरज होने लगते हैं। ग़ौर करने लायक बात यह है कि उन्हें गुस्सा आनेवाली बात पर तो आता ही है, न आनेवाली बात पर भी आता है। रिज़र्वेशन की लाइन लम्बी हो उनके नथुने फूलने लगते हैं, मौसम का मिज़ाज गर्म हो तो उनका मिज़ाज भी गर्म होने लगता है, कम्बख़्त भृकुटि तनने लगती है, भंगिमा बंकिम होने लगती है, ब्लड प्रेशर आसमान छूने लगता है। अलबत्ता! ब्लड प्रेशर लेनेवाले डॉक्टर का ख़ुद का ब्लड प्रेशर अवश्य ही लो होकर रसातल की ओर जाने लगता है।

गुस्से का सबसे बड़ा अटैक तो दिमाग़ पर पड़ता है, बुद्धि ही पहले तो गेट आउट कहती है और फिर ख़ुद ही आउट ऑफ़ स्टेशन हो जाती है। फैज़ाबाद के

रफ़ीक सादानी साहब याद आने लगते हैं, हुज़ूर फ़रमाते हैं—

आँधी आयल बत्ती गय
गुस्सा आयल बुद्धि गय
जब से आयल ईलू ईलू
तुलसी के चौपाई गय।

एकदम सही फ़रमाया है। गुस्सा सबसे पहले हमारे विवेक का अपहरण कर लेता है। हम खूँटे से छूटे साँड़ की तरह हो जाते हैं और अपनी ही खेती रौंदने लगते हैं। वैसे भी पारा हाँफ रहा है, समय पसीना-पसीना है। मौसम ही लाल कपड़ा हो चला है, इसलिए दिल और दिमाग़ के गुस्सैल साँड़ को काबू में रखना है। आमीन! आमीन!! आमीन!!!

●

भय के रूप अनेक

कुछ लोग जन्मजात भयभीत सिंह होते हैं। उन्हें भीड़ से भय लगता है तो अकेलेपन से भी भयाक्रान्त होते हैं। कभी समाज का भय तो कभी मृत्यु भय, तो कभी ज़िन्दगी से ही भयभीत। लगता है ऐसे लोग जैसे हर वक़्त किसी हॉरर शो में शामिल होते हैं। आँखें फटी पड़ती हैं, दिमाग़ फटा जाता है पर परदे से ध्यान हटता ही नहीं। एक अदृश्य परदा उनकी आँखों के आगे खिंचा होता है और रामसे बन्धुओं की कोई डरावनी फ़िल्म साकार होती रहती है। पता नहीं कविवर लीलाधर जगूड़ी कैसे लिखते हैं कि 'भय भी शक्ति देता है।' यहाँ तो घिग्घी ही बँधने लगती है, पैण्ट ही ढीली होने लगती है। किसी-किसी को तो अपने से ही भय लगता है, आइनों के सामने ही नहीं जाते कि क्या पता अपने ही सिर पर सींगें उगी दिख जायें और अपने ही ख़ून की प्यासी हो जायें। कुछ लोग तो घर से निकलते ही नहीं मरने के भय से, ऐसे लोगों के लिए ज़नाब बुद्धिसेन शर्मा फ़रमाते हैं—

हादसों के ख़ौफ़ से बाहर निकलता ही नहीं
घर के भीतर रह के वो गोया अमर हो जायेगा।

इसके उलट कुछ लोग घर जाते ही नहीं। उन्हें घर से भय लगता है। घर की दीवारें ही उनका दम घोंटने लगती हैं। कुछ लोग बीबियों से डरते हैं, तो कुछ का शौहरों के ख़ौफ़ से बुरा हाल होता है। कुछ लोग तो जैसे डरते रहने के लिए ही पैदा होते हैं, छिपकली से डरते हैं, काक्रोच से डरते हैं। कुत्ते से डरते हैं, बिल्ली से डरते हैं। डरते-डरते ही उनकी सुबह होती है, डरते-डरते ही उनकी शाम होती है, ज़िन्दगी यूँ ही तमाम होती है। भय तरह-तरह का होता है। कई बार तो कण-कण में ईश्वर की तरह व्याप्त होता है। कई लोग तो भय लगने पर गाना गाने लगते हैं। मरहूम मुहम्मद रफ़ी अभी-अभी विविध भारती पर गा रहे थे, 'डर लगे तो गाना गा।' वाकई डर लगने पर गाना गाने या सीटी बजाने से थोड़ी राहत मिलती है।

भय ख़ुद ही भयभीत होने लगता है। कोई-कोई भय तो बहुत बदसूरत होता है जबकि कभी-कभी कोई भय इन्द्रधनुषी भी हो उठता है। लड़की जब साथ दे रही होती है तो लड़की के माँ-बाप का भय सतरंगी होता है और जब लड़की भाग खड़ी होती है यानी मैदान छोड़ देती है तो इसी भय का सौ से गुणा हो जाता है। हवलदार की लड़की से इश्क़ हो जाये तो हर समय मन भय से काँपता-थरथराता रहता है। पॉपुलर मेरठी याद आते हैं, कहते हैं—

कान्स्टेबिल की लड़की से प्यार हो गया है,
न जाने किस गली में ज़िन्दगी की शाम हो जाये।

ज़िन्दगी की शाम का तसव्वुर ही बहुत डराता है। जगी आँखों में ख़ौफ़नाक मंज़र सामने आने लगते हैं। भय के रूप अनेक होते हैं। इसकी अनेकता में भी एकता के दर्शन होते हैं। डरा हुआ आदमी बहुत मज़ेदार लगता है, ख़ुद अपना ही कार्टून बन जाता है। भय की निर्भयता से कभी नहीं बनती। वैसे भय, निर्भयता को अपनी चपेट में लेने की कोशिश करता है और कभी-कभी तो सफल भी हो जाता है। तुलसी बाबा तो प्यार के अंकुरण के लिए भी भय को एक आवश्यक तत्त्व मानते हैं, तभी तो 'भय बिनु होय न प्रीति' का सिद्धान्त प्रतिपादित करते हैं। मुझे भी इस वक़्त भय लग रहा है कि कहीं मेरी टिप्पणी शब्द संख्या पार करके अनुपयोगी न हो जाये सो अपनी बकवास यहीं बन्द करता हूँ।

सर्वर डाउन है

आज़ न किसी बिल्ली ने रास्ता काटा, न ही कोई छींक हुई पर कोई काम नहीं हुआ। जहाँ भी गया सर्वर डाउन मिला। जय हो कम्प्यूटर देवता की। बैंक से पैसा निकालने गया, पैसा नहीं निकला क्योंकि सर्वर डाउन था। रेलवे की टिकट खिड़की पर लगा, रिज़र्वेशन नहीं मिला क्योंकि सर्वर डाउन था। मोबाइल में टेरिफ़ एक्टिवेट कराने गया, टेरिफ़ एक्टिवेट नहीं हुआ क्योंकि सर्वर डाउन था। मुझे लग रहा है जैसे समय का ही सर्वर डाउन हो गया है। एक समय था कि लिखते थे—

बिल्ली रस्ता काट गयी थी फिर भी सारे काम हुए
आज का दिन कुछ ऐसे बीता सुख सब अपने नाम हुए।

और एक यह आज का समय है। कम्प्यूटर हमारा हाथ-पाँव नाक-कान-आँख सब-कुछ हो गया है। मिनटों का काम सेकेण्डों में निपटा देता है, पर क्या कीजियेगा अगर कभी वह हैंग हो जाय या फिर सर्वर ही डाउन हो जाय। सर्वर डाउन हो जाता है तो नर्वस ब्रेक डाउन ही होने लगता है। आज मेरी स्थिति कुछ ऐसी ही हो गयी है। मैं चकरघिन्नी हो रहा हूँ। सारे काम ठप हो गये हैं। कुछ सूझ नहीं रहा है। रास्ते बन्द हैं। लोग हाथ-पर-हाथ रखे बैठे हैं, बस जुगाली कर रहे हैं। बातों का चूईंगम चबा रहे हैं। कोई कार्य है न कार्य-शैली। न कोई काम है न धाम, हारे को है हरिनाम। कम्प्यूटर दाँत निपोरे आराम फ़रमा रहा है, उपभोक्ता बेचारा हाड़ कँपानेवाली सर्दी में भी गरमा रहा है। ग्राहक जो दुकानदारी की भाषा में ईश्वर कहा जाता है, वह बद-से-बदतर स्थिति में है। वह लाइन में लगा ऊँघ रहा है। सुबह से शाम हो गयी है लेकिन सर्वर है कि डाउन है। ऐसे में कुछ नहीं हो सकता। पैसा न जमा हो सकता है, न ही निकल सकता है। कहीं-से-कहीं जाने का रिज़र्वेशन भी नहीं मिल सकता, आप केवल भाड़ में जा सकते हैं। मोबाइल को भी सिम निकालकर रख ही दीजिये या फिर टेरिफ़-वेरिफ़ की परवाह किये बिना अगर

औकात हो तो बाबा के मोल दोस्तों से बतरस का सुख ले सकते हैं, शब्द-शब्द पर पैसा चढ़ता है तो चढ़ने दीजिये।

कम्प्यूटर ने हमें सर्वशक्तिमान् बना दिया है मगर यह निरीहता भी उसी की दी हुई है। बेबसी, लाचारगी और बेचारगी की हवाएँ चल रही हैं। सूचना क्रान्ति के समय में ही हमारे हाथ-पाँव कट गये हैं। हाथ-पाँव इसलिए कट गये हैं क्योंकि सर्वर डाउन है। सर्वर के डाउन रहते समय का पहिया घूम नहीं सकता, वह तो तरक्की, प्रगति और उन्नतिशीलता के दलदल में फँस गया है। केवल कार्यव्यापार ही नहीं, हमारी संवेदनाएँ, दया, ममता, करुणा, प्रीति, आदर, सद्भाव, सौजन्य सब-कुछ कम्प्यूटर के हवाले हो गया है। कम्प्यूटर हमें सुला रहा है, जगा रहा है। सच तो यह है कि वह हमें न सोने दे रहा है न जगने दे रहा है। केवल और केवल बेचैन कर रहा है। उसके सामर्थ्य से इनकार नहीं है, मगर यह कैसा सामर्थ्य है जो हमें असहाय और निरुपाय बना रहा है, हालाँकि गोस्वामी तुलसीदास कह गये हैं, 'समरथ को नहिं दोस गोसाँईं'। हमारी कविता का कथ्य बदल रहा है। अब हम लिखने लगे हैं—

घुटता घर दालान कि घुटती सीलिंग है,
कम्प्यूटर में फ़ीड हमारी फ़ीलिंग है।

●

ये लड़ाई है दीये की और तूफ़ान की

दीपावली एक बार फिर आ गयी। अँधेरा गणेशजी के चूहे की तरह ही कहीं कोने-अँतरे में दुबकने लगा, हालाँकि काला धन कुछ और चमकने लगा। लक्ष्मी-वाहनों की बन आयी। एक 'लोन मेला'-सा चारों तरफ़ लगने लगा, आम आदमी को तरीक़े से ठगने लगा। अनार छूटने लगा, हमारे गाँव का हरखू टूटने लगा। दीये का तेल चुकने लगा, घरैतिन का मन दुखने लगा। आख़िर अकेली बाती बेचारी कब तक जलती, कब तक और कैसे अँधेरों को खलती। महलों में उजाला हुआ, झोंपड़ियों का अँधेरा और भी काला हुआ। लावा-लाई भी झूठ बोलने लगे, मन का भेद खोलने लगे। धनपशु धनकुबेर हुआ, बाज़ारों में अँधेरा हुआ। समय ही जुआ खेलने लगा, ख़ुशियों को पीछे ढकेलने लगा। घरों के जाले दूर हुए, पुताई हुई, दिमाग़ों का जाला बना रहा ढिठाई हुई। सत्य अहिंसा दया प्रेम किंकर्त्तव्यविमूढ़ हुए, उनके अर्थ और अधिक गूढ़ हुए। कवि कवियाया, उसने कुछ ऐसा फ़रमाया—

सत्य अहिंसा दया प्रेम से
अपना तो इतना नाता है
दीवालों पर लिख देते हैं
दीवाली पर पुत जाता है

केवल लिखा हुआ ही नहीं पुतता, स्वर्णाक्षर भी मिट जाते हैं, सच कहने के हर अवसर पर हम तो केवल हकलाते हैं। चूल्हा इतना हड़ताली है, उसको क्या जो दीवाली है। छूट रही है आतिशबाज़ी, हमको डरा रहा है माज़ी। बच्चे पटाखे बनाने में जल रहे हैं, उजालों के जुलूस निकल रहे हैं, शुभ-लाभ आँखें मल रहे हैं, स्वस्तिक छाती पर मूँग दल रहे हैं, दमा के रोगी करवट बदल रहे हैं। हर तरफ़ रोशनी का मुलम्मा चढ़ाये धुआँ है, अँधेरे रास्ते हैं, अन्धा कुआँ है।

मन का दीया है कि फिर भी जल रहा है, आज भी वैसा है जैसा कल रहा है। दीये ने सबको दिया ही दिया है, उसे किसी ने कभी कुछ नहीं दिया। बुद्धिसेन शर्मा कह रहे हैं—

किसी ने क्या दिया जलते दीये को
दीया बस नाम उसका रखा दिया है।

•

सुबह की हवाखोरी

लोग हाथों में दूध का बर्तन सँभाले, सिरों पर कनटोप का कवच पहने सुबह की हवाखोरी पर निकले हैं। गहरी-गहरी साँस ले रहे हैं और रामदेवजी को भज रहे हैं। एक अकेले रामदेवजी बेचारे कहाँ-कहाँ काम आयें। शरीर, मन और आत्मा का रोग हो तो ठीक भी हो जाये, समय को तो वंशवाद का ही रोग लगा है, बकौल कैलाश गौतम—

दिन-दिन बढ़ता जा रहा, वंशवाद का रोग।
यहाँ नहीं है कारगर, रामदेव का योग।।

मतलब साफ़ है। सुबह की टहलान भी हो रही है, राष्ट्रीय-अन्तर्राष्ट्रीय मामले भी जेरे बहस हैं। ताज़ी हवा के साथ बासी कढ़ी को उबाला जा रहा है, दिलों में गुस्सा खौलाया जा रहा है। खदबदा रहा है आक्रोश। सूर्य अभी पूर्वी क्षितिज पर अलसाया हुआ आँखें मल रहा है। देर तक सोनेवाले मोनूलालजी को तो सुबह उठकर टहलनेवाले अनिद्रा के रोगी लगते हैं। शर्माजी तो सुबह उठकर इसलिए टहलते हैं ताकि दूधवाला, दूध-का-दूध और पानी-का-पानी न कर दे यानी सौ प्रतिशत गाढ़े दूध से साक्षात्कार सम्भव हो पाये। ऐसा दूध मिले कि आँखें भी उजला जायें। उनका दर्शन है, 'एक पन्थ दो काज सँवारे, घाम लेय और चीलर मारे।' तात्पर्य यह कि उनके लिए घाम लेना अगर टहलना है तो चीलर मारना दूध लेने-जैसी सात्त्विक क्रिया है। इसी के चलते वह अलस्सुबह क्रियाशील हो उठते हैं। उन्हें दोनों तरह की क्रियाएँ सिद्ध हैं, वह अकर्मक क्रिया हो या फिर सकर्मक क्रिया, लेकिन आफ़त यह है कि सुबह की सैर में भी राजनीति के कीटाणु सक्रिय हो उठते हैं। हमारे कक्कड़ साहब को तो ब्लड प्रेशर पर काबू पाने के लिए डॉक्टर ने टहलने की सलाह दी है, मगर क्या करिये? सुबह-सुबह टहलायी में ही राजनीति पर गरमागरम बहसें शुरू हो जाती हैं और उनका ब्लड प्रेशर आसमान छूने लगता है।

कल ही उन्होंने अपना ब्लड प्रेशर नपवाया तो पता चला कि प्रेशर पर काबू की कौन कहे जब से उन्होंने नियमित टहलना शुरू किया है, ब्लड प्रेशर पूर्णिमा के चाँद की तरह दिन दूना-रात चौगुना बढ़ता जाता है, उछाल लेता है।

सक्सेना साहब की दिक़्क़त तो और भी दिलचस्प है। एक तो उनका मधुर व्यक्तित्व, मधुमेह की बीमारी तो उन्हें होनी ही थी, दूसरे जब से टहलना शुरू किया है, डाइबिटीज और अधिक परेशान किये रहती है। होता यह है कि जब टहलने निकलते हैं तो गरमागरम जलेबी कड़ाही में नृत्य कर रही होती है। यह मनोरम दृश्य देखकर उनकी स्वादेन्द्रिय ज़ोर मार देती है। लोटा भर पानी मुँह में भर आता है, जीभ महारानी मछली की तरह तड़फड़ा उठती हैं। परिणाम यह होता है कि वह सौ-पचास ग्राम जलेबी का भोग लगभग रोज़ ही लगा लेते हैं। यह उनका नित्यकर्म हो गया है। अब मधुमेह बिचारा क्या करे? कैसे हाथ आये?

निष्कर्ष यह निकला कि सुबह की सैर वरदान बनने की जगह बहुतों के लिए एक नये तरह का सिरदर्द बनने लगी है, लेकिन मैं बहुत-सारे संयमी मानुषों को भी देख पा रहा हूँ जो कड़ाके की ठण्ड में भी टहलते-टहलते पसीना-पसीना हैं। न बहसों में उलझ रहे हैं न ही जलेबी खा रहे हैं। वह तो टहल रहे हैं, बस टहल रहे हैं।

•

बाल-दिवस के मायने

सुबह ही ज़िन्दगी की शाम करने जा रहा है
वो अपने ख़्वाब सब नीलाम करने जा रहा है
वो जिसको इन दिनों स्कूल जाना चाहिए था
वो बच्चा दस बरस का काम करने जा रहा है

बाल-दिवस की आहटें सुन रहा हूँ और यह पंक्तियाँ गुन रहा हूँ। स्कूल जाने की उम्र में स्कूल का रिक्शा खींचते बच्चे, होटलों पर जूठे कप-प्लेट धोते बच्चे, सिनेमाहालों के बाहर मूँगफली बेचते बच्चे, फुटपाथों पर साहबों के जूते चमकाते बच्चे, कार साफ़ करते बच्चे, झाड़ू-पोंछा करते बच्चे, बचपन से अपरिचित बच्चे, बूढ़े होते बच्चे, बिना दवा के दम तोड़ते बीमार बच्चे, भूख का ककहरा सीखते बच्चे, रोटी का सपना देखते बच्चे, सपने देखकर लहूलुहान होते बच्चे, पतंग उड़ाते नहीं बनाते हुए बच्चे, गुब्बारे खेलते नहीं बेचते बच्चे। बच्चे, बच्चे और बच्चे। चाचा नेहरू के देश के बच्चे। उनके अपने भतीजे बच्चे। बड़े साहब के बँगले पर पहरा देते बच्चे, धोखे से रकाबियाँ टूट जाने पर मालिक का तमाचा खाते बच्चे, पगार कटवाते बच्चे। वो बच्चे जिनसे प्रायः कहा जाता है, 'इन्साफ़ की डगर पे बच्चों दिखाओ चल के, ये देश है तुम्हारा नेता तुम्हीं हो कल के।' इन तरह-तरह के बच्चों की तस्वीर ज़ेहन में गड्डमड्ड हो रही है। जिनका 'आज' ही नहीं है, वह भला 'कल के नेता' कैसे हो सकते हैं ? उनका वर्तमान ही भविष्य को जैसे मुँह चिढ़ाता है।

कुपोषण के शिकार बच्चे स्वास्थ्य संगठनों से चुप रहकर भी सवाल कर रहे हैं। अशिक्षा के अँधेरे में घिरा बचपन शिक्षा-मन्दिरों में टाट-पट्टी बिछा रहा है और गुमसुम-सा पूछ रहा है कि अपने देश में यह किन देश के बच्चों का बाल-

दिवस आया है? उन बच्चों का जो एन. आर. आई. हो चुके हैं या फिर उन बच्चों का जिन्होंने वातानुकूलित कक्षों से निकलकर कभी सुबह का सूरज देखा ही नहीं, हवा की थपकियाँ महसूस नहीं कीं, ओस में भीगे नहीं। वो धूल जो माथे का चन्दन भी हो सकती थी, उसे केवल धूल ही समझा।

फुटपाथ पर खड़ा नाक बहाता एक बच्चा बाल-दिवस के मायने समझने की कोशिश में अधेड़ हुआ जा रहा है।

•

'कैजुअल' बाकी बची है

देह भर में धूप मेंहदी-सी रची है, आज घर पर ही रहेंगे

है दिसम्बर कैजुअल बाकी बची है, आज घर पर ही रहेंगे

कैलेण्डर पर आख़िरी महीना किसी परिन्दे की तरह पंख फड़फड़ा रहा है। तारीख़ों की इस साल की नदी पार होने को है। दिसम्बर दिग्-दिगन्त से अपने पयाम भेज रहा है। साहब लीव रजिस्टर भर रहे हैं। बड़े बाबू ने साल भर असरकारी ढंग से सरकारी सेवा की है। अचानक उनकी बाँछें खिल गयी हैं। फ्रेंच लीव मारते-मारते कहीं कोने-अँतरे से उनकी एक अदद कैजुअल लीव बची रह गयी है। उन्होंने अहम् निर्णय ले लिया है। आज दिन भर कंचन काया पर तेल चुपड़कर धूपस्नान करेंगे और 'तसव्वुरे जाना' करेंगे।

सो! अपने अज़ीज़ के हाथों आकस्मिक अवकाश का आवेदन अपनी लीलाभूमि यानी दफ़्तर के लिए रवाना कर नमक लगे कटे अमरूदों के साथ वह छत पर छाती फुलाकर आ विराजे हैं और ऐनक आँखों पर चढ़ाकर अख़बार का शब्द-शब्द वसूल कर रहे हैं। राहुल गाँधी से लेकर धोनी तक और शहरुख खान से लेकर दीपिका पादुकोण तक सबको आत्मसात् कर रहे हैं। अदरक की चाय के साथ मीठे अन्दाज़ में घरैतिन की मुस्कुराहट सहेजे समाज में व्याप्त तल्खी महसूस कर रहे हैं। बीच-बीच में महँगाई के नाम पर भी कैजुअली रो ले रहे हैं, 'कैजुअल लीव' पर जो हैं। कैजुअल लीव भी साहब ग़रीब को राम रतन धन की तरह बचानी पड़ती है। साल के आख़िरी महीने में वह जेब में पड़ी आख़िरी मूँगफली की तरह अस्तर पलटकर बमुश्किल बरामद होती है। वैसे तो अपना भारत एक कृषिप्रधान देश होने के साथ-साथ एक छुट्टीप्रधान देश भी है, फिर भी आम आदमी छुट्टी के लिए पागल रहता है, 'दिल तो पागल है' की तर्ज़ पर। छुट्टी का एक भरा-

पूरा दिन जी लेने के बाद शाम फिर बोझिल महसूस होने लगती है कि फिर कल अफ़सर का मनहूस चेहरा देखना पड़ेगा, लेकिन किया क्या जा सकता है ? चाँद-जैसा चेहरा आप देखेंगे तो बॉस का 'थर्टी टू आल आउट' वाला चेहरा भला कौन देखेगा? बड़े बाबू यही सोचकर सन्तोष कर लेते हैं और फिर कैजुअल लीव का आनन्द लेने लगते हैं। देखिये आपकी भी शायद एकाध लीव बची हो।

•

हवा नाख़ून तेज़ कर रही है

सर्दी ने आँखें तरेरनी शुरू कर दी है। हवा नाख़ून तेज़ कर रही है। अभी तक काग़ज़ पर कुएँ खुदे, हैण्डपम्प लगे और अब काग़ज़ पर ही अलाव जलने की तैयारी हो रही है। शीतकालीन सत्र भी शबाब पर आने को है। सुबह की हवाखोरी पर असर आना शुरू हो गया है। दूध के लोटों की लाइनें ज़रा देर से लगने लगी हैं। खाँसी-ज़ुकाम की अन्त्याक्षरी चल रही है। ख़ास आदमी सर्दी का लुत्फ़ लेने के मूड में है पर आम आदमी की रूह अभी से काँप रही है। घरवाली बुने हुए स्वेटर फिर-फिर उधेड़कर बुन रही है।

फ़िज़ाओं में अल्कोहल की गन्ध है। लोग गिरे पड़ रहे हैं, ठीक वैसे ही जैसे पारा गिरता है या फिर चरित्र गिरता है। यह बात और है कि न मल्लिका सहरावत को सर्दी लगती है और न ही विपाशा वसु को। माधुरी पर फ़िल्माया गया लोकप्रिय गीत छोटे परदे पर एक बार फिर लहर पैदा कर रहा है, 'मेरा पिया घर आया ओ रामजी!' पता नहीं श्रीमान् नेने के लिए गाया जा रहा है या फिर पहाड़ों से उतर रहे जाड़े के लिए। यह बात और है कि नग्नता के रावण की नाभि में बाण मारनेवाले पिया घर नहीं आ रहे हैं। हालाँकि अलग-अलग चैनल पर रामजीवाला गीत ही रिबाइण्ड हो रहा है। गाने भी एक प्रकार के रामसेतु ही होते हैं, जिनसे जुड़ जाता है टूटा-फूटा मन। पराये शहर में हलकी गुलाबी खुनकी की ठुनकी में कोई यह शेर दुहराता रह जाता है—'ये सर्द रात आवारगी में नींद का बोझ/ हम अपने शहर में होते तो घर गये होते।' बहरहाल! सर्दी का पहाड़ा कठिन होने को है। किटकिटाते हुए दाँतों की गिनती, भाप छोड़ते मुँह और केतली, कुहरे के दस्तावेज़, बादलों की शाल ओढ़े नीम सभी आपको मुबारक हों। हाँ सर्दी की बेदर्दी से ज़रा बचकर रहियेगा। वह बेदर्दी बालमा से कुछ कम घातक नहीं होती।

•

सावधान! कैलेण्डर बदलनेवाला है

बा अदब बा मुलाहिजा होशियार। कैलेण्डर बदलनेवाला है और नया साल आनेवाला है। सूरज मोमबत्ती की लौ की तरह मद्धिम है, कुहरे की चादर समेटे समय साँस ले रहा है। ऐसा लगता है समय नहीं बदलता, बस कैलेण्डर ही बदल जाया करते हैं। नये साल की राह तकते पुराना कोट पहने कवि बुद्धिसेन शर्मा अपनी ताज़ी ग़ज़ल कह रहे हैं— 'हवा का तेज़ खंज़र काटता है, बुढ़ापे में दिसम्बर काटता है।' अभी दिसम्बर काट रहा है, तो जनवरी में भला क्या होगा ? 2007 तीन-पाँच और पाँच-सात करते बीत गया, अब 2008 के ठाठ देखने हैं। बहुत-सारी उम्मीदें, तसल्लियाँ और सान्त्वनाएँ एक बार फिर सिर उठा रही हैं। लोकप्रिय कवि रहे स्वर्गीय कैलाश गौतम के बोल जैसे एक बार फिर हवा में तैर रहे हैं, फ़रमाते हैं—'नये साल की नयी तसल्ली अच्छी है जी अच्छी है, दूध नहीं पीयेगी बिल्ली अच्छी है जी अच्छी है।' तापमान गिर रहा है, अपनी क्या कहें हम तो पहले से ही गिरे हुए हैं। जहाँ बर्फ़ गिर रही है, वहाँ धूप के कारोबार चल रहे हैं। (कविवर सूर्यभानु गुप्त क्षमा करें)।

बहरहाल! तारीख़ों की एक नदी पार होने को है, हम किनारे पर पहुँचने को हैं। किनारे पर एक नयी नदी हमारा इन्तज़ार कर रही है यानी नाव होगी दूसरे दरिया में इस दरिया के बाद। कैलेण्डर दीवारों पर एक सफ़ेद सूनापन छोड़ेंगे जिसे भरेंगे नये कैलेण्डर। हमारे जीवन और जगत् में नये और पुराने दोनों का समान महत्त्व है, यह महत्त्व प्रायः साहित्य और संस्कृति के छोरों को भी छूता है। हमारे यहाँ पुराना चावल है तो नयी कविता भी है। मध्यवर्गीय परिवार की हमारी महिलाएँ अक्सर पुराना स्वेटर खोलकर नयी बुनाई डालती हैं, भले ही जगह-जगह से ऊन टूटता हो पर हमारे नयेपन का आग्रह तो पूरा होता है। निराला भी 'नव गति नव लय ताल छन्द नव' की ही बात करते हैं। 2007 पुरानी शाम की तरह झुक आया है,

2008 की नयी सुबह अपनी नवता सहेजे-समेटे अभी समय की कोख में है।

हम तो पुराने को प्रणाम करते हैं, नयेपन के हामी हैं। हमारा कविता के प्रतिमान से काम नहीं चला तो हमने नये प्रतिमान कहा (नामवर सिंह की जय हो!), कविता को नयी कविता, कहानी को नयी कहानी और गीत को नवगीत कहने से भी हम बाज़ नहीं आये। अब फिर एक बार नया साल सामने है, पुराने साल की शहतीरें नेपथ्य में जा रही हैं। दीवारों पर टँगी कीलें नये चित्रों और नयी तस्वीरों की प्रतीक्षा में हैं। सावधान! समय करवट ले रहा है। सावधान इसलिए कि सावधानी हटी और दुर्घटना घटी। आप कहेंगे कैलेण्डर बदलने में आख़िर कैसी सावधानी, तो मेरा कहना है कि वातावरण में अल्कोहल का कोलाहल स्पष्ट सुनायी देने लगा है। कहीं ऐसा न हो कि इस कोलाहल में आप पुराने साल को कायदे से ससम्मान विदा ही न कर पायें, नये साल के स्वागत में ही लड़खड़ा जायें। इसलिए पूरे होश में इस साल को विदाई दें, नये साल का इस्तकबाल करें! बेख़ुदी इतनी अच्छी भी नहीं कि ख़ुदी पर चढ़ बैठे। आमीन! आमीन!! आमीन!!!

•

ग्रीटिंग हारा, जीता एस. एम. एस.

नया साल आ गया। उसने रफ़्तार भी पकड़ ली। जनवरी हिरन की तरह कुलाँचें भरने लगी। नया, पुराने की तरफ़ अग्रसर हो चला। शुभकामनाओं के बादल घिरे। हलकी बूँदा-बाँदी हुई, फिर सब-कुछ टाँय-टाँय फिस हो गया। वह दिन लद गये जब मन कवियाता था और लिखा जाता था—

मेघ बधाई के उठे, बरसे सारी रैन।
जल से भीगे हो गये, स्वयं धूप के नैन।।

अब तो स्थितियाँ बहुत बदल गयी हैं। अब शुभकामनाओं की वैसी चिकनी बयार तो जैसे चलती ही नहीं। नया साल आने को होता था कि दूकानें सज जाती थीं। एक हज़ार वाट के अनेक जाज्वल्यमान् बल्बों की रोशनी तले सुचिक्कण ग्रीटिंग्स का मेला लग जाता था। कहीं सुनहली तो कहीं दूधिया रोशनी की नदी बह निकलती थी, जिसमें मंगलकामनाओं की नदियाँ हिचकोलें खाती थीं। हालाँकि गफ़लतें तब भी होती थीं। 'नव वर्ष मंगलमय हो!' की जगह 'नव वर्ष दंगलमय हो' छप जाया करता था। नये सिरे से कार्ड का प्रूफ़ पढ़ना पड़ता था तब जाकर मंगलमयता बहाल होती थी। शुभकामनाएँ, अशुभ का मस्तक कुचलती हुई अपने गन्तव्य तक आन-बान और शान से पहुँचाती थीं। नये साल की बधाई भेजनेवाला ग्रीटिंग में अपने मन प्राण तक उँड़ेल देता था। जीवन्त शब्दों में लगता था जैसे वह अपने प्रिय तक ख़ुद ही चलकर पहुँच जा रहा है।

अब यह दौर तो 'लग्गी से पानी पिलानेवाला आ पहुँचा है। पहले चिट्ठी गयी, ग्रीटिंग आया। अब ग्रीटिंग गया, एस. एम. एस. युग का पदार्पण हो चुका है। नया साल लगने के बाद मेरे पास तीन ग्रीटिंग और तीन सौ एस. एम. एस. आ चुके हैं। अब इसी अनुपात से समय की बेतहाशा दौड़ का अन्दाज़ा आप लगा सकते हैं। आज किसी को फ़ुर्सत नहीं है कि ग्रीटिंग लिफ़ाफ़े में भरे, लिफ़ाफ़े पर टिकट लगाये और फिर लेटर बॉक्स तक अपने पैरों को कष्ट दे। उसके लिए तो

सुविधाजनक है मोबाइल, मोबाइल के बटन और अपनी भिण्डी-जैसी उँगलियाँ। वह पलभर 'पिट-पिट' करेगा और मिनटों का काम सेकेण्डों में सम्पन्न कर लेगा। पलक झपकते ही मेसेज ये गया और वो गया। छिन भर में मुम्बई, कोलकाता, चेन्नई, दिल्ली एक करके बन्दा इलाहाबाद में धूप खायेगा। कौन होगा ऐसे में जो ग्रीटिंग के झमेले में सिर खपायेगा? सूचना क्रान्ति के ज़माने में कौन कछुए की तरह चलना चाहेगा, वह तो खरगोश की तरह 'रनिंग बिट्वीन विकेट' करेगा, भले ही बीच पिच पर उसे नींद आ जाये।

यह सूचना के बम ब्लास्ट का समय है। ऐसे में आपके पेट में दर्द क्यों हो रहा है? आप तो 'नौ दिन चले अढ़ाई कोस' वाले ज़माने के ठहरे। यहाँ तो हम दो-चार-दस एस. एम. एस. करेंगे और फिर अपना रास्ता लेंगे। हमें तो और भी काम हैं। अतीत गाथा लेकर बैठेंगे तो हो चुका। यह नास्टेल्जिया आपको ही मुबारक हो! हमें तो नया साल मुबारक होने दीजिये।

बहरहाल! औपचारिकता का अन्धड़ चल रहा है। नेटवर्क जाम होने या और कुछ प्राब्लम होने के बाद भी मेरा 'मेसेज बॉक्स' नके नक ठूँस-ठूँस के भरा जा चुका है। मुफ़्त एस. एम. एस. का मज़ा लूटनेवाले आन्दोलनधर्मी सक्रियता का परिचय दे रहे हैं। ग्रीटिंग चारों खाने चित्त या फिर औंधे मुँह गिर पड़ा है। उसे एस. एम. एस. के पहलवान ने पछाड़ दिया है। ग्रीटिंग हार गया है, एस. एम. एस. जीत गया है। नये साल का नया परचम लहरा रहा है।

•

ग़लतियों का सुरक्षा कवच 'सॉरी'

सोचता हूँ यह 'सॉरी'-जैसा मुलायम-मुलायम शब्द दुनिया में न होता तो दुनिया बिना नमक की दाल-जैसी हो जाती। ज़िन्दगी और दुनिया की दाल में 'सॉरी' का सहलाता हुआ शब्द ही नमक बनकर पड़ जाता है और सब-कुछ स्वादिष्ट हो उठता है। ग़लतियाँ करके 'सॉरी' बोलने का लुत्फ़ जिसने उठा लिया, उसने समझो सब-कुछ पा लिया। वह तो बार-बार ग़लती करेगा। यह शब्द ऐसा है कि जब बोला जाता है तो बेचारा सामनेवाला खिसियानी-सी हँसी हँसकर क्लीन बोल्ड हो जाने में ही राहत अनुभव करता है। चेहरे पर पर्याप्त विनम्रता, सौजन्यता और सौम्यता की छौंक-बघार देकर होंठों को थोड़ा खोलकर मुँह ज़रा गोलकर हलकी-सी चाशनी लपेटकर बस इसे सजा भर देना होता है। इतने भर से सारा काम हो जाता है। सामनेवाला लाजवाब हो जाता है, किलकिलाकर रह जाता है। ऐसा लगता है जैसे कोई मारकर कण्डे सुँघा रहा हो। इस शब्द की महिमा हमारे कल्चर में घुल-मिल-सी गयी है। कोई दिन ऐसा नहीं जाता जब आप 'सॉरी' न बोलें या आपसे कोई 'सॉरी' न बोले। कई बार तो यह शब्द सम्बन्धों में आ रही खटास को भी अतिरिक्त मधुरता में तब्दील कर देता है। आप जिससे मुख़ातिब होते हैं, वह यह कहने पर मज़बूर या लाचार हो उठता है कि इसमें 'सॉरी' की ऐसी क्या बात है, ऐसा तो किसी के भी साथ हो सकता था। दिल में चाहे जितना तूफ़ान उठे, आपको 'सॉरी' के आगे नतमस्तक होना ही पड़ता है। यह प्रायः टूथपेस्ट के सुरक्षा चक्र की ही तरह ग़लतियों का सुरक्षा कवच बन जाता है।

यह इतना प्यारा शब्द होता है कि ग़लतियाँ करने का बार-बार मन होने लगता है। यह संवेदनशील लोगों को ग़लतियाँ करने का लाइसेन्स ईशू करता है। यह संवेदनशीलता हर प्रकार की ज्वलनशीलता पर भारी पड़ती है जो प्राणिमात्र को घुलनशील बनाती है। जो मज़ा 'सॉरी' बोलने में है, वह 'माफ़ कीजियेगा' कहने

में नहीं है। 'सॉरी' बोलने में एक फ़ोर्स होता है जो बड़ी ख़ामोशी के साथ आपको प्रेशर में ले लेता है और आप 'हें-हें' करते रह जाते हैं, चश्मे के लेन्स के पीछे से दो निरीह और कातर आँखें झाँकती रह जाती हैं और काम तमाम हो जाता है।

बहरहाल! मैं अभी आपसे 'सॉरी' बोल रहा हूँ। आपने अत्यन्त धैर्य के साथ मेरा 'सॉरीनामा' पढ़ा। हालाँकि मुझे पता है कि इसमें 'सॉरी' की ऐसी कोई बात नहीं है।

•

गुलमोहर, काली घटा, आधी जुलाई

झमाझम पानी बरस रहा है। मानसून इस बार थोड़ा 'सून' आ गया है। हरापन फैल रहा है, पुराने घाव भी हरे हो रहे हैं। हरियाली किसी गुत्थी-सी उलझ रही है। छतें टपक रही हैं, फोड़े से टपक रहा है मन। असलम इलाहाबादी याद आ रहे हैं, फ़रमाते हैं—

हम पक्के मकानों में भी महफ़ूज़ नहीं हैं
छत तोड़ के आ जाता है बरसात का पानी

शायद इसीलिए कहा गया होगा, 'बरसात बुरी नहीं है मगर पानी बताशों पर पड़ रहा है, अफ़सोस यही है।' सड़कों पर पानी के साँप लहरा रहे हैं। अभी पिछली ही सर्दियों में बनी सड़क के ज़ख़्म भी खुल गये हैं। आम आदमी बिलट रहा है, तेज़ बारिश और हवा में उसका छाता उलट रहा है और उधर मुकेश साहब रटन लगाये हैं, 'बरखा रानी ज़रा जम के बरसो।' काली घटा काले जन्तर-सी टूटकर गिर रही है। पानी आग लगा रहा है। दियासलाई से आग ग़ायब हो रही है। 'सीली हवा छू गयी, गीला बदन जल गया' वाली स्थिति है। पावस गीत आँखें मुलमुला रहे हैं। महादेवीजी क्षमा करें हर बदली ही दुख के नीर से लबालब है। बच्चों के बस्ते तरबतर हैं, किताबें-कापियाँ गीले हैं। शिक्षा का बण्टाधार करनेवाले स्कूलों को जाने क्यों 'रेनीडे' की छुट्टी से गुरेज़ हो चला है, उन्हें सारी पढ़ाई इसी बरसात में करानी है। अपना ज़माना याद आता है जब ज़रा-सी रिमझिम में ही रेनीडे हो जाया करता था, अब तो मूसलाधार पानी में भी क्लास चलते हैं, डीक्लास होता है वक़्त।

हर शहर मुम्बई हो चला है। गहरी उमस होती है और पानी तड़तड़ा उठता है। कुम्हारों के आँगन पर भी बादल छाये हुए हैं। बकौल अमरनाथ श्रीवास्तव 'मयख़ाने के ऊपर सूरज की नज़र टेढ़ी है।' किताबोंवाले कमरे में भी पानी आ गया है। 'खंजन नयन' भीगा तो भीगा, 'राग दरबारी' भी भीग गया है। झड़ी टूट नहीं

रही है, टूट रही है केवल तिरछी बौछार। जल प्रलय का दृश्य उपस्थित हो रहा है। एक पुरुष भीगे नयनों से प्रलय प्रवाह देख रहा है। प्रसादजी का प्रसाद फलीभूत हो रहा है। 'कामायनी' के पृष्ठ पंख फड़फड़ा रहे हैं। घुटनों-घुटनों पानी में हैं समय और समाज।

बारिश अत्याचार पर आमादा है। नदी देह तोड़ रही है, तटबन्ध टूटने को हैं। बरसाती की टीन की छत भी 'टपर टुपुर' कर रही है, बावज़ूद इस अन्याय के बारिश का मौसम अच्छा लग रहा है, तन ही नहीं मन भी भिगो रहा है। स्मृतिशेष-कीर्तिशेष कैलाश गौतम का काव्यपाठ करता स्वर उभर रहा है, 'गुलमोहर काली घटा आधी जुलाई क्या करूँ, फिर किसी ने फूँककर मारी है राई क्या करूँ, एकादशी की शाम और नमकीन लाई क्या करूँ?'

•

जून जा रहा है

जिसे लोग 'मोस्ट अनरोमैण्टिक' महीना समझते हैं, मुझे सबसे अधिक पसन्द है। जी हाँ! मैं जून की बात कर रहा हूँ, जो बिना उफ़ किये साल को दो टुकड़ों में बाँट देता है। जून में दो जून की रोटी का अपना मज़ा रहता है। गर्मी की छुट्टियाँ रहती हैं। पहले इन छुट्टियों को ख़ुद एनज्वॉय करता था, अब बच्चों के माध्यम से आनन्दमंगल करता हूँ। कैरम, लूडो, ताश, शतरंज, साँप-सीढ़ी की गहमागहमी रहती है। लखनऊ, दिल्ली में हॉस्टलों में रह रहे नौनिहालों से घर भर जाता है। घरवाली भी बच्चों को पाकर निहाल रहती है। पानी माँगो तो लस्सी देती है या फिर मैंगो शेक से भरा गिलास सामने आता है। बच्चों के बहाने अपनी भी चाँदी हो जाती है। वही चाँदी साकार करनेवाला महीना जून जाने को है। अपनी चाँदी, लोहा होने की तैयारी में है। जून के आतप-भरे दिनों में जो बच्चे आँखों को ठण्डक पहुँचाते रहे, सब अपना-अपना रिज़र्वेशन करा रहे हैं। एक बार फिर घर में रह जायेंगे अधेड़ दम्पति अपने-अपने मोबाइल स्क्रीन पर 'मिट्ठू कालिंग, मन्नू कालिंग, टिन्नू कालिंग' का इन्तज़ार करते।

अभी कल ही की तो बात है। जून लगा था। कहते हैं जो लगा सो भगा, तो यह जून भी भागने को है। जून जा रहा है यानी बहुत-कुछ जा रहा है। परिन्दे अपनी-अपनी शाखों को जा रहे हैं। पता नहीं क्यों जून भावुक कर रहा है या हमीं इमोशनल फूल होते जा रहे हैं। ज़नाब अकबर इलाहाबादी ने कितना ही जून को कोसा पर हम उसके प्रति कभी कोई कड़ुवाहट नहीं रख सके, उन्होंने तो यहाँ तक कह दिया—

पड़ जायें अभी आबले अकबर के बदन पर
पढ़ के जो कोई फूँक दे अप्रैल-मई-जून।

हमारे बदन पर तो न आबले पड़े न छाले-फफोले, बल्कि इस बार तो जून ने बहुत समय पर मानसून की सौगात दे डाली। आँखें भी ठण्डी हुईं और छाती भी। जून की यह अदा देखकर तुलसी बाबा के शब्दों में यह कहने का मन हो आया, 'तोहि देखि सीतल भइ छाती।' पर्यावरण-दिवस से शुरू होकर गंगा दशहरा मनाता जून, इमरजेन्सी की वर्षगाँठ से भयभीत होता हुआ, अब तिरोहित होने को है। आँखें मिचमिचा रही हैं। अगर ख़ुशियाँ देने पर आ जाये तो जून भी कम ख़ुशियाँ नहीं देता। भरे जेठ-बैसाख में सावन की भूमिका बना देता है। उसी सावन की भूमिका बनाता है जिसमें पवन शोर करता है। यह अच्छी बात है कि जून कोई शोर-शराबा नहीं करता। सारा काम अण्डरटोन में करता है, भूले से भी लाउड नहीं होता। यह उन्हें पसन्द भी नहीं करता जो ख़ुशियों के नाम पर लाउडस्पीकर हो जाते हैं। बहुत ख़ामोशी से बीत गये चिलचिलाते हुए जेठ को भी शुभकामना दे डालता है—

चिलचिलाते जेठ को शुभकामना मेरी
रख दिया जिसने तृषा के होंठ पर सावन।

मार्च और अक्टूबर-जैसे महीनों के तो बहुत गुण गाये गये हैं। अभी जुलाई भी आ रही है त्योहारों का गुलदस्ता लिये। जून की संवेदनशीलता शायद इसीलिए अनदेखी रह जाती है, मगर मुझे तो भाई जून छूता है। वही जून जा रहा है। जानेवाले को भला कौन रोक सकता है?

•

सपनों की भ्रूणहत्या

एहतराम इस्लाम का एक शेर याद आ रहा है—

सिलसिला जारी निरन्तर भ्रूण हत्याओं का है
सोचिये तो क्या कलेजा आज की माँओं का है।

सचमुच! यह समय सपनों की भ्रूणहत्या का है। जिधर देखिये उधर लहूलुहान भ्रूण नज़र आ रहे हैं। कोख में ही सुबहें मारी जा रही हैं। जो सपने येन-केन प्रकारेण भ्रूणहत्या की साज़िश से बच जाते हैं उन्हें अकालमृत्यु का शिकार होना पड़ता है। एक सपना रामराज्य का राष्ट्रपिता ने देखा था जो रामसेतु से होता हुआ रावणराज्य तक आ पहुँचा है, फिर रूठे राम मनाये जाने लगे हैं, कोई पास से ही बुदबुदाता हुआ निकल गया है—'बाहर युद्ध छिड़ा है गहरा लेकिन वो तो घर बैठे हैं, जिनका कोई चरित नहीं वो राम चरित लेकर बैठे हैं।' एक सपना सालों-साल दिखाया, बिग बी ने, वह भी करोड़पति बनने का। कम्बख़्त फ़ोन लगाते-लगाते ही कंगाल-बेहाल हो गये। एक दोहा रचकर सन्तोष कर लिया।

कैसे बनें करोड़पति बदलें अपना हाल।
यही सोच रोटी जली, जली हमारी दाल।।

कभी ऐसा नहीं होता कि कहीं अपनी दाल गल भी जाय, बस हमेशा जल जाना ही उसके नसीब में आता है। एक होते थे 'मुंगेरीलाल के हसीन सपने', अपने लिये तो हमेशा 'अनसीन' ही रहे। उनकी आँखों का फड़फड़ाना ही सदा हाथ लगा, गुलज़ार साहब ने आगाह किया, 'काँच के ख़्वाब हैं आँखों में चुभ जायेंगे'। पर मानता कौन है। ख़्वाब देखे और ख़ूब देखे, आँखों में ख़ूब चुभे और ख़ूब चुभे। फिर ख़ूब कही तो ख़ूब कही। जब से बड़े हुए हैं सपनों का टूटना ही जाना है, तिस पर पंजाबी कवि पाश भी जले पर नमक छिड़कने से कब बाज़ आये हैं, फ़रमाते हैं, —'सबसे ख़तरनाक होता है हमारे सपनों का मर जाना।' सच तो यह है कि

अब इस भयावहता के हम अभ्यस्त हो गये हैं। हमें सह गया है यह सब-कुछ। कभी कहते थे, जोश में इतना भर गये सपने, होश के पर कतर गये सपने। अब तो अरसे हो जाते हैं, कोई सपना ही आँख में नहीं सजता। हम सूनी-सूनी आँखें लिये खाली-खाली और काली-काली रातों में सपनों की राह बिसूरते रह जाते हैं। सपनों के गर्भ में ही सपनों की भ्रूणहत्याएँ हो जाती हैं। मदर टेरेसाएँ , लक्ष्मीबाइयाँ और कल्पना चावलाएँ घूरे पर भ्रूण की शक्ल में फेंक दी जाती हैं और हम स्त्री-विमर्श की गोष्ठियों में व्यस्त रहे आते हैं।

•

क़लम की नीलामी और छप्पन भोग

एक राजनेता की लिखी नयी किताब की एक लाख प्रतियाँ बिकीं। यह समाचार इन दिनों सुर्ख़ियों में है। वाह भाई! वाह। एक होलटाइमर लेखक पूरी ज़िन्दगी क़लम घिसता है और उसकी किताब का पहला संस्करण भी ख़त्म नहीं होता, जबकि संस्करण पाँच सौ प्रतियों में या अधिक-से-अधिक ग्यारह सौ प्रतियों में छपते हैं। इस तथ्य से अब यह स्पष्ट हो चला है कि राजनेता ही 'त्वमेव सर्वं मम देव देव' की स्थिति को प्राप्त होता रहेगा। वही सबसे बड़ा लेखक, चित्रकार, अभिनेता होगा। उसी से संस्कृतिकर्म का सूचकांक देखा जायेगा। वह भारत और अपना यानी दोनों का ही भाग्य विधाता होगा। उसी की 'जय हे, जय हे, जय हे' होगी। वह अपने जीवन और देश पर जमकर लिखेगा। लिखते समय वह अतिशयोक्ति अलंकार के भी नाक-कान काट लेगा। वह आत्ममुग्ध रहेगा और पाठक समुदाय को विस्मय विमुग्ध करेगा।

प्रेमचन्द, मुक्तिबोध, निराला की बातें करना अब बेमानी है। अब तो राजनेता लेखकों की चाँदी है या फिर उन लेखकों की चाँदी है जो सत्ता के गलियारों में पोंछा लगा रहे हैं, 'शोभित कर नवनीत लिये हैं' और 'रागदरबारी' जिन्हें सिद्ध है। जनकवि कैलाश गौतम कहते हैं—'जिनको आगे होना था वो पीछे छूट गये /जितने पानीदार थे शीशे तड़ से टूट गये /प्रेमचन्द से, मुक्तिबोध से, कहो निराला से। क़लम बेचनेवाले अब हैं करते छप्पन भोग।'

अभी हाल ही में कविता के कीर्तिपुरुष त्रिलोचन नेपथ्य में गये हैं। शासन-प्रशासन उनकी तरफ़ से भी धृतराष्ट्र ही बना रहा। हिन्दी एकांकी के जनक भुवनेश्वर अनाम ज़िन्दगी जीते हैं और एक दिन उसी इलाहाबाद के पथ पर जहाँ निराला की कविता की मजदूरनी पत्थर तोड़ती थी, गटर में लाश की शक्ल में पाये जाते हैं, बमुश्किल खाकी पैण्ट से उनकी शिनाख़्त होती है। हिन्दी का लेखक सृजन

और जीवन के संघर्ष में टूट जाता है। और राजनेता लेखक या फिर दरबारी लेखक मलाई काटते हैं। उनकी किताब लाखों में खेलती है।

यह कहानी नयी नहीं है। यह प्रारम्भ से होता आया है। प्रेमचन्द की परम्परा के कथाकार अमरकान्त आज जीवन की सान्ध्यवेला में तीन-चार उपन्यासों का प्लॉट मन-मस्तिष्क में लिये दाल-रोटी के संघर्ष से जूझ रहे हैं। हिन्दी की रोटी खानेवाली हिन्दी सेवी संस्थाएँ भी आँखें मूँदे हुए हैं। साहित्य जो राजनीति के आगे चलनेवाली मशाल हुआ करता था, उसका तेल चुक रहा है, आग मद्धिम पड़ रही है। अमरकान्त रहीम की तरह अकेले पड़ गये हैं, कह रहे हैं, 'यारों यारी छोड़ दे, वे रहीम अब नाहिं।' ज़िन्दगी का दर्द ही उनके मन-प्राण से जोंक की तरह चिपक गया है और अलेखक शब्दों का ही आखेट करने पर उतर आये हैं, बदले में सत्ता का मालपुआ भी उड़ा रहे हैं।

•

बिज़ी विदाउट बिज़नेस

व्यस्तता भी एक प्रकार का आभूषण है, यह ख़ाली बैठकर मक्खी मारनेवाले कभी नहीं समझेंगे। यह व्यस्तता जब बिना बात की होती है तो और भी रोचक एवं दिलचस्प होती है, इसे 'बिज़ी विदाउट बिज़नेस' वाली व्यस्तता कहा जाता है, उर्दू में इसे मसरूफ़ियत-जैसा चाशनी चढ़ा शब्द अलंकृत करता है। हमारे मोहल्ले में तो एक उम्रदराज़ शायर हैं, जिनका तख़ल्लुस ही 'मसरूफ़' है। लोग उन्हें आदर से मसरूफ़ साहब कहते हैं। वह हर समय अपने ताज़ा कलाम सुनाने में व्यस्त रहते हैं। उन्हें कभी फ़ोन मिलाइये तो उनके रूट की भी सभी लाइनें व्यस्त मिलती हैं। वह स्वयं अस्त-व्यस्त रहते हैं। 'तेरे ख़याल को कहता है ज़िन्दगी अपनी, तेरा ख़याल जिसे अस्त-व्यस्त रखता है।' व्यस्त आदमी की सबसे बड़ी निशानी यह होती है कि उसके माथे पर हर वक़्त लकीरों का साम्राज्य होता है। वह खीझता, कुढ़ता एवं झुँझलाता होता है। उसका हर चिन्तन चिन्ता में तब्दील होता जाता है। वह पसीने में सराबोर होता है तब भी अपनी कमीज़ की कॉलर खड़ी रखता है। बार-बार चश्मा पोंछता है। रह-रहकर फ़ाइलों का टैग खोलता-बाँधता है। मातहतों पर बिगड़ता है, 'एक्सप्लनेशन कॉल' करता है। इस कोठी का धान उस कोठी में करने में उसे महारत होती है। उसकी फ़ाइल मोटी होती जाती है और वह दुबला होता जाता है। उसे छींकने की फ़ुर्सत नहीं होती है। वह मातहतों के साथ अपने बॉस को भी साधे होता है। तेल लगाने की भी आख़िर एक व्यस्तता होती है। हर समय दिमाग़ इसी उधेड़बुन में व्यस्त रहता है कि क्या करने से साहब प्रसन्न बने रहेंगे, इसीलिए व्यस्त आदमी को कई बार तोताचश्म भी बनना पड़ता है। वह मुँहदेखी करता है, 'ठकुरसुहाती' उसकी फ़ितरत बनती जाती है। साहब, व्यस्त आदमी की ऐसी व्यस्तता 'एनज्वॉय' करते हैं। 'तुम दिन को अगर रात कहो रात कहेंगे' वाली 'बिज़ी विदाउट बिज़नेस' भूषित व्यस्तता

आदमी की रीढ़ रबर कर देती है। वह इतना 'फ्लैक्सेबिल' हो जाता है कि पूछिये मत। उसका असल रूप ही ग़ायब हो जाता है। उसके पास एक अदृश्य पूँछ होती है जो 'अहर्निश सेवामहे' के अन्दाज़ में हिलती रहती है। कहीं आप ऐसे व्यस्त आदमी तो नहीं हैं ?

•

सम्भावना और आशंका

मामला काफ़ी इण्टरेस्टिंग है। यह दो शब्द विशेष रूप से ख़ासा कन्फ़्यूज़न क्रिएट किये हुए हैं, 'सम्भावना' और 'आशंका'। हिन्दी पखवाड़ा चल रहा है इसलिए इन पर नये सिरे से अलग से विचार करने की आवश्यकता महसूस हो रही है, अन्यथा अगर हिन्दी वीक में ही हिन्दी वीक हुई, अर्थ का अनर्थ हुआ तो हम हिन्दीवाले क्या करेंगे? कहीं भी मुँह दिखाने लायक नहीं रहेंगे, हिन्दी की रोटी खाने की बात तो दूर है। पत्रकारिता की भाषा बदल रही है। भाषा बदलना एक बात होती है पर उसका दुर्भाषा हो जाना नहीं समझ आता (यह दुर्भाषा, ऋषि दुर्वासा की कोई नाती-पोती नहीं है।) नये युग का जर्नलिस्ट बहुत फास्ट है, जर्नलिज़्म के नये-नये एंगिल सामने आ रहे हैं। इन बहुत-सारे एंगिलों और कोणों के बीच भाषा तेल लेने जाती है तो जाये, इन नये रँगरूटों को इससे भला क्या? इनका तो काम चलना चाहिए। भारतेन्दु हरिश्चन्द्र भारत दुर्दशा और हिन्दी दुर्दशा पर रोते हैं तो रोया करें।

हिन्दी की यंग जेनरेशन अपनी पत्रकारिता की चितकबरी अभिव्यक्ति से लगभग चौंकाती है, अपने-अपने अख़बारों में नये गुल खिलाती है। एहतराम इस्लाम याद आते हैं, फ़रमाते हैं—

अपने हक़ अधिकार तक पहुँची नहीं तो क्या हुआ
ज्ञानियों के होंठ चढ़ पायी नहीं तो क्या हुआ
राजभाषा, राष्ट्रभाषा, मातृभाषा सब तो है
बस जरा व्यवहार में हिन्दी नहीं तो क्या हुआ

अपने अधिकार और हक़ तक हिन्दी कैसे पहुँचेगी, जब उसके सपूत लिखते हों, 'बद्रीनाथ में बस खड्ड में गिरी, पचीस लोगों के मरने की सम्भावना।' या फिर 'इस बार बारिश भरपूर हुई है, अच्छी फ़सल होने की आशंका।' यानी वे हादसों

में 'सम्भावना' और उत्सव में 'आशंका' के दर्शन कर लेते हैं। उन्हें सम्भावना और आशंका का शेड ही समझ नहीं आता, हाँ! उनकी नौकरी का धर्म ज़रूर पूरा हो जाता है, क्या कीजियेगा, पहले जो मिशन था आज नौकरी है। पापी पेट का भी तो सवाल है। यही भाषा के जानकार यह भी लिखते हैं, 'फलाने विद्यालय में दृष्टिहीनों का शिविर लगा।' वह यह जान ही नहीं पाते कि कोई नेत्रहीन होकर भी दृष्टिसम्पन्न हो सकता है और कोई दोनों नेत्रों के सही सलामत होते हुए भी दृष्टिहीन हो सकता है। वह नेत्र और दृष्टि के फ़र्क़ को नहीं समझते। दृष्टि का 'व्यू' से कोई सरोकार हो सकता है, यह बात पल्ले ही नहीं पड़ती, स्वर्गीया शान्ति मेहरोत्रा की पंक्तियाँ याद आती हैं— "गान्धारी! तुम नेत्रहीन तो थी नहीं, आँखें रहते हुए भी तुमने पट्टी चढ़ा ली। तुम्हें पता है, एक वत्सल दृष्टि के अभाव में सुयोधन दुर्योधन हो गया।" हिन्दी को शायद इस तरह से समझने की ज़रूरत है।

•

मूँछें हों तो नत्थूलाल-सी

मूँछों का भी अपना सौन्दर्यबोध होता है। अक्सर ही इन पर ताव दिया जाता है। सच तो यह है कि प्राचीन काल से ही यह ताव देने के काम आती रही हैं। नुकीली मूँछों का अपना मज़ा है, तो बटरफ़्लाई कट का अपना आनन्द। राणाप्रताप हों या चार्ली चैप्लिन अपनी योग्यताओं के चलते तो अलग-से नज़र आते ही हैं, मूँछें भी उन्हें एक अलग एंगिल देती हैं। बेधड़क बनारसी की याद आती हैं, ज़नाब फ़रमाते हैं— आप क्यों लाल-पीले होते हैं, पहले मूँछें नुकीली होती थीं, आज जूते नुकीले होते हैं।

कुछ-कुछ मूँछें तो ध्यानाकर्षण प्रस्ताव पारित करती-सी मालूम होती हैं। ऐसा लगता है जैसे नाक और मुँह के बीच एक अदद मक्खी आकर बैठ गयी है, जो अभी आहट होते ही फुर्र से उड़ जायेगी। कभी-कभी तो यह घड़ी की दो सुइयों-जैसी लगती हैं, सवा नौ बजाती हुई-सी। इनकी महिमा अपरम्पार होती है। यह बात बस इसी बात से समझ लीजिये कि एक सफाचट मूँछोंवाला इनकी गरिमा का बखान इतनी तन्मयता से कर रहा है। कहनेवाले तो यहाँ तक कहते हैं, 'जिनके मुच्छ नहीं, उनके कुच्छ नहीं।' उम्र बढ़ती है तो मूँछों पर भी सफ़ेदी चढ़ती है। ऐसी खिचड़ी मूँछों को देखकर लगता है जैसे नाक के नीचे नमक, काली मिर्च बिखेर दी गयी है। यह महत्त्वपूर्ण कथ्य की तरह नाक को अण्डरलाइन करती हैं। इनकी शुरुआत मसें भीगने से होती है, तभी तो उमाकान्त मालवीय को लिखना पड़ता है—'मालिन के छोरे की रेख भिनी आ रही, बासन्ती बगिया भी हो रही जवान है।'

फ्रेञ्च कट दाढ़ी के साथ इनका कम्बिनेशन बहुत अद्‌भुत होता है। इनके दोनों छोर दाढ़ी की सीमा का अतिक्रमण करने लगते हैं। अतिक्रमण इतना बढ़ता है कि फिर दाढ़ी ही हो जाता है, मगर नत्थूलाल को तो अपनी मूँछों पर बड़ा नाज़ है, कहते हैं, 'मूँछें हो तो नत्थूलाल-सी।' भई! मैं तो नत्थूलाल-सी मूँछें नहीं रख

सका, सो उन पर रेजर का बुलडोजर ही चला दिया। आमतौर पर यह साहस और जुझारूपन का प्रतीक मानी जाती हैं, पर मैंने तो कई बार बड़ी-बड़ी मूँछोंवालों को भी दब्बू और डरपोक पाया है, जबकि कई सफाचट मूँछोंवाले चेहरे भी जाँबाज़ और ताल ठोकते-से मिले हैं। हो सकता है उनके पास अदृश्य मूँछें होती हों।

मेरे एक अभिन्न हैं, मेरे एकदम कण्ट्रास्ट। बड़े-बड़े गलमुच्छें हैं उनके पास। उनका बेटा कहता है, 'पापा! मैं आपकी मूँछें कभी नीची नहीं होने दूँगा।' 'वो कैसे?' मित्र महाशय पूछते हैं? 'दोनों तरफ़ गैस का गुब्बारा बाँध दूँगा।' बेटा जवाब देता है और मित्र ढेर हो जाते हैं।

एक बात कहूँ आपसे, कहियेगा नहीं किसी से। उम्र के पैंतालीस वसन्त पूरे करके अब मैं भी मूँछें रखने के विषय में गम्भीरता से सोचने लगा हूँ।

•

ए. सी. में देसी

आँखें फटी रह गयीं, पाँव ठिठक गये, तबीयत चकरघिन्नी हो गयी। आज ऑफ़िस से लौटते समय एक बोर्ड पर नज़र पड़ गयी। बड़े-बड़े अक्षरों में लिखा था, 'देसी शराब की एयरकण्डीशण्ड दुकान'। इससे बड़ा फूहड़ और भद्दा जोक भला क्या हो सकता है? जो बेचारा मुश्किल से देसी दारू अफ़ोर्ड कर सकता है, वह क्या ए.सी. रूम में बैठकर देसी ठर्रा लगायेगा? ज़रा-सा पैसे और होंगे तो वह अंग्रेज़ी दारू नहीं ले लेगा, क्यों भला वातानुकूलित कक्ष में बैठकर अपना लीवर ख़राब करेगा और टी.वी. पर जॉनी लीवर की हरकतें देखेगा? ए. सी. में देसी, है ना आँखों में पाँव डालनेवाली बात। मज़दूर हो या रिक्शेवाला वह पसीना बहाते हुए दारू के घूँट हलक से उतार लेगा। पर ए. सी. की तरफ़ झाँकेगा तक नहीं। यह तो 'हम ग़रीबों की मुहब्बत का उड़ाया है मज़ाक़'-जैसी शहंसाना चिकोटी हो गयी। राष्ट्रीयता से ओत-प्रोत ग़रीब आदमी 'कण्ट्री लीकर' पीता है मगर ए. सी. में उसका और उसकी जेब का, दोनों का ही दम घुटता है, वह तो ज़नाब बेकल उत्साही की तरह गुनगुनाता है--- (भले ही मुद्रा केस्टो मुखर्जीवाली होती हो)

सस्ती मिलने लगे बोतल तो हमें ख़त लिखना।
शायरी छोड़ दें बेकल तो हमें ख़त लिखना।।

यह सिस्टम ही ऐसा है। कण्ट्राडिक्शन्स ही इसकी पहचान है, क्या कीजियेगा? मेरा एक दोस्त है, एन.जी.ओ. से जुड़ा है। उसकी मासिक आय आठ हज़ार रूपये है। उसे यात्राओं का ए. सी.-2 का भाड़ा मिलता है। वह एक-दो यात्राएँ कर ले तो उसकी मासिक आय पर यात्रा भत्ता भारी पड़ जाता है। व्यवस्था यह नहीं कर सकती कि भले ही उसे यात्रा का स्लीपर क्लास का किराया दे और इसके बदले उसकी तनख़्वाह ही बढ़ाकर बारह-पन्द्रह हज़ार कर दे। वह तो झूठ-मूठ की शान-शौकत कर पैसे खर्च करना ही ज़रूरी समझती है।

ऐसी मानसिकता के बीच अगर देसी दारू की दुकान का ए. सी. बार नज़र आ रहा है, तो अचरज कैसा? कम-से-कम बहुराष्ट्रीय कम्पनियों के कठिन काल में हम देसी से जुड़ तो रहे हैं। यह देसी ही स्वदेशी है। इसको पीने से देश-प्रेम जागृत होता है, स्वदेशी आन्दोलन को बल मिलता है। स्वदेश अगर वातानुकूलित कक्ष में हो तो कहने ही क्या? सोने में सुगन्ध-जैसी मौज़ का ही जैसे परसानीफ़िकेशन हो जाता है। सच है, ए.सी. में देसी चढ़ती है तो फिर देर तक उतरती ही नहीं, भले ही क़यामत बरपा हो जाये।

•

यूथ कल्चर बतर्ज़ वो जवानी जवानी नहीं है

आग लगाना और आग बुझाना दोनों ही हमारे यूथ कल्चर के बायें हाथ का खेल होता है। पोलिंग बूथ पर कब्ज़ा करना हो तो हमारा यूथ ही आगे आता है, पोलिंग बूथ पर कब्ज़ा करनेवालों से लोहा लेना हो तो भी यूथ की ही शरण में जाना होता है। यूथ से डील करना जितना काम्प्लीकेटेड होता है उतना ही स्मूथ गोइंग अथवा ईज़ी गोइंग भी हो सकता है, बस आप कम्प्रोमाइज़ का ककहरा सिद्ध कर लीजिये, पलक झपकते ही आपको अपने समय के यूथ का सम्बल मिल जायेगा। नीतिन मुकेश तो सुबह-शाम एक फ़िलासफ़ी परोसते रहते हैं, गा-गाकर। टेर उठती है, 'वो जवानी, जवानी नहीं है जिसकी कोई कहानी न हो।' अपन राम तो इसी कहानी बनाने के चक्कर में कई बार पदाधिकारी बन चुके हैं जिसे राष्ट्रभाषा हिन्दी में लतखोर होना कहते हैं। स्टोरी में थ्रिल तो बहुत पैदा हुआ पर कम्बख़्त समूची लाइफ़ ही एक अच्छे ख़ासे थ्रिलर की चौंदहवीं फोटो कॉपी होकर रह गयी। धुँधली-धुँधली-सी पढ़ी-अनपढ़ी।

वैसे डिस्को से लेकर खिसको तक हमारा यूथ ही आँखमिचौली का खेल खेला करता है। वह स्वभावतः फेस्टिवल प्रेमी होता है। फेस्टिवल का दूसरा नाम हंगामा होता है, तभी तो यूथ गुलाम अली के स्वर-से-स्वर मिलाता हुआ फ़रमाता है, 'हंगामा है क्यों बरपा थोड़ी-सी जो पी ली है।' हमारा यूथ ऐसा गुब्बारा होता है जिसमें ज़रूरत से ज़्यादा हवा भरी होती है मगर वह फूटता-फटता नहीं बल्कि सात आसमानों की सैर कर आता है। यूथ तो आज भी वही है जैसा पहले हुआ करता था, बस ज़रा-सा आदर्श बदल गये हैं। पहले विवेकानन्द, भगतसिंह और लक्ष्मीबाई इण्डियन आइडल हुआ करते थे, अब रितिक रोशन, शाहरुख खान और विपाशा वसु का 'आइडियल एरा' चल रहा है। एम्बीशन का अपना मज़ा है, बिना एम्बीशन की ज़िन्दगी ही सज़ा है। उमंग और उत्साह हमारे यूथ की पुख़्ता

पहचान होते हैं इतने बड़े-बड़े और सुदीर्घ सिनेमास्कोप सपने आते हैं कि प्रायः रातें छोटी और कम पड़ जाया करती हैं। पर यही यूथ जब हताशा में हाथ-पाँव मारता है, थका-हारा नज़र आता है। भरी जवानी में ही रिटायर-सा बिहेव करने लगता है, तो माणिक वर्मा याद आने लगते हैं, गहरी आह भरकर अक्सर वह कहते हैं—

जवानी में रिटायर हो गये हैं अब तो आ जाओ।
नयन हिन्दी के टीचर हो गये हैं अब तो आ जाओ।।

●

जुगाड़ टेक्नालॉजी डॉट कॉम

कमोबेश हर आदमी जुगाड़ानन्द है। जुगाड़ के शेड तरह-तरह के होते हैं। कुछ जुगाड़ तो ऐसे होते हैं, जो जुगाड़ होकर भी जुगाड़-जैसे लगते नहीं। ऐसे जुगाड़ बहुत 'सटल प्लेन' पर होते हैं यानी काम भी निकल जाता है और जुगाड़ की भनक तक लगने नहीं पाती। लाठी भी नहीं टूटती और साँप भी मर जाता है। हर तरफ़ 'जुगाड़ टेक्नालॉजी डॉट कॉम' की ध्वजा लहरा रही है। प्रतिभा का रूप अब बदल गया है। अब आपकी सफलता-असफलता इस बात पर निर्भर करती है कि आपमें जुगाड़ की कितनी प्रतिभा है? आप जुगाड़ के मामले में कितने प्रतिभासम्पन्न हैं ?

कहीं दो रोटी का जुगाड़ नहीं हो पाता, तो कहीं केवल जुगाड़ के ही फूल खिलते हैं, ज़िन्दगी की खेती हरी-भरी रहती है। कायदे से जी लेने के जुगाड़ में कितना मरना पड़ता है, यह दो दूनी पाँच करनेवाले ही बता सकते हैं। प्यून से लेकर प्रशासनिक सेवाओं तक केवल जुगाड़ की फ़सल ही लहलहाती है। क्लर्क से लेकर प्राइममिनिस्टर तक के पद सभी जुगाड़ की सत्यनारायण व्रत कथा सुनाते हुए-से लगते हैं। इनकी फलश्रुति जुगाड़ की पराकाष्ठा पर आकर ही इति सिद्धम् को प्राप्त होती है।

लेखक को छपने का, कवि को मंच का, वकील को मुवक्किल का, डॉक्टर को मरीज़ का, इंजीनियर को ठेकेदार का, नेताओं को मतदाताओं का, बाज़ार को उपभोक्ताओं का, प्यासे को कुएँ का, पेट को रोटी का, अधिकारी को कुर्सी का, चूल्हे को आग का, पीढ़े को पानी का, बढ़ई को लकड़ी का, लुहार को लोहे का, सुनार को सोने का, दुकान को ग्राहक का, शायर को शेरवानी का, फ़िल्म को कहानी का, खुराफ़ाती को लफड़े का, दर्ज़ी को कपड़े का, धोबी को रगड़े का यानी एक मान्यताप्राप्त गधे का, शिकारी को शिकार का, ख़ुशबू को हरसिंगार का, रातों को नींद का, घर को सुविधाओं का, रसोई को सिलिण्डर का, स्कूटर को पेट्रोल

का, देवगन को काजोल का, खटिया को बिस्तर का, बारिश को छाते का, भीड़ को अहाते का, आँखों को सपने का, पौधे को पनपने का, यात्रा को घुटने का, ज़िन्दगी भर जुगाड़ करना होता है। कह सकते हैं कि ज़िन्दगी का दूसरा नाम ही जुगाड़ है।

•

ये दिल क्या चीज़ है?

ख़्वाब भी पाले, याद भी करे, धड़के भी
एक बिचारे दिल को कितने काम लिखूँ।

जब से भाई प्रताप सोमवंशी का यह शेर सुना है तब से लगातार दिल के बारे में सोच रहा हूँ। सोच रहा हूँ और ऊन के गोले की तरह उलझता जा रहा हूँ। ये दिल है क्या चीज़ आज तलक नहीं जान पाया। ये एक तरफ़ बेचारा होता है, तो दूसरी तरफ़ जल्लाद भी हो सकता है। कभी दिल को कोई ख़बर नहीं होती, तो कभी दिल सब-कुछ जान रहा होता है। दिल सीना तानकर रहता है, तो घुटने भी टेकता है। ये दिल ही है जो बल्लियों उछलता है। जब यह बल्लियों उछलता है तो फिर गाना पड़ता है कि 'दिल है कि मानता नहीं।' कोई दिल का डॉक्टर होता है तो कोई दिल का मरीज़। याद आता है कविता के कीर्तिपुरुष डॉ. जगदीश गुप्त की ओपेन हार्ट सर्जरी होनेवाली थी और एक दिन पहले वह केवल दिल पर ही शेर सुना रहे थे। एक कवि मित्र ने चिन्तित होकर पूछा, 'क्या होगा? कैसे होगा?' मित्र की चिन्ता देखकर डॉक्टर साहब ठठाकर हँस पड़े थे, बोले थे, 'अरे होगा क्या?' यह कहते हुए उन्होंने यह शेर जड़ दिया था—

मेरे ही सामने लेकर पटक देना मेरे दिल को
मुझी से टुकड़े बिनवाना मेरे टूटे हुए दिल के

कभी तो 'ये दिल माँगे मोर' की स्थिति होती है, तो कभी 'मेरे टूटे हुए दिल से कोई तो आज ये पूछे कि तेरा हाल क्या है?' वाली 'आह से उपजा होगा गान' जैसी नाक़ाबिले बर्दाश्त मनःस्थिति का सामना करना होता है। यह बेकरार होता है, तो लाचार भी, बीमार होता है, तो तीमारदार भी। कभी-कभी तो इस पर पत्थर ही रख लेना पड़ता है और इससे भी काम नहीं चलता तो इसी को पत्थर का कर लेना होता है। ऐसा हो जाने पर यह नहीं गाना पड़ता, 'जाऊँ कहाँ बता ऐ दिल, दुनिया

बड़ी है संग दिल।' क्योंकि संगदिल दुनिया से संगदिल होकर ही निपटने की पूरी तैयारी हो जाती है।

सोचता हूँ दिल न होता तो क्या होता? इश्क़ बेचारा क्या करता, बस मारा-मारा फिरता। यह तो ऐसे भी मारा-मारा ही फिरता है, पर मारा-मारा न फिरने के कुछ चान्सेज तो फिर भी होते ही हैं भले ही शाम ही से बुझा-सा रहकर इसकी हालत मुफ़लिस के चिराग़-जैसी ही क्यों न हो जाये। पता नहीं कैसे मरहूम डॉ. राही मासूम रज़ा 'दिल एक सादा काग़ज़' की अनुभूति कर लेते थे। यहाँ तो दिल का काग़ज़ कभी सादा रह ही नहीं पाता, इधर दिल का काग़ज़ सादा हुआ नहीं कि उधर टेढ़ी-मेढ़ी इबारतें काग़ज़ पर उतरनी शुरू हो जाती हैं। काग़ज़ पर ही संवेदनाओं का व्यस्त ट्रैफ़िक नज़र आने लगता है, चक्का जाम हो जाता है। बेचैनी बढ़ जाती है, कुछ अच्छा नहीं लगता। अच्छा मौसम भी बहुत बुरा लगता है। ठण्डी हवा आग लगाती है, खिले हुए फूल भी मुँह चिढ़ाते हैं। आते हुए वसन्त से वहशत होने लगती है, पर कभी-कभी इसकी उलट स्थिति भी सामने आती है। दिल की सुनवायी हो ज़ाती है तो कड़ी धूप भी चाँदनी का एहसास कराती है। दिल ईडन गार्डन से हैंगिंग गार्डन हो जाता है। ऐसे में दिल को यह शेर सूझता है—

दिल गेंद है रबर का मारे ख़ुशी के उछला।
अपनी गली से मैंने फेंका तेरी गली में।।

•

ये ग्रिप बड़े काम की चीज़ है

ज़िन्दगी में ग्रिप का होना बहुत ज़रूरी है। यह ग्रिप तरह-तरह की होती है। अपने-आप पर होती है, तो सामनेवाले पर भी होती है। किसी की ग्रिप बहुत ढीली होती है, तो किसी की बहुत मज़बूत। ये किसी की किसी पर होती है तो किसी की किसी पर। इसे राजभाषा हिन्दी में 'पकड़' भी कहा जाता है, पर यह पकड़ 'धर-पकड़' से सर्वथा भिन्न होती है। यह मन्त्रियों की अफ़सरों और अफ़सरों की मातहतों पर होती है। नेताओं की ग्रिप देश की जनता पर बहुधा बहुत कम होती है, जिसके कारण प्रायः खद्दरधारी एलेक्शन हार जाया करते हैं, भले ही रफ़ीक सादानी-जैसे शायद गुहार लगाते रहें, 'जियो बहादुर खद्दरधारी!' खद्दरधारी बेचारे तो मर-मरकर जीते हैं, उन्हें जीते रहने के लिए चेहरे पर निर्लज्जता अथवा बेहयाई की वैनिशिंग क्रीम पोतनी होती है।

याद आता है, मरहूम वालिद क़लम पर ग्रिप की बात किया करते थे। उनकी क़लम में श्लेष अलंकार छुपा होता था। एक क़लम से लेखन का आशय होता था तो दूसरी से पेन का। वह मास्टर पेन थे भी। जो भी लिखते या कहते थे, सब-कुछ चौबीस कैरेट का होता था। पेन ख़रीदने जाते थे तो बड़े इतमीनान से यह ज़रूर देख लेते थे कि अँगूठे और चारों उँगलियों के संयोजन में क़लम की गर्दन की ग्रिप क़ायदे से शोभायमान हो ताकि देर तक लिखा जा सके, उँगलियाँ न दुखें और पन्ने-दर-पन्ने लेखन गतिमान् रहे। ग्रिप ढीली पड़ने पर लेखन के भी ढीले पड़ जाने का आसन्न ख़तरा उन्हें आन्दोलित करता था। उन्होंने न कभी लेखन से समझौता किया और न ही क़लम से। ग्रिप हमेशा बनाकर रखी। पाण्डुलिपियों पर पाण्डुलिपियाँ तैयार होती गयीं। न क़लम रुकी, न लेखन। ग्रिप सुभानअल्ला 'शोले' की तरह सुपरहिट रही, अलग से कोई 'आग' दहकाने या बनाने की भी ज़रूरत नहीं पड़ी।

बचपन से ही नाना प्रकार की ग्रिपों से वास्ता पड़ता रहा है। ग्रिप बनाये रखने की भी एक ट्रिक होती है, यह 'ट्रिकी' लोग ही जानते हैं। जिनका ग्रिप बनाये रखने में कमाण्ड होता है (वह चाहे फिर जैसी हो) उनका लाइफ़ स्टाइल विलक्षण होता है, उनका सारा काम स्मूथली सम्पन्न होता है। उनकी समस्याओं का समाधान भी ईज़ी गोइंग होता है। वही ईज़ी गोइंग जिसे स्मूथ गोइंग का कज़िन भी कहा जा सकता है। यह सब-कुछ सहज सम्भव ग्रिप की महिमा से ही मूर्त हो पाता है। इसी तर्क से पति की पत्नी पर, पत्नी की पति पर, बाप की बेटे पर, बेटे की बाप पर, शिक्षक की विद्यार्थी पर, विद्यार्थी की शिक्षकों पर, डॉक्टर की मरीज पर, मरीज की डॉक्टर पर, वकील की मुअक्किल पर, मुअक्किल की वकील पर, इंजीनियर की ठेकेदार पर, ठेकेदार की इंजीनियर पर ग्रिप अथवा पकड़ मज़बूत होनी चाहिए ताकि सारे काम समय से तमाम होते रहें।

•

जितने मुँह उतनी बातें

'जितने मुँह उतनी बातें' वाला मुहावरा जब चरितार्थ अथवा फलितार्थ होता है तो खट्टी-मीठी बतकही को जैसे पंख लग जाते हैं। मूल बात बदलती चली जाती है और वह बात परिदृश्य पर छाती चली जाती है जिसका न कोई सिर होता है और न ही पैर। वैसे भी वह बात ही क्या है, जिसके सिर और पैर हों। तर्क जहाँ माथा पीट लेता है, बुद्धि जहाँ घास चरने चली जाती है, विवेक जहाँ शून्य होने में प्राउड फ़ील करता है, बातें वहीं से लम्बी उड़ान भरती हैं। बातें किसी के मुँह से होती हुई, किसी के मुँह में जाती हैं और क्या से क्या हो जाती हैं। माउथ टु माउथ ट्रेवेल करने के क्रम में उनका चरित्र, विचित्र और सचित्र होता चला जाता है फिर भी उनके हण्ड्रेड परसेण्ट पवित्र होने के दावे पेश किये जाते हैं। कहते हैं कि दीवारों के कान होते हैं, कई बार तो वह फुसफुसाहटें भी फुल वाल्यूम में सुन लेती हैं। मज़ा तब आता है जब उन्हें अनकहा भी सुनायी दे जाता है। वह बिट्वीन दि लाइन पढ़ती ही नहीं सुनती भी हैं। पता नहीं मन्ना डे साहब कैसे गाते हैं, 'कस्में वादे प्यार वफ़ा सब बातें हैं बातों का क्या?' बातें ही तो सारी समस्याओं और समाधानों के मूल में होती हैं। बातें वहाँ भी पहुँच जाती हैं, जहाँ सूरज की किरन तक नहीं पहुँचती। इसीलिए एक कवि महोदय फ़रमाते भी हैं—

जितने मुँह उतनी बातें हैं
लोग हवा में बह जाते हैं।

लोग तो जब सुनते हैं कि कौआ कान ले गया तो वह अपना कान नहीं देखते, कौए के ही पीछे भागने लगते हैं। बातों से बात निकलती है और जब निकलती है तो दूर तलक जाती है। फ़िराक़ साहब परेशान हो जाते हैं, कहते हैं—'कुछ और भी तो हो इन इशारात के सिवा, ये सब तो सिर्फ़ मेरे सनम बात बात बात।' जमूरा भी कहता है, 'बात की बात, खुराफ़ात का खुराफ़ात, मच्छर ने मारी लात, अफ़ीमची

का टूट गया दाँत, किस्सा ऐसा सच नहीं, किस्सा ऐसा झूठ नहीं।' यानी सच और झूठ के बीच ही कहीं बातों का सिरा होता है, जो ढूँढ़े नहीं मिलता, भले ही भगवान् मिल जाये। मैं पहले ही कह चुका हूँ कि जब बातें अपने फ़ार्म पर आ जाती हैं तो उनका विवेक से कुछ लेना-देना नहीं रह जाता। मेरे पूज्य पिताजी से उनके अभिन्न मित्र अंग्रेज़ी में जिसे फ़ास्ट फ्रेण्ड कहते हैं, देसी जबान में कहो तो लँगोटिया यार यानी अण्डरवियर फ्रेण्ड भी कहा जा सकता है, हाँ! उन्हीं ने पूछा कि कितनी यशलिप्सा है तुम्हें, लड़के का नाम भी 'यश' रख दिया है। पिताजी ने पलटवार करते हुए कहा, 'ऐसा नहीं है मित्र! जिसके पास जो नहीं था उसने अपने लड़के का वही नाम रख दिया। मेरे पास 'यश' नहीं था, मैंने लड़के का नाम यश रख दिया और आपके पास 'विवेक' नहीं था सो आपने अपने लड़के का नाम विवेक रख दिया।' पिताजी के मित्र उनका यह जवाब सुनकर चारों खाना चित हो गये थे। यह सब बात की ही महिमा है और फिर जितने मुँह उतनी बातें हों तो फिर उन बातों का कहना ही क्या?

•

फ़ोन करके आना

फ़ोन कल्चर का भी कोई जवाब नहीं है। इसका अपना मीनिया होता है। कुछ लोग तो फ़ोन देखते ही अंगुलिमाल हो उठते हैं। उनकी उँगलियाँ नम्बर डायल करने के लिए थिरकने लगती हैं। वह बेचैन हो उठते हैं किसी से भी बात करने के लिए, बतियाने के लिए उनका कोई सेलेक्शन नहीं होता। वह ग़ैरज़रूरी बातें भी ज़रूरी बातों की तरह करते हैं। जब से मोबाइल फ़ोन आ गये हैं तब से तो और आफ़त हो गयी है। आदत हो गयी है मोबाइल फ़ोन उठाने की और झूठ बोलने की। ऐसी स्थिति में लैण्डलाइन या बेसिक फ़ोन भी बजता है तो रिसीव करनेवाले के मुँह से आदतन निकल जाता है कि वह घर पर नहीं है। वह यह भूल ही जाता है कि लैण्ड लाइन, मोबाइल नहीं है। उसका झूठ और चोरी दोनों पकड़े जाते हैं। जिससे झूठ बोला जाता है, वह बिफर उठता है लगभग झाग फेंकते हुए हिस्टीरिया के पेशेण्ट की तरह बड़बड़ाने लगता है, 'फालतू बात मत करो। घर में बैठे हुए हो और कह रहे हो कि घर पर नहीं हो। क्या ड्रिंक्स ज़्यादा ले ली है। मैंने मोबाइल पर नहीं बेसिक फ़ोन पर कॉल किया है।'

झूठ बोलनेवाला रँगी जबान पकड़ा जाता है, उसके होश फाख़्ता हो जाते हैं।

एक और जुमला गहरे इण्टीमेट लोगों के बीच भी प्रायः चलन में रहता है, वो ये है कि भाई देखो फ़ोन करके आना। ऐसा न हो कि तुम घर आओ और मैं घर से नदारत मिलूँ और जब जानेवाला फ़ोन करता है तो आपका इण्टीमेट ही ऐसी कन्नी काटता है कि पूछिये मत। वह अपनी सौ व्यस्तताएँ बता देता है। वह अपने-आपको इतना बिज़ी बताता है जैसे कोई प्राइम मिनिस्टर हो। आप अपना-सा मुँह लेकर रह जाते हैं। आपकी सारी आत्मीयता तेल हो जाती है। कास्मोपोलिटन सिटी का ट्रैजिक चेहरा सामने आ जाता है। आप नास्टेल्जिक हो उठते हैं, अपना बहुत पीछे छूट गया, समय की रेस में पिछड़ गया, गाँव देहात याद करने लगते हैं।

महानगरीय इम्बैलेन्स से सन्तुलन बिठाने में थकने लगते हैं। 'फ़ोन करके आना!' यह जुमला आपको हर्ट करता जाता है। आप अपने उस इण्टीमेट के घर कभी न जाने की कसमें दुहराने लगते हैं कि इसी बीच आपके उसी आत्मीय का फ़ोन गुनगुना उठता है। आप खिसियाकर अपना मोबाइल स्विच ऑफ़ कर देते हैं कि इतने में आपका बेसिक फ़ोन घनघना उठता है। दूसरे छोर पर आपका दोस्त 'सॉरी' बोल रहा होता है। आप आत्मा तक पसीज जाते हैं। दोस्त आपको अगले सण्डे अपने घर निमन्त्रित कर रहा होता है। आप उसे माफ़ करने की मुद्रा में आ ही रहे होते हैं कि दोस्त धीरे से 'फ़ोन करके आना!' वाला पुछल्ला अपने सेण्टेन्स में जोड़ ही देता है।

•

डाकखाना बन्द है

आत्मीय रिश्तों की रस्साकशी की दास्ताँ भी अजीब होती है। केवल ढाई आखर से काम नहीं चलता, बड़ी-बड़ी पोथी लिखनी पड़ती है फिर भी काम नहीं चलता। अक्षरों और शब्दों की प्यास बनी रहती है। सब-कुछ कह लेने के बाद भी बहुत-कुछ अनकहा रह जाता है। शायद इसी मज़बूरी में मुकेश को गाना पडता है—ये मेरा प्रेमपत्र पढ़कर कि तुम नाराज़ न होना, कि तुम मेरी ज़िन्दगी हो, कि तुम मेरी बन्दगी हो। इतना कुछ गा लेने के बाद भी हक़ीक़त अनगायी ही रहती है, फिर 'कबूतर जा जा जा' की रटन लगानी होती है। अपने प्रेमी या प्रेमिका से प्यार करने के पहले अपने डाकिया से प्यार करना होता है, 'डाकिया डाक लाया' गाना होता है। निदा फ़ाजली साहब याद आते हैं, फ़रमाते हैं—

सीधा सादा डाकिया, जादू करे महान।
एक ही थैले में भरे, आँसू और मुस्कान।।

वैसे भी फ़ोन और एस. एम. एस. ने ख़तो-किताबत का सिलसिला ही तोड़ दिया है। अब आत्मीय लिखावटवाले शब्द नहीं मिलते, हवा में खो जानेवाले संवादों से ही पाला पड़ता है, ऐसे संवाद सुनने को मिलते हैं कि रिश्तों को ही पाला मार जाता है। आत्मीय ऊष्मा ठण्डी होती चली जाती है। हफ़्तों गुज़र जाते हैं कोई डाक ही नहीं आती। गुलशन का कारोबार ठप रहता है। मन छटपटाता रहता है। डाकिया मुँह फेरकर घर के आगे से निकल जाता है, कलेजा मुँह को आने लगता है। नीले अन्तर्देशीय का नीला आसमान नसीब ही नहीं होता। मित्र संवाद स्थगित रहता है। केदारनाथ अग्रवाल और रामविलास शर्मा के बीच चिट्ठी-पत्री का ही पुल बना था। बच्चनजी ज़िन्दगी भर अपने लोगों को चिट्ठियाँ लिखते रहे। आज होते तो क्या करते? क्या वह भी हवा में खो जानेवाले शब्दों से काम चलाते ? लिखत-पढ़त में कुछ नहीं होता। कोई दस्तावेज़ नहीं बनता। बस ज़िन्दगी तमाम होती चली जाती।

आज भी देश में थोड़े-बहुत लोग हैं जो चिट्ठी लिखने में यकीन रखते हैं। नईम साहब का कुछ दिनों तक पत्र न मिले तो समझ में आ जाता है कि निश्चित ही वह अस्वस्थ हो गये हैं। मिर्ज़ा ग़ालिब अपने पत्रों से भी झाँकते हुए नज़र आते हैं। कथाकार कमलेश्वर के पत्नी गायत्री कमलेश्वर को लिखे हुए पत्रों का संकलन भी 'तुम्हारा कमलेश्वर' शीर्षक से छपकर अभी हाल ही में आया है। धर्मवीर भारती के पत्र भी छपकर आनेवाले हैं, जिन्हें, उन्होंने पुष्पा भारती के नाम समय-समय पर लिखा है। पत्र भी उत्कृष्ट साहित्य का हिस्सा होते रहे हैं। पत्र-साहित्य से अपने समय और समाज की भी पड़ताल होती रही है। सोचता हूँ कि आज के लेखक तो पत्र लिखते ही नहीं, बहुत हुआ तो एस. एम. एस. कर लेते हैं, तो क्या भविष्य में उनके एस. एम. एस. की ही बुकलेट देखने को मिलेगी। मेरे-जैसे कुछ सिरफिरे ही रह गये हैं जो आज भी चिट्ठियों का इन्तज़ार किया करते हैं। मुसीबत तब होती है जब डाककर्मी हड़ताल पर चले जाते हैं। चिट्ठियाँ खाकी बोरों के अँधेरों में ही गुम पड़ी रहती हैं या फिर लेटर बॉक्सों के नीचे के पाताल का सन्नाटा ही उन्हें निगल जाया करता है। दिल में बस हूक-सी उठती रहती है, चिट्ठियों के अपनेपन का ताप सपना हो जाता है। कोई अपना तड़प उठता है—

हो गया क्या, आजकल क्यों पत्र आना बन्द है।
आप हैं नाराज़ या फिर डाकखाना बन्द है।।

चिट्ठियाँ शायद अपनी डगर ही भूल गयी हैं। 'ख़त लिख दे सँवरिया के नाम बाबू वो जान जायेंगे, पहचान जायेंगे।' यह जानना-पहचानना ही धूमिल पड़ा जा रहा है। अब न ऐसे साँवरिया ही रहे, न ही ऐसी गोरियाँ रहीं। अब सब-कुछ मोबाइल है। चलित वार्त्ता से ही देश और समाज चल रहा है। चिट्ठियों की प्रतीक्षा करनेवाले अप्रासंगिक हो चले हैं।

•

ऑफ़िसर्स, राइटर्स एसोसिएशन

एक तो ऑफ़िसर, दूसरे राइटर, है न डेडली काम्बिनेशन यानी एक तो करैला दूसरे नीम चढ़ा यानी बिटरनेस एक्सक्वायर, कड़ुवाहट सफिशिएण्ट। पोयट या राइटर का लाइसेन्स, एक ऑफ़िसर के लिए बड़े काम का होता है। समाज में उसकी हनक बढ़ जाती है। आजकल यह रेयर काम्बिनेशन भी आम हो चला है। लेखक सेन्सिटिव होता है, ऑफ़िसर आमतौर पर क्रुएल होता है। किसी एक में जब यह दोनों तत्त्व मिल जाते हैं तो ऐसा होता है जैसे दो अलग-अलग ब्राण्डों की शराबें मिला दी गयी हों। ऐसी पर्सनाल्टीज़ बड़ी तेज़ किक करती हैं। ऐसा काकटेल तैयार होता है कि सचमुच का लेखक टुकुर-टुकुर ताकता रह जाता है क्योंकि ऑफ़िसर या अफ़सर लेखक के पास तो ऐडमिनिस्ट्रेटिव पावर भी होता है। जनरल लेखक टापता रह जाता है और ऑफ़िसर लेखक 'विन टाप दि हिल' होता है, उसकी दस-दस किताबों का लोकार्पण एक साथ होता है, जबकि जनरल लेखक की ज़िन्दगी भर में एक भी किताब नहीं आ पाती, वह अपनी पाण्डुलिपियों की तकिया लगाकर ही सोता है। उसकी मैनुस्क्रिप्ट को दीमकें ही पढ़ती हैं। वह पुस्तक-मेलों में बढ़े हुए नम्बर का चश्मा लगाकर अफ़सर लेखकों की किताबें बिसूरता है।

एक बार हमारे शहर में अद्‌भुत संयोग घटा। मोनूलालजी के पड़ोस में आकर एक कवि महोदय बस गये, जो अपना परिचय कवि होने का देते तो सामनेवाले को भयभीत होकर अपने-आपको बहरा बतलाना पड़ता। वह स्वनामधन्य कवि सुबह-सुबह ऑफ़िस के समय अपनी कविताओं की डायरी लिये आ धमकते। मोनूलालजी आजिज़ आ गये थे। एक दिन देखा सुबह-सुबह, मार्निंग वॉक के समय वह पूरी तरह ड्रेस-अप होकर कहीं जा रहे हैं। मैं हैरत में पूछ बैठा 'इतने सवेरे सवारी कहाँ जा रही है?' मोनूलालजी ने हलाकान होकर उत्तर दिया, 'जा रहा हूँ शहर के एस. एस. पी. के पास, इस कवि के बच्चे से पिण्ड छुड़वाना है।' मैं कुछ बोलता इससे

पहले ही मेरे हमख़याल तिवारीजी बोल पड़े, 'अरे! एस. एस. पी. के पास तो हर्गिज़ मत जाना। यहाँ तो कविता सुनकर छूट जाते हो, वो सीनियर पुलिसवाला तो नॉवेल लिखता है। इकट्ठे बारह-तेरह पेज सुना देगा तो जीते जी तेरही हो जायेगी। मैं देर तक प्रशासनिक कवियों-लेखकों के बारे में सोचता रहा। उनके नाम शामें-सन्ध्याएँ, नाइटें रखी जाती हैं। उन्हें पब्लिशर भी आसानी से मिल जाते हैं। सरकारी ख़रीद में उनकी किताबें पिछले सारे रिकॉर्ड तोड़ डालती हैं। वह सूट टाई पहनकर शान से चीथड़े लपेटनेवालों का दर्द बयान करते हैं। उनका दबदबा ऐसा होता है कि सिस्टम चूँ तक नहीं करता और एक जेनुइन लेखक गुमनामी के अँधेरों में खोता चला जाता है। अफ़सर लेखकों का प्रकोप महामारी की तरह फैलता है।

•

शत-शत नमन का ईडियम

मुझे शत-शत नमन करने की बात कुछ समझ में नहीं आती। अक्सर लोग सेण्टीमेण्टल होकर सौ-सौ बार नमन करने की बात कह जाते हैं। यह नमन देश की माटी के लिए होता है, अपने आदर्श पुरुष के लिए होता है और कई बार स्मृतिशेष व्यक्तित्व के लिए भी होता है। जीते जी हम जिसे एक बार भी प्रणाम नहीं करते, हमारे दोनों ही हाथों में हरकत नहीं आती, उनमें जैसे पचास-पचास किलो के पत्थर बँध जाते हैं, हाथों को जोड़ने में जैसे खुजली-सी होने लगती है, उसी व्यक्ति-विशेष के न रहने पर उसे सौ-सौ बार नमन देने लगते हैं। बोलने-कहने में भला क्या जाता है? कोई सौ बार हाथ जोड़ने की कसरत तो करनी नहीं होती, बस मुँह से 'टुप्प' से बोल भर देना होता है। शत-शत नमन का दरअसल एक ईडियम ही बन चुका है। हम जिसे मन-ही-मन गाली दे रहे होते हैं उसे भी ज़ाहिर तौर पर बारम्बार प्रणाम करने का अभिनय करते हैं। यह एक मुहावरा तो होता ही है, शिष्टाचार भी होता है जिसे हम बख़ूबी निभाते हैं। हर्र लगती है न फिटकरी और रंग भी चोखा आता है। हम जब से पैदा हुए हैं, इस ईडियम से दो-चार होते आये हैं। इस देश में सबसे ज़्यादा शत-शत नमन शायद राष्ट्रपिता महात्मा गाँधी को दिये गये हैं। शत-शत बार नमन करके शायद बार-बार गाँधी की हत्या की गयी है। उनके जीवन-मूल्यों को अगरबत्ती-धूपबत्ती दिखायी गयी है। उनके चित्र को फूल-मालाएँ समर्पित की गयी हैं, मीठे-कड़ुवे धुएँ से नहलाया गया है। झुक-झुककर प्रणाम करनेवालों ने उन्हें बार-बार गोली मारी है।

खादी-टोपीवाले भली-भाँति जानते हैं कि शत-शत बार नमन कर लेने की बात कह देने में उनके पूज्य पिताजी का तो कोई नुकसान होता नहीं, भाषण में अलबत्ता एक अलग-सा फ़्लेवर आ जाता है। जनता तालियाँ बजाती है, जय-जयकार करने लगती है। भाषण सुन लेने के बहुत देर बाद एहतराम इस्लाम के

इस शेर का अर्थ समझ में आता है, वह कहते हैं—

उसका भाषण था कि मक्क़ारी का जादू एहतराम
मैं कमीना था कि बुज़दिल मुग्ध श्रोताओं में था।

पीठ पीछे हम जिसे कोसते हैं, उसके भी मुँह पर 'शत-शत नमन' की बौछार करने से नहीं चूकते। प्रायः यह मुहावरा हमारे गले का फन्दा भी बनता है। हम आचरण और व्यवहार में उसकी एक भी बात नहीं मानते जिसे इस मुहावरे से नवाजा करते हैं। ऐसी स्थिति में सफ़ोकेशन भी होता है, जबकि हक़ीक़त यह होती है कि जब किसी सच्ची विभूति को हम अतल तल से अपने प्रणाम देते हैं, तो सारे दर्द ख़ुद्-ब-ख़ुद तमाम हो जाते हैं, कहा भी गया है—दर्द सारे तमाम हो जाते, हम जो केवल प्रणाम हो जाते।

•

नये साल का हाहाकारी सेलिब्रेशन

आज इकतीस दिसम्बर है। कल से 2011 लग रहा है। कुछ लोग नये साल के हाहाकारी सेलिब्रेशन के मूड में हैं। मोनूलालजी छटपटाते हुए-से इधर-से-उधर घूम रहे हैं। कैसा नया साल? कैसा सेलिब्रेशन? गिलासें मुँह चिढ़ा रही हैं। शराबें अपने-आपसे कतरा रही हैं। अभी तो बीता है छब्बीस नवम्बर। मन हाहाकार कर रहा हो तो कोई क्या ख़ाक करेगा हाहाकारी सेलिब्रेशन। शुभकामनाओं के चिकने झापड़-जैसे ग्रीटिंग चलने शुरू हो गये हैं। कुछ भी तो नया नहीं है। कैसे होगा न्यू इयर हैप्पी? मोनूलालजी तो सब-कुछ भूल जाने के लिए अपना पेग बनाने बैठे कि पैमाने में ढुलककर दो-चार बूँद आँसू आँखों से आ गिरे। लाल पानी में वृत्त-से बनने लगे। उन्होंने क़लम काग़ज़ उठा लिया। कराहती हुई पंक्तियाँ साकार हो उठीं—

रक्तपात जितना बाहर है उतना मन के भीतर
नया साल आया तो केवल बदले हैं कैलेण्डर

वह कभी अपने-आपको कोस रहे हैं, कभी देश को, कभी पड़ोसी देश को। वह कई रातों से सोये नहीं हैं। वह कहते हैं शराबें भी अपना नशा खो चुकी हैं। दिसम्बर की इकतीस तारीख़ की पूँछ पकड़े वह सोच रहे हैं और लगातार सोच रहे हैं। कैसे आता था नया साल ? घड़ी की सुइयाँ जब बारह बजे आपस में गले मिलती थीं तब तक वह दारुलशफ़ा होते रहते थे और फिर अपना गिलास उलट देते थे, फिर स्वयं भी उलट जाते थे। सपने में गुनगुनाते थे—

जो नशे में धुत्त हैं उनकी कहें क्या
होशवालों को सँभाला जा रहा है।

हालाँकि लगानेवालों ने डी. जे. लगा लिये हैं। महँगे होटलों में सेलिब्रेशन की बाक़ायदा परमीशन ले ली गयी है। जोड़े बाँहों-में-बाँहें डाले मदहोश होने की

तैयारी में हैं। केक और पेस्ट्री सुर-में-सुर मिला रहे हैं। दिलों में भले आतंक है पर नया साल लगने की भी अपनी एक रवायत होती है। कई चेहरों पर तो नया साल मनाने की मज़बूरी-सी दिखायी दे रही है। लाल-पीली-नीली बत्तियाँ झिलमिला रही हैं। आतंकवाद अट्टहास कर रहा है। पूरा साल ही जैसे आगजनी के शाल में लिपटा हुआ है। 'शुभकामना हो!' को तोड़कर बोला जा रहा है यानी 'शुभ काम ना हो!' कहा जा रहा है। वक़्त धुआँ-धुआँ है। अलावों में आग नहीं है, बाकी सारी जगहों पर आग-ही-आग है। दिलों में आग है, ज़ेहनों में आग है। नये साल का हाहाकारी सेलिब्रेशन करने का मन कर रहा है। सच तो यह है कि आज-जैसी इकतीस है, कल वैसी ही पहली होगी। नया साल आयेगा, पुराना चला जायेगा, पर जाते-जाते कानों में कह जायेगा, 'तस्वीरें हैं बासी चाहे तारीख़ें बदलों, नये साल की छाती पर भी जमकर मूँग दलो।' दरअसल! 'हम मूँग ही दलते आये हैं, वह पुराने साल की छाती पर हो या नये साल की छाती पर। हम इतने उत्सवजीवी हैं कि हादसों का भी उत्सव मनाते हैं।

•

जगह-जगह रुकती नॉन स्टॉप

मैं बस अड्डे पहुँचा। एक बस के फ़ेस पर लाल चमकते अक्षरों में 'नॉन स्टॉप' लिखा था। मेरी बाँछें-मूँछें सब खिल गयीं। अन्दर पहुँचा। एक सीट विधायक के लिए थी, एक स्वतन्त्रता-संग्राम-सेनानी के लिए। एक महिलाओं-विकलांगों के लिए। हाँ भाई! महिलाओं को विकलांगों के साथ ब्रैकेट किया गया था, मानो महिला होते ही वह विकलांगों की तरह दया का पात्र हो जाती हैं। हालाँकि दया का पात्र कोई नहीं होता, यह सब तो सुविधा के लिए है। सुविधा ही असुविधा उत्पन्न करने लगे तो क्या कीजियेगा? सीनियर सिटिजन्स के लिए भी चार-छह सीटें थीं यानी इन सब आरक्षित सीटों से जो सीटें बच गयी थीं उन पर हम-जैसे तथाकथित आदमियों के बैठने का प्रावधान था। मैं एक तरफ़ लपका और एक अनरिज़र्व सीट को अपने लिये रिज़र्व कर लिया।

बस जनवासे की चाल से चल चुकी थी। कहने को नॉन स्टॉप थी पर बारात की घोड़ी हो गयी थी। एक भी यात्री को कटी पतंग की तरह सड़क पर देखती कि घुरघुराते हुए रुक जाती। बस रुक-रुककर चल रही थी, चल-चलकर रुक रही थी। पता नहीं सड़क पर गड्ढे थे अथवा गड्ढे में सड़क थी, लेकिन बस तो कम्प्लीट बस थी, हम ही बेबस थे। बस छिपकली की तरह आगे बढ़ रही थी और हर यात्री को कीड़े-मकोड़े की तरह उदरस्थ करती जा रही थी। ज़नाब जाहिल सुल्तानपुरी याद आ रहे थे, फ़रमाते हैं—

शमा तक पहुँचे न थे जाहिल अभी
छिपकली के मुँह में परवाने गये।

हाँ साहब! परवानों की भीड़ बढ़ती जा रही थी। सभी पर नॉन स्टॉप का सम्मोहन छाया था और बस एक पुलिया पर खड़ी थी। बस खड़ी थी, लोग बस के अन्दर खड़े थे। खाँसना-छींकना हो तो पहले सॉरी बोलें फिर बाद में भी क्षमा

प्रार्थना करें। गाल में खुजली हो तो धोखे से सहयात्री का ही गाल खुजला दें। सुन्न हो रहे पाँव को समझ ही न आये कि उसके पाँव में जूता है या फिर बिना पाँव ही कण्डक्टर की सीट तक पहुँच गया है। जिन्हें बड़ा गुमान हो कि वह अपने पैरों पर खड़े हैं, वह इस तरह की प्राइवेट नॉन स्टॉप बसों में सफ़र करके देखें। उनका गुमान शीशे की तरह चकनाचूर हो जायेगा और उन्हें यह पता चलेगा कि वह तो दूसरों के पाँव पर खड़े हैं। अन्य प्रदेशों में बसें होती हैं, हमारे प्रदेश में पायी जाती हैं। कहीं सरकारी होती हैं तो कहीं अ-सरकारी। मैं सरकारी कर्मचारी नॉन स्टॉप बस की लालच में अपनी मूल सरकारी वृत्ति छोड़कर प्राइवेटाइज़ेशन के जाल में फँस चुका था और अब निजीकरण का स्वाद चख रहा था। मेरा दो घण्टे का सफ़र नौ घण्टे का हो चुका था। मैं अंग्रेज़ी में भी 'सफ़र' कर रहा था, हिन्दी और उर्दू का सफ़र तो पसीना-पसीना था ही। शीशे पर लाल चमकते अक्षर 'नॉन स्टॉप' उल्टी तरफ़ से मुझे मुँह चिढ़ा रहे थे। एक तख़्ती भी मेरे भविष्य की तरह झूल रही थी। पौन घण्टे से ऊपर हो चुके थे, बस मेरे शहर में पहुँच चुकी थी और परिक्रमा कर रही थी। हर यात्री अपने घर के दरवाज़े पर उतर रहा था। बस अड्डा अभी दूर था।

●

बड़े साहब आ रहे हैं

बड़े साहब आ रहे हैं। सारा स्टाफ हलाकान है। ह्वाइट वाशिंग से लोना खायी दीवारें एक बार फिर तनकर खड़ी होने की कोशिश कर रही हैं। कार्यालय में दीपावली का माहौल बनाया जा रहा है। 'सफ़ाई में ईश्वर का वास होता है', यह मुहावरा बदल रहा है। लग रहा है सफ़ाई में ईश्वर का नहीं, साहब का वास हो रहा है। बाकी दिनों में समूचा स्टाफ धूल, धुएँ और सड़ाँध में रहता है, फ़ाइलों की धूल आत्मा में पैठती है। भला हो बड़े साहब का जो उन्होंने इधर का रुख़ कर लिया, सारे कर्मचारी 'तुम्हीं हो माता पिता तुम्हीं हो' की मुद्रा में आ गये हैं। नये-नये सूट निकल आये हैं। भरे जाड़े में भी मफलरों को अवकाश दे दिया गया है क्योंकि उनके गले में झूलते होने से टाइयों की दर्शनीयता में कमी आती है। ज़मीनों पर फिनायल में डूबे पोंछे लगाये जा रहे हैं। पूरा कार्यालय तेज़-तेज़ साँसें ले रहा है। छोटे साहब के छोट-से चैम्बर तक टायलेट, क्लीनर और नेफ्थलीन की गोलियों की मिली-जुली गन्ध चहलक़दमी कर रही है। दीवारों के जाले साफ़ हो रहे हैं, मन के जाले बढ़ रहे हैं। साहब के स्वागत और अगवानी में 'बहारों फूल बरसाओ मेरा महबूब आया है' जैसे गानों का रिहर्सल किया जा रहा है। 'स्वागत है श्रीमान् आपका मधुरिम वेला में' की नयी धुन बन रही है। कठिन वेला को ही मधुरिम वेला कहना पड़ रहा है। वाहन कतार में खड़े किये जा रहे हैं। गमलों को तरतीब दी जा रही है, पत्तियों से पान की पीकें पोंछी जा रही हैं।

पूरा कार्यालय दुल्हन की तरह सजाया जा रहा है। जाने किस कोने में साहब की नज़र पड़ जाये। बहुत-सारे कोनों की झाड़ुओं से पहली-पहली मुलाक़ात हो रही है। छोटे साहब बड़े साहब को पूरी तरह से प्रसन्न कर देना चाह रहे हैं सो अपने मातहतों की अच्छी तरह से ख़बर ले रहे हैं। कार्यालय में स्टाफ की सम्पूर्ण उपस्थिति चमत्कृत कर रही है। महिलाएँ भी न स्वेटर बुन रही हैं, न सपना। वह भी काग़ज़ों

का पेट भर रही हैं। कम्प्यूटर का माउस, गणेशजी के माउस की तरह आँकड़ों की परिक्रमा कर रहा है। मैं अपने साहब के सामने सिर झुकाये बैठा हूँ और बुद्धिसेन शर्मा की पंक्तियाँ दुहरा रहा हूँ—

सबसे छोटे ओहदे पर मैं उस दफ़्तर का नौकर हूँ।
हंस जहाँ कौए के आगे शीश झुकाये बैठा है।।

बड़े साहब के आने की ख़बर जंगल की आग की तरह फैल रही है और जंगलराज धीरे-धीरे ख़त्म होता-सा लग रहा है। हर कर्मचारी पालतू होने की सीमा तक अनुशासित लग रहा है। हर आदमी धीरे-धीरे बात कर रहा है। ज़ोर से बोलने की मनाही है। बड़े साहब के लिए इसी बीच एक कर्मचारी के मुँह से प्रदीप चौबे की यह पंक्तियाँ निकल जाती हैं— 'काहे के बड़े हैं, अगर दही में पड़े हैं।' यह पंक्तियाँ छोटे साहब के कान में पड़ जाती हैं और उस कर्मचारी को चार्ज सीट मिल जाती है। मामूली बात नहीं है कि बड़े साहब आ रहे हैं। 'जिन्दाबाद मुर्दाबाद' को नींद लग गयी है। बड़े साहब शायद कुछ अनमने और नाराज़ होकर आ रहे हैं उन्हें पूरी व्यवस्था ठीक करनी है। जो ज़िन्दादिल थे वह भी मुर्दा हो चुके हैं। वैसे भी बड़े साहब को ज़िन्दा लोग पसन्द नहीं हैं। छोटे साहब गुत्थी-सी उलझी मालाएँ सुलझा रहे हैं। बड़े साहब का स्वागत जो करना है।

•

बाअदब बामुलाहिजा होशियार!

बाअदब बामुलाहिजा होशियार! सावधान! महानायक तकिये के नीचे रिवॉल्वर रखकर सो रहे हैं। आतंकवादियो! होश में आ जाओ। औकात में रहो। हैसियत का ख़्याल रखो। 'मुक़द्दर का सिकन्दर' जाग गया तो लेने के देने पड़ जायेंगे। शहंशाह की नींद में खलल पड़ी तो समझ लेना। 'डान', 'दीवार', 'शोले', 'शक्ति' सभी की मशीनगनें अगर एक साथ चलने लगीं तो भागते रास्ता नहीं मिलेगा। न समुद्र में, न आसमान में। आख़िर कहाँ मुँह छुपाओगे? बहुत हो चुका लाइव शो। रियलिटी शो की भी एक हद होती है। किसी चीज़ की हद हो तो बस यहीं तक हो, आगे न हो, क्योंकि कहा है— 'आगे-आगे देखिये होता है क्या ?' महानायक, महानायक हैं कोई भयभीत सिंह नहीं हैं। वह तो गब्बरसिंह-जैसे आतंकवादी को भी धूल चटा देते हैं। उनको डरा हुआ समझनेवाले ख़ुद डरे हुए हैं। यंग ऐंग्री मैन से ओल्ड ऐंग्री मैन होने तक का उन्होंने एक लम्बा सफ़र तय किया है। इतने दिनों तक उन्होंने भी अपने टी. वी. स्क्रीन पर जैसे हालीवुड की कोई बेहद यथार्थभरी ऐक्शन से लबरेज़ फ़िल्म देख डाली। थ्रिलर ऐसा कि बस दाढ़ी खुजाते रह जाओ। हॉरर ऐसा कि बस 'महावीर जब नाम सुनावे' का जाप करो। पर हो चुका बहुत तमाशा। लाइसेन्सी बन्दूक तकिये की रुई से फुसफुसाकर बात कर रही है। आख़िर महानायक ने भी बालीवुड के रुपहले परदे पर कोई घुइयाँ नहीं छीली है इतने दिनों, कोई घास नहीं काटी है। आगजनी क्या होती है, उन्हें पता है। कितने 'टावरिंग इनफरनो' उन्होंने साकार किये हैं। यह राष्ट्र उनका है, महाराष्ट्र उनका है। वह ख़ुद कितनी बार पुलिस इन्स्पेक्टर बन चुके हैं सो पुलिस भी उनकी है। कहते हैं कि वह अभिनय करते नहीं जीते हैं, तभी तो तकिये के नीचे रिवॉल्वर रख रहे हैं। भौजाई पर भी ख़ासा रोब पड़ता होगा। पत्नी के आगे धनुष उठाने की बात ही और है।

यह तो ख़ैर हुई दिल्लगी। अब मतलब की बात सुनो। महानायक की बात केवल महानायक की बात नहीं है यह तो हर आम-ओ-ख़ास की बात है। इसका सीधा अर्थ यह है कि ख़ास आदमी भी आम आदमी की तरह ही बौखला गया है। बौरा गयी है उसकी बुद्धि। वह कनफ़्यूज़न की एवरेस्ट-जैसी चढ़ाई पर है। वह कभी तीन दिन में तीन सौ बार रो रहा है तो कभी सिरहाने बन्दूक का ही तकिया लगा रहा है। वह असुरक्षित अनुभव कर रहा है। कोई सुरक्षा चक्र उसके पास नहीं है, टूथपेस्ट का भी नहीं। वह रटे-रटाये सारे संवाद भी भूल चुका है। अब तो उसकी ज़बान ही फिसली जा रही है। वह नींद में बड़बड़ा रहा है। समय, समाज और सरकार से उसका भरोसा उठ चुका है। वह महानायक होकर भी बेबस है और सामान्य आदमी की तरह प्रतिक्रियाएँ दे रहा है। 'ये है बम्बई नगरिया तू देख बबुआ' भूल चुका है वह।

•

सब-कुछ फ़ास्ट है

सुपर फ़ास्ट ख़बरें हैं, ट्रेनें हैं, बसें हैं। कुछ भी स्लो नहीं है। सब-कुछ फ़ास्ट है। सारे दृश्य फ़ास्ट फ़ारवर्ड में हैं। समय बहुत फ़ास्ट है। फ़ास्ट फ़ूड कल्चर है, ताबड़तोड़ एग्रीकल्चर है। आधुनिकता की आँधी बहुत फ़ास्ट है, इसलिए कोई किसी का फ़ास्ट फ्रेण्ड नहीं है। सब-कुछ इस कदर फ़ास्ट है कि धार्मिक आस्थाओं के चलते नहीं बल्कि मजबूरन किसी को मण्डे, किसी को ट्यूज़डे तो किसी को थर्स डे का फ़ास्ट रहना पड़ता है। इस तरह भूखे रहने से भूख की समस्या का निदान भी हो जाता है और हम फ़ास्ट समय के कन्धे-से-कन्धा मिलाकर चल भी पाते हैं। दिन-साल-महीने हिरन की तरह फ़ास्ट भागते हैं। अभी कल ही जनवरी लगा था और पलक झपकते ही दिसम्बर आ पहुँचा। कभी-कभी तो चीते की फ़ास्ट स्पीड भी शरमा जाती है। वक़्त इतना तेज़ भागता है कि जूते, चप्पल पाँव से निकलकर रास्तों में ही तितर-बितर हो जाते हैं।

फ़ास्टेस्ट एरा-जैसे डी. जे. लगाकर हबुआ रहा है, इसलिए आदमी को रोज़ तरह-तरह के टेस्ट कराने पड़ रहे हैं जिनमें अधिकतर टेस्ट फ़ास्टिंगवाले होते हैं। फ़ास्ट कल्चर में संवेदना ही बर्फ़ बनकर रह गयी है, कुछ भी डी फ़ास्ट नहीं हो रहा है।

किसी समय बीरबल की खिचड़ी बना करती थी, आज नूडल्स का युग है। आप मूल्यों के मरने पर दो मिनट का मौन रखें, दो मिनट में हमारी तो मैगी तैयार हो जायेगी। वक़्त कछुआ है तो खरगोश भी। वह रास्तों में सो भी जाता है, तो चलता भी रहता है। अमरनाथ श्रीवास्तव कहते हैं—

तेज़ हवा के हाथ लग गये, रुई हुए सपने सेमल के
इतना वक़्त किसे है देखे, सपने ऐसे क्यों आते हैं ?

वक़्त ही चाऊमिन के लच्छों-जैसा हो गया है, सॉस की शीशी नचाइये और मस्त हो जाइये। हाथ रखिये भाग रहे दिन की स्टीयरिंग पर और सूर्यास्त पर पहुँचकर भी साँस न लीजिये। छूट रही बसें पकड़िये, लोकल पर सवारी कीजिये, दरवाज़ा बन्द होने से पहले मेट्रो में घुस जाइये। गिरते-पड़ते घर पहुँचिये। आ रही नींद के लड़खड़ाते मगर फ़ास्ट क़दमों पर ब्रेक लगाइये, दो कौर मुश्किल से मुँह में डालिये और गुडुप हो जाइये। महानगर की ज़िन्दगी को कोसिये नहीं क्योंकि सब-कुछ फ़ास्ट है। आराम के चक्कर में पड़ेंगे तो पिछड़ जायेंगे। आप क्यों बैलगाड़ी के चक्कर में पड़े हैं, टाइम स्पेस में जाकर देखिये वह तो हवाई जहाज हो गया है। यह हाथ केवल बाल सँवारने और रोटी पोने के लिए ही नहीं, शोलेवाले ठाकुर के शब्दों में फाँसी का फन्दा भी है जिससे क्रूर वक़्त के गब्बरसिंह का गला दबाना है। जो फ़ास्ट समय के साथ नहीं चलेगा वह पास्ट हो जायेगा। बीता हुआ कल भी उसे बख़्शेगा नहीं क्योंकि उसने वक़्त की सिम्फनी सुनी ही नहीं। पिज्जा खाइये और मिले सुर मेरा तुम्हारा गाइये, फ़ास्ट संस्कृति तभी आपको याद रखेगी।

●

ऐण्टी वॉयरस में वॉयरस

मेरा बेटा कम्प्यूटरग्रस्त है और मैं अभावग्रस्त। वह कम्प्यूटर पर गेम खेलता है और मेरी बैण्ड बजी रहती है। मेरी सुबह चाय से शुरू होती है, उसकी कम्प्यूटर से। मेरा नर्वस ब्रेक डाउन होता रहता है और वह कम्प्यूटर में हर वक़्त कुछ-न-कुछ डाउन लोड करता रहता है। कम्प्यूटर ही उसका माई-बाप है, उसके असली माई-बाप तो कसमसाते रह जाते हैं पर वह बात या आज्ञा जो भी कहें, कम्प्यूटर की ही मानता है। वह स्कूल से आता है, बस्ता एक ओर फेंकता है और कम्प्यूटर पर जुट जाता है। उसके बगल में रखा खाना ठण्डा होता रहता है और वह कम्प्यूटर के साथ गरम होता रहता है। कम्प्यूटर ने बहुत-कुछ दिया है तो बहुत-कुछ हमसे छीन भी लिया है। हम प्लेग्राउण्ड पर क्रिकेट और फुटबाल खेला करते थे, मेरा बेटा कम्प्यूटर पर ही चौके-छक्के लगाता है, गोल मारता है। सर्दियाँ शुरू हो गयी हैं। उसकी नाक बहती रहती है पर वह माउस से अपना हाथ ऊपर नहीं उठाता। मैं भी कुछ बोल नहीं पाता। कम्प्यूटर तो लाकर मैंने ही दिया है। वह कम्प्यूटर स्क्रीन पर कार ऐक्सीडेण्ट देखता है, ख़ुश होता है। मैं दहल जाता हूँ। वह धमाके देखता है, विस्फोट करता है और असीम आनन्द से भर उठता है। धुआँ उठता है तो उसकी आँखों में चमक आती है। मेरी तरह लाखों-लाख माँ-बाप यन्त्र में खो जा रही सन्तति को देखते रह जाते हैं और सन्ततियाँ कम्प्यूटर-क्रान्ति के पथ पर अग्रसर होती जाती हैं। फीलिंग तक कम्प्यूटर में फ़ीड हो जाती है, एक कवि छटपटाकर कह उठता है—'घुटता घर दालान कि घुटती सीलिंग है, कम्प्यूटर में फ़ीड हमारी फीलिंग है।'

मेरा बेटा पतंग नहीं उड़ाता, कबड्डी नहीं खेलता, गुल्ली-डण्डा नहीं खेलता, कम्प्यूटर खेलता है। हम घर पर मुश्किल से मिलते थे, वह घर से निकलता ही नहीं। सपने देखने की उम्र में उसकी आँखों पर चश्मा चढ़ गया है।

वह कल ही अपने कम्प्यूटर को फ़ार्मेट कराकर लौटा है। कम्प्यूटर अपग्रेड कराने के बाद वह एक ऐण्टी वॉयरस लेता आया और अब परेशान है। उसके कम्प्यूटर पर ऐण्टी वॉयरस से ही वॉयरस आ गया है। कम्प्यूटर चितकबरा हो गया है और वह डिप्रेशन में है। उसकी नींद और भूख सब-कुछ ग़ायब हो गये हैं। वह चिड़चिड़ा रहा है। उधर कम्प्यूटर में वॉयरस है और इधर अप्रासंगिक हो रही पुरानी पीढ़ी के दिलों-दिमाग़ों में वॉयरस घुस आया है। बेटा हलाकान है जब ऐण्टी वॉयरस में भी वॉयरस हो तो किस तरह से किसी तरह के वॉयरस से लड़ा जा सकता है। माउस सुस्ता रहा है।

•

नर्वसनेस की शॉर्ट स्टोरी

नर्वस होता हुआ आदमी कैसा लगता है? ज़रा ग़ौर से अपने सिरहाने टँगी दीवार घड़ी देखिये। हाँ! ठीक पहचाना आपने। नर्वस आदमी एकदम सेकेण्ड की सुई-जैसा थरथराता हुआ दिखता है। उसकी तो जैसे अब-तब लगी रहती है। नवम्बर में भी उसके चेहरे पर मई का प्रकोप रहता है। उसकी नर्वसनेस का, धारोंधार बहता पसीना अभिषेक करता है। उसकी ज़बान लड़खड़ाती है, वह भी लड़खड़ाता है। ऐसे डगमगाता है जैसे बोतल महारानी की असीम अनुकम्पा हो गयी हो। बोली हाथ छोड़ने लगती है, भाषा साथ छोड़ने लगती है। क्या कभी आपने किसी नेता को नर्वस होते देखा है? शायद ही देखा हो। नेतृत्व प्रदान करनेवाले चेहरों पर तो निर्लज्जता का कानफिडेन्स होता है, धूर्तता की वैनिशिंग क्रीम चेहरे पर पुती होती है, मूर्खता का आभामण्डल होता है। वाणी घोड़ों की तरह सरपट भागती है। माइक की गर्दन दबाता नेता बस बोलता जाता है। नर्वस तो जनता होती है। नेताओं का तो मूलमन्त्र होता है— 'अपना काम बनता, भाड़ में जाये जनता।'

मगर यही भाड़ में जानेवाली जनता जब अपने-आप पर आ जाती है तो बड़े-बड़े नेता भाड़ झोंकते नज़र आने लगते हैं। बहरहाल! चेहरे पर नर्वसनेस का आलोक अपनी थरथराहट के बावजूद बहुत सुहाना लगता है। इज़हारे मोहब्बत के कठिन वक़्त में तो इसकी छटा और भी अधिक नयनाभिराम हो उठती है। जो नहीं कहा जा पाता वह भी बॉडी लैंग्वेज कह देती है, मुँह का सूखता हुआ थूक कह देता है, बेवजह फड़कती हुई आँखें कह देती हैं। वैसे भी जो कहना मुश्किल होता है वह भी आपकी नर्वसनेस के चलते कम्युनिकेट हो जाता है। आपका नर्वस होना बड़ा काम आता है। जो काम भाषा नहीं कर पाती वह भंगिमा कर दिखाती है। हमारे चरित-नायक मोनूलालजी तो विवाह के पहले नर्वस ही दिखा करते थे, नर्वसनेस उनका स्थायी भाव था, मगर अब चौपाया होने के बाद हो 'नारीवश' नज़र आने

लगे हैं। जब रास्तों में अपनी छप्पन छुरी गुलबदन के साथ होते हैं तो नमस्ते का जवाब तक नहीं देते। उन्हें डर लगा रहता है कि कहीं उनका कोई यार पुराना चैप्टर न खोल दे और उनकी बिना बात फ़जीहत हो जाये। वैसे भी वह पुरानी सारी फ़ाइलें क्लोज़ कर चुके हैं, इसीलिए अब उनके डिसक्लोज़ होने से भय खाते हैं।

हमारे कविमित्र वीरानजी की नर्वसनेस तो और भी अधिक दर्शनीय है, किसी दर्शनीय स्थल-जैसी ही। मन वीणा के तार झंकृत करनेवाली भावभरी कविताएँ लिखते हैं पर जब माइक के सामने आते हैं तो साठ के दशक में दिवंगत हुई नानीजी याद आने लगती हैं। मैंने जब कहा कि इतनी अच्छी कविताओं के बाद भी नर्वस क्यों होते हैं तो बड़ी मासूमियत से बोले कि जिसके पास कुछ होगा वही तो नर्वस होगा, जिसके पास कुछ है ही नहीं वह किस बात के लिए नर्वस होगा। यह कहते हुए भी वह नर्वस ही नज़र आ रहे थे।

•

व्याख्या के बाद वाह-वाह

मेरे एक मित्र हैं। हर कवि-सम्मेलन में अग्रिम पंक्ति में विराजते हैं। जब कविता-पाठ के क्रम में वाह-वाह का सैलाब उठता है तो चकरघिन्नी होकर इधर-उधर गर्दन घुमाते हैं (जैसे सर्ववाइकल स्पैण्डलाइटिस का अटैक पड़ गया हो) और फिर कवि को घुग्घू की तरह घूरने लगते हैं, आँखों में सैकड़ों प्रश्नचिह्न उगा लेते हैं। अपने विस्मयकारी मौन में, 'ऐसा क्या अजूबा कह दिया है कवि ने?' इस बात की पड़ताल करने में लग जाते हैं। देर तक समझ ही नहीं पाते कि कवि आख़िर कहना क्या चाहता है? किसलिए 'वाह-वाह' की हाय तौबा मच रही है? कभी-कभी अगर उनका पड़ोसी श्रोता सुधी हुआ और उसने कविता की व्याख्या कर डाली तो मित्र महाशय के ज्ञान चक्षु खुल जाते हैं, वह आँखें फाड़ने की सीमा तक बड़ी करके अपने सह श्रोता की ओर देखने लग जाते हैं और कविता पंक्तियों के बीत जाने के बहुत देर बाद वाह-वाह की मंगल ध्वनि करने लगते हैं, ठीक उसी तरह जिस तरह मोटी खालवाला गैण्डा तीन दिन पहले गुदगुदा देने पर तीन दिन बाद ठठाकर हँस पड़ता है। ज्ञान और समझदानी की ट्यूबलाइट का उनका चोक हमेशा ख़राब ही रहता है, जब भक्क से उनकी आत्मा में व्याख्या का उजाला फूटता है तो वह 'यूरेका-यूरेका' वाली मुद्रा में आ जाते हैं। व्याख्या के बाद वाह-वाह करने की उनकी यही मुद्रा जानमारू है। बड़े-बड़े महाकवियों के लिए भी वह एक खुली चुनौती हैं। चुटकुले भी प्रायः वह मुँह फैलाकर ही सुनते हैं और हँसने के मौक़े पर दाँत चियार देते हैं, तर्क-वितर्क करने लगते हैं। लतीफ़े की वैज्ञानिकता पर सवाल उठाने लगते हैं।

एक बार टी. वी. पर एक अखिल भारतीय कवि-सम्मेलन आ रहा था। कविवर गोपालदास नीरज काव्य-पाठ कर रहे थे कि साउण्ड गायब हो गयी। उनकी कविता का अर्थ भाव-भंगिमा से ही समझने की मज़बूरी आन खड़ी हुई। मेरे मित्र

जब शब्दों के होते हुए भी उलझ जाया करते थे तो भला चुप्पी का अर्थ क्या समझते? उनके लिए इतना ही पर्याप्त था कि नीरजजी स्क्रीन पर थे और जब नीरजजी स्क्रीन पर थे तो बिना व्याख्या के भी वाह-वाह की पर्याप्त गुंजाइश थी। नीरजजी के दोनों हाथ हवा में लहरा रहे, हाथ कभी-कभी माथे की झूलती हुई लटों पर भी जाते थे। थोड़ा-थोड़ा समझ में आने लग गया था कि कारवाँ गुज़र गया है और कविवर गुबार देखते रह गये हैं। उनकी बॉडी लैंग्वेज पूरी कविता परिभाषित कर दे रही थी। व्याख्या के बाद की कौन कहे, व्याख्या के बहुत पहले ही वाह-वाह से माहौल सजने लगा। वैसे भी मेरे मित्र का मानना है कि वह कविता ही क्या जो एक बार में समझ में आ जाये। सच बात तो यह है कि आज की कविता व्याख्या के बाद और भी अधिक उलझ जाती है, फिर भी व्याख्या के बाद तो वाह-वाह करनी ही पड़ती है।

•

कवि-सम्मेलनी गणित

कवि-सम्मेलनी कवि बहुत बड़ा गणितज्ञ होता है। वह सोते-जागते, दौड़ते-भागते, हारते-हाँफते, चौबीसों घण्टे, राम के तीसों दिन, आठों याम केवल और केवल कवि-सम्मेलनों की गणित में ही लगा रहता है। वह आयोजकों को पटाता है और रास्तों में आये अन्य कवियों को पत्थर सरीखा हटाता है। वह एक गाड़ी छोड़ता है, दूसरी पकड़ता है। वह एक कवि-सम्मेलन लखनऊ में पढ़ता है, तो दूसरा मलीहाबाद में। वह हास्यरस में पढ़ता है पर पारिश्रमिक का लिफ़ाफ़ा दुबला होने पर उसे करुण रस में आने में भी देर नहीं लगती। आयोजक दुर्बल हुआ तो वह वीर रस में भी आ जाता है। वह श्रोताओं से बात बिना बात लगातार ताली बजाने का आग्रह करता है। उसकी यह चिन्ता निरन्तर बनी रहती है कि उसे येन-केन प्रकारेण किसी भी तरह से अपनी कविता हिट करानी है, ताकि अगले साल का आयोजन भी उसकी मुट्ठी में रहे। कविता हिट कराने में चाहे उसे शीर्षासन करना पड़े, द्राविड़-प्राणायाम से गुज़रना पड़े, रामदेवजी के योग यानी 'योगा' का सहारा लेना पड़े, वह किसी भी युक्ति की सिद्धि में चूकता नहीं और काव्य-पाठ के अन्त में माला पहन-पहनकर 'मालामाल वीकली' हो जाता है। मंच से उतरकर वह सबसे पहले अपनी वापसी के टिकट, रसायन से भरी पानी की बोतल, फुलानेवाला तकिया और बर्थ से अटैची बाँधनेवाली जंजीर सहेजता है। लिफ़ाफ़े की गर्मी सँजोता है और फिर निकल पड़ता है मुहिम पर जैसे कविता पढ़ने नहीं जा रहा है। बल्कि कारगिल युद्ध में गोले बरसाने जा रहा है।

कवि-सम्मेलन का कवि अध्ययनशील भी बहुत होता है। दिन-रात रेलवे टाइमटेबुल पढ़ता रहता है। उसे रेलवे के कर्मचारियों से ज़्यादा जानकारी भारतीय रेलों के विषय में होती है। वह होता ही इतना विषयी है कि अपने विषय से कभी विषयान्तरित नहीं होता। केवल मछली की आँख देखता रहता है, जिससे अगले अखिल भारतीय कवि-सम्मेलन का गणित सहज सिद्ध हो जाता है।

●

ब्लडप्रेशर का प्रकोप

साहब पर ब्लडप्रेशर का प्रकोप रहता है। मातहतों पर साहब का प्रकोप रहता है। इन दोनों प्रकार के प्रकोपों में दिन गुज़र जाता है। कभी साहब की पेशानी पर पसीना आता है तो कभी मातहत पसीने से तरबतर होते हैं। हाई कमान का ब्लडप्रेशर हाई होना ही चाहिए, इसी से हाई वोल्टेज का ऊर्जा संचार होता है और साहब का टेम्पो हाई हो जाता है। साहब का ब्लडप्रेशर हाई होता है तो मातहतों का ब्लडप्रेशर स्वाभाविक रूप से लो हो जाता है। 'लो प्रोफ़ाइल' वाले बेचारों का ब्लडप्रेशर तो ज़िन्दगी भर लो ही रहता है, वो घर से लेकर दफ़्तर तक कहीं भी हाई पिच पर नहीं बोल पाते, बस पिचपिचाते ही रह जाते हैं। यह पिचपिचाना मिमियाने-जैसा ही होता है। कुछ-कुछ 'दीन-हीन निबलों विकलों' जैसा, अपनी आत्मा के अतल तल में कहीं गहरे 'सुदामा भाव' लिये हुए। यह सुदामीय मुद्रा कभी मुखर नहीं हो पाती। कभी मुखर भी होती है तो अपने विशिष्ट कातर भाव में ही।

बहरहाल! यह ब्लडप्रेशर है बड़े काम की चीज़। सचमुच यह ताल ठोककर कहता है, 'हमका ऐसा-वैसा न समझो हम बड़े काम की चीज़'। काम का जितना प्रेशर होता है, इसकी फ़सल उतनी ही झूमती-लहराती है। साहब कई तरह के प्रेशर में रहते हैं। प्रेशर में रहने के कारण ही वह कुछ-कुछ प्रेशरकुकर-जैसे हो गये हैं, जब-तब और जहाँ-तहाँ सीटी देने लगते हैं और बाद में 'सॉरी' बोलते हैं। 'यार वेरी सॉरी' तो उनका तकिया कलाम ही हो गया है। यह तकिया कलाम मार के कण्डे सुंघाने-जैसा होता है। वह ब्लडप्रेशर की आड़ लेकर जिसको चाहें और जब चाहें डाँट लेते हैं, अपना गुस्सा उतार लेते हैं और बाद में कहते हैं, 'यार वेरी सॉरी! माइण्ड मत करना आज सुबह ब्लडप्रेशरवाली दवा लेना भूल गया था, सो माथा गरम हो गया।'' अगला आदमी बेचारा करे क्या, वह बेचारा तो काम के बोझ का मारा होता ही है, माइण्ड हो तब तो बेचारा माइण्ड करे। उसका दिमाग़ तो सुबह

दस बजे से आकर साहब की भेंट चढ़ जाता है।

साहब का सुबहवाला प्रेशर भी अख़बार में दो-चार-दस हत्या-बलात्कार-डकैती-छिनैती पढ़े बिना नहीं बनता। यह प्रेशर नहीं बनता तो भी वह ब्लडप्रेशर के उच्चतम बिन्दु के शिकार होने लगते हैं और मातहतों का ब्लडप्रेशर ऑफ़िस आते ही लो कर देने में लग जाते हैं। रक्तचाप का मज़ा आलूचाप की तरह लेते हैं और एयरकण्डीशन रूम में बैठे दिनभर गरमाते रहते हैं।

•

आम की महक

फलों का राजा आम बवाल पर उतारू है। हर खास-ओ-आम दिलो जान से आम पर फ़िदा-ए-लखनऊ है। इतना तो मक़बूल फ़िदा साहब भी फ़िदा नहीं हुए माधुरी पर, जितना आम आदमी न्यौछावर है आम पर। बाज़ार से गुज़रना बहुत मुश्किल हो गया है, आम की महक क़त्लेआम पर आमादा है, दूर ही से पीछा करने लगती है। इन दिनों तो बड़े आदमियों का दाल-भात-जैसा ही हो गया है। सोते-जागते उठते-बैठते आम, आम और केवल आम। छोटे आदमी तो बस इसकी सुगन्ध से ही सन्तोष कर लेते हैं। यह नाक में खलबली मचाकर दिलों में सेंध लगाने लगता है। खानेवाले जब इसे खाते-खाते थक जाते हैं तो 'शेक' की शक्ल में पीने लगते हैं। एक तरफ़ दशहरी की कटी फाँकें हैं तो दूसरी तरफ़ चुसवा आम 'क्रेजी किया रे' की मनःस्थिति में पहुँचा रहा है। अमर शहीद ख़ुदीराम बोस ने तो फाँसी से पहले आम खाना ही पसन्द किया था और गुठली आम के खोल में भरकर जेलर को चकरघिन्नी बना दिया था। यह आम चीज़ ही ऐसी है। मुँह में लोटा भर पानी भर आता है। नज़ीर अकबराबादी-जैसे महान् शायर भी इसका गुण गाते थकते नहीं।

मैं सोचता हूँ एक तरफ़ गुलाब के फूलों का गलियारा महक रहा हो और दूसरी तरफ़ आम के ठेले उत्पात मचा रहे हों तो आदमी किस तरफ़ जायेगा। निश्चित ही गुलाब की महक पर आम की महक भारी पड़ेगी। आदमी का उपयोगितावादी दर्शन पूरी फ़िलासफ़ी को पछाड़ देगा। आदमी का काम केवल सौन्दर्य और सुगन्ध से नहीं चलता, उसे तो स्वाद भी बुलाता है और पापी पेट को भी ओब्लाइज़ करना होता है। वह भर पेट आम खा लेगा, फिर चाहे गुलाब के फूल भी सूँघ ले लेकिन पहले तो वह आम का ही भोग लगायेगा, प्रसाद ग्रहण करेगा। रामवृक्ष बेनीपुरीजी का गेहूँ बनाम गुलाब, आम बनाम गुलाब हो जायेगा।

आम अपनी यात्रा के हर स्टेज पर जनता जनार्दन से लुभावनी लुकाछुपी का खेल खेलता है। कच्चा रहता है तो कभी पना बनकर तो कभी पुदीने के साथ चटनी बनकर सामने आ जाता है। मर्तबान में कभी अचार की शक्ल में तो कभी मीठी अचारी की सम्मोहक मुद्रा में झिलमिला जाता है। पहले जब बाज़ार में आता है तब तो नखरे ही नहीं मिलते, भाव आसमान छू रहे होते हैं। कोयल कूक-कूककर इनके पक जाने का पुख़्ता संकेत देती है। अमराई से मण्डी तक वल्ले-वल्ले होती है। कुछ दिन आकाशकुसुम रहकर यह धरती पर उतरता है। इसकी मादक सुगन्ध पागल बनाने लगती है। पीली-हरी बटालियन समूचे बाज़ार को ही मन्त्रमुग्ध करने लगती है। 'चले भी आओ कि गुलशन का कारोबार चले' की तर्ज़ पर स्वाद और सुगन्ध का कारोबार चलता है। कस्तूरी की महक की तरह आम की महक मन को हिरन बना देती है।

•

प्रेम-कविताओं का समर्पण

हमारे मोनूलालजी प्रेम रस में भीगे हुए हैं। 'इफ़ यू लव, शो इट' का मुहावरा बख़ूबी जीते हैं, पर यह शो करना कविताओं में ही हो पाता है, प्रेम के साकार सामने होने पर तो घिग्घी ही बँधने लगती है, पसीना आने लगता है, कुछ बोलने में उच्चारण-दोष होने लगता है, पाँव के नीचे की ज़मीन खिसकने लगती है। कविताओं में मगर वह अनकहा कह लेते हैं, मौक़े-बेमौक़े अपनी कविताओं में ही प्रेम की फ़ीलिंग कहकर हलके हो लेते हैं। उनका एकतरफ़ा परकीया प्रेम उन्हें भीतर-भीतर परेशान किये रहता है। कैलाश गौतम की पंक्तियाँ उन्हें सान्त्वना देती हैं—

इतनी ठण्डी आग की इसमें जलना मुश्किल है।
परकीया का हाथ पकड़कर चलना मुश्किल है।।

मगर आश्चर्य तब होता है जब मोनूलालजी की प्रेम-कविताओं के संग्रह छपकर आते हैं। हर संग्रह वह अपनी पत्नी को समर्पित करते हैं। दुनिया जानती है कि पत्नी से उनका छत्तीस का आँकड़ा है, क्षण भर भी उससे पटती नहीं। खटर-पटर मची रहती है पर जाने कौन-सी मज़बूरी है कि उन्हें अपने संग्रह पत्नी को ही समर्पित करने पड़ते हैं जबकि वास्तविकता यह होती है कि संग्रह की एक भी कविता पत्नी के लिए नहीं होती पर लोक-लाज, कुल की मर्यादा के दबाव में वह स्वकीया प्रेम को ही झूठ-मूठ के समर्पण से रेखांकित कर बैठते हैं। वह जीवन में भले ईमानदार न हों पर संग्रह-समर्पण के मामले में उनकी ईमानदारी देखते ही बनती है। अपने को भी छलते हैं पत्नी को भी। अपनी संवेदनाओं का, प्रेम का मज़ाक बनाते हैं। जाने कैसे उसके सामने जाते हैं जिसके लिए दरअसल यह प्रेम-कविताएँ होती हैं। यह केवल मोनूलालजी की नहीं बहुत-सारे कवियों की त्रासदी है जो किसी का पट्टा किसी के नाम करते रहते हैं। इतना नैतिक साहस तो होता नहीं कि सच बोल सकें सो सामाजिक स्वीकृति के हिसाब से ही चलते हैं। ऐसी मनःस्थिति में गीत

कवि भारतभूषणजी भी याद आते हैं, जो यह कहते हैं—

यह विसंगति ज़िन्दगी के द्वार सौ-सौ बार रोई।
बाँह में है और कोई चाह में है और कोई।।

अब अपने मोनूलालजी को ही ले लीजिये। मोटा दहेज लेकर माँ-बाप ने शादी कर दी। अब पति-पत्नी के बीच समझौता एक्सप्रेस ही चलती रहती है। जिस पत्नी को मोनूलालजी अपने संग्रह में प्रेरणास्रोत के रूप में प्रस्तुत करते हैं वह तो कविता की दुश्मन ही ठहरी। उसे तो कविता का 'क' भी नहीं आता, पर प्रेम-कविताओं के संग्रह में वह ताजमहल की बेगम मुमताज के रूप में प्रतिष्ठित होती चली जाती है, जबकि कोई भी संवेदनशील कवि उसे देख ले तो उसकी कविता ही सूखने लग जाती है। वह तो नितान्त ठस वैचारिक गद्य है, जिससे मिलकर आत्मा का निर्झर पत्थर पर सर पटकने लगता है। सूख जाता है हरा पेड़। सूख जाती हैं सहस्त्रधाराएँ। सूख जाती है नदी। उस बेचारी स्टेनो को कानोंकान ख़बर भी नहीं हो पाती जो उन कविताओं की असली हक़दार है। सामाजिक ढाँचे में चरमराता रहता है कवि मोनूलालजी का अन्तर्मन। वह अपने-आपसे झूठ बोलते हैं, समाज से झूठ बोलते हैं। इसी तरह आदमी, आदमी को छलता है और सच्चा प्रेम अभिशप्त होता है। बात लाइसेन्सी प्रेम की होती है भले वह कथित हो, इसीलिए प्रेम-कविताओं का संग्रह पत्नी को समर्पित करना पड़ता है।

•

आलस्य परमो धर्मः

मुझे आलसी लोग बहुत पसन्द हैं। इस भाग रही और हाँफ रही दुनिया में अगर आप थोड़ा-सा आलस अफ़ोर्ड कर लेते हैं तो वाकई आप बहुत बड़े आदमी हैं। आज कैरियरिस्ट हो रहे समय और समाज में आप लम्बी तानकर सो रहे हैं, यह बड़ी बात है। आलस्य परमो धर्मः का मूलमन्त्र जिसने आत्मसात् कर लिया उसके तो कहने ही क्या? इतमीनान, इतमीनान और इतमीनान। आराम प्लस आराम इजिकल्टू आराम। नेहरूजी क्षमा करें जो ज़िन्दगीभर आराम हराम का नारा देते रहे। हम तो मलूकदासजी के गोत्र के हैं, जिनका दोहा हमें बहुत बल देता है—

अजगर करे न चाकरी, पंछी करे न काम।
दास मलूका कह गये, सबके दाता राम।।

जब सबके दाता रामजी हैं ही तो फिर बिला वजह मरने-खपने की ज़रूरत क्या? जो अजगर का होगा, पंछी का होगा, वैसा ही कुछ अपन राम का भी हो जायेगा। मुँह में मक्खी आती-जाती है आने-जाने दीजिये। बार-बार जम्हाई आती है आने दीजिये। नींद-सी आती रहती है तो क्या दिक़्क़त है? सारी आफ़त तो जगे हुए आदमी की है, जो सो रहा है वह तो आटोमेटिक रूप से संकटों, समस्याओं से बरी है। जगे हुए आदमी को भूख लगती है, जगत् गति व्यापती है। एक आलस भी सौ बलाएँ टालती है। आलस्य से बड़ा मनुष्य का और कोई दूसरा गहना नहीं। यह तन और मन पर समान रूप से छाता है। जब यह छाता है तो दूसरा कुछ नज़र भी नहीं आता।

आलस की महत्त्वाकांक्षाओं से पुरानी रंज़िश होती है। आलसी आदमी कभी भी महत्त्वाकांक्षी नहीं होता। उसकी सारी महत्त्वाकांक्षा अपने आलस्य को ही विस्तार देने में सक्रिय रहती है। उसका टाँग फैलाकर बैठना भी आलस के आकाश को ही विस्तृत करना होता है। वह कबीरदास के दोहे को भी ज़रा-सा संशोधित कर अपने अनुकूल बना लेता है, वह कहता है—

आज करे सो काल कर, काल करे सो परसों।
इतनी जल्दी भी क्या भाई, अभी पड़े हैं बरसों।।

ऐसे प्रणम्य आलसियों को चार दिन की ज़िन्दगी भी अच्छी ख़ासी बड़ी मालूम होती है, वह शान से कहते हैं, 'ये माना ज़िन्दगी है चार दिन की, बहुत होते हैं यारों चार दिन भी।' आलस्य से बड़ी कोई पूजा-प्रार्थना नहीं होती। सुबह से शाम तक आलस के फूल खिलते हैं। आदमी बदन तोड़ता है, अँगड़ाई लेता है फिर करवट बदलकर सो जाता है। आलसी आदमी को जागने से डर लगता है। वह अकर्मण्यता में जीवन रस तलाश लेता है, उसे अकर्मक क्रिया बहुत अच्छी लगती है। उसे हाथ-पर-हाथ धरे बैठे रहना बहुत भाता है या फिर गाल बजाते रहना अच्छा लगता है। आलसी व्यक्ति घर में तो सोता ही है, दफ़्तर में भी खर्राटे मार लेता है। उसकी नींद के आगे बड़ी मोटी-मोटी फ़ाइलें भी नतमस्तक हो जाती हैं। वह फ़ाइल में ग़र्क होकर अपना प्रोफ़ाइल नहीं बिगाड़ता। वह अपने आलस को जान से ज़्यादा चाहता है, इसीलिए जान की बाजी लगाकर भी सोता है, भले ही सौ चुप्पा रोगों से घिर जाना पड़े।

●

आचार्य झब्बूलाल शास्त्रीजी का मोबाइल

कथावाचक झब्बूलाल शास्त्री ने कथावाचन से पूर्व भक्तों से निवेदन किया, 'कृपया अपने-अपने मोबाइल स्विच ऑफ़ कर दें, वाइब्रेटर पर रख दें या फिर साइलेण्ट मोड़ पर कर दें । किसी भी प्रकार का डिस्टर्बेन्स नहीं होना चाहिए अन्यता कथा का तार टूटेगा।' झब्बूलालजी अभी यह फ़रमान जारी कर ही रहे थे कि उनका मोबाइल 'झलक दिखला जा' कहता हुआ गुनगुना उठा। उन्होंने भक्त-समुदाय की ओर देखा और धीरे से 'हलो' की, दूसरी छोर से मोबाइल बजानेवाले भक्ति के कस्टमर से कहा, 'मैं अभी थोड़ी देर में बात करता हूँ।'

झब्बूलालजी के साथ प्रायः ऐसा हुआ है। वह जो मना कर रहे होते हैं, ठीक उसी समय ख़ुद वही काम कर भी रहे होते हैं। वह दैवज्ञ हैं, आचार्य हैं, अपनी विधा के प्राचार्य हैं। वह ज्ञानी हैं, धधकती हुई आग हैं या फिर पानी-पानी हैं। भोले भण्डारी के उपासक हैं, विघ्न विनाशक हैं, मत कहो संक्रामक हैं। वह रोग फैलाते नहीं, ख़ुद फैलते हैं। यज्ञ करवाते हैं, शादियाँ करवाते हैं, गृहप्रवेश करवाते हैं। हवनकुण्ड की आग में घी डालते हैं। वो हवन करते हैं, हवन-सामग्री दूसरे की होती है। चारण के हर उच्चारण में शामिल होते हैं। अपने ग़लत उच्चारण को संस्कृत के माथे पर दे मारते हैं।

एक बार एक भक्त ने कहा, 'शास्त्रीजी! आप हम सबसे तो मोबाइल बन्द रखने को कहते हैं पर अपना मोबाइल कभी ऑफ़ नहीं करते, लीलावती की कथा खण्डित हो जाती है। सत्यनारायण की कथा असत्य लगने लगती है। भक्त का एतराज़ सुनकर झब्बूलालजी बिलबिला उठे बोले, 'ऐसा उन्हें जनहित में करना होता है, कभी किसी के यहाँ कथा कहनी होती है, तो कभी किसी के यहाँ। कभी किसी के यहाँ शुद्धि करनी होती है, तो कभी किसी के यहाँ। ग्रहों की शान्ति का बीड़ा भी उठाना ही पड़ता है, परोपकार का मामला जो ठहरा।' इसीलिए वह अपना

मोबाइल हर वक़्त सक्रिय रखते हैं। दरअसल आचार्यप्रवर को दूसरों का नहीं अपना ही उपकार करना होता है। दिवंगतों की आत्मा को शान्ति भी देनी होती है। अशान्त मन-मस्तिष्क से शान्ति पाठ कराना होता है। अध्यात्म की गलियों का अन्वेषण करना होता है और अपना कारोबार भी देखना होता है। मोबाइल ऑन रहने पर रोज़ी-रोटी की गाड़ी सरपट भागती है।

•

पुताई का सालाना जश्न

प्रताप सोमवंशी अपने एक शेर में बड़े सलीके से लानत देते हैं, फ़रमाते हैं—

आप घरवाले भी हद दर्ज़े के लापरवाह हैं
हर तरफ़ दीवार में जाले-ही-जाले हो गये।

मैं यह शेर सुनकर शर्मिन्दा होता हूँ और झाड़ू लेकर जुट जाता हूँ सफ़ाई के सालाना जश्न में। मैं सोचता हूँ दीवारों के जाले तो बहरहाल साफ़ हो भी जायेंगे पर आँखों में जो जाले हैं, जिनके कारण सब-कुछ चितकबरा नज़र आता है, उनका क्या होगा? अब चाहे जो भी हो। मेरी ग़ैरत जाग उठी है तो मैं क्या करूँ ? मैं जाले ही साफ़ नहीं कर रहा हूँ, पुताई का वार्षिक कार्यक्रम भी सम्पन्न कराने जा रहा हूँ। कहीं प्लास्टिक पेण्ट की गुहार है, तो कहीं डिस्टेम्पर, टेम्पर पर है। कहीं-कहीं से वाल पुट्टी भी जो मार रही है। उन कोने-अँतरों पर भी नज़र जा रही है, जहाँ सामान्य तौर पर नज़रे इनायत होती ही नहीं। पूरे घर में मज़दूर आन्दोलन चल रहा है। सीढ़ियाँ, दीवारों और छतों के सन्धि बिन्दु तक पहुँच गयी हैं। समूचे घर का ही कायाकल्प कर देने का इरादा है, हालाँकि गन्दगी की इतनी आदत है कि कुछ दिनों तक तो अपने मकान में रहने का बोध ही नहीं होगा। लगातार यह लगता रहेगा जैसे किसी दूसरे के आवास में निवास कर रहे हैं। जब थोड़े दिनों में कूड़े-करकट की पर्याप्त सृष्टि हो जायेगी तब जाकर लगेगा कि हमें अपना खोया हुआ घर मिल गया है। पिता की याद आती है, कहा करते थे कि गोबर के कीड़े को अगर गोबर से उठाकर फूलों पर बिठा दो तो उसका तो सुगन्ध से ही दम घुट जायेगा।

अपनी हालत भी कुछ ऐसी ही है। सफ़ाई के नाम से सफ़ोकेशन होने लगता है, दनादन छींकें आने लगती हैं। खाँसी की अन्त्याक्षरी शुरू हो जाती है, मगर सफ़ाई तो करानी ही है, लक्ष्मीजी का रास्ता जो देखना है। बहुत जी लिये कंगाली

में, कुछ बदले शायद दीवाली में। इसी आस में सफ़ाई अभियान पर जुटा हूँ। कोठे-परकोठे, छत्ती-दुछत्ती, रसोई-आँगन, बरोठे-बरामदे-छाजन सभी को सफ़ेदी की चमकार देनी है। चारों तरफ़ ह्वाइट वाशिंग की धूम है। कहीं नील घोली जा रही है, तो कहीं पुताई की बोली बोली जा रही है। कहीं ठेकेदारी है तो कहीं त्योहारी है। मोनूलालजी भी अपनी बदहाली से ऊब चुके हैं। पहले कर्ज़ की मय पीते थे अब कर्ज़ लेकर पुताई करवा रहे हैं। बीच-बीच में कवियाते भी जा रहे हैं, 'चलो पुताई करवा डालें, पूरा घर उदास लगता है।' दिलों में पैठ गयी उदासी से लड़ने का भी यह एक तरीक़ा हो सकता है। पुताई हो जाती है तो जैसे दीवारें ही गाने लग जाती हैं और आँखों की तो जैसे रोशनी ही बढ़ जाती है।

•

साहब ते सब होत है

'साहब ते सब होत है, बन्दे ते कछु नाहिं।' जैसे आप्तवचन का मर्म जैसे-जैसे उम्र बढ़ रही है, वैसे-वैसे खुलता चला जा रहा है। साहब तो बस साहब ही होता है। साहबी उसके रक्त में हीमोग्लोबिन की तरह घुली-मिली होती है। वह अपनी पैण्ट तो ढीली कर सकता है पर टाई की नॉट कभी ढीली नहीं पड़ने देता। वह अपनी कॉलर हमेशा खड़ी रखता है। वह छुरी काँटों से ही फलों का सेवन करता है, चुसवा आम खाना वह अपनी शान के खिलाफ़ समझता है। वह चाहे अपनी पोशाक तरबतर कर दे पर खुले में शंका निवारण नहीं कर सकता। वह अपने अधीनस्थ कर्मचारियों को कीड़ा-मकोड़ा समझता है। वह दिनभर मेज़ पर धरे बड़े-से शीशे में अपने बाल ही काढ़ता रहता है। वह खुलकर हँसता भी नहीं, कभी कोई हँसी की बात हो भी गयी तो बमुश्किल एक नकली-सी हँसी होंठों पर चिपका लेता है। वह बोलता नहीं, भुनभुनाता है। सेटरडे इवनिंग को वह पूरी खिजाब की शीशी ही बालों में उलट देता है पर क्या करे फ्राइडे आते-आते तक उसकी माँग एक बार फिर सितारों-भरी हो जाती है, सिर की ज़मीन पर सफ़ेदी की फ़सल लहलहाने लगती है, चितकबरा अध्यादेश लागू होने लगता है। कई बार तो वह गुस्से में पम्पवाले स्टोव की तरह नीली लौ फेंकने लगता है। 'बॉस इज़ आलवेज़ राइट' के महामन्त्र का साहब एक जीता-जागता दस्तावेज़ होता है। उसकी अगाड़ी और पिछाड़ी दोनों से ही बचना होता है। कोई लल्लू भी अगर साहब बन गया तो उसको 'साला मैं तो साब बन गया।' गाने से कोई माँई का लाल रोक नहीं सकता। साहब अपने बन्दों को मेमो देता है, एक्सप्लेनेशन काल करता है, डिसिप्लनरी एक्शन लेता है, कहने का मतलब यह है कि बहुत ख़्याल रखता है और कभी-कभी तो सूफ़ियाना भी हो उठता है, पंचम स्वर में गाने लगता है, 'मोको कहाँ ढूँढ़े रे बन्दे, मैं तो तेरे पास में।'

साहब से सब-कुछ होता है। वो जो चाहे तो दिन निकलता है, वो जो चाहे तो रात होती है। सूरज निकलता है, चाँद उगता है, पानी बरसता है, धूप छूती है, हवा सरसराती है। फ़ाइल में प्रोफ़ाइल हाई होती जाती है। साहब का ब्लडप्रेशर भी हाई रहता है, टेम्पो भी। बन्दे का ब्लडप्रेशर भी लो रहता है और प्रोफ़ाइल भी। साहब अपनी साहबी के लिए सब-कुछ कुर्बान कर सकता है, यार-दोस्त, महफ़िलें और रोज़-रोज़ की चाय-पानी भी।

●

आदत की आदत

आज सुबह से मैं आदतों के बारे में सोच रहा हूँ। आदतें मज़बूर करती हैं, आदतें मज़बूती देती हैं, आदतें कमज़ोर बनाती हैं, आदतें सबको अपना बना देती हैं या फिर कहीं का नहीं छोड़तीं। अब यह आदतों पर निर्भर करता है कि वह किस तरह से आप पर घटित होती हैं। आदतें ही आपको राजा भोज बनाती हैं, आदतें ही आपको गंगू तेली बना सकती हैं। आदतें आदमी को ग़ुलाम बना लेती हैं तो कई बार मुक्त भी करती हैं। आदतें कई तरह की होती हैं, इनकी दो विशेष कैटिगरी होती है, अच्छी आदत और बुरी आदत यानी गुड हैबिट और बैड हैबिट। बुरी आदत जब चरम पर होती है तो लत का रूप ले लेती है, इससे बड़ी किल्लत होती है। आदमी लतियर हो जाता है। अच्छी आदत के साथ बुरी आदत और बुरी आदत के साथ अच्छी आदत थोड़े-से डिफ्रेन्स के साथ, साथ-साथ चलती है। जैसे सुबह जल्दी जागकर टहलने चले जाना, मार्निंग वाक की महिमा में डूबना-उतराना एक अच्छी आदत है, वहीं दूसरी तरफ़ देर तक सोना एक बुरी आदत है। पर क्या कीजियेगा, इसी बुरी आदत के एक पक्षधर हैं जो सुबह उठकर टहलनेवालों को ही अनिद्रा का रोगी बतलाते हैं।

किसी को पान की आदत होती है तो किसी को बीड़ी-सिगरेट जलाये बिना चैन नहीं मिलता। कोई मदिरा का अन्धभक्त होता है तो किसी को हर घड़ी चाय की ही तलब परेशान करती रहती है। अपने गब्बरसिंह यानी अमज़द खान साहब को याद कीजिये, दिन में चालीस-चालीस कप चाय पी जाते थे, तब उन्हें समझ में नहीं आता था कि बहुत नाइन्साफ़ी है ये। आदतों के कारण आदमी ज़्यादातर अपने पर ही ज़्यादती कर जाता है, पर इसके उलट अच्छी आदतें वरदान भी साबित होती हैं। बेईमानी से जीने की आदत होती है तो ईमानदारी से जीने की भी एक आदत होती है, बस इसके लिए एक धुन या लगन की दरकार होती है जो

सनक की ऊँचाइयाँ छूती हो, भले ही लोग आपको सनकी कहें पर अपनी सनक को सहेजने की भी तो आदत होती है। किसी को लिखने की आदत होती है तो किसी को न लिखने की आदत होती है। कोई लिखने के कारण तलाशता है तो कोई न लिखने के कारण पर ही सिगार पीता हुआ व्याख्यान दे डालता है। सिगार पीना भी तो एक आदत ठहरी, खाये जाओ की तर्ज़ पर लगता है कि बस कहो, 'पिये जाओ', फिर चाहे कलेजा ही छलनी क्यों न हो जाये। मेरी समझ से सबसे अच्छी आदत तो प्यार की होती है। आदमी जब इस आदत में डूबा होता है तो न भूख लगती है न प्यास लगती है। कहने का मतलब यह कि हर तरह की आदत से पीछा ही छूट जाता है, लेकिन गुनाहों के देवताओं के बारे में क्या कहा जाये, वह तो प्यार भी गुनाह की तरह करते हैं। उनकी इबादत भी गुनाह की शक्ल में होती है। शेर याद आता है—"सालेहा साल की आदत नहीं छोड़ी जाती, हम इबादत भी करेंगे तो गुनाहों की तरह।"— मुझे पता नहीं आपकी आदत कैसी है?

•

दाँत दुखने की दन्तकथा

दाँत दुखने की दन्तकथा बहुत पुरानी है। जब से सृष्टि का प्रारम्भ हुआ है, तभी से समय के दाँत भी दुखने शुरू हो गये थे। दाँत बचपन से ही दुःख देने लगते हैं। जब निकलना शुरू होते हैं तो बच्चा बेचैन हो उठता है। पेट और मन दोनों गड़बड़ हो जाते हैं। दर्द के लिए हमदर्द की तलाश तभी से प्रारम्भ हो जाती है। बहुत-से महानुभावों के दूध के दाँत तो ज़िन्दगी भर नहीं टूटते या फिर अक्लदाढ़ भी आ जाती है पर कम्बख़्त अक्ल ही नहीं आती। याद आती है बचपन की। दाँत टूटते थे तो बुआ उसे चूहे के बिल में रख आती थीं। जब मेरे नये दाँत आये तो सामने के दो दाँत निकले हुए थे। दाँतों के आगे निकले होने के कारण मैं शुरू ही से अपने-आपको चाणक्य समझने लगा। भ्रम तो तब दूर हुआ जब असमय ही मेरा चाणक्यत्व भी एक ऐक्सीडेण्ट में जाता रहा।

यह दाँत दर्द तो मुझे दिल के दर्द से भी ज़्यादा भयानक एवं असहनीय लगता है। जीभ महारानी भी वहीं जाती हैं जहाँ दाँत दुख रहा होता है। पंक्तियाँ याद आती हैं—

दर्द एक पौधा है, उगता ही उगता है
जीभ वहीं जाती है, दाँत जहाँ दुखता है।

मंजन करने में आलस्य और मीठा खाने की आदत के कारण मुझे दन्त-चिकित्सकों से विशेष नाता रखना पड़ा है। मुझे सपने भी प्रेमिका के नहीं, डेण्टिस्ट के आते रहे हैं। दैत्य की तरह सँड़सी लिये अपने ऊपर झुका डेण्टिस्ट और लोकल एनस्थीसिया की महकवाले सपने ही मेरे जीवन का यथार्थ हो जाते रहे हैं। कभी-कभी तो ऐसा लगा है कि वक़्त ही जैसे क्लोरोफ़ार्म का रूमाल सुँघाकर चेतनाशून्य कर रहा है। दाँत दर्द की टीस ने कई-कई रातों की नींद पर पानी फेरा है। मैं तो दाँत दर्द के कारण जीवन में कभी गुस्से में भी दाँत भींच अथवा पीस नहीं पाया।

पूरी जवानी दाँत के नीचे लौंग या अदरक दबाये बीत गयी। यह विज्ञापन मैं जीवनभर राष्ट्रगीत की तरह गुनगुनाता रहा, जिसमें कहा गया है, 'याद है जब दाँतों में दर्द हुआ था, दादी माँ ने झट लौंग का तेल मला था।' दादी माँ तो नहीं रहीं, पर दाँत दर्द अभी है। लगता है साथ जायेगा। इसीलिए मैं कभी नहीं सोचता कि सोचो साथ क्या जायेगा? दाँत दर्द है न साथ जाने के लिए। बहुत-सारे टूथपेस्टों के सुरक्षा चक्र के बाद भी मेरे दाँत सुरक्षित नहीं रह पाये। सर्दियों में किटकिटाने में भी डरे कि कहीं दर्द ज़ोर न पकड़ ले। उनसे भी दूरी रखी जिनसे दाँत काटे की रोटी रही है। अब न वह दाँत रहे, न रोटी। रहा तो केवल दाँत दर्द। दाँतों के बीच केविटी रही, तो बकौल ममता कालिया 'सम्बन्धों की केविटी' भी कुछ कम न रही। अपनों ने जब कभी तकलीफ़ दी तो दाँतों के बीच के रिक्त स्थान को महसूस करते हुए बुद्धिसेन शर्मा का यह शेर पढ़ लिया—

चन्द अपने मुझे तकलीफ़ बहुत देते हैं
ख़ुद निकल जायेंगे हिलते हुए दाँतों की तरह।

अब तो दाँतों की बटालियन के बिना मुँह के भीतर जीभ भी बहुत अकेलापन अनुभव करने लगी है और मुझे ख़ालिस ज़बान के शेर कहने पड़ रहे हैं।

•

मेरा लेख, दूसरे का नाम

अभी कल की बात है। एक पत्रिका में लेख मेरा छपा और नाम किसी दूसरे का। लाहौल बिला कूवत। मन मसोसकर रह गया। हर दुर्घटना के बाद लगता है सब-कुछ उलटा-सीधा मेरे ही साथ क्यों होता है? पता नहीं सम्पादक ने दिल्लगी की या कम्पोज़ीटर ने। मेरी संवेदना, भाव-भंगिमा, भाषा सब किसी दूसरे की हो गयी। हम टापते रह गये और कोई टॉप कर गया। मौलिकता का मेरा आग्रह धरा रह गया और मेरा लिखा किसी और का मौलिक हो गया और मैं मूली खाता रह गया, ठीक उसी तरह जब मुझे उर्दू लेखन का चस्का चढ़ा था तो मैं उरद की दाल पर ज़ोर देने लगा था। अब तो लग रहा है जैसे अभुक्त मूल नक्षत्र में ही जन्म लिया है। हर कोई तो अभुक्त मूल नक्षत्र में जन्म लेकर तुलसीदास होता नहीं, सो मैं भी नहीं हूँ।

पीड़ा तो तब हुई जब सुबह सवेरे मेरे एक शुभचिन्तक ने जिन्हें मेरे लेखन से गहरी एलर्जी है, फ़ोन किया, 'अरे भइये! क्या अभी तक सोये पड़े हो! जल्दी उठो और फलानी पत्रिका के आज आये ताज़ा अंक में फलाने महोदय का आज की व्यवस्था पर एक विचारोत्तेजक क़लमतोड़ू लेख पढ़ लो। क्या तो लेख लिखा है। अभी-अभी हॉकर मैगज़ीन दे गया है। एक ही साँस में पूरा लेख पढ़ गया हूँ और एक तुम हो वही बासी कढ़ी में उबाल देते रहते हो या फिर काठ की हाँड़ी चूल्हे पर चढ़ाते हो। पूरा लेखन ही अरण्यरोदन-जैसा लगता है।'

शुभचिन्तक मित्र महोदय की उत्तेजना और उत्साह देखकर मन किलकिलाकर रह गया। अब कहूँ भी तो वह यह तो मानने से रहे कि वह सारगर्भित लेख मेरा ही है, जिसके साथ ग़लती से किसी और का नाम छप गया है। मैं दिनभर लेख देखता रहा और कुढ़ता रहा। एक बार तो लेख के साथ छपा वह ग़लत नाम काटकर अपना नाम भी लिख दिया, पर मैं कहाँ-कहाँ नाम ठीक करता-फिरता। लेख लाखों

के सर्कुलेशनवाली पत्रिका में छपा था। बहुत बिलबिलाती और किलकिलाती मानसिकता के साथ सम्पादक महोदय को फ़ोन लगाया। उन्होंने सूखा-सा 'सॉरी' बोल दिया। सॉरी क्या बोला समझ लीजिये जले पर नमक ही छिड़क दिया या फिर मारकर कण्डे ही सुँघा दिये। अगले अंक में ढाई हज़ार शब्दों के चार-पाँच पृष्ठों के लेख पर पन्द्रह-बीस शब्द या एक-दो पंक्ति का 'भूल सुधार' अथवा 'खेद प्रकाश' छप जायेगा। उसे देखकर छपास की प्यास सहेजता मेरा मन ओस चाटने-जैसी तृप्ति लेकर ही 'सैटिसफैक्शन' को प्राप्त होगा। इससे भला क्या होगा?

लेकिन एक निश्चय किया है कि अब जब भी किसी सम्पादक को अपना कोई लेख भेजूँगा, दायें, बायें, ऊपर, नीचे कम-से-कम चार बार अपना नाम लिखूँगा ताकि सूरदास से भी यह नामवाली 'मिस्टेक' न हो।

•

इण्टलेक्चुअल्स का देश

हमारा देश इण्टलेक्चुअल्स की एक बहुत विशाल फैक्ट्री-जैसा है। क़दम-क़दम पर इण्टलेक्ट की फ़सलें लहराती हैं। गरमागरम बहसों में काफ़ी ठण्डी होती जाती है और बेचारी निरीह मेज़ को मुक्कों के वार सहने पड़ते हैं। इण्टलेक्चुअल वह है जो दूर तक देखे पर उसे पास की चीज़ें नज़र न आयें। मतलब यह कि उसे त्रिनिडाड तो दिखायी दे पर झुमरी तलैया आँखों से ओझल ही रहे। इनका बुद्धि का पराक्रम किसी जादू की तरह ही सिर चढ़कर बोलता है। इनकी भंगिमा, तीखे तेवर भीड़ में सर्वथा अलग दिखायी देते हैं। ये भीड़ की बातें करते हैं पर भीड़ में कभी शामिल नहीं होते अलबत्ता हर वक़्त भीड़ की ज़रूरत महसूस करते रहते हैं। इसीलिए इनकी तरफ़ से कभी उमाकान्त मालवीय ने लिखा था—

भीड़ की ज़रूरत है
भीड़ जो जुलूस हो, पोस्टर हो नारा हो
भीड़ जो जुगाली हो, सींग दुम चारा हो
भीड़ जो बछिया के ताऊ की सूरत है। भीड़ की ज़रूरत है।

ये चश्मा उतारते-चढ़ाते हैं, दाढ़ी खुजलाते हैं, लम्बे बाल लहराते हैं, सिगार का धुआँ छोड़ते हैं, कन्धे पर टँगे झोले को इधर-से-उधर करते हैं। इनकी दाढ़ी में तिनका होता है पर ये वो नहीं होते जो तिनकेवालों के लिए मुहावरों में प्रायः कहा जाता है। यह रॉयल होते हैं, दुनिया की सारी चुनौतियाँ और चैलेञ्ज स्वीकार करते हुए मूँछों पर ताव देते हैं। इनकी दाढ़ी जब श्वेत श्याम होती है तो लगता है जैसे गाल पर ही नमक काली मिर्च का संयोग इकट्ठा हो रहा है। भरे गालोंवाली दाढ़ी के अपने जलवे होते हैं तो फ्रेंचकट दाढ़ी का भी अपना सौन्दर्यशास्त्र होता है।

इण्टलेक्चुअल्स, इण्टलेक्चुअल दिखने के लिए जाने क्या-क्या करते हैं। इनकी बातचीत की दाल में अंग्रेज़ी का छौंक-बघार देखते बनता है। जब यह विचार

व्यक्त कर रहे होते हैं तो सामनेवाला थूक की बारिश में नहा रहा होता है। जब यह भाषण देते हैं तो माइक के मुँह पर भी झाग-ही-झाग होता है। इनकी सारी आग इनके बोलते समय ही झाग के फ़ायर ब्रिगेड से शान्त हो रही होती है।

इन्हें राष्ट्रभाषा हिन्दी में बुद्धिजीवी कहा जाता है। असहमति इनका आभूषण होती है। यह वाक्य-वाक्य पर असहमत होते हैं। हमारा देश कृषिप्रधान होने के साथ-साथ इण्टलेक्चुअलप्रधान भी होता जाता है तभी तो इण्टलेक्चुअल्स का देश कहलाता है।

•

और.....आप ठीक हैं?

'और.....आप ठीक हैं?' यह एक ऐसा शिष्टाचार से भरा वाक्य है कि जब आपसे पूछा जाता है तो आप भी चित हुए बिना नहीं रह पाते। आपको कहना ही पड़ता है कि आप ठीक-ठाक हैं। आपको भी शिष्टाचार और लोकाचार के आगे सिर झुकाना पड़ता है। कई बार तो शिष्ट न होते हुए भी शिष्ट हो जाना पड़ता है क्योंकि बचपन में पढ़ी 'शिष्टाचार की बातें' याद आ जाती हैं। अब भला बताइये कि कौन कहेगा कि वह बेठीक है। कुशलक्षेम जानने और पूछने की यह अनौपचारिक औपचारिकता तो अब दैनिक आचार-व्यवहार का अंग ही हो चुकी है वर्ना जो पूछता है वह भी और जिससे पूछा जाता है वह भी जानता है कि कोई ठीक नहीं है। घड़ी ठीक समय नहीं बता रही है, भूले-भटकों को कोई ठीक से रास्ता नहीं बता रहा है, ठीक से भूख नहीं लग रही है, ठीक से नींद नहीं आ रही है, मौसम ठीक नहीं है, तबीयत ठीक नहीं है, सियासत के तेवर ठीक नहीं हैं, घर के हालात ठीक नहीं हैं, दफ़्तर का माहौल ठीक नहीं है, गाड़ियाँ ठीक समय से नहीं चल रही हैं, ठीक से उठा-बैठा नहीं जा रहा है, सरकार ठीक से नहीं चल रही है, ज़िन्दगी ठीक से ढर्रे पर नहीं आ रही है, कोई ठीक से बात नहीं कर रहा है, ठीक से सुबह नहीं हो रही है, ठीक से शाम नहीं हो रही है, ठीक से धूप नहीं निकल रही है, ठीक से कपड़े नहीं सूख रहे हैं और आप कह रहे हैं, 'आपकी दुआ से सब ठीक-ठाक है।' कैसी दुआ? और कैसा ठीक-ठाक होना? भाड़ में जाये ऐसा ठीक होना।

यह तो वही बात हुई कि छाती फटी जा रही है और हम शिष्टाचार का दामन थामे कहे जा रहे हैं कि हम ठीक हैं। क्यों नहीं यह कहने का नैतिक साहस हो पा रहा है कि हम बिल्कुल भी ठीक नहीं हैं। सदाचार-शिष्टाचार की ऐसी-की-तैसी, जहाँ हम सच ही न बोल पायें, वहाँ कैसी दुनियादारी?

क्या इतनी कमरतोड़ महँगाई, भयानक असुरक्षा-बोध, असमानता, ग़रीबी, अशिक्षा, बेरोज़गारी, अस्वास्थ्य, भूख, भय, भ्रष्टाचार, अविश्वास, अनाचरण, शत्रुता आदि के घटाटोप में कोई ठीक से रह सकता है? ऐसे में आप यह क्यों पूछते हैं, 'और...आप ठीक हैं?' और अगर यह पूछा भी जाता है कि आप ठीक हैं तो क्यों नहीं आप यह खुलकर बता देते कि आप रत्ती भर भी ठीक नहीं हैं बल्कि घुट-घुटकर मर रहे हैं। आप क्यों झूठ बोलते हैं? आपको ऐसे ओढ़े हुए शिष्टाचार की ज़रूरत क्यों पड़ती है? ऐसे सवाल पर आप फट क्यों नहीं पड़ते?

•

फ़रमाइशी गाँव, क़स्बे, शहर

यवतमाल, झुमरीतलैया, बरकाकाना, नयाजालना, घाटकोपर, राजनन्दगाँव आदि स्थानों का नाम जब लिया जाता है तो आपको क्या कुछ याद आता है? हाँ जी! सही याद आया आपको। फ़रइमाइशी फ़िल्मी गीत सुननेवाले रसज्ञ श्रोताओं ने आकाशवाणी पर इन नगर, गाँव, कस्बों को जैसे अमर ही कर दिया है। बचपन से रेडियो का आशिक रहा हूँ। पढ़ता भी था तो, 'मैंने तेरे लिये ही सात रंग के सपने चुने' सुनता हुआ पढ़ाई करता था। घाटकोपर से कोई वसन्त भाले हर दूसरे-तीसरे दिन इस गीत की फ़रमाइश लिख भेजा करते थे और मैं सचमुच अलजेबरा लगाते हुए सात रंग के सपने चुनने लगता था।

ज़रूरी नहीं है कि जगहें स्वनामधन्यों के नाम ही से जानी जायें। कोई बड़ी बात न होते हुए भी कोई जगह 'मेनस्ट्रीम' में आ सकती है, हालाँकि राजनन्दगाँव को तो मुक्तिबोध ने भी नवाज रखा है। मुम्बई का उपनगर घाटकोपर तो कई बार बम विस्फोटों के कारण भी लाइम-लाइट में रहने लगा है, मगर आप झुमरीतलैया को क्या कहेंगे? जो अपने नाम में ही लहर-लहर झूम रही जललहरियों का बोध जगाये हुए है। आज टी. वी. के युग में भी आप थोड़े समय के लिए भी अपना रेडियोवाला खोखा खोल दें और फ़रमाइशी गीतों का कार्यक्रम आ रहा हो तो निश्चित ही झुमरीतलैया के किसी दीवाने का नाम आपके कानों में पड़ जायेगा, नयाजालना से कोई रसिया, 'जालिमा तू बड़ा वो है' की फ़रमाइश कर उठेगा, बरकाकाना से कोई दिलजला 'बरखा रानी ज़रा जमके बरसो' की तान छेड़ने का आग्रह करेगा, यवतमाल का कोई राँझा अपनी टूटन को रफ़ी साहब के स्वर में सुनना चाहेगा 'ये दुनिया ये महफ़िल मेरे काम की नहीं।' और आप देखेंगे कि आपकी तनहाई भी सज उठी है। सारा बेसुरापन सुरों में ढल चुका है। रफ़ी,

किशोर, आशा, लता आपके टूट रहे सपनों में भी रंग भरने चले आये हैं। मुकेश आपके जख़्मों पर रुई का फाहा रख रहे हैं।

इन स्थानों का नाम अपने श्रोताओं के बल पर आकाशवाणी और जीवन के इतिहास में अजर-अमर है, भले ही कोई कहे कि नाम में क्या रखा है, पर ज़रा आप अपना रेडियो सेट ऑन तो करें और फिर देखें कि कोई इन्हीं जगहों से कालजयी गीतों की फ़रमाइश कर रहा है।

•

मुफ़्त में सद्भावना

सद्भावना पखवारा पूरे सद्भाव के साथ बीत गया। कहीं कोई चीं-चुपड़ नहीं हुई। एक परिन्दे ने भी पर नहीं मारा। सन्नाटे की सीमा छूती शान्ति रही। शान्ति और सद्भाव में खूब छनी। इस बीच कई बार सद्भाव, शान्ति को डोसा खिलाने टाटा सूमो में बैठाकर हज़रतगंज ले गया। माहौल एकदम चकाचक बनारसी रहा। माइक और लाउडस्पीकरवालों की चाँदी रही। दरी, जाजिम, चाँदनी, मसनद और कुर्सी-मेज़ों का बोलबाला रहा। तेज़ रफ़्तार भाषणों का व्यस्त मगर नियन्त्रित ट्रैफ़िक रहा। सरकारी कार्यालयों में भी असरकारी कार्यक्रम हुए। फूल-मालाएँ अपना रूप गन्ध छोड़कर पसीनेवाली खादी पर निछावर रहे। लोग बुक छोड़कर बुके पर टूटे। पर्याप्त साम्प्रदायिक अन्दाज़ में साम्प्रदायिक सद्भाव का नगाड़ा पीटा गया। ढोल का पिटते-पिटते पोल नज़र आने लगा। पोस्टरों पर सद्भाव की बाँछें खिली रहीं। जो एक-दूसरे की गर्दनें उतार लेने का ख़्वाब देखा करते हैं उन्होंने भी आपस में सद्भाव-सद्भाव खेला। ज़नाब बुद्धिसेन शर्मा का शेर याद आया—

दिलों में सदियों पुराना गुबार है महफ़ूज़
मगर लबों पे मुहब्बत के फूल खिलते हैं।

एक जगह तो यह भी लिखा पाया—

जाने कैसा मौसम आया
लिपी-पुती जिन दीवारों पर
शान्ति और सद्भाव लिखा था
वहीं पलस्तर उखड़ा पाया

यानी कि सब-कुछ ठीक-ठाक एवं पीसफुल रहा। सितम्बर में मार्च निकला, मतलब! शान्ति मार्च निकला। मगर सब-कुछ चौचक सम्पन्न होने के बाद भी मेरे-जैसे मोहल्ला स्तर के राष्ट्रीय कवि को एक शिकायत रह गयी। मुझे बिना कुछ

पेमेण्ट किये सद्भावना का एक गीत लिखा लिया गया, जबकि तम्बू-कनात और लाउडस्पीकरवालों को पूरा पेमेण्ट दिया गया। मेरा सद्भावनाबाला धाँसू गीत आयोजकों की दुर्भावना का शिकार हुआ, बिलखता रह गया और अन्ततः बेसुरा हो गया। मेरी तो सद्भावना भी मुफ़्त की ही रही, कौड़ी के मोल भी नहीं बिकी। 'सारे जहाँ से अच्छा हिन्दोस्ताँ हमारा' पहली बार थोड़ा-थोड़ा गन्दा लगा। मैं इक्कीसवीं सदी में ले आनेवाले राजीव गाँधीजी को भरे-भरे मन से याद करता रह गया। सम्पूर्ण पखवारे में सद्भावना के ऐसे-ऐसे रंग देखने को मिले कि तबीयत झक हो गयी। कहीं पानी को लेकर खींचतान तो कहीं बिजली को लेकर घमासान। कहीं जेनरेटर के तेल को लेकर हायतौबा तो कहीं 'दो शब्द' कह लेने की होड़ में हज़ारों-हज़ार शब्द कह लेने की मारामारी। कहीं बिसलेरी की बोतल तो कहीं चाय के 'आई ड्राप' जैसे चुक्कड़ों का तालमेल। कहीं पान की पीक तो कहीं सिगरेट का धुआँ। क़दम-क़दम पैसे की प्रस्तावना। फ़र्ज़ी बिल का लेन-देन। यानी एक कम्प्लीट सद्भावना का दृश्य पूरे पखवारे भर परिदृश्य को एक चितकबरे इन्द्रधनुष की सौगात देता रहा।

•

आशिकी बनाम मुहब्बत बनाम गुटखा

आशिकी का रंग शायद सबसे जुदा होता है। यह कलरफुल होती है। सिनेमा की भाषा में इसे ईस्टमैनकलर का भी कह सकते हैं। इसकी रंगबाज़ी और नक्शेबाज़ी का कोई जवाब नहीं होता। 'तुम्हारे क्या नक्शे हैं?' का ट्रान्सलेशन ही मोनूलालजी 'ह्वाट आर योर मैप्स?' के चमकदार सेण्टेन्स का एक्सप्रेशन देकर किया करते हैं। यह आशिकी ऐसी होती है कि इसके बिना न ही कोई फ़िल्म बनती है और न ही जीवन चलता है। लैला-मज़नूँ, शीरी-फरहाद, हीर-राँझा, रोमियो-जूलियट इसके आदर्श होते हैं। यह भूख और नींद से लड़ने की ताक़त देती है। इसके बल पर आशिक आवारा आसमान के अनगिनत तारों को भी गिन डालते हैं। जब इसका जुनून सिर पर चढ़कर बोलता है तो लैला की गली में पिट जाने पर भी मोक्ष की प्राप्ति होती है। इस कार्य-व्यापार में दोस्त कम रकीब ज़्यादा बनते हैं। हालाँकि यह बहुत टाइम टेकिंग होती है। गलियों, चौराहों पर ही पूरी उम्र गुज़ार देनी होती है। बाल सफ़ेद हो जाते हैं या फिर आदमी गंजत्व को प्राप्त हो जाता है। मुनव्वर राना कहते हैं—

तमाम जिस्म को आँखें बनाके राह तको
तमाम खेल मुहब्बत में इन्तज़ार का है।

मुहब्बत में इन्तज़ार का खेल ताउम्र ख़त्म नहीं होता, तमाम नीली, लाल टीशर्टें, बासन्ती, बैंगनी दुपट्टे आहें भरते रह जाते हैं और बात नहीं बनती। मेरी उम्र को जब पंख लग रहे थे तो जो भी नये स्टाइल के जूते या कैप मार्केट में आते, मरहूम पापा से ज़िद करके ले आता और पहनकर इठलाता हुआ सड़कों पर निकलता भी कि कुछ ध्यानाकर्षण हो, अटेन्शन मिले पर नज़रे इनायत ही नहीं होती। आशिकी मुँह पीटकर रह जाती। आग के दरिया में डूबकर जाने की हसरत, हसरत जयपुरी के नगमें सुनते बीत जाती, जब तक ज्ञान प्राप्त होता बहुत-सारी ट्रेनें

प्लेटफ़ार्म छोड़ चुकी होतीं। बड़ी देर में अक़्लदानी का ताला खुलता। 'चिड़िया चुग गयी खेत' के बाद पछताना ही हाथ आता। बुढ़ापे में आकर बुद्धिसेन शर्मा-जैसे शायर को कहना पड़ता—

इश्क में पहले पहल हम भी समझते थे यही
धूप खाकर चाँदनी पीकर गुज़र हो जायेगा।

धूप खाने और चाँदनी पीनेवाले दारू की गलियों में मुड़ने लगते। रुपहले परदे पर भी 'आशिकी' जैसी फ़िल्म झिलमिलाती, पर लुटे-पिटे हीरो को देखकर दिल का नेटवर्क ही गड़बड़ा जाता।

बहरहाल! धीरे-धीरे आशिकी के मायने बदले। पहले यह की जाती थी पर आज पान मसाले की शक्ल में चबायी जाती है। इसके चबाने से डिप्रेशन और फ्रस्ट्रेशन दूर होता है, भले ही कैन्सर का पथ प्रशस्त होता हो। आशिकी बनाम मुहब्बत बनाम गुटखा का यह सफ़र हमसफ़र की तलाश में केवल सफ़र करता है। इसकी सफ़रिंग आशिकी को दुःस्वप्न की तरह भूलने की कोशिश करती है पर आशिकों को अपना यह दुःस्वप्न भी प्यारा होता है। यह प्यारापन जनवरी की ठण्ड को भी अप्रैल की ऊष्मा देता है। आशिकी हारकर भी नहीं हारती, वह लगातार कामना करती है—तुम हार के दिल अपना मेरी जीत अमर कर दो। इधर निदा फ़ाजली साहब कहते रह जाते हैं—

वक़्त ने मेरे बालों में चाँदी भर दी,
इधर-उधर जाने की आदत कम कर दी।

•

कम्प्लीट पिनक का कोलॉज

होली शबाब पर है। मुक्त चिन्तन चालू आहे! कुछ पर की है, कुछ बेपर की। भंग की हलकी-हलकी पिनक है। यह पिनक साहित्य में सनक होती है, संगीत में झमक होती है, कला में चमक होती है, चाल में धमक होती है, देह में लचक होती है, बोली में बहक होती है, फूल में महक होती है, पर्सनाल्टी में हनक होती है, रंगों में चटक होती है, नयनों में मटक होती है, यादों में लहक होती है, स्वाद में गजक होती है, साँसों में दहक होती है, चिड़ियों में चहक होती है। कुल मिलाकर एक कम्प्लीट पिनक का कोलॉज तैयार होता है। निल बटा सन्नाटा हो गयी मस्ती भी हण्ड्रेड परसेण्ट का आसमान छूने लगती है। यह दारू के सुरूर से थोड़ी भिन्न होती है, इसीलिए तो इसे पिनक नाम दिया गया है, अन्यथा बाबा के देवर लगने के पीछे 'चोली के पीछे क्या है?' जैसे गीतों के काण्ट्रिब्यूशन पर प्रकाश न डाला जाता। कोई भी कल्चरल वैल्यू हाई लाइट न होती। शंकरजी की बूटी यानी शंकरामाइसिन भी बेचारी क्या करती? बस माइण्ड में सुरसुरा भरकर रह जाती। इसीलिए तो एक कवि ने कविता का एक गोल कुछ इस तरह मारा है—

जीवन जीना कठिन है, विष पीना आसान
इन्साँ बनकर देख लो, हे शंकर भगवान!

आफ़्टर आल! पिनक तो पिनपिना ही रही है। उसने तो मनहूसियत के ख़िलाफ़ पिनाक ही उठा लिया है। उसके सामने लाफ़्टर क्लब और लाफ़्टर चैनल पानी भर रहे हैं। मन बौरही पतंग की तरह सातवें आसमान पर उड़ रहा है, सात समन्दर पार से सन्देशे आ रहे हैं। हवा भौजाई की तरह छेड़ रही है, साली की तरह चुहल कर रही है, सलहज की तरह चिकोटी काट रही है। तबीयत कभी राधा भाव में है तो कभी कृष्ण भाव में। पूरा मौसम नन्दोई-जैसा हो गया है, दिलजोई पर उतर आया है। रंगों का जनतन्त्र दिखायी दे रहा है, समझ आने लगा है

कनखियों का षड्यन्त्र। नथुनिया पर गोली मार देने का नैतिक साहस पैदा हो रहा है। मोहब्बत की केस हिस्ट्री स्टडी कर रहा हूँ, लैला-मजनूँ, शीरी-फ़रहाद, हीर-राँझा, रोमियो-जूलियट, सोहनी-महिवाल-जैसे हिस्ट्रीशीटर डंके की चोट पर समाज से लोहा ले रहे हैं। सब-के-सब लोहासिंह हो गये हैं। पिनक परवान चढ़ रही है जैसे प्यार परवान चढ़ता है। चुनाव का बुखार भी चढ़ना शुरू हो गया है, इस मामले में कोई मन्दी नहीं है, रफ़ीक चाचा कहते भी हैं—

जब नगीचे चुनाव आवत है
भात माँगो पुलाव आवत है।

ज़नाबे अली अंशु मालवीय कहते हैं, 'मन्दी आयी, मन्दी आयी, जाकी कृपा पंगु गिरि लँघै, अन्धे को सब-कुछ दरसायी। मन्दी आयी, मन्दी आयी।' इसका मतलब सीधा-सीधा है यानी मन्दी आयी है और होली भी आयी है, इन दोनों ही आइयों का कांग्रेस आई से कोई भी नाता नहीं है। हालाँकि होली में तो उनसे भी नाता हो जाता है, जिनसे कभी भी नाता नहीं रहा और यह नाता कभी-कभी तो जनम-जनम का नाता भी बन जाता है। आपके नारों के सीमा और सामर्थ्य मीन्स पॉवर का अन्दाज़ा आपकी पिनक से लगाया जा सकता है। पिनक बहुत पॉवरफुल होती है, बस उसे हनुमान की तरह ख़ुद अपना कुछ पता ही नहीं, वह जामवन्त की तरह अपने में ही गुम रहती है। एक पिनक से ही ताजमहल बन जाता है, मोहब्बत का महल तामीर होता है। होली रंग बिखेरने लगती है। एक दिन को ही सही तबीयत राजा भोज हो जाती है।

•

लोकहित और लोकलाज

एक होता है लोकहित और एक होती है लोकलाज। एक बताया जाता है, तो एक छुपायी जाती है। वैसे लोकहित और लोकलाज में लोग गड्ड-मड्ड बहुत करते हैं। कनफ़्यूज़न क्रियेट करना ही जैसे उनका एनज्वायमेण्ट होता है। कान्हा के प्यार में 'ऐसी लागी लगन, मीराँ हो गयी मगन' गाते हुए मीराँ को लोकलाज छोड़नी पड़ी थी। कालान्तर में प्यार के हक़ और लोकहित में इस रिफरेन्स को पर्याप्त प्रचारित भी किया गया मगर इन दोनों मनोभावों का कोई एक सिंगल ट्रैक बन ही नहीं पाया। लोग 'कुछ तो लोग कहेंगे, लोगों का काम है कहना' वाला कानफ़िडेन्स पैदा कर ही नहीं पाये। 'लोग क्या कहेंगे' की लक्ष्मण-रेखा गाढ़ी और गाढ़ी होती चली गयी, बावज़ूद इसके लोकलाज कोने-अँतरों से झाँकती ही रही। रुसवाइयाँ होती रहीं। न लोकलाज सधी और न ही लोकहित सध पाया। लोग लोक से ज़्यादा परलोक की चिन्ता में रहे। 'न ख़ुदा ही मिला, न विसाले सनम' की ट्रैजिक कहानियाँ तैयार होती रहीं। 'लोक' का कान्सेप्ट ही क्लीयर नहीं हुआ। हम लोककथाएँ पढ़ते रहे, लोकगीत गाते रहे पर हमारा लोक हमारे ही हाथों से सरकता रहा। एक झूठा-मूठा-सा लोकतन्त्र हमारे मन-मस्तिष्क पर हावी होता गया, जिसे न कोई लोकलाज महसूस होती थी और न ही जिसके लोकहित से कभी कोई रिलेशन ही रहे। वह तो अवैध और नाजायज़ भाव से फूलने, फलने और पनपने पर विश्वास करता रहा, उसने यह भी नहीं सोचा कि परलोक में भगवान् को क्या मुँह दिखायेगा? लोकहित न सही, परलोकहित तो समझना चाहिए था।

लोकहित को कुछ लोगों ने जनहित भी कहा। यहीं से जनहित याचिका की अवधारणा अवतरित हुई, इस चेतना में कई बार 'जन' ही हाशिये पर दिखा, फिर कैसा लोकतन्त्र अथवा जनतन्त्र? ऐसे में यह दोहा याद आना ही था—

यह कैसी स्वाधीनता, कैसा है षड्यन्त्र।
सोया है फुटपाथ पर, भारत का गणतन्त्र।।

चुनाव सिर पर हैं। खादी पर सफ़ेदी की चमकार बढ़ गयी है। निर्लज्जता जिसका आभूषण हो, उसके क्या कहने? जिसे लोकलाज हो वह तो नेता हो ही नहीं सकता, वह अपने को ही लोक समझता है और उसी अर्थ में लोकहित की बातें भी करता है। वह कुछ छुपाता है तो बहुत-कुछ बताता भी है। जो छुपाता है वह उसकी कथित लोकलाज होती है और जो बताता है, वह उसका लोकहितार्थ दिया गया भाषण होता है, जिसके सिर पर चढ़कर बोलता है 'मक्कारी का जादू'। देश सुरसा-जैसे मुँह और पेट में समाता चला जाता है। कैलाश गौतम को लिखना पड़ता है—

हैरत में हैं देखिये, ब्रह्मा विष्णु महेश।
नेताओं के पेट में, समा गया यह देश।।

हमें लगता है कि वक़्त आ गया है कि अब 'लोकहित' और 'लोकलाज' को नये सिरे से 'डिफ़ाइन' किया जाये। नयी डिफ़नीशन में 'सेल्फ़' को अच्छा-ख़ासा फ़ुटेज मिलेगा तभी स्वहितवाला लोकहित का चेहरा उजागर होगा और फिर ऐसे में लोकलाज-जैसी आउट डेटेड चीज़ें अपने-आप ही इर्र्रिलिवेण्ट हो जायेंगी।

•

शुभकामनाओं का कनफ़्यूज़न

मैं बीती होली पर दीपावली की मंगलकामनाएँ पाकर गड़बड़ा गया हूँ। शुभकामनाएँ भी बहुत यान्त्रिक भाव से ली और दी जाने लगी हैं। आदमी को यह तो याद रहता है कि उसे अपने फलाँ आत्मीय को विश करना है पर स्टीरियो टाइप बेस्ट विशेज़ देने की हड़बड़ी में वह कभी होली को दीवाली के और कभी दीवाली को होली के खाते में डाल देता है। वह भूल जाता है कि रंगों का त्योहार आया है या दीपों का। उसे तो रस्म अदायगी करनी होती है। सम्बन्धों का रिनीवल करना होता है। मैकेनिकल अन्दाज़ में वह शुभकामना के गोले दाग बैठता है। आप होली पर दीपावलीवाला मैसेज पढ़ते हैं। जी हाँ, मैं अपने मोबाइल सेट पर मेसेज बॉक्स खोलकर बैठा हूँ। मेरे एक इण्टीमेट ने शुभ होली की जगह शुभ दीपावली लिखकर भेजा है। मतलब शुभ होने से है। मेरा मन कर रहा है कि मैं भी 'सेम टू यू' लिख भेजूँ। एक साहब ने तो 'हैप्पी न्यू इयर' भी लिखा है। उनका आशय शायद नये साल की होली से रहा होगा।

एक सज्जन को तो शुभकामनाएँ मिलने पर सेम टू यू कहने की आदत-सी थी। उनके जन्मदिन पर जब कोई 'हैप्पी बर्थ डे' कहता तो भी वह बिना कुछ सुने ही सामनेवाले से सेम टू यू कह बैठते। जाने-अनजाने अपना जन्मदिन ही सामनेवाले का जन्मदिन भी मान बैठते। वह इतने बड़े शुभंकर थे कि हमेशा शुभकामनाओं के कनफ़्यूज़न से घिरे रहते। उन्हें अपनी बर्थडे का हैंगओवर पूरे साल रहता। वह होली पर भी गुझिया का प्रसाद लगाने के बदले केक कटवाने लगते।

शुभकामनाओं में ज़बान का फिसल जाना मुझे समझ नहीं आता। यह केवल 'स्लिप ऑफ़ टंग' नहीं है। यह एक किस्म का मेमोरी लास भी है। त्योहार हमारे सेर का बोझ बढ़ाने ही आते हैं और इसी प्रेशर में हम भूल जाते हैं कि दरअसल

हमें मनाना क्या है होली या दीवाली। अब रह भी क्या गया है? सूखी-सी शुभकामनाओं का ही तो आदान-प्रदान करना जाता है। दूर बैठे अपने रिश्तेदार को शुभकामना सन्देश भेजकर हम अपना फ़र्ज़ अदा कर लेते हैं। रिश्तेदार भी होली पर दीपावली की शुभकामनाएँ पाकर पहले तो चकराता है, फिर आपका मनोभाव समझकर आश्वस्त हो लेता है कि आपका आशय होली से ही रहा होगा। कन्फ़्यूज़ स्टेट ऑफ़ माइण्ड के चलते दीवार पर टँगा कैलेण्डर भी चकरघिन्नी होने लगता है। इसलिए शुभकामनाएँ देने से पहले आप ठहरकर थोड़ा सोच लिया करिये कि आप किस अवसर की शुभकामनाएँ दे रहे हैं।

●

तरह-तरह के कवि-सम्मेलन

आजकल तरह-तरह के कवि-सम्मेलनों की बाढ़ आ गयी है। कहीं व्यापार-मण्डल का कवि-सम्मेलन है तो कहीं कृषि विभाग का, कहीं सरकारी फ़ाइलों के बीच कवि-सम्मेलन है, तो कहीं बैंकवाले कविता का मंच सजा रहे हैं। कवि-सम्मेलन तरह-तरह के हैं तो श्रोता भी तरह-तरह के मिल रहे हैं। वो कहीं हूट कर रहे हैं, तो कहीं शूट कर रहे हैं। उनका शब्दों से शूट कर देना सचमुच काफ़ी विध्वंसकारी साबित हो रहा है। ऐसी स्थिति में कवि बेचारा कम्प्लीट निरीह प्राणी के रूप में स्टैब्लिश होता है। उसकी घिग्घी बँधने लगती है, माथे पर पसीना आने लगता है। वह हाथ में रूमाल लिये कभी माइक का मुँह पोंछता है तो कभी अपना माथा। श्रोता सारे सरौता हो उठते हैं, वह आपकी संवेदना को सुपारी की तरह बारीक़ी से कतरकर रख देते हैं। वह तो जैसे आपकी वीरगति के लिए मुहावरेवाली सुपारी भी ले बैठते हैं। आपकी अग्नि-परीक्षा लेते हैं और आप हैं कि बुरी तरह फेल होते हैं। क्रीज पर खड़े होते ही क्लीन बोल्ड होते हैं। शहर में टमाटर और अण्डों की खपत सहसा बढ़ जाती है। उनके मूल्य सूचकांक आसमान छूने लगते हैं।

आपने कभी हास्य रस के बीच फँसा करुण रस देखा है? जी हाँ! मैंने देखा है। देखा इस तरह है कि जब एक सीरियस पोयट को श्रोताओं के मनोरंजन की ज़िम्मेदारी थमा दी जाती है तो सचमुच वह बड़ी हृदयविदारक स्थिति होती है। वह ज़बर्दस्ती खींसें निपोरता है जबकि ऐसा करना उसकी फ़ितरत में ही शामिल नहीं होता। वह जाने कैसे पारिश्रमिक के लिफ़ाफ़े के चक्कर में फँस जाता है और दुर्गति को प्राप्त होता है। यह दुर्गति, सद्गति का अनुलोम-विलोम होती है। वह हास्य कवियों के बीच ऐसा ही लगता है जैसे गब्बरसिंह, कालिया और साँभा के बीच बसन्ती बेचारी अकेली फँस गयी हो और 'जब तक है जाँ, जाने जहाँ, मैं नाचूँगी।' गाते हुए उसे नाचना पड़ रहा है या फिर महारथियों के बीच चक्रव्यूह में एक अकेला

अभिमन्यु फँस गया हो और अब रथ का पहिया लेकर भागने के अलावा उसके पास कोई चारा ही न बचा हो। ऐसे में करुणा का सागर ही लहराने लगता है। तमाम तालीबटोरू कवियों के बीच वह और भी देखने की चीज़ होता है। जबरन हँसने की कोशिश करता है तो और भी अधिक हास्यास्पद लगने लगता है, हँसी का पात्र बनता है। बगलें झाँकता है। जनता को रिझाने की कोशिश करता है। एक फुसफुसा-सा जोक हवा में उछालता है जो सीले हुए पटाखे की तरह ही धुआँ छोडकर रह जाता है। दूसरों को हँसाने के चक्कर में वह रो मारता है। जनता उसके निरर्थक प्रयास पर हँसती है। पूरी तरह फ़्लाप होने के बाद उसे समझ में आता है कि हर काम हर आदमी को शोभा नहीं देता। उसे हास्य रस के कवि-सम्मेलन में अपना करुण रस लेकर नहीं आना चाहिए था पर तब तक चिड़िया खेत चुग चुकी होती है।

•

अक्सर ऐसा होता है

अक्सर ऐसा होता है कि जो काग़ज़ सबसे ज़्यादा ज़रूरी होता है, वही खोता है। जहाँ 'फूल तोड़ना मना है', लिखा होता है लोग वहीं से फूल तोड़ते हैं। जहाँ वाहन खड़ा करना मना होता है, वहीं लोग 'नो पार्किंग' की ऐसी-तैसी करते अपने-अपने वाहन खड़े करते हैं और तिलभर रखने की भी जगह नहीं रह जाती। टॉयलेट के लिए वहीं जाते हैं जहाँ यह पुण्यकार्य वर्जित होता है। जो आम रास्ता नहीं होता उसी पर चलना पसन्द करते हैं। स्टेशन जाते हैं और प्लेटफ़ार्म टिकट लेना अपनी शान के ख़िलाफ़ समझते हैं। अक्सर ऐसा होता है कि हेलमेट लगाना ज़रूरी होता है पर अपने सिर को भगवान् भरोसे छोड़े रहते हैं। हेलमेट पीछे या आगे बँधा रहता है, 'मर्ज़ी आपकी क्योंकि सिर है आपका' वह ये स्लोगन समझते तो हैं पर इस पर अमल नहीं करते। चालान बचाना इनका मक़सद होता है, सिर बचाने के चक्कर में वह सिर खपाते ही नहीं हालाँकि इस दाँव-पेंच के बाद भी इनका चालान हो ही जाता है और ज़ुर्माने में अच्छी ख़ासी रकम भरनी पड़ती है।

यद्यपि इस मेण्टलिटी के उलट भी कुछ लोग होते हैं, जो 'फूल तोड़ना मना है' देखकर फूल नहीं भी तोड़ते और ख़ुश भी हो लेते हैं कि 'फूल न तोड़कर' उन्होंने ज़ुर्माने के सौ रुपये बचा लिये हैं यानी सौ रुपये की बचत कर ली है। इसी तरह वह अपने गन्तव्य के लिए टैक्सी के पीछे भागते हैं और इस बात पर मस्त होते हैं कि टैक्सी का किराया बचा ले रहे हैं। अक्सर ऐसा होता है कि छोटे-छोटे उल्लंघन आदमी को बड़ा सुख देते हैं। गाँधीजी 'सविनय अवज्ञा' की बात करते थे, ये उजड्ड अवज्ञा में विश्वास करते हैं। नियम क़ानून तोड़ना इनकी फ़ितरत होती है। ये तोड़-फोड़ में विश्वास करते हैं। सीमाओं का अतिक्रमण करने से क्रान्ति हो जायेगी, ऐसा इनका मानना होता है। इसी चक्कर में ये चार सौ चालीस वोल्ट के करेण्ट के चक्कर में भी आ जाते हैं। नदी में जहाँ लिखा होता है 'यहाँ पानी गहरा

है', ऐसी तख़्तियों को ये नज़रअन्दाज़ करते हैं और वहीं जाकर नहाते हैं, फिर डूबने लगते हैं तो हाहाकर करते हैं।

नियम इन्हें गले का फन्दा लगते हैं। सारी दुनिया जिधर जा रही होती है ये उसकी उलटी दिशा में प्रयाण करते हैं। भीड़ में अलग दिखने की चाहत ही इन्हें भीड़ में गुम कर देती है। ये ख़ुद ही अपने लिये पहचान का संकट खड़ा करते हैं। बिना आज्ञा जहाँ प्रवेश वर्जित होता है, वहाँ ये बिना अनुमति लिये मूँछों पर ताव देते हुए प्रवेश कर जाते हैं और फिर मुँह की खाते हैं। ये अवहेलना की जीती-जागती मूरत होते हैं। अक्सर ऐसा होता है कि अपना हित साधने के चक्कर में ये अपना ही अहित कर बैठते हैं। परीक्षा में अपना एक साल बचाने के चक्कर में ये नकल करते हैं और चार साल के लिए रिस्टीकेट हो जाते हैं। अक्सर ऐसा होता है कि अपना चश्मा कुछ-का-कुछ दिखाता है। अक्सर ऐसा होता है, आख़िर अक्सर ऐसा क्यों होता है?

●

लाइम लाइट में होना

लाइम लाइट में होना बड़ी बात होती है। लाइम लाइट में रहने के लिए लोग क्या नहीं करते? उलटे-सीधे बयान देते हैं, अनाप-शनाप हरकतें करते हैं। ख़ुद लाइम लाइट में रहने के लिए दूसरों को अँधेरे तहखानों में डाल देते हैं। एक होती है पब्लिसिटी, एक होती है एण्टी-पब्लिसिटी। लाइम लाइट में रहनेवाले एण्टी-पब्लिसिटी के क़ायल होते हैं, भले इनके कारनामों से लोग घायल होते हैं। लाइफ़ का अपना एक मिशन होता है, लाइम लाइट पसन्द लोग पान पसन्द मसालावाले मिशनरी भाव से ही नित नयी कारगुज़ारियों को अन्जाम देते हैं, इसलिए हमेशा चर्चा में बने रहते हैं, चर्चित हस्ताक्षर होते हैं। चर्चा में कैसे रहा जाये, यह बख़ूबी जानते हैं। हर पल तरकीबें भिड़ाते रहते हैं। इमेज बिल्डिंग की डिफिकल्ट एक्सरसाइज़ में दिन-रात गुज़ारते हैं और फ़ोकस में रहते हैं फ़ोकस बनाते भी हैं। अपने आभामण्डल एवं गरिमामण्डल से इन्हें क्षण भर भी फ़ुर्सत नहीं मिलती।

लाइम लाइट का बुखार सबसे ज़्यादा चढ़ता है पालिटीशियन्स को। वह लोग जो पालिटिक्स का पपलू खेलते हैं, पत्ते फेंटते हैं, उन्हें हर वक़्त यह चिन्ता सताती है कि कैसे 'जो जीता वही सिकन्दर' वाली भूमिका में रहें। उनका कोई रोल मॉडल नहीं होता, वह ख़ुद अपना रोल मॉडल होते हैं। वह महात्मा गाँधी का नाम केवल अपने हक़ में इस्तेमाल करते हैं, उनके चित्र पर फूल-मालाएँ चढ़ाते हैं और उनके आदर्शों का दिन-दहाड़े क़त्ल कर देते हैं। विवादप्रियता से बढ़कर इनका कोई दूसरा शगल नहीं होता। ये विवादित और विवादग्रस्त होने में माहिर होते हैं। इनके उठने-बैठने, चलने-फिरने, बोलने-चालने यानी ज़िन्दगी के हर ऐक्शन में लाइम लाइट का उजाला होता है। ऐक्शन क्या, डबल ऐक्शन में ये ऐक्शन पैक्ड हंगामा करते हैं। ये इतने निडर होते हैं कि भगवान् से भी नहीं डरते हालाँकि भगवान् के दरबार में अक्सर मत्था टेक आते हैं। सिद्धि विनायक से विन्ध्याचल तक इनकी

भक्ति के क़िस्से सुने-सुनाये जाते हैं, आम आदमी बेचारा इम्प्रेस हुए बिना नहीं रहता। वह तो जन्म से ही इम्प्रेस होते रहने के लिए अभिशप्त होता है।

राजनीति क्या, कला-संस्कृति के क्षेत्र में भी लाइम लाइट में रहने का उन्माद इन दिनों आसमान छू रहा है। सबको मंच, माला और माइक चाहिए। सबके अपने-अपने फैन्स एसोसिएशन हैं। कहीं-कहीं तो फ़ैन, एग्ज़ास्ट होने की सीमा तक अपने हीरो का पूजन-अर्चन करते हैं। सुपरमैन की तरह सुपर फ़ैन बनाने की भी नायकों के बीच होड़-सी लगती है। जो लाइम लाइट में होता है, उसकी आँखें चुंधियाती रहती हैं। वह सामनेवालों को ठीक से देख नहीं पाता। क्या आप भी लाइम लाइट में रहना पसन्द करेंगे।

•

आल टाइम मनी यानी ए. टी. एम. का छल

एडवान्स्ड टेलर मशीन या ऑटोमेटिक ट्राञ्जेक्शन मशीन ने आल टाइम मनी का तिलिस्म तार-तार कर दिया है। मैं ए. टी. एम. के सामने लगी लम्बी लाइन में लगा हूँ। मेरा छब्बीसवाँ नम्बर है। कभी मिट्टी का तेल लेने या गैस सिलेण्डर लेने के लिए इतनी लम्बी लाइन में लगना पड़ता था। आज अपना ही पैसा प्राप्त करने के लिए कवायद करनी पड़ रही है। जब ए. टी. एम. की सुविधा इण्टरड्यूज़ हुई तो सभी ने सोचा था कि अब अपना टोकन लेकर बैंकों में देर तक जमुहाई लेते हुए ऊबना नहीं पड़ेगा। बागले की दुनियावाला वह कैरेक्टर भी याद नहीं आयेगा जो अपनी बारी का इन्तज़ार करते हुए फ़ायर कर बैठता है और जब सिक्योरिटीवाले घेर लेते हैं तो वह अपनी सफ़ाई पेश करता है कि उसका बैंक रॉबरी का कोई इरादा नहीं है, उसने तो उबियाकर तीन-चार गोलियाँ दनादन चला दी थीं। मामला जो भी हो, हिन्दुस्तान के इलीट क्लास को भी लाइन में लगने से निजात नहीं मिलनेवाली, लाइन सिविल लाइन्स में हो या हज़रतगंज में। मैं मन-ही-मन कसमसा रहा हूँ। झरने के पानी की तरह पैसे निकालनेवाली मशीन अब, जब-तब हैंग होने लगी है। आधी रात हो या तड़के सवेरे की बात हो, ए. टी. एम. के सामने ऐसी भीड़ इकट्ठी हो जाती है जैसी शोले की टिकट खिड़की पर भी नहीं होती थी। यह ए. टी. एम. भी अजब बॉक्स ऑफ़िस है जिस पर आदमी ही पिटता है और आदमी ही हिट भी होता है।

पिछली बार तो अजीबोग़रीब एक्सपीरियन्स रहा। मशीन से पैसा उठाने में थोड़ी-सी देर हुई कि मशीन वापस पैसा घसीट ले गयी, मैं भौचक्का रह गया। संयोग से बैंक भी पड़ोस में ही था, जाकर बैंक मैनेजर से शिकायत की तब कहीं जाकर डूबा हुआ धन वापस मिल पाया, अख़बार में अपना राशिफल पढ़ा तो उसमें भी डूबी हुई धनराशि वापस मिलने की बात लिखी थी। यह तो हुआ मशीन का

झटका जो ज़ोर का था मगर धीरे से लगा। मेरे दोस्त के साथ तो और भी बड़ी ट्रेजडी हुई। उसने तीन हज़ार रुपये निकाले, जिसमें सौ-सौ के पाँच नोट तो दुरुस्त थे पर पाँच-पाँच सौ के पाँचों नोट नकली निकले। नोट पर छपे राष्ट्रपिता महात्मा गाँधी भी उसे निरीह दिखने लगे। उसने अपना माथा ठोक लिया। उसकी तो बैंक ने कम्प्लेन भी नहीं सुनी। वह ख़ुद सोलहों आने असली आदमी पाँच सौ के नोट की ही तरह अपने-आपको नकली महसूस करने लगा। एक बार फिर मुनव्वर राना याद आये, फ़रमाते हैं—

क्या क्या कहूँ रिमोट की सूरत हूँ इन दिनों
मैं झुग्गियों के होंठ की सूरत हूँ इन दिनों
हर कोई मुझे शक की नज़र देख रहा है
मैं पाँच सौ के नोट की सूरत हूँ इन दिनों

आल टाइम मनी का छल तो कई बार आल आउट ही कर देता है। मशीन हो गये आदमी को टेलर मशीनें तरह-तरह के ट्रेलर दिखाती हैं। एक मशीन काम नहीं कर रही होती तो आदमी दूसरी मशीन की तरफ़ भागता है। कहीं शटर गिरा होता है तो कहीं लम्बी लाइन लगी होती है। वह पूरे शहर की परिक्रमा कर डालता है। पैसे तो उसे हर हाल में चाहिए होते हैं, क्योंकि कहा भी गया है, 'बाप बड़ा ना भइया, सबसे बड़ा रुपैया।' होल थिंग इज़ दैट, दिस वे आर दैट' वे हासिल होना ही चाहिए।

•

रिज़ल्ट का मौसम

इन दिनों रिज़ल्ट का मौसम शवाब पर है। पहले इलेक्शन के नतीजे आये, फिर आई. सी. एस. सी. और सी. बी. एस. सी. बोर्ड के परिणाम आये। आई. आई. टी. का परीक्षा परिणाम घोषित हुआ तो यू. पी. बोर्ड के भी रिज़ल्ट आये। कुछ दिनों के लिए अपना भारत रिज़ल्टप्रधान देश लगने लगा है। ऐसा लगता है जैसे किसी को कुछ करना नहीं है, बस रिज़ल्ट के पीछे भागना है। नेताओं ने पाँच सालों तक कुछ किया नहीं मगर जब रिज़ल्ट आने को हुआ तो यज्ञ करवाये, हवन में आहुति दी, कुछ का कैरियर तेज़ लपटों-सा आकाश छूने लगा तो कुछ का कैरियर हवन के धुएँ के साथ ही धुआँ हो गया। जो कैरियरिस्ट अपने कैरियर के बारे में ज़्यादा सोचते थे अब उन्हें अपना टिफ़िन कैरियर तक लेने की सुध नहीं है। नयी सुबह का सूरज तक धुआँ हो गया। गीतकार रमानाथ अवस्थी फ़रमाते हैं—'चाहे हवन का हो चाहे कफ़न का हो धुएँ का रंग एक है।'

बहरहाल! मुझे राजनेताओं के भूत-भविष्य-वर्तमान से कुछ लेना-देना नहीं है, मैं तो आनेवाले कल के हिन्दुस्तान के बारे में सोच रहा हूँ। मेरे नौनिहाल का रिज़ल्ट आना था और वह सारे सब्ज़ेक्ट के पेपर्स लेकर बैठा था और अपने नम्बर जोड़ रहा था। इतना संजीदा उसे पहले कभी नहीं देखा था। हमारे शहर में गंगा के पुल पर पुलिस की गश्त बढ़ा दी गयी थी, कारण साफ़ है। हर साल जो रिज़ल्ट का मौसम होता है वही ख़ुदकुशी का मौसम भी हो जाता है। इंजीनियरिंग की पढ़ाई हो या मेडिकल की, साल-दर-साल बलि लेती है। किशोर अपने रिज़ल्ट को लेकर आतंकित होते हैं। पढ़ाई फाँसी का फन्दा हो जाती है। छात्र सुनहले भविष्य के सपने सजाते हैं और सपनों के टूटने पर ख़ुद ही टूट जाते हैं। कोचिंग और शिक्षण संस्थान फलते-फूलते हैं। छात्रों की रीढ़ पर और अभिभावकों की जेब पर हमला होता है, हल्ला बोल दिया जाता है।

मेरी पूरी पढ़ाई के दौरान इतने पैसे खर्च नहीं हुए, जितने पैसे बेटे की एक साल की पढ़ाई में लग जाते हैं और इसके बाद भी बेटा उदास ही दिखायी देता है। मेरी पूरी पीढ़ी ने खेल-खेल में पढ़ाई की है और आज की पीढ़ी पढ़ाई के बोझ तले कराह रही है, उसे खेलने की फ़ुर्सत ही नहीं है। ख़ुद हमारे एस्पेक्टेशन्स भी बहुत बढ़ गये हैं। हम अपने बच्चे का नाम मेरिट लिस्ट में देखना चाहते हैं, ज़िन्दगी की मेरिट्स और डिमेरिट्स पर हमारा ध्यान ही नहीं जाता। बेटा या बेटी डॉक्टर, इंजीनियर नहीं हुए, आई. ए. एस., पी. सी. एस. क्वालीफाई नहीं किया तो निश्चित ही जानिये कि मल्टीनेशनल कम्पनियों की भेंट चढ़ जाते हैं। ऊँची तनख़्वाहें पाते हैं पर उनका अपना कोई समय नहीं रह जाता, आँख खुलती है और बस काम के लिए कूच कर जाते हैं और फिर आधी रात जाकर कहीं उन्हें घर नसीब हो पाता है। घर संवेदना के स्तर पर भी आज फ़्लैट ही नज़र आता है। हाईस्कूल, इण्टर से शुरू हुआ रिज़ल्ट का सिलसिला ताज़िन्दगी चलता है। कम्पनी भी उनके काम का रिज़ल्ट देखती है और उसी आधार पर उनकी नौकरियाँ कण्टिन्यू या डिसकण्टिन्यू होती हैं। यह सब देखकर सचमुच मुझे रिज़ल्ट के मौसम से बड़ा डर लगता है। बच्चों के उदास और लटके हुए चेहरे सहन ही नहीं हो पाते। जिन चेहरों पर बसन्त की धूप होनी चाहिए उन पर ख़ौफ़ के बादल मँडराते हैं। बच्चे का रिज़ल्ट आना होता है तो जैसे माँ-बाप का रिज़ल्ट भी आता है। माँ-बाप की भूख-प्यास भी ग़ायब हो जाती है। भगवान् (अगर होता है तो) बचाये रिज़ल्ट के मौसम से।

•

छपास का रोग

छपास का रोग असाध्य होता है, दमा-गठिया, एड्स-कैन्सर आदि की तरह। एक बार छपने की लत पड़ जाये तो वह अन्तिम साँस तक पीछा नहीं छोड़ती। शराब की लत, घूसखोरी, मक्कारी, झूठ बोलना, चोरी करना, अवैध सम्बन्ध, बिना बात के बहस-मुबाहिसे, दूसरों के फटे में पाँव डालना, जुआ खेलना, कालाबाज़ारी, मुनाफ़ाखोरी, झगड़ा-झाँसा, छल, फ़रेब, धोखाधड़ी, सिगरेट-चाय, पान-मसाला, ड्रग्स, देर रात तक जागना, सुबह देर तक चादर ताने रहना, दूसरों को चोट पहुँचाना, सैडिस्ट नेचर, ईव टीजिंग, ज़मीन हड़पना, बेटिकट यात्राएँ, टालमटोल, तेज़ ड्राइविंग, जालसाज़ी, कड़ुवा बोलना, कम तोलना, बड़बोलापन, दिन में सपने देखना, ब्लैक मार्केटिंग यानी जितनी भी तरह के ये सारे ऐब हैं सबसे मुक्ति मिल सकती है मगर आपको यदि एक बार छपने का टेस्ट मिल गया तो फिर ख़ुदा भी आपको बचा नहीं सकता। आप छपे बिना रह ही नहीं सकते। आप हर वक़्त छपासोत्सुक रहते हैं। आपको रोज़बरोज़ अख़बार में अपना नाम छपा हुआ देखने की आदत पड़ जाती है। इसके लिए आप क्या नहीं करते? जो विषय आपका नहीं है उस पर भी लेक्चर दे आते हैं। आप साहित्य के विद्यार्थी हैं और विज्ञान पर प्रकाश डाल आते हैं। अख़बारवालों को पटाते हैं। कई बार तो विज्ञापन के लिए दौड़-भाग करते हैं, चन्दे की रसीदें कटवाते हैं।

धर्मशाले से लेकर सुलभ काम्प्लेक्स तक के उद्‌घाटन के मौक़े पर आपकी गरिमामयी उपस्थिति नोट की जाती है। आप सम्पादकों का रिज़र्वेशन कराते हैं, कुछ नहीं हुआ तो सम्पादकों के नाम चिट्‌ठी ही लिखते हैं। अपने नाम के छपे हुए अक्षर आपको आन्दोलित करते हैं। आप धर्मप्रचारक की तरह आत्मप्रचारक होते हैं। बकौल शरद जोशी, 'मैं, मैं और केवल मैं' की चिन्ता आपको सताती रहती है। हर अवसर पर आप बयान ज़ारी करते हैं। चुनाव होता है, आप इसकी-उसकी

सरकारें बनवाते हैं। भ्रष्ट होकर भी भ्रष्ट आचरणवालों की निन्दा करते हैं। उद्देश्य केवल एक होता है, छपना, छपना और छपना। बहुत बार तो यह होता है कि आप अपनी रचना छपाते भी हैं और खपाते भी हैं। छपाना आपकी फ़ितरत होती है, कुछ भी छिपाना आप जानते ही नहीं। सुबह होते ही आप क्षेत्रीय से लेकर राष्ट्रीय तक, सभी तरह के अख़बारों के लिए बेचैन हो उठते हैं, हॉकर का रास्ता देखते हैं, उसे आने में देर हो जाती है तो कसकर डाँट पिलाते हैं। अख़बार में नाम छपा होता है तो मोहल्ले भर को चाय पिलाते हैं और नहीं छपा होता, तो घर आये व्यक्ति को पानी तक नहीं पूछते। क्या आप छपास के रोगी होना चाहेंगे?

•

बॉस का बच्चा

मेरे कलीग ने पिछले सप्ताह अपने सुपर बॉस को डिनर पर आमन्त्रित किया। जय-जयकार के लिए उसने मुझे भी बुला लिया। दावत में मेरे साथ मेरी ही तरह के चार-पाँच सबार्डिनेट और भी शामिलबाजा हो गये। सब-के-सब अपने-अपने सुर-ताल में बजने लगे। सबकी ज़बान पर 'जी सर-जी सर' की रटन शोभायमान थी। बॉस सपरिवार आमन्त्रित था, बॉस की बॉस यानी उसकी पत्नी अपनी प्रेज़ेन्स से बॉस को भी सुपरसीड कर रही थी, अपने डायमण्ड के हार की आभा में वह तो जगमगा ही रही थी और आस-पास के लोग भी उसकी रिफ़्लैक्टेड ग्लोरी में झिलमिला रहे थे। हम सब बॉस के आगे मिमिया रहे थे, बॉस पत्नी के आगे अदृश्य दुम हिला रहा था। हम सबको भविष्य में होनेवाले अपने प्रमोशन की चिन्ता थी, किसी को परमानेण्ट होना था, किसी को एक्स्ट्रा आर्डिनरी कैरेक्टर रोल लिखवाना था, किसी को लम्बी छुट्टी पर जाना था, तो कोई अपनी मनपसन्द पोस्टिंग चाहता था। सब-के-सब पूर्णकाम होने के चक्कर में अपने-अपने काम में लगे थे। कोई बॉस को सूप ऑफ़र कर रहा था, तो कोई कोल्ड ड्रिंक लिये चला आ रहा था। चारों तरफ़ कुर्सियाँ बैठी थीं और लोग खड़े थे। कुर्सी के साथ बैठनेवालों में बॉस और महारानी विक्टोरिया की तरह सजी उनकी पत्नी सुशोभित हो रही थीं। और हाँ! सबसे ज़रूरी मेहमान का ज़िक्र करना तो मैं भूल ही गया। यह मेहमान था बॉस का तीन वर्षीय बच्चा। जाने-अनजाने वह सबके आकर्षण के केन्द्र में था। रह-रहकर वह कभी रोकर तो कभी चिल्लाकर ध्यानाकर्षण प्रस्ताव पारित करता था और ऐसा होने पर बॉस के सबार्डिनेट्स की पूरी यूनिट ही सक्रिय हो उठती थी।

यानी कुल ढाई लोग विशेष आमन्त्रित अतिथि थे। बॉस और बॉस की पत्नी दो और आधा बॉस का बच्चा, जो आधा होकर भी पूरी पार्टी पर भारी पड़ रहा था। हम बॉस के आगे 'त्वमेव माता च पिता त्वमेव' कर रहे थे, बॉस पत्नी के आगे

'त्वमेव बन्धुश्च सखा त्वमेव' कर रहा था, और पत्नी औलाद के आगे 'त्वमेव सर्वं मम देव देव' कर रही थी। बॉस का बच्चा अराजकता के सारे कीर्त्तिमान् स्थापित कर रहा था। कहीं चम्मच फेंक रहा था, तो कहीं प्लेटें चकनाचूर कर रहा था। उसको कोई कुछ बोल तो सकता नहीं था क्योंकि वह बॉस का बच्चा था, लख़्ते जिगर था। नूरेचश्म था। मेरे कलीग की पत्नी यानी मेरी प्यारी-प्यारी भाभी कलेजे पर पत्थर रखकर फूलों-जैसी हँसी बिखेर रही थीं।

इस बीच क्या होता है कि फ़र्श पर गिरे पानी पर फिसलकर बॉस का बच्चा चारों खाने चित हो जाता है। सबसे पहले तनेजा साहब भागते हैं, जिन्होंने ख़ुद अपने बच्चे को कभी गोद में लेकर खिलाया नहीं, जबकि बच्चा दो साल का होने को आया। हाँ! वही तनेजा साहब अपनी शर्ट-टाई की परवाह न करते हुए बॉस के बच्चे को उठाकर छाती से चिपका लेते हैं और ख़ुद भी लथपथ हो जाते हैं। पार्टी में आयी सारी बीबियाँ हैरत में पड़ जाती हैं कि उनके आदमियों को कभी अपने बबलू, गुड्डू, शिब्बू, टिन्नू, मन्नू की चिन्ता तो होती नहीं पर आज सब-के-सब बॉस के बच्चे के गिर पड़ने पर विचलित हो उठे हैं। बॉस अपने सुपर सिंहासन पर बैठा यह सब-कुछ अविचलित भाव से देखता है और नोटिस लेता है कि कौन-कौन, किस-किस तरह से उसके बच्चे के अचानक गिर पड़ने पर इनवॉल्व हुआ है। वह मन-ही-मन वफ़ादारों की सूची बनाने लगता है। बॉस की पत्नी रूमाल से अपनी लिपस्टिक ठीक करती हैं। बॉस कॉलर खड़ी करता है। बॉस का बच्चा नयी खुराफ़ात में लग जाता है।

•

आधी-तीही बरसात

जैसे थाना क्षेत्र बाँटकर कर्फ्यू लगता है, ठीक उसी तरह इस बार थाना क्षेत्र बाँटकर पानी भी बरस रहा है। मोनूलालजी तरबतर होकर ऑफ़िस पहुँचे हैं और कार्यालय में धूप खिली हुई है। कल भी ऐसा हुआ था। वह दफ़्तर से नहाये हुए-से घर पहुँचे थे और घर पर सूखा पड़ा हुआ था। अजीब दास्ताँ है ये। पानी है कि कहीं बरसता है तो कहीं मर जाता है। यह प्रायः आँखों में मरता है। जब छाता लिये रहो तो पता नहीं कहाँ ग़ायब रहता है और जब छाता साथ नहीं रहता तो छाती पर मूँग दलता है। बरसता है और ख़ूब बरसता है। इतना बरसता है कि ज़ुकाम, खाँसी, बुखार, सिरदर्द, बदनदर्द का तोहफ़ा दे जाता है। आप, जीवन ऐसे ही भीगी बिल्ली की तरह जीते हैं, पानी बरसता है तो और भी भीगी बिल्ली हो जाते हैं। वैसे तो भीगी बिल्ली भी चूहों के सामने बबर शेर ही हुआ करती है, पर आपको बबर शेर होना कहाँ नसीब? कार्यालय में रोबीले अफ़सर का आतंक, तो घर में होममिनिस्ट्री यानी गृहमन्त्रालय का दबदबा। यह सब तो आपको फ़ेस करना ही पड़ता है, पानी चाहे मूसलाधार बरसे या फिर रिमझिम-रिमझिम की फ़ुहार हो, आप पर तो डाँट-फटकार के बादल गरजते ही रहते हैं।

वह दिन लद गये जब चचा मियाँ फ़ाख़्ता उड़ाया करते थे। वह दिन भी गये जब एक अकेली छतरी में आधे-आधे भीगा करते थे, अब तो अकेला दो छाता उन्हें ही चाहिए। अपनी क़िस्मत में तो पूरा-पूरा भीगना ही लिखा है, हम तो अब यह भी नहीं गा सकते कि 'जान ले लेगी ये बरसात क़रीब आ जाओ!', हर नज़दीकी में तो 440 वोल्ट का करण्ट दौड़ रहा है। अब कहाँ राजकपूर और नरगिसवाली बरसात, अब कहाँ टिप-टिप बरसा पानी? अब पानी भी फ़क़त जी ही जलाता है। दूरदर्शन पर दूसरे शहरों में ही बरसता दिखायी देता है, अपना शहर तो अभावग्रस्त के तर्ज़ पर सूखाग्रस्त ही नज़र आता है। यह मौसम ही पूरी सरकारी व्यवस्था-जैसा

हो गया है। धोखेबाज़, दग़ाबाज़ और बेवफ़ा सनम-जैसा। बादल भी मन्त्रियों-जैसे ही लगते हैं। बाहर से लबालब और भीतर से एकदम ठनठन गोपाल। ये अपना सारा पानी जाने कहाँ एक्सपोर्ट कर देते हैं। वैसे भी इस बार मानसून भटक गया था। कुछ भूले-भटके बादल ही हैं जो आसमान पर घिर रहे हैं। इनसे क्या उम्मीद की जाये? इनका ज़रा-सा बरस जाना भी बोनस-जैसा है। हम तो भीगने के लिए तैयार ही बैठे हैं।

•

आफ़्टर थाट का कान्सेप्ट

मुझे पता नहीं कि आफ़्टर थाट का कान्सेप्ट कहाँ से आया? जहाँ से भी आया हो मुझे इससे क्या? जो भी हो, यह कान्सेप्ट होता बहुत ज़ोरदार है? आदमी पहले तो झटके के साथ सोचता है, फिर ठहरकर सोच-विचार करता है। यह ठहरकर सोचना ही आफ़्टर थाट होता है। हिन्दी में इसे पुनर्विचार के रूप में देखा जाता है। इसके चलते 'चिड़िया चुग गयी खेत' वाली स्थिति नहीं आती। मनुष्य स्वभावतः विचारशील प्राणी होता है। वह कण्टिनिवस सोचता है। जागता है तब भी सोचता है, सोता है तब भी सोचता है, लेकिन सपनों में। सोचता है, सोचता है और केवल सोचता है। आफ़्टर थाट के बाद फिर आफ़्टर थाट होता है, फिर एनादर आफ़्टर थाट होता है। बाद में जो सोचा जाता है, उसमें सारे इफ़ और बट शामिल होते हैं। सारे कान्सिक्वेन्सेस क्लीयर रहते हैं। कोई कनफ़्यूज़न नहीं होता। क्लीयर कट स्टेट ऑफ़ माइण्ड होता है। कुछ लोग आफ़्टर थाट में आफ़्टर शेव का मज़ा पाते हैं। सारा विचार ही एक भीनी महक में भीग जाता है। आफ़्टर थाट से बिगड़ी हुई बात बन जाती है। कई बार गहरे अनर्थ होने से बच जाते हैं। आफ़्टर थाट, सेकेण्ड थाट का नज़दीकी रिश्तेदार होता है।

इतिहास साक्षी है कि आफ़्टर थाट के कारण बड़े-बड़े पहाड़ टूटने से बचे हैं, आँधियाँ थमी हैं, प्रलय महाप्रलय के पथ से लौट आयी है। आफ़्टर थाट ने यूँ तो पाज़िटिव रोल करते जाने का ही सतत प्रयास किया है पर कभी-कभी, कहीं-कहीं वह औंधे मुँह गिरा भी है। ऐसे में लगता है कि जो हम पहले सोच रहे थे वही सही था। हालाँकि ऐसा कम होता है क्योंकि आफ़्टर थाटवाले इण्टलेक्चुअल्स क़दम-क़दम पर सेकेण्ड और थर्ड ओपीनियन भी लेते रहते हैं। वह 'बिना विचारे जो करे सो पीछे पछताय' वाली स्थिति को कभी भी प्राप्त नहीं होते क्योंकि वह तो लास्ट मूवमेण्ट तक सोचते हैं। एक नहीं, दो नहीं, सौ आफ़्टर थाट उनके दिमाग़

में आते-जाते रहते हैं। वह सोचते-सोचते थक जाते हैं, लस्त और पस्त हो जाते हैं फिर भी सोचते चले जाते हैं। ज़िन्दगी तो बार-बार मिलती नहीं इसलिए वह सोचते हैं और ख़ूब सोचते हैं और यह भी ध्यान रखते हैं कि सोच-चिन्तन का ही रूप लिये रहे, चिन्ता में तब्दील न होने पाये। क्योंकि चिन्ता तो चिता समान होती है। भीतर-ही-भीतर जलाती जाती है। प्योर आफ़्टर थाट तो चिन्तन के नये-नये आयाम उपलब्ध कराता है। उम्मीद है आप भी कुछ सोच ही रहे होंगे।

•

परफ़ार्मेन्स बनाम कविता

आजकल परफ़ार्मेन्स का ज़माना है। जो जितना बड़ा परफ़ार्मर है, उतना बड़ा कलाकार है। कवि भी आजकल हण्ड्रेड परसेण्ट परफ़ार्मर हो गये हैं। वह कविता की फ़ार्मिंग करते हैं। कवि-सम्मेलन भी अब आर्केस्ट्रा पार्टी के शो की तरह होने लगे हैं। कवि-सम्मेलन पहले साहित्य की सेवा के लिए होते थे, अब अपनी सेवा के लिए होते हैं। पहले जिसके पास कविता नहीं होती थी वह काव्यमंच पर जाने से डरता था, अब जिसके पास कविता होती है वह कवि-सम्मेलन के मंचों पर जाने से डरता है। अच्छा कवि हूट होता है क्योंकि वह परफ़ार्मर नहीं होता। ऐसा कम होता है कि व्यक्ति कवि भी अच्छा हो और परफ़ार्मर भी। परफ़ार्मर कमज़ोर पंक्तियों को भी दमदारी और रंगदारी से पढ़कर हिट हो जाता है, वह हिट करता भी है। उसके प्रायोजक श्रोताओं में बैठे होते हैं। अच्छे कवि की अच्छी पंक्तियाँ भी फुसफुसाकर पढ़ने से फुस्स हो जाती हैं।

याद आता है एक कवि-सम्मेलन! एक तालीबजाऊ कवि परफ़ार्म कर रहे थे। जनता मन्त्रमुग्ध थी, वह 'वन्स मोर' पर 'वन्स मोर' कर रही थी। कविता वीर रस की थी। मंच पर ही कारगिल का युद्ध जैसे लड़ा जा रहा था। कवि महोदय झाग और आग दोनों फेंक रहे थे। अचानक उन्होंने एक आसमान छूता स्वर हवा में ऊँचा उठाया कि माइक लिये दिये मंच के नीचे आ गिरे। उन्हें धराशायी देखकर जनता-जनार्दन का दूना-चौगुना मनोरंजन हो गया। जनता को तो मनोरंजन से मतलब, वह आप कितना गिरकर कर पाते हैं यह तो आपका ज़मीर जाने। परफ़ार्मेन्स पर ही कविता का बाज़ार भाव तय होने लगा है। ठेके पर कवि-सम्मेलन होने लगे हैं, तालियाँ आयात की जाने लगी हैं, फूल-मालाएँ निर्यात होने लगी हैं। मंच से कविता उन्हें समर्पित की जाने लगी है जो कविता का 'क' भी नहीं जानते।

अभी पिछले सप्ताह की ही बात है। एक सुपरहिट कवि अपना शो दिखाकर मसनद की शरण में गये ही थे कि कविवर नीरज माइक पर आ गये और बोले, "फलाने कवि कुल शिरोमणि से आग्रह है कि यह जो कुछ भी उन्होंने इस विराट् अखिल भारतीय कवि-सम्मेलन के मंच पर किया यह तो उनका परफ़ार्मेन्स था, अब माइक पर आकर कुछ कविता-वविता भी पढ़ दें।" यह सुनकर वह कवि महोदय बगलें झाँकने लगे क्योंकि कविता तो बरसों पहले ही उनसे विदा ले चुकी थी।

•

‘इफ़’ और ‘बट’ का चक्कर

यह इफ़ और बट का चक्कर बहुत बुरा होता है। आदमी की ज़िन्दगी में इतने किन्तु, परन्तु, लेकिन होते हैं कि कण्टिनिवस उसका भेजा चकराता ही रहता है। इस अनसर्टिनिटी की सिचुएशन में बहुत-सारे अगर-मग़र शामिल होते हैं। ‘तुम होतीं तो ये होता, तुम होतीं तो वो होता’ के चक्कर में ही प्रेमियों की ज़िन्दगी ग़र्क होती चली जाती है और कुछ नहीं होता। ये इफ़ और बट जन्म-जन्मान्तर तक सक्रिय रहते हैं। इनकी दृढ़ निश्चयों से गहरी रंज़िश होती है। ये बहुतों के तकिया कलाम भी होते हैं। बिना इनका पुछल्ला लगाये इनका कोई सेण्टेन्स कम्प्लीट ही नहीं होता। ये बड़े-बड़े कम्पाउण्ड सेण्टेन्स बोलते हैं, इफ़ और बट इनके दायें-बायें की बैसाखियाँ होती हैं। उसी के बल पर ये चलते हैं। अब ये भी कोई बात हुई कि चाचा मर न गये होते तो भतीजों से घर भरता। अब चाचा नहीं हैं तो इस बात पर भला क्या सोचना? पूरी ज़िन्दगी ही इफ़ और बट के बीच घड़ी के पेण्डुलम की तरह झूलती रह जाती है।

अब किशोर साहब को ही लीजिये, गा रहे हैं, ‘मुझे और जीने की चाहत न होती, अगर तुम न होते।’ सवाल ये है कि ‘तुम’ क्यों नहीं होते ? उनको तो होना ही था। जब आप थे और तुम न होते तो स्टोरी आगे कैसे बढ़ती? वहीं जाम न लग जाता। इण्टरवल के बहुत पहले ही ‘द एण्ड’ हो जाता। यह सब तो हुआ इफ़ और बट का निगेटिव पक्ष।

अब कुछ पाज़िटिव मामला भी देख लीजिये। इस इफ़ और बट ने जाने कितनी बार आदमी की इज़्ज़त बचायी है। रोज़मर्रा की ज़िन्दगी में यह आदमी के कन्धे-से-कन्धा मिलाकर चला है। इसने अनेक बार आदमी के झूठ को ग्लोरिफ़ाई किया है। बीच मँझधार में नाव डूब जाने से बचायी है। आज की भाग और हाँफ रही ज़िन्दगी में ये दो शब्द अगर न होते तो आदमी सर्वाइव कैसे करता? व्यस्तता

के कठिनतम क्षणों में ये शब्द युगल आदमी को रिलैक्स करता है। कविवर नीरज माफ़ करें, कहते हैं, 'आदमी को आदमी बनाने के लिए स्याही नहीं आँखोंवाला पानी चाहिए।' मुझे तो लगता है आदमी को आदमी बनाने के लिए इफ़ और बट की ज़िन्दगी में रवानी चाहिए। इसके सतर्क इस्तेमाल से कई बार साँप मर भी जाता है और लाठी टूटती भी नहीं।

•

थोक में सम्मान

सारी प्रतिभाएँ लाइन हाज़िर थीं। थोक में सम्मान दिये जाने का यह एक विहंगम अवसर था। संगीत-साहित्य-कला-खेलकूद सभी एक तराजू पर तौले जा रहे थे। मंच से जैसे टैलेण्ट्स की अटेण्डेन्स ली जा रही थी। नाम पुकारे जाने पर प्रतिभाएँ 'यस सर' कहती हुई मंच की ओर कूच करती थीं और अपना दुपट्टा, सर्टिफ़िकेट और मोमेण्टो सँभाले हुए फिर अपने स्थान पर आ विराजती थीं। सब धान बाईस पसेरी था। कैमरे बिजलियाँ चमका रहे थे। छोटी-सी उमर में ही लाइफ़ टाइम एवार्ड मिल रहा था। मन्त्रीजी मुस्कुरा रहे थे, संस्कृतिकर्मी ओबलाइज़ फ़ील कर रहे थे। मन्त्रीजी के करकमलों में प्रतिभाओं का भविष्य सुरक्षित था। वातावरण में परफ़्यूम के बादल थे। माइक का गला फँस रहा था, शायद शब्द की तलाश में कोई खखार रहा था। मालाओं के फूल डोरियों के बीच एक-दूसरे में उलझ गये थे। ऐन वक़्त पर ख़ुशबुएँ टूटकर बिखर रही थीं। स्वागतकर्त्ता के माथे पर पसीना आ रहा था। खचाखच भीड़ थी। टैलेण्ट्स अपनी बारी के इन्तज़ार में थे। अफ़रा-तफ़री थी, गहमागहमी थी।

मीडिया होड़ में था। बाई लाइन लिखी जा रही थी। लोगों को जैसे मंज़िल मिल गयी थी। आँखों में मग़र अब भी जैसे कोई हसरत थी, साँसों में तूफ़ान था। उमस और गर्मी में हर कोई हाँफ रहा था। समय की ही जैसे साँस फूल रही थी। कला-संस्कृति धन्य हो रही थी। एक शालओढ़ाऊ कल्चर के साथ सभी कल्चर्ड हो रहे थे। तालियाँ कभी खुलकर बज रही थीं, तो कभी खुलकर बजने में संकोच कर रही थीं। जो सम्मानित होकर लौटता था, उसके बगलवाला सर्टिफ़िकेट में पहले उसके नाम की स्पेलिंग देखता था। मेरे साथ तो अनर्थ हो गया था। मेरा अच्छा ख़ासा 'यश' सर्टिफ़िकेट में 'एस' हो गया था। मेरे एक वेलविशर ने जब मंच की ओर जाकर काली स्याही से मेरा नाम ठीक कराया तो मेरा नाम और भी ठीक हो

गया। इस बार मैं 'यस सर' वाला 'यस' हो गया था। सम्मानकर्त्ता ने मेरी कीर्त्ति को किनारे करते हुए मुझे अपनी 'हाँ में हाँ' मिलानेवालों में शामिल कर लिया था। मैं 'हाँ' की मुद्रा में ही अपनी मुण्डी हिलाता शामिलबाजा हो गया था। अब मेरे भीतर नाम करेक्ट कराने का हौसला भी नहीं बचा था। ऐसे ही ग़लत नामवाले सम्मान को मैंने अपनी नियति मान लिया था। थोक में जब सम्मान दिये जाते हैं तो ऐसी अनहोनी तो होती ही है। कहीं नाम ग़लत होता है, तो कहीं आपके कण्ट्रिब्यूशन का हेड ही ग़लत हो जाता है। आप साहित्यकार की जगह फुटबाल प्लेयर भी हो सकते हैं और इसी में आपको सन्तुष्ट भी होना पड़ता है क्योंकि साहित्य में भी तो आपने अभी तक हाथ-पाँव ही चलाये हैं। थोक में सम्मान और भाग-दौड़ के बीच इस रिश्ते का समीकरण तो बनना ही था।

•

दुपहर में भी शाम मस्तानी

भरी दुपहरी में मैंने अपने फ्रेण्ड को फ़ोन लगाया। उधर से लोकप्रिय गाना 'ये शाम मस्तानी मदहोश किये जाय' बजने लगा। मैं इधर पसीने-पसीने था और उधर 'मुझे डोर कोई खींचे' की तान चल रही थी। मैं मित्र के बारे में सोचने लगा। मित्र मेरा बहुत सीरियस क़िस्म का व्यक्ति है। उसकी पर्सनाल्टी से कॉलर ट्यून के रूप में बज रहा यह गाना कतई मेल नहीं खाता। इसी तरह मेरे एक और मित्र हैं। पान, बीड़ी, सिगरेट, शराब, अफ़ीम, गाँजा, भाँग इन सब चीज़ों से कोसों दूर, मग़र उनको फ़ोन लगाइये तो गाना बजता है, 'दम मारो दम, मिट जाये ग़म, बोलो सुबह-शाम, हरे कृष्ण हरे राम।' मैंने अपने इन दोनों मित्रों से बात की, तो इन दोनों में एक ने अपने बेटे के नाम और दूसरे ने अपनी बेटी के नाम तोहमत जड़ दी। दोनों का जवाब लगभग एक-सा था कि भाई ! मेरा क्या है? सब बच्चों का खेल-तमाशा है। जो कॉलर ट्यून बच्चों ने लगा दी वही महीनों से चली आ रही है। है न! दिलचस्प बात।

यह तरह-तरह के कॉलर ट्यूनों का घोर कलियुग है। बसों-मेट्रों में जा रहे हों तो कानों में सचित्र विचित्र पवित्र कई-कई प्रकार के कॉलर ट्यूनों का संगम होता है। कहीं कोई सामने बैठे सौम्य से व्यक्ति के मोबाइल पर 'तू चीज़ बड़ी है मस्त मस्त' बजने लगता है और उसकी सौम्यता धरी-की-धरी रह जाती है, तो कहीं किसी अभद्र-से लगते व्यक्ति के मोबाइल पर 'तू जहाँ-जहाँ रहेगा, मेरा साया साथ होगा।' बजने लगता है और अभद्र-सा लगता व्यक्ति अचानक ही सभ्य एवं सुशील लगने लगता है। मन बेतरह कनफ़्यूज़ होता है। मोबाइल पर बज रही कॉलर ट्यून से आप दूर-दूर तक व्यक्ति के टेम्परामेण्ट का अन्दाज़ा नहीं लगा सकते, उसकी पसन्द-नापसन्द का कोई छोर नहीं पा सकते। जबकि होना यह चाहिए कि कॉलर ट्यून बजे और उस धुन में ही पूरा-का-पूरा व्यक्तित्व रिफ़्लेक्ट हो उठे। अब मेरी एक

महिला मित्र को ही ले लीजिये। वह बोलती हैं तो कानों में मिसरी-सी घुलने लगती है, एकदम कोयल-जैसी सुमधुर आवाज़ है उनकी, मग़र उनको फ़ोन लगाइये तो उधर से पहले मेंढक के 'टर्र-टर्र' कर टर्राने की आवाज़ आती है, फिर जाकर कहीं वो फ़ोन उठाती हैं। इतना सब-कुछ कर्कश सुन लेने के बाद उनसे बात करने का नशा ही हिरन हो जाता है। ऐसी भी क्या कॉलर ट्यून कि सब-कुछ रस भंग हो जाये। कॉलर ट्यून तो ऐसी होनी चाहिए कि बातचीत की ज़मीन तैयार कर दे। देर तक बोलने-बतियाने का मन करे। अब ऐसी भी क्या कॉलर ट्यून कि आप गहरी परेशानी की संकट-भरी चिलचिलाती दुपहर में मित्र को फ़ोन लगायें और उधर से 'ये शाम मस्तानी' बजने लग जाय।

•

कम्बख़्त थैंक यू

मुझे कम्बख़्त इश्क़ की ही तरह 'थैंक यू' की शब्द-योजना भी ख़ासी कम्बख़्त लगती है। यह एक ऐसा शिष्टाचार है कि जो व्यक्त करता है वह भी और जिससे व्यक्त किया जाता है वह भी, दोनों ही बेचारे 'हें-हें' करने के अलावा और कुछ कर भी नहीं पाते। थैंक्स की फ़ार्मेल्टी में फँसा हमारा समय और समाज दिन में अनेक बार इस ज़िल्लत से गुज़रता है। सामनेवाला कभी वेरी मच कहता है तो कभी मेंशन नाट या नो मेंशन कहता हुआ पाया जाता है। सूखा-सा थैंक यू कभी भी मन-प्राण तर नहीं कर सकता। इसके भीतर ओढ़ी हुई विनम्रता की गन्ध बसी होती है। आप किसी के लिए जान उँड़ेल दें और आपको बदले में औपचारिकता से ओत-प्रोत थैंक यू मिले तो मन करता है कि अपना या फिर सामनेवाले का मुँह ही नोच लें। निश्चित ही यह शब्द युगल जब बना रहा होगा तो इसके भीतर आभार, धन्यवाद या कृतज्ञता की आत्मा रही होगी। यह केवल शब्द भर नहीं रहा होगा, मन के अतल तल से बोला जानेवाला एक भावबोध रहा होगा। अब तो जो जितना अधिक एहसानफ़रामोश है, वह उतना अधिक थैंक यू बोलता है। थैंक्स की जेनुइननेस पहचानना इम्पासिबिल हो चला है। समझ में नहीं आता कि थैंक यू केवल होंठों पर ही है या आत्मा में भी है।

हम सचमुच आत्मीय सम्बन्धों में भी बहुत फ़ार्मल हो चले हैं। चारों तरफ़ थैंक्स की एक आर्टिफ़ीशियल बयार चल रही है। पिता बेटे को, बेटा पिता को, पति पत्नी को, पत्नी पति को, भाई बहन को, बहन भाई को थैंक यू कह रहे हैं। स्नेह, अपनापन, भाईचारा सभी थैंक यू के तराजू पर तुल रहे हैं। सहज ममता के प्रति भी थैंक्स कहकर हम ममता-जैसे डिग्नीफ़ाइड शब्द को भी हलका बना रहे हैं। हमें थैंक यू की आदत हो चली है। रूटीन थैंक यू में ही हम अपनी ड्यूटी को पूर्णकाम मान लेते हैं, सैटिसफ़ाई हो जाते हैं, दूसरा सैटिसफ़ाई हो न हो, इससे भला हमें

क्या? हम तो अपना रोल निभा ही लेते हैं। और तो और, ट्रैफ़िक पुलिसवाला हमारा चालान कर देता है, हम थैंक यू कहते हैं, ट्रेन में टी. टी. पेनाल्टी कर देता है, रसीद काट देता है, हम थैंक यू कहते हैं। सुबह उठते हैं थैंक यू कहते हैं, रात में सोने जाते हैं, थैंक यू कहते हैं। यह कम्बख़्त थैंक यू हमारा पीछा ही नहीं छोड़ता, हर वक़्त हमारे मुँह में घुसा रहता है। अच्छा भाई! हमारी बकवास पढ़ने के लिए आपको बहुत-बहुत थैंक यू।

●

मोहल्ला कल्चर ख़तरे में

वो भी क्या दिन थे कि मन 'जाने कहाँ गये वो दिन' गाने को अकुला रहा है। बग़ल के घर में दाल बघारी जाती थी तो अपना घर-आँगन महक जाता था। बकौल निदा फ़ाज़ली साहब, 'बेसन की सोंधी रोटी पर खट्टी चटनी-जैसी माँ' होती थी। इधर सूजी का हलुआ बनता था और उधर बच्चों की फौज धावा बोल देती थी। मोहल्ले का हर घर हमारा था यानी पूरा मोहल्ला हमारा था। 'सौ गोती, एक पड़ोसी' का ईडियम चरितार्थ होता था, मतलब सौ कुल-गोत्रवाले और नाते-रिश्तेदार एक तरफ़ और एक सच्चा पड़ोसी एक तरफ़। इधर चाय की पत्ती ख़त्म हुई उधर हाज़िर, इधर दूध चुका और उधर चाय के खौलने तक भगौने में एकाकार। कब आटा ग़रीबी मे गीला हुआ पता ही नहीं चलता था। छज्जे से छज्जा मिला था, आँगन-से-आँगन। कमरे से कमरे सटे थे, दिल की तरह धड़कते थे। उधार प्रेम की कैंची नहीं, प्रेम का धागा हुआ करता था, तभी तो भोजपुरी के एक महाकवि ने चुटकी ली थी—'नून देबै मँगनी हम तेल देबै मँगनी, सइयाँ न मँगनी हम देब, बलमू हमार हैं फुलवा के जोखल, घट जइहैं केकरा से लेब।'

यानी एक पड़ोसिन दूसरी पड़ोसिन से कहती है कि मैं नमक और तेल तो उधार में दे दूँगी पर अपने पति को उधार में नहीं दूँगी क्योंकि वह तो फूलों में पले हैं, घट जायेंगे तो भला किससे लूँगी।

अब तो कॉलोनियों या अपार्टमेण्टों में घर के खिड़की-दरवाज़े दिलों और दिमाग़ों की तरह ही बन्द हैं। कालबेल बजाइये तो गृहस्वामी के पहले उनका कुत्ता भौंकता है और आपकी रूह काँप जाती है। पहले तो हम एक छत से पतंग उड़ाते थे और दूसरी छत पर वह तोड़ ली जाती थी। इस पतंग तोड़ लेने में ही इश्क़ परवान चढ़ने लगता था। मोहब्बत सात बादलों के पार जाकर उड़ती थी, सारी लटाई खाली हो जाती थी। दो हाथ के बराबर पतंग भी माथे की बिन्दी-सी नज़र आती थी। अब

न तो छतें हैं और न ही आसमानों पर पतंगें। मोहल्ले ग़ायब हुए तो वह कैरेक्टर भी ग़ायब होते चले गये जिन्हें देखकर हमारी जेनरेशन बड़ी हुई है। अब न गुलब्बो बुआ हैं, न ही सिद्धू काका। सब कथा-कहानी के पात्र और चरित्र-जैसे लगते हैं। अब कोई किसी के आँगन से अमरूद नहीं तोड़ता। गाली-जैसे संवाद भी अब आपस में नहीं बचे हैं। माँएँ अब आम का अचार घर में नहीं डालतीं, सब-कुछ मार्केट से पॉलीथीन में आ जाता है। मोहल्ला कल्चर ख़तरे में है, ख़तरे में है इण्टीमेट रिश्तों की सुगन्ध भी। एक-दूसरे को ख़ून देनेवाले भी ख़ून के प्यासे हैं। ब्लड बैंक माथा पीट रहे हैं।

•

नास्टेल्जिया, क्या जी लिया?

आजकल एक ट्रेण्ड चल पड़ा है, जब भी प्रेज़ेण्ट-फ्यूचर की बात चले आप पास्ट में चले जाओ। सीना चौड़ा करके कहो, 'हमारे ज़माने में तो ये होता था, हमारे ज़माने में तो वो होता था।' यह 'ये' और 'वो' कहनेवालों की छाती, डींग हाँकते समय बिलकुल छाता हो जाती है। उनका मुखमण्डल अतीत के गौरव से दीप्त हो उठता है, वह दुनिया पर नहीं केवल अपने-आप पर और अपने ज़माने पर ही प्राउड फ़ील करते हैं। जीवन और जगत् के बारे में उनका निष्कर्ष केवल इतना होता है कि लो मेरी उँगलियाँ सूँघो, मेरे बाप-दादाओं ने जीवनभर शुद्ध देशी घी खाया है। अब आप बेचारे, मरते क्या न करते? उनकी रिफ्लेक्टेड ग्लोरी की ग्लोरी में डूबिये-उतराइये। आप कर भी क्या सकते हैं, शिष्टाचार में हाँ-में-हाँ मिलाने के सिवा।

नास्टेल्जिया, आपको चैन से जीने नहीं देता। बार-बार कहता है, 'क्या जिया और क्या जी लिया?' यही नास्टेल्जिया उर्दू में माज़ी हो जाता है। गुलज़ार साहब बार-बार अपने वही माज़ी यानी पास्ट के बाद फ़्लैश बैक में चले जाते हैं। रवीन्द्र कालिया अपनी कथाकार पत्नी से बार-बार दिल्लगी करते हैं, फ़रमाते हैं, 'ममता कालिया यानी जो कुछ भी पाना था पा लिया।' ममता कालिया जवाब में, 'तेरा क्या होगा कालिया?' कहकर चुप लगा जाती हैं।

उन लोगों की क्या कही जाये जिनके लिए जो पुराना है बस वही प्रामाणिक है, प्रशंसनीय है, क़ाबिले-तारीफ़ है और जो नया है, वह आलोचनीय है, निन्दनीय है और कण्डम किये जाने योग्य है। ऐसे लोग रहते प्रेज़ेण्ट में हैं और साँसें पास्ट में लेते हैं, हालाँकि स्वयं पास्ट हो जाने से बेतरह डरते हैं। दिल में दर्द उठता है तो नाती पोतों को आवाज़ लगाते हैं। उनके काम प्रेज़ेण्ट और फ़्यूचर ही आते हैं। थोड़े समय के लिए वह वर्तमान को गरियाना भूल जाते हैं और फिर स्वस्थ होते ही

'भूले-बिसरे गीत' की पुरानी रिकार्डिंग बजाने लगते हैं। ये माना कि 'ओल्ड इज़ गोल्ड' का मुहावरा नये ज़माने में भी शान रे सर्वाइव कर रहा है, पर इतने नास्टेल्जिक भी मत होइये कि वर्तमान चकर्रा न्नी हो जाये।

•

अमर होने की हड़बड़ी

हर किसी को अमर होने की हड़बड़ी है। हर कोई इतिहास में जाना चाहता है। हर वक़्त बस यही थाट प्रोलांग करता रहता है कि कैसे काल पात्र का हिस्सा हो जाये? जब निकले टाइम कैप्सूल में तो उसी का नाम निकले। दिन-रात यही चिन्तन कि कैसे मरने के बाद भी जिन्दा रहे। चौबीसों घण्टे इसी जोड़-तोड़ में लगे रहना कि नाम का हौआ बना रहे। करम नाथूराम गोडसे का और महत्त्वाकांक्षा राष्ट्रपिता महात्मा गाँधी की। स्वर्णाक्षिरों में नाम देखने की तमन्ना आदमी को लोहे की तरह जड़ और ठस बना देती है। कोई मन्दिर में अपने नाम का पत्थर लगा रहा है तो कोई धर्मशालों में सीलिंग फ़ैन दान में दे रहा है और पंखे के परों तक में अपना नाम लिखवा ले रहा है। शिलापट्ट पर नाम लिखवाता-लिखवाता आदमी स्वयं शिला हुआ जा रहा है। उसकी बुद्धि पर शिलान्यास हो रहा है यानी पत्थर पड़ रहा है। पहले होंठों से छूकर गीतों को अमर कर देने का सपना ही मन में हिलोरें लेता था, अब तो शोर-शराबा लिखकर भी गीतकार समूचा अमर हो जाना चाहता है।

अमरता का रोग महामारी की तरह फैल रहा है। ज़िन्दगी के व्यस्त ट्रैफ़िक में हर कोई एक-दूसरे को लंगी मारकर आगे बढ़ रहा है और अमरता की मंज़िले मक़सूद की तरफ़ देख रहा है, नज़र केवल अपनी नामपट्टिका की तरफ़ है। एक पौधा भी रोप रहा है, तो पेड़ की एक लम्बी डाल के बराबर अपना नाम लिखवा रहा है। कुछ दिनों में निरीह पौधा तो बेचारा सूख जाता है पर पौधारोपण करनेवाले का नाम लिखा रह जाता है। आजकल बहुत-सारे पुल तो टूटे हुए मिलते हैं पर शिलान्यास का पत्थर साबुत दिखायी देता है। नाम लिखवाने और ख़ुदवाने का अपना रोमांच होता है। पीढ़ियाँ आपका नाम हिज्जे कर-करके पढ़ती हैं और गौरव धारण करती हैं कि वाह अपने दादाजी कितने बड़े तीरन्दाज़ थे। उनके नाम पर अभी तक पौशाले चल रहे हैं, पार्कों में पत्थर की बेञ्चें उनके नाम की हैं। कहीं-कहीं तो

बच्चों के झूले पर भी ग्रैण्डफादर का नाम झूल रहा है। लोग यहाँ-वहाँ से कमाई गयी काली कमाई को सफ़ेदी की चमकार की तरह ह्वाइट कर रहे हैं और हैवी डोनेशन दे रहे हैं और बस इतना-सा आग्रह कर रहे हैं कि घनी काली रातों में भी उनके नाम का हैलोजन जलता रहे, अमर होने की हड़बड़ी जो है।

•

क्रॉस वेण्टिलेशन का सपना

हम आम आदमी हैं। हमें बहुत बड़े सपने नहीं देखने चाहिए। आज के ज़माने में जब स्लम डाग की चर्चा हो, तो भी स्लम में रहनेवालों को क्रास वेण्टिलेशन का सपना नहीं देखना चाहिए। यह एक लग्ज़री है। झुग्गी-झोपड़ियों में वास करनेवाले अगर हवादार घर की सोचते हैं, खिड़कियों-दरवाज़ों का तसव्वुर करते हैं तो यह सब एक अश्लील जोक-जैसा लगता है। झोपड़ीवाले क्या, मिडिल क्लास और अपरमिडिल क्लास का दम भी अपार्टमेण्टों में घुट रहा है। लाखों के घर हैं तो किराया हज़ारों का। सहारनपुर के शायर सुरेन्द्र सिंहल याद आते हैं, फ़रमाते हैं—

घुटन लगती न यूँ कमरे में इक-दो खिड़कियाँ होतीं
मैं केवल सोच सकता हूँ किरायेदार जो ठहरा।

ह्यूमिडिटी ने पिछले सारे रिकार्ड तोड़ डाले हैं। बाहर की उमस से ज़्यादा उमस आदमी के भीतर है। घरों में जो रोशनदान हैं वह भी अँधेरा ही पी रहे हैं। हवा भी नहीं है, उजाला भी नहीं है। दिलों और दिमाग़ों में भी क्रास वेण्टिलेशन नहीं है। वहाँ भी बला का हब्ज़ है। घुटन के कारण घुटने टेकने पड़ रहे हैं। कमरे नहीं बन रहे हैं, कोठरियाँ बन रहीं हैं। मुम्बईवाली खोलियाँ और चालें अब छोटे शहरों में भी आ गयी हैं। खोलियों में कैसा क्रास वेण्टिलेशन, वहाँ तो लटक जाने के लिए ईसा का क्रास ही मिल सकता है और सबसे बड़ी बात तो यह है कि हवा हो। वहाँ हो तब तो वेण्टिलेशन की बात आयेगी। यहाँ तो हवा-ही-हवा हो गयी है या फिर खिसक गयी है और एक हम हैं कि शेखचिल्ली की तरह या मुँगेरीलाल की तरह क्रास वेण्टिलेशन का सपना देखे जा रहे हैं। यहाँ तो स्थिति यह है कि 'रहने को घर नहीं है, सारा जहाँ हमारा।' पहले सिर छुपाने की जगह मिले, रहने को, जीने-मरने को दो गज़ ज़मीन मिले, फिर क्रास वेण्टिलेशन की भी सोच ली जायेगी।

हमारा ही नहीं, दम तो हवा का भी घुट रहा है। बचकर और कतराकर निकल जाना तो उसकी फितरत रही है, पर आज तो स्थिति और भी अजब और अजीब हो गयी है। वह तो मुँह दिखाने लायक भी नहीं रही और आप क्रास वेण्टिलेशन की बात कर रहे हो। वह दिन दूर नहीं जब हवा भी पानी की बोतल की तरह पुड़िया में मिला करेगी।

•

चिढ़ा हुआ आदमी

एक चिढ़ा हुआ आदमी कैसा होता है? क्या ऐसा, जैसे आप आईने में नज़र आते हैं। खीझते हैं—कुढ़ते हैं। बचे हुए बालों को काढ़ते-सँवारते हैं, फिर कंघा आईने पर ही दे मारते हैं। चेहरे के गड्ढों-मुँहासों को नहीं देखते, आईने पर तोहमतें लगाते हैं। अच्छे खासे आईने को अपनी आँखें गिरवी रखकर अन्धा बताते हैं, पर आईना तो झूठ बोलता नहीं, जस-का-तस दिखा देता है और आप बगलें झाँकने लगते हैं। दरअसल! एक चिढ़ा हुआ आदमी ज़माने भर से ख़फ़ा होता है। वह ख़ुद यह सोचा करता है कि लोग उससे चिढ़ते हैं। वह चिढ़ाता है इसलिए लोग उसे चिढ़ाते हैं। उसकी चिढ़ का कोई आधार नहीं होता, बस उसे अपनी आलोचना से सख़्त नफ़रत होती है। सहमति में हिलते हुए सिर ही उसे अच्छे लगते हैं। असहमति, उसे आँख की किरकिरी-जैसी लगती है। वह सोता है तो चिढ़ता है, वह जागता है तो चिढ़ता है। उठते-बैठते चिढ़ता है। दाल में कंकड़ अक्सर उसकी ही दाल में आता है। हालाँकि अकेले में अक्सर वह गुनगुनाता है, 'तुझसे नाराज़ नहीं ज़िन्दगी, हैरान हूँ।' जबकि वास्तव में वह ज़िन्दगी से ही नाराज़ होता है। उसे बार-बार लगता है कि अपना ही मुँह नोच ले।

वह अपने-आपको शायद बहुत इम्पार्टेण्ट समझता है, पर यह इम्पार्टेन्स जब दूसरों से उसे नहीं मिलती तो वह चिढ़ता है, चिढ़ता है और चिढ़ता है। चिढ़ने के अलावा उसे कोई दूसरा चारा ही समझ नहीं आता। उसको लगता है कि उसके बिना किसी का काम ही नहीं चलेगा, पर जब दूसरों का काम उसके बग़ैर शान से चल जाता है तो वह डिप्रेशन में आता है, फ्रस्टेट करता है और पूरी कायनात से चिढ़ने लगता है। उसे लगता है कि वह चिढ़ते हुए रहने के लिए ही इस लोक में आया है। उसको समझ नहीं आता कि मन आत्मा शरीर किसकी सफ़ाई करनी चाहिए और कैसे? 'मन मैला और तन को धोये' वाली बात उसे समझ ही नहीं आती। हैरान

होकर बुद्धिसेन शर्मा-जैसे शायर को यह शेर कहना पड़ता है—

सफ़ाई किसकी करनी चाहिए क्या साफ़ करता है
कि कचरा आँख में है और चश्मा साफ़ करता है।

चिढ़े हुए आदमी की भौंहों पर बल और पेशानी पर पसीना होता है। ब्लडप्रेशर मशीन तोड़कर बाहर आने को होता है। वह हर बात पर शंकित होता है। हर व्यक्ति पर डाउट करता है। अनिश्चयों एवं अनिर्णयों से घिरा होता है। क्या आपकी ऐसे आदमी से भेंट हुई है? क्या आप ही ऐसे आदमी तो नहीं हैं या मैं ही तो कहीं अपने-आप पर यह लेख नहीं लिख रहा हूँ।

•

महान् बनने की ज़िद

इन दिनों मुझे महान् बनने की सूझ रही है। दिन-रात मुझे यह ख़्याल ही परेशान किये रहता है कि कैसे महान् बना जाये। मैं महापुरुषों की जीवनी पढ़ता रहता हूँ। महानता के नुस्खे बार-बार हाथ में आते हैं और फिसल जाते हैं। एक सिरा हाथ में आता है, दूसरा छूटता है, दूसरा हाथ में आता है, तीसरा छूटता है। मैं मन में करुणा का सागर लहराने की चेष्टा करता रहता हूँ। वृद्धजनों को रास्ता पार कराता हूँ, भूखों को खाना खिला देता हूँ, भीख के लिए जो भी कटोरा सामने आता है, उसमें रुपये-दो रुपये के सिक्के ज़रूर छोड़ता हूँ, कोई फटे-चीथड़ों में दिखता है तो उसे एक जोड़ा कुर्ता-पाजामा दे आता हूँ। यह सब इसलिए करता हूँ क्योंकि मुझे महान् बनना है और महान् भी कैसा जैसे अशोक महान्, अकबर महान्। मुझे महान् बनने से कोई रोक नहीं सकता। ग्रेट पर्सनालिटीज़ के क़िस्से मुझे इन्स्पायर करते हैं। महान् बनने की धुन में ही मेरी ज़िन्दगी तमाम हो रही है। इस महान् बनने के प्रोसेस में जब कभी एकान्त क्षणों में अपने भीतर झाँकता हूँ तो पाता हूँ कि लाख एफ़र्ट के बाद भी मेरे भीतर दया-ममता-करुणा का अरब सागर लहर ही नहीं रहा है बल्कि उत्तर प्रदेश के अधिकांश शहरों की तरह सूखा पड़ा हुआ है। बहुत कोशिश करता हूँ कि दीन-दुःखियों को देखकर आँखें भीग आयें पर आँखें तो पत्थर की ही बनी रह जाती हैं, वहाँ पानी के नाम पर पत्थर ही पड़ा रहता है।

एक और राज की बात बताऊँ। महापुरुषों के बारे में पढ़ता हूँ तो उनके भी ऐब या अवगुण ही अधिकतर ध्यान खींचते हैं। चचा ग़ालिब या फ़िराक़ साहब के बारे में पढ़ता हूँ तो उनके मदिरापान के क़िस्से फैसनेट करते हैं। ताल्सताय की जीवनी पढ़ता हूँ तो उनका जुआ खेलना बहुत भाता है। मोपासाँ का जीवन चरित पढ़ता हूँ तो अनेक महिलाओं से उनकी दोस्ती का रंग मन पर चढ़ने लगता है।

मैं यह भूल जाता हूँ कि फ़िराक़-ग़ालिब, ताल्सताय या मोपासाँ अपनी क्रियेटिविटी के लिए जाने जाते हैं न कि मदिरापान, जुआ खेलने या महिलाओं से दोस्ती गाँठने के सन्दर्भ में। बहरहाल! मैं इन्हीं क्षुद्रताओं में रुचि लेने लगता हूँ पर महान् बनने का सपना देखना नहीं छोड़ता। मैं महान् बनने के सारे दाँव-पेंच अपनाता चला जाता हूँ और क्रमशः छोटा होता चला जाता हूँ। अब आप ही बताइये, महान् बनने की अपनी ज़िद का मैं क्या करूँ ?

•

नये द्रोणाचार्य और अँगूठा

पूरी-की-पूरी व्यवस्था द्रोणाचार्य हो गयी है, हमसे अँगूठा ले रही है और हम एकलव्य की तरह लाइन में लगे हैं। हस्ताक्षर आउट डेटेड हो चले हैं, अब केवल थम्ब इम्प्रेशन है। और कोई इम्प्रेशन नहीं, थम्ब इम्प्रेशन इज़ ओनली इम्प्रेशन। पहले अंगुलिमाल हुआ करते थे, अब केवल अँगूठामाल होंगे। जो ज़िन्दगीभर एक-दूसरे को अँगूठा दिखाते रहे वह भी अँगूठा लगा रहे हैं। मशीन बहुतों का अँगूठा एक्सेप्ट नहीं कर रही है। अधिकारी प्रमाणित कर रहे हैं कि जो अँगूठा लगाया जा रहा है वह आपका ही है। अब काम हो, चाहे न हो, हाज़िरी होगी। सुबह होगी, दुपहर होगी, शाम होगी। ज़िन्दगी यूँ ही तमाम होगी। सरकारी काम अब असरकारी ढंग से होगा। कैमरे आपकी उतनी तस्वीरें खींचेंगे, जितनी शादी में भी नहीं खिंची होंगी। दफ़्तर के बाहर गलियारे में, कॉरीडोर में, सीढ़ियों पर, लान के दायें-बायें, पोर्टिको में लोग लाइन हाज़िर हो रहे हैं। सब अपना अँगूठा टटोल रहे हैं। अँगूठे की मुद्रा गौरवशाली हो गयी है। अब वह उँगलियों के साथ मिलकर देह में हो रही खुजली शान्त नहीं करना चाहता, बल्कि अकड़कर सिर उठाकर अपनी सत्ता स्थापित करना चाहता है। एक अजब-से श्रेष्ठताबोध में रहता है, अंग्रेज़ी में जिसे सुपीरियारिटी काम्प्लेक्स कहते हैं, वह बस उसी का शिकार हो गया है।

एकलव्य ने तो केवल एक बार अँगूठा दिया था, हम दिन में दो बार अँगूठा दे रहे हैं। अँगूठों की फ़सल लहलहा रही है। मशीन की लाल बत्ती बार-बार अपना चेहरा लाल कर रही है। अँगूठे अनुशासनबद्ध हैं, पालतू होने की सीमा तक, हालाँकि अपनी बारी के इन्तज़ार में वह अनुशासन तोड़ भी रहे हैं क्योंकि वह अपने आका के सामने अव्वल भी दिखना चाहते हैं। पाँच हाथ का आदमी एक अँगूठा भर होकर रह गया है। हमारी आइडेण्टिटी एक अँगूठा भर रह गयी है, फिर भी भीतर का एकलव्य ललकार रहा है। हमें कुशल धनुर्धर बने रहने से कोई रोक नहीं

सकता, नये द्रोणाचार्य कितनी भी साज़िश करें। हमें तो तीर चलाना ही है। वो सावधान हो जायें जो कहते हैं 'कैसे तीरन्दाज़ हो, सीधा तो कर लो तीर को।' क्योंकि हमारे पास तो नाविक के तीर हैं, सीधे और नोकीले, एकदम से बींध देनेवाले। यह बात और है कि हम अँगूठे का इम्प्रेशन देने को अभिशप्त हैं। हम सुनहरे हस्ताक्षर करनेवाले अनपढ़ों की तरह अपना अँगूठा प्रस्तुत कर रहे हैं। कार्यालय एक बड़े कारागार में तब्दील हो रहा है, अँगूठे सिर झुकाये बँधुआ मज़दूरों की तरह बैठे हुए हैं।

•

दीपावली के बाद का अँधेरा

एक बार फिर दीपावली आयी और बीत गयी। जैसे तारीख़ें आती हैं और बीत जाती हैं, रोशनी का त्योहार भी आया और बीत गया। मैं सोच रहा हूँ रोशनी भी क्या कभी बीतती है? मोनूलालजी भी अपनी दाढ़ी खुजला रहे हैं और हारे हुए जुआड़ी की तरह अपनी जेबें टटोल रहे हैं, अस्तर पलट रहे हैं। जो पलटवार में माहिर थे वह भी पलटे पड़े हैं। घर फूँक तमाशा देखकर त्योहार मना लिया गया है और अब है खाली कनस्तर-डिब्बों-बोतलों का हाहाकार करता सन्नाटा। लाई अंग्रेज़ी की लाई हो गयी है जिसे खाया नहीं बोला जाता है। गणेश-लक्ष्मी आले-अलमारी में साल भर के लिए सज गये हैं। इस बार तो पटाखे भी सीले थे, केवल धुआँ ही छोड़ते रहे। अनार छूटे पर दाने नहीं बिखरे। फुलझड़ियों से रोशनी के फूल नहीं झरे। एहतराम इस्लाम को कहना पड़ा—

दीवाली में घर-घर दीये मुस्कुराये
मगर तुम न मेरे लिये मुस्कुराये।

शायर महोदय की तक़लीफ़ और शिकायत जायज़ है। सच तो यह है कि कोई किसी के लिए नहीं मुस्कुराया और दीपावली बीत गयी। उसे तो बीतना ही था। जो आया है उसे तो जाना ही है। कहा भी गया है कि जो लगा सो भगा। दीवाली ने दिवाला निकाल देने की वार्षिक परम्परा का बख़ूबी निर्वाह कर दिया है। हैपी दीवाली ने बहुतों को अनहैपी किया है। अभी पूरा महीना पड़ा है, मग़र पुताई और रंग-रोगन का सच अपनी चमक-दमक के पीछे से झाँकने लगा है। कई बार चकाचौंध सूरदास भी बना देती है या तो बहुत-कुछ दिखता है या फिर कुछ भी नहीं दिखता। रँगोली और अल्पनाओं का आटा बिखरने लगा है। दीवारों और मुंडेरों से बिजली की झालरें उतर गयी हैं। अँधेरे गणेशजी के चूहे की तरह घर भर में दौड़ने लगे हैं। दीपावली के बाद का अँधेरा घिरने लगा है। माटी के दीये का तेल

चुकने लगा है। कोई कह रहा है, 'किसी ने क्या दिया जलते दीये को, दिया बस नाम उसका रख दिया है।' कल तक हम गा रहे थे, 'चिराग़ तू जला करे तमाम रात, कि रीझकर उतर पड़े नवल प्रभात।' नवल प्रभात आया तो, पर फिर उसने अँधेरों से साँठ-गाँठ कर ली। काजल की स्लेट के ब्राइट साइन फिर धुँधले पड़ने लगे हैं। हर तरफ़ बकौल दूधनाथ सिंह 'नमो अन्धकारम्' है। दीवाली के बाद हर बार और अधिक अँधेरा गहराता है। एक चुँधियाहट से दृश्य और भी चितकबरे हो जाते हैं। दीवाली पर आदमी ताश खेलता है और फिर ताश के पत्तों की तरह बिखर जाता है। इस बिखराव में ही उसे बार-बार अपने को सहेजना-बटोरना पड़ता है। अँधेरा भी दरअसल रोशनी के विश्वासघात का ही एक नाम है। दीपावली के बाद के अँधेरे से बेहतर इसे और कौन जान सकता है? सड़कों पर पटाखों के चिथड़े बिखरे पड़े हैं।

•

मेसेज वार का फण्डा

चारों तरफ़ मेसेज वार चल रही है। इधर मेसेज आ रहा है, उधर रिप्लाई किया जा रहा है। दो-दो लाइन के गोले दग रहे हैं। लोगों ने मेसेज कार्ड डलवा लिये हैं। कहीं पचास मेसेज फ्री हैं, तो कहीं दो सौ। लोग मक्खी नहीं मार रहे हैं तो मेसेज ही कर रहे हैं। बड़े-बड़े उत्सव भी कुछ लाइनों के मेसेज में ही निपट जा रहे हैं। औपचारिकता की बयार बह रही है। छूँछे शब्द ही हाथ लग रहे हैं, उनमें से मन-प्राण-आत्मा नदारत है। कुछ भी इनफ़ार्मल नहीं रह गया है। सारे रिलेशन मेसेज आधारित हो गये हैं। केवल उँगलियाँ हैं और बटन हैं। लार्ज स्केल पर गिटिर-पिटिर चल रही है। बहुत कम ऐसे मेसेज आ रहे हैं जिनमें स्वार्थ की बू न आती हो। वह भी शुभकामना का मेसेज भेज रहे हैं जो हमेशा आपका अशुभ सोचा करते हैं। केवल और केवल एस. एम. एस. का बोलबाला है। अब लव लेटर्स का ज़माना बीत गया। पल में एक एस. एम. एस. से रिश्ते बनते हैं और पल भर में भी टूटकर बिखर जाते हैं, बस सेण्टेन्स को इधर-से-उधर करने की देरी भर होती है। दो लाइन के मेसेज में लम्बी-लम्बी चिट्ठियों का ताप भला कैसे आयेगा? पहले तो जितनी लम्बी चिट्ठियाँ होती थीं। उतने ही दीर्घजीवी सम्बन्ध होते थे। अब तो जितने छोटे मेसेज हैं उतने ही शार्ट पीरियड के सम्बन्ध भी हैं। बहरहाल! मेसेज वार का फण्डा युद्ध-स्तर पर चल रहा है।

कवि आलोचक को, दुकानदार ग्राहक को, स्टूडेण्ट टीचर को, मुवक्किल वकील को, मरीज़ डॉक्टर को, ठेकेदार इंजीनियर को, क्लर्क ऑफ़िसर को, बूढ़े माँ-बाप लायक सपूत को, लड़कीवाले लड़केवालों को, लेखक समीक्षक को, यशप्रार्थी व्यंग्यकार प्रकाशक को, जनता सरकार को, मज़दूर मालिक को, भूखा भरे पेटवाले को, किरायेदार मकान मालिक को, कर्ज़दार सूदखोरों को, प्यासा जलसंस्थान को, अँधेरे में घिरा व्यक्ति बिजलीघर को, ग़रीब अनाज से भरे गोदामों

को, कंगाल भरी हुई तिजोरियों को, हादसे मुआवज़ों को, सूखाग्रस्त इलाके सूखा राहतकोष को मेसेज कर रहे हैं। ज़रूरी मेसेज ग़ायब हो जा रहे हैं। ग़ैरज़रूरी मेसेज मिल रहे हैं। काम के मेसेज के समय मोबाइल हैंग कर जा रहे हैं। सही बात है। लेखक का मेसेज समालोचक को मिल ही नहीं रहा है, जबकि मन में यह पंक्तियाँ गूँज रही हैं —अगर कीर्त्ति का फल चखना है। आलोचक को ख़ुश रखना है।

•

सफ़ाई और हाज़िरी

ऑफ़िस में सफ़ाई और हाज़िरी पर ज़ोर था। घड़ी की नोक पर अटेण्डेन्स ली जा रही थी और गमलों की पत्तियाँ तक पोंछी जा रही थीं। पान के नशेड़ी पीक गले में ही घोंट रहे थे। सिगरेट पीनेवाले उसका टोटा वापस पैकेट में ही रख ले रहे थे। फ़ाइलों की सारी धूल साफ़ हो गयी थी, यह बात और है कि आत्माएँ धूल-धूसरित हो गयी थीं। ज़मीनें तेज़ाब से पोंछी जा रही थीं। सत्यनिष्ठा और कर्त्तव्यनिष्ठाएँ फ़िनायल की बोतलों से छलक रही थीं। साहब का राउण्ड-पर-राउण्ड हो रहा था। पूरा दफ़्तर सफ़ाई कर्मचारी हो गया था। गन्दगी पर परदे डाले जा रहे थे। आलमारियों का जंग खरोंचा जा रहा था। चिटके हुए शीशे बदले जा रहे थे। कूड़े के ढेर को गमलों की कतार से छुपाया जा रहा था। सरप्राइज़ चेकिंग हो रही थी। निष्ठावान् कर्मचारियों के नामों के आगे भी 'ए' मार्क हो रहा था। फ़ाकेबाज़, फ़ाकेबाज़ी भूल गये थे। एक फ़ेमस ईडियम है, 'सफ़ाई में ईश्वर का वास होता है।' ईश्वर को साहब ने रिप्लेस कर दिया था। अब साहब ने ईश्वर की जगह ले ली थी। मुहावरा बदल गया था। स्वच्छता में साहब का वास हो गया था, हालाँकि साहब के मन के मैल के बारे में सभी ख़ामोश थे। कोई सच भला कैसे बोलता, कैमरा जो ऐक्टिव था।

पूरा दफ़्तर अनुशासित हो गया था। साहब के शासन में अब परिन्दा भी पर नहीं मार सकता था। सारे-के-सारे लोग कम्प्यूटर के आगे बैठे माउस पकड़े आँकड़ों की मछलियाँ कलेक्ट कर रहे थे। भागते हुए घोड़ों की पीठ पर भी चाबुक बरसाये जा रहे थे। ग़ुलामी की पुरानी प्रथा लौट आयी थी। अपने अपनों पर शासन कर रहे थे। काले अंग्रेज़ सक्रिय थे। जिन्होंने अपने घरों को भी कभी झाड़ा-बुहारा नहीं, वह भी अपनी कुर्सी की पीठ और हत्थे पोंछ रहे थे। मुझे याद है बचपन में सफ़ाई का एग्ज़ाम हुआ करता था। यह नहीं पता था कि बड़े होकर भी सफ़ाई का इम्तहान देना पड़ेगा। सफ़ाई और हाज़िरी दो ही एजेण्डे रह गये थे। लोग साफ़-सुथरे हो

रहे थे फिर भी अबसेण्टी स्टेटमेण्ट में उनके नाम जा रहे थे। सयाने लोग होम मिनिस्ट्री में अबसेण्ट थे पर साहब के आगे प्रेज़ेण्ट हो रहे थे। पूरा दफ़्तर देश की तरह तरक़्क़ी कर रहा था।

•

आज भी खलता है मण्डे

बचपन से रुचि, अरुचि और आदतें जो पड़ जाती हैं, वो ज़िन्दगीभर पीछा नहीं छोड़तीं। छुट्टी यानी सण्डे के बाद मण्डे का आना आज भी कचोटता है। सण्डे को स्कूल के बस्ते से छुटकारा मिलता था, तो आज फ़ाइलों के बोझ से राहत मिलती है। सण्डे आराम का दिन, मण्डे से फिर काम का दिन। सण्डे की शाम से ही टेन्शन शुरू हो जाता है। बच्चों की युनिफ़ार्म पर आयरन फेरा जाने लगता है। साहब अपनी टाई सहेजने लगते हैं। वकील लोग काला कोट झाड़ते लगते हैं। फ़ाइल का आयतन जितना बढ़ता है, बड़े साहब का प्रोफ़ाइल भी उसी अनुपात में बढ़ता जाता है। मुण्डे-मुण्डे मतिर्भिन्ना से मण्डे-मण्डे मतिर्भिन्ना हो जाता है। पूरे दिन साँस लेने की फ़ुर्सत नहीं मिलती, सण्डे हाण्ट करता रहता है।

सण्डे को जो भी फण्डे ठण्डे बस्ते में होते हैं, मण्डे को बोतल के जिन्न की तरह बाहर आ जाते हैं। मण्डे कर्मयोगियों को उत्साहित करता है मग़र हम-जैसे 'अजगर करे न चाकरी' जैसे संस्कारवालों को बुरी तरह डिमोरलाइज़ करता है। दिनभर रविवार यानी इतवार यानी सण्डे की जमुहाइयाँ अटैक करती रहती हैं। किसी काम में मन नहीं लगता पर मन को जबर्दस्ती लगाना पड़ता है। वैसे तो मण्डे भगवान् शंकर का दिन है पर उनका डमरू सण्डे को ही चैन से बज सकता है। कृष्णजी की चैन की बाँसुरी भी सण्डे को ही अपनी तान छेड़ सकती है। मण्डे से तो 'फ़ाइल पढ़ि-पढ़ि जग मुआ' का वीकली लेन्दी कोर्स शुरू हो जाता है। ढाई आखर का दिन तो सण्डे ही होता है। आज भी खलता है मण्डे। जितने भी मेरे-जैसे खल हैं सबको मण्डे खलता है, बल्कि सभी को मण्डे ही खलनायक लगता है। सण्डे को छूट गये सारे अधूरे और इनकम्प्लीट काम, मण्डे भर याद आते रहते हैं। कोई होमवर्क ही नहीं हो पाता और कम्बख़्त मण्डे आ जाता है। मण्डे हमारे

सुकून पर जल संस्थान का सारा पानी फेर देता है, फिर भी हम चुल्लूभर पानी के लिए तरसते रह जाते हैं। मण्डे हम-जैसे आलसियों का पूर्व जन्म का जानी दुश्मन होता है। हम नींद-भर सो भी नहीं पाते और मण्डे की बैड मार्निंग हो जाती है। हम दाँत और जूतों की पॉलिश में जुट जाते हैं।

•

प्रौढ़ शिक्षा और प्रौढ़ प्रेम

प्रौढ़ शिक्षा और प्रौढ़ प्रेम में अद्भुत समानता है। दोनों ही चक्करों में फँसे लोगों को कड़ी मेहनत, दूर दृष्टि और पक्के इरादे का परिचय देना होता है। हमारे मोनूलालजी इन दिनों दोनों ही कार्य-व्यापार में एक साथ बिज़ी हो गये हैं। जब प्यार का एक्स वाई ज़ेड पढ़ने की उम्र है तो उन्हें प्यार का ए बी सी डी पढ़ना पड़ रहा है। यह प्यार का वॉयरस होता ही ऐसा है। जब प्यार की उम्र थी तो नून-तेल- लकड़ी का चक्कर सिर पर आ पड़ा और अब सिर के सारे बाल गँवाकर पड़ोसिन चाची के दीवानें हो गये हैं। अब जब प्रेम हो गया है तो लेटर-वेटर लिखने की उमंग भी मन में उठती है, सो बेचारे प्रौढ़ शिक्षा की शरण में जाने लगे हैं। कहाँ तो अक्षरों से भेंट नहीं थी और अब कहाँ हृदयेश्वरी-प्राणेश्वरी वग़ैरह लिखना सीख गये हैं, पर क्या करें बेचारे? पड़ोसिन चाची पढ़ी-लिखी हैं। लेटर पाकर हृदय के उद्‌गार पर नहीं जातीं बल्कि स्पेलिंग मिस्टेक का चक्कर ले बैठती हैं। मात्रा दोष से प्रेम का सारा मज़ा किरकिरा हो जाता है। दाल में जैसे कंकड़ आ जाता है। मोनूलालजी की क्लास शुरू हो जाती है। प्रौढ़ प्रेम फुटनोट पर चला जाता है, प्रौढ़ शिक्षा का परचम लहराने लगता है।

लेकिन यह प्रेम ससुरा जो न कराये वह थोड़ा। मोनूलालजी हिम्मत हारनेवाले आदमी नहीं हैं। वह अपने प्रेम के लिए कुछ भी कर सकते हैं। प्रेम उन्हें साक्षर कर रहा है, साक्षरता उन्हें प्रेम सिखा रही है। उन्हें मैथ-वैथ कुछ नहीं आती, पर दिन में तारे गिनने का फ़लसफ़ा उन्हें मालूम हो गया है। उन्हें मीराँ के पद समझ में आने लगे हैं। वह अपने नो बाल हुए ग़ायब बालों के साथ पड़ोसिन चाची के सफ़ेद हो रहे बालों का समीकरण मिलाने लगे हैं। उन्हें प्रौढ़ शिक्षा और प्रौढ़ प्रेम एक ही सिक्के के दो पहलू लगने लगे हैं। उन्होंने साक्षरता मिशन ज्वाइन कर लिया है। उनका प्रेम परवान चढ़ रहा है। उनकी शिक्षा नैतिक शिक्षा का पाठ पढ़ रही

है। उन्होंने कल ही पड़ोसिन चाची को खिजाब लाकर दिया है और अपने लिये एक विग ले आये हैं। अच्छी ख़ासी वल्ले-वल्ले है। यह जोड़ा मोहल्ले के टीन एजर्स के लिए भी इण्डियन आइडल बन रहा है। मोनूलालजी हम सबके आइडियल हैं। वह आदर्श है हमारा। प्रौढ़ शिक्षा और प्रौढ़ प्रेम दोनों ही रंग ला रहे हैं।

•

तकिया कलामों की सल्तनत

तकिया कलामों की अपनी सल्तनत होती है। कुछ लोग सोते-जागते, उठते-बैठते, रोते-हँसते बस अपने तकिया कलामों के सहारे होते हैं। पहाड़-जैसी ज़िन्दगी तकिया कलामों के बल पर काट ली जाती है। नवाबों के शहर लखनऊ में तो एक मोहल्ला ही है 'तकिया गणेशगंज'। वहाँ हमारी एक बुआजी थीं, जो कोई वाक्य बोलने से पहले 'हमारे नखलऊ में तो...' ज़रूर बोलती थीं। यह तकिया कलाम बालिंग से पहले बालर के रन-अप-जैसा होता था। यह बोल लेने के बाद वह धाराप्रवाह यानी नान स्टॉप शुरू हो जाती थीं। नान स्टॉप नानसेन्स में भी उन्हें महारत हासिल थी। बोलते-बोलते बीच में वह जरनी ब्रेक भी लेती थीं। यह जरनी ब्रेक भी एक तकिया कलाम से ही होता था। जब सम्भाषण देते-देते थक जातीं तो लम्बी साँसें छोड़ते हुए कहतीं, 'अब क्या है? अब तो जिन पर तकिये थे वही पत्ते हवा देने लगे।' और इसके बाद एक लम्बा-सा सन्नाटा छा जाता था। वह अपने तकिया कलामों में गालियाँ भी बकती थीं। गालियाँ उनके होंठों से निकलकर गालियाँ नहीं लगती थीं, बल्कि मन्त्र हो जाती थीं, अपनेपन की चाशनी में घुला हुआ, बड़ी अदा से लहराते हुए कहती थीं, "तुम क्या कविताएँ लिखते हो, कविता तो तुम्हारा बाप लिखता था।" अक्सर बुदबुदाया करती थीं—

गालियाँ तकिया कलामों-सी हवा के होंठ पर
और पत्तों के चमाचे।

एक और प्यारा-सा तकिया कलाम था उनका, बात-बात पर बिना बात ही किसी की बात चले तो कहतीं उनकी क्या बात करते हो, उनकी तो हिस्ट्री ही ख़राब है। पूरे मोहल्ले की जन्मकुण्डली उनके पास थी। सबकी केस हिस्ट्री उन्होंने स्टडी कर रखी थी। वह कब किसकी हिस्ट्री खराब कर देंगी, कुछ तय नहीं था, हालाँकि वह हिस्ट्री की स्टूडेण्ट कभी नहीं रहीं, मग़र चाहे सबकी हिस्ट्री भले ही ख़राब रही

हो, उनकी अपनी हिस्ट्री सदा से हैलोजेन की रोशनी में नहायी हुई-सी रही है। वह अपनी हिस्ट्री के पैमाने से दूसरों की जाग्रफी मापती रही हैं। हिस्ट्री के साथ-साथ कब किसकी केमेस्ट्री भी निशाने पर ले लेंगी, कोई कुछ कह नहीं सकता? तकिया कलामों ने ही उन्हें ज़िन्दगी दी। जब नहीं रहीं तब भी लग रहा था कि अभी कोई तकिया कलाम बोलती हुई उठ बैठेंगी। तकिया कलामों की सल्तनत और ऐसी बुआजी को कोई कभी क्या भूल सकता है ?

•

दूर की कौड़ी

हम आम आदमी हैं। हम कौड़ी के तीन होकर भी अक्सर दूर की कौड़ी लाते हैं। हम पास चाहे न देख पायें पर हमें सूझती दूर की है। हम सात समन्दर पार की सोचते हैं। हमारा गुस्सा भी अक्सर सातवें आसमान पर होता है। हम बदरंग ज़िन्दगी जीते हैं पर हमारे तसव्वुर में प्रायः इन्द्रधनुष के सातों रंग होते हैं। बेरंग उम्र और कलर्ड टी. वी. का कण्ट्रास्ट देखना हो तो हमें देखिये। हम कितने भी बेसुरे हों पर सरगम के सातों स्वरों को अपने मन-प्राण में उतरने देते हैं। रंगों को सजाते हैं, गाते हैं, बजाते हैं। ब्लैक एण्ड ह्वाइट रोज़मर्रा के रूटीन में ईस्टमैन कलर सपनों का प्रावधान भी हम रखते हैं।

दूर के ढोल से, दूर की कौड़ी अधिक अच्छी होती है। ढोल सुहावने भले होते हों, पर होते नहीं, जबकि दूर की कौड़ी हमारी छठीं इन्द्रिय भी जगा देती है। हम अचानक विचारशील हो उठते हैं। सोचते हैं, सोचते हैं और सोचते हैं, हालाँकि कभी-कभी सोचते-सोचते हमारी स्थिति शोचनीय भी हो जाती है। हम जितने शोचनीय होते हैं, उतने ही सम्माननीय भी होते चले जाते हैं। चिन्तनशीलता बढ़ती जाती है और यदा-कदा तो चिन्ता की गलियों में भी मुड़ने लगती है।

दूर की कौड़ी लाने की भी एक लत होती है। यह लत एक बार लग जाती है तो फिर ज़िन्दगी भर नहीं छूटती। इस लत से रोज़-रोज़ की किल्लत बढ़ जाती है। आप थाट प्रोसेस में होते हैं और सामने के खम्भे से टकरा जाते हैं, गाय की नोकीली सींगों के शिकार हो जाते हैं। सेकेण्ड्स में ही आपका थाटफुल माइण्ड, थाटलेसनेस की दशा को प्राप्त हो जाता है। आप हाय-हाय करने लगते हैं, प्लास्टर चढ़ता है सो अलग से। दूर की कौड़ी भी हाथ नहीं लगती और पास के छोटे-छोटे सुखों से भी आप वञ्चित हो जाते हैं।

कभी मरहूम वालिद ने लिखा था, 'सूर्य कभी कौड़ी का तीन नहीं होगा।' इन पंक्तियों को लिखनेवाले के वंशज ही कौड़ी के तीन होने की कौन कहे, तीन के तेरह होने लगते हैं लेकिन जैसे ही नॉर्मल होते हैं फिर दूर की कौड़ी लाने की सोचने लगते हैं। इस प्रोसेस में वह बुरी तरह थक जाते हैं पर दिमाग़ के घोड़े दौड़ाना नहीं भूलते। उन्हें हर पल यह लगता रहता है कि जाने कब दूर की कौड़ी हाथ लग जायेगी और उनकी ज़िन्दगी का मानचित्र एकदम से बदल जायेगा।

•

गुड बॉय दिसम्बर

साल की पूँछ का आख़िरी सिरा पलकें झपका रहा है। दिसम्बर बोरिया-बिस्तर समेट चुका है, कभी धूप में खरगोश की तरह दुबक रहा है, तो कभी रजाई में पनाह ले रहा है। कैलेण्डर पर इकतीस तारीख़ों से सजा महात्मा ईसा मसीह का चित्र स्वयं सूली पर टँगा नज़र आ रहा है। दिसम्बर का मुँह केतली-जैसा हो गया है, चाय की गर्म भाप फेंकता, थोड़ा-थोंड़ा सेण्टीमेण्टल। मोनूलालजी साल भर का लेखा-जोखा लेकर बैठ गये हैं। क्या पाया, क्या खोया का हिसाब-किताब चल रहा है। पाने के हेड में निल बटा सन्नाटा ही गूँज रहा है जबकि खोने की पैदावार इस बार भी यादगार हुई है। भारतीय रेल की क्या कहें? इस बार भी 'ऐक्सीडेण्ट हो गया रब्बा रब्बा' की धूम रही है। अच्छी बात यह है कि इस बार भारतीय क्रिकेट टीम ने कई बार श्रीलंका को श्रीहीन किया। बिग बॉस के घर का महाभारत घर-घर में सम्पन्न होता रहा। राष्ट्र से ऊपर महाराष्ट्र रहा। सदन में हिन्दी में बोलने का अपराध किया गया। एक समय में सीता स्वयंवर हुआ था, 2009 में राखी सावन्त का स्वयंवर हुआ। चैनल्स की टी. आर. पी. बढ़ी, मोनूलालजी की महिमा घटी। वह परेशान-हलाकान होकर मशहूर शायर एहतराम इस्लाम के पास पहुँचे। एहतराम भाई शेर कहते मिले—

आँकड़ों में छा गया लेखा विफल संघर्ष का
किस क़दर महँगा पड़ा क़द नापना गत वर्ष का

जितना-जितना बीते बरस का क़द नापो, उतना-उतना बौना होता जाता है। हमारे जानवरत्व में इज़ाफ़ा हुआ, हम और और जानवर होते गये। हमारे भीतर के मनुष्य ने हमसे आँखें चुरायीं। 'रियल्टी शो' की रियलिटी सामने आयी। हर मिरर, मैजिक मिरर साबित हुआ। ग़रीबी को ग्लोरीफ़ाई किया गया। स्लम डाग करोड़पति का अफ़साना गली-गली में 'जय हो' कहता गया। 'जय हो' के आगे हम सारी

पराजय भूल गये। अब जब साल का आख़िरी विकेट दिसम्बर भी गिरने को है तो मन बेचैन हो रहा है। तापमान गिर रहा है। हमारा चरित्र यानी कैरेक्टर तो पहले से ही गिरा हुआ है। मीनिंगलेस है हमारा कैरेक्टर। मीनिंगलेस है हमारा कैरेक्टरलेस होना। दिसम्बर हमें घूर रहा है। हम उसकी आँखों में आँखें डालकर बातें नहीं कर पा रहे हैं। दिसम्बर जाते-जाते धिक्कार रहा हैं। हम बस काग़ज़ काले कर रहे हैं—'एक याद सिरहाने रखकर/ एक याद पैताने रखकर/ चला गया ये साल, साल ये चला गया/ खाली से पैमाने रखकर/ भरे-भरे अफ़साने रखकर/ चला गया ये साल, साल ये चला गया।' दिसम्बर हमारी आत्मा को कुरेद रहा है, पूछ रहा है, 'कैसा रहा यह साल?' हम बस निगाह नीची कर 'गुड बॉय दिसम्बर' ही कह पा रहे हैं।

•

'प्रातःस्मरणीय' का मुहावरा

'प्रातःस्मरणीय' का मुहावरा भी कई बार ग़ज़ब ढाता है। हम किसी व्यक्ति-विशेष को अरली मार्निंग याद कर मार्निंग वाक पर निकल जाते हैं और लौटने तक उस बेचारे प्रातःस्मरणीय को भूल चुके होते हैं। प्रातःस्मरणीय की मीनिंग भला क्या होती है? क्या हम जिसे सुबह याद कर लेते हैं, उसे फिर दोपहर, शाम या रात को याद करने की ज़रूरत नहीं रह जाती? कई बार तो हम ज़िन्दगी भर जिसकी शक्ल भी न देखना चाहें, पलभर भी जिसे याद न करना चाहें, उसे भी प्रातःस्मरणीय बना लेते हैं। यह भला कौन-सा शिष्टाचार है?

सच्चे अर्थों में तो राष्ट्रपिता महात्मा गाँधी प्रातःस्मरणीय हैं, लेकिन फिर वह दिन के हर पहर में स्मरणीय हैं। दोपहर भी स्मरणीय हैं, शाम भी स्मरणीय हैं और घनी काली रातों में भी स्मरणीय हैं। हम जिसे केवल प्रातःस्मरणीय कहकर टरका देते हैं, उसकी तो क़दम-क़दम पर ज़रूरत होती है। महापुरुषों के चित्रों पर केवल फूल-मालाएँ ही सफिशिएण्ट नहीं होतीं, उनके वैल्यूज़ भी जीवन और व्यवहार में उतारने होते हैं। सौभाग्य या दुर्भाग्य से कुछ एडजेक्टिव बस ईडियम बनाकर छोड़ दिये गये हैं, जिनका इस्तेमाल हम अपनी स्पीच को चमकदार बनाने में करते हैं। शब्दों का लापरवाह प्रयोग करना अपनी फ़ितरत होती है। कह दो, किसी को भी कह दो प्रातःस्मरणीय, अपने बाप का भला क्या जाता है?

अपना देश लोगों को और लोगों की कुर्बानियों को भुला देनेवाला देश है, तभी तो लता दीदी को बार-बार गाना पड़ता है, 'ऐ मेरे वतन के लोगों ज़रा आँख में भर लो पानी, जो शहीद हुए हैं उनकी ज़रा याद करो कुर्बानी।' हम शहीदों को याद करते हैं, उनकी कुर्बानियों को याद करते हैं और फिर उन्हें प्रातःस्मरणीय का विशेषण देकर सदा-सदा के लिए भूल जाते हैं। ऐसा भी किसी का क्या प्रातःस्मरणीय होना कि दोपहर तक आप उसे भूल जाओ। दीप प्रज्वलन करो, अगरबत्ती का धुआँ

दो, शब्दों का बादल उठाओ, थोड़ा-सा इमोशनल हो जाओ, ऐसे सेण्टीमेण्टल हो कि गला फँसता हुआ-सा लगे, बस इतने भर से मामला फिट, बिन्दास और चकाचक। चौचक नाटकीयता, भौचक श्रोता समुदाय। आपकी गुट्टी लाल। बजती हुई तालियों पर पाँव रखकर आप फिर एक बार बैक टु पैवेलियन। अपनी जगह पर आकर धीरे से सिंहावलोकन। जनता मन्त्रमुग्ध और आप स्वयं प्रातःस्मरणीय बनने की राह पर। शायद आपका भाषण सुनकर ही प्रातःस्मरणीय मशहूर शायर एहतराम इस्लाम साहब ने यह शेर कहा होगा—

उसका भाषाण था कि मक़्क़ारी का जादू एहतराम
मैं कमीना था कि बुज़दिल, मुग्ध श्रोताओं में था।

•

शोकसभा में मोस्ट वेलकम

चारों तरफ़ के फाटक बन्द कर दिये गये थे। शोकसभा का आर्डर दुपहर में ही ऑफ़िस भर में सर्कुलेट करा दिया गया था। जल्दी कार्यालय से घर भाग जानेवाले कर्मचारी शोकसभा में अपने-अपने मुँह लटकाने को मज़बूर थे। वह एक प्रायोजित शोकसभा थी। जबरन कण्डोलेन्स का आयोजन भी कह सकते हैं उसे। प्रशासन को अपने कर्मचारियों पर रत्ती भर भी भरोसा नहीं था, सो दसों दिशाओं में ताले जड़ दिये गये थे। आदमी को जब प्रेशर में शोकाकुल होना पड़ता है तो वह बहुत निरीह हो जाता है। अधिकांश कर्मचारियों की दशा कुछ ऐसी ही थी। लोग मरनेवाले पर झुँझला रहे थे। कुछ ने तो मरनेवाले की शक्ल भी नहीं देखी थी पर उसकी शोकसभा में शामिल होने की ड्यूटी निभा रहे थे। कुछ ऐसे भी थे जो दिवंगत की आत्मा को शान्ति हेतु प्रार्थना नहीं कर रहे थे बल्कि उसे गरिया रहे थे कि कम्बख़्त पीकर मर गया और इस बोलती हुई दुनिया में उन्हें मौन रखना पड़ रहा है। दो मिनट के मौन को भी मोबाइल का मधुर संगीत सुरीला बना रहा था। शोकसभा में कण्टिनिवस मोबाइल फ़ोनों की अन्त्याक्षरी चल रही थी।

शोकसभा में बड़े साहब को आने में थोड़ी-सी देर हो गयी थी। उनके आते ही उनके एक मातहत अधिकारी ने अपना मौन तोड़ा, 'साहब! मोस्ट वेलकम!' शोकसभा में मोस्ट वेलकम का साहब को भी शायद यह पहला अनुभव रहा हो, वह भी गड़बड़ा गये। उनके मुँह से भी 'थैंक यू' निकले बिना नहीं रह सका। वह मज़बूरी में उदास हुए लोगों की एक बड़ी शोकसभा थी। व्यवस्था अपने कर्मचारियों, अधिकारियों को दूसरों के दुःख में दुःखी होने का मैनर और एटीकेट सिखा रही थी। यह बात और है कि उसे इस प्रोसेस में भी बल प्रयोग का सहारा लेना पड़ रहा था क्योंकि मरनेवाला तो ख़ैर मर ही गया था, पर जो जी रहे थे उनकी भी आत्मा

मर चुकी थी। वह केवल इस भय से शोकसभा में शामिल थे कि कहीं अगले दिन उन्हें चार्जशीट न मिल जाये। प्रशासन भी ख़ुश था कि वह एक सक्सेसफुल शोक-सभा करा रहा है।

•

इयाँ से कुछ नहीं

वर्णमाला में अं, अः, ङ और ञ-जैसे वर्णों की प्रेज़ेन्स बाल्यकाल से फैसनेट करती रही है, ख़ासकर ञ (इयाँ) से कुछ नहीं का मतलब आज तक कुछ नहीं समझ में आया। ये 'कुछ नहीं' होने का होना क्या होता है। 'कुछ नहीं' होता है तो क्या होता है? इयाँ से कुछ नहीं है तो क्या है? कहीं-कहीं तो कुछ नहीं ही बहुत-कुछ होता है। कुछ नहीं से बहुत-कुछ और बहुत-कुछ से कुछ नहीं तक की जरनी बहुत इण्टरेस्टिंग होती है। ये कुछ नहीं क्या ज़ीरो होता है? पर ज़ीरो भी तो आख़िर कुछ होता ही है, जिधर लगता चला जाता है, दहाई-सैकड़ा, हज़ार-दस हज़ार आसमान छूने लगते हैं, मग़र इसे लगाते समय यह भी ध्यान रखना होता है कि जीरो वामपन्थी यानी बायें लगनेवाला न हो अदरवाइज़ तो बेड़ा ग़र्क ही रहता है। सारा गुणा-भाग जोड़-घटाना बण्टाधारत्व को प्राप्त हो जाता है। कहा भी गया है, 'जहँ-जहँ चरण पड़ैं सन्तन के, तहँ-तहँ बण्टाधार।' हमारे चरण भी सन्त के ही तो चरण हैं, आचरण से भी सौ गुना टनाटन यानी अच्छे।

ये ज़ीरो हिन्दी का शून्य भी हो सकता है। आचार्य रजनीश तो 'शून्य की नाव' भी चलाते थे। संज्ञाशून्य से भावशून्य होने तक की भी एक भावयात्रा होती है। शून्य होना सुन्न होने के अर्थ में भी डिफ़ाइन होता है, इस बात को एनस्थीसियावाले डॉक्टर बेहतर जानते हैं। थोड़ा-सा लोकल, ग़ैर लोकल एनस्थीसिया देकर किडनी तक झटक ली जाती है। अपने देश में तो क्लोरोफ़ार्म सुँघाये जाने का भी एक ट्रेडीशन रहा है। ये सब तो ख़ैर अपनी जगह है। एक शून्यकाल भी होता है, इण्टरमीडिएट में फ़िज़िक्स का हमारा ज़ीरो पीरियड हुआ करता था, कई बार इस सब्जेक्ट-विशेष में हमारा प्राप्तांक ज़ीरो ही रहा है। हमारे शहर इलाहाबाद में तो एक मोहल्ला ही ज़ीरो रोड बस अड्डेवाला है, जिस पर मोहतरमा नासिरा शर्मा ने नॉवेल ही लिख मारा है। ये हमारा इयाँ से कुछ नहीं भी मुझे लगता है एक प्रकार

का सम्मानित ज़ीरो ही है, जिसे कुछ नहीं होकर भी वर्णमाला में एक डिग्नीफ़ाइड जगह मिली हुई है। मेरा बच्चा पूछ रहा है 'ये इयाँ से कुछ नहीं, आख़िर है क्या?' मैंने भी अपने फ़ादर से यह सवाल किया था। वो भी लाजवाब हुए थे, हम भी लाजवाब हैं। उन्होंने भी नथिंगनेस का ईडियम दिया था, मैं भी दे रहा हूँ पर क्या नथिंगनेस कभी भी इयाँ से कुछ नहीं का सब्सीट्यूट हो सकती है?

•

स्विच ऑफ़ की इम्पार्टेन्स

प्रायः इम्पार्टेण्ट लोगों का मोबाइल स्विच ऑफ़ ही रहता है। उन्हें तब विशेष सुख मिलता है जब उनके मोबाइल ऑन करने पर दूसरे एण्ड से यह सुनने को मिलता है कि उन्हें फ़ोन किया गया था पर उनका मोबाइल ही स्विच ऑफ़ था। उन्हें गौरव की फ़ीलिंग होती है। उन्हें अपनी और मोबाइल की स्विच ऑफ़ होने की इम्पार्टेन्स एक साथ समझ में आती है। कुछ लोग तो इसीलिए मोबाइल ऑफ़ रखते हैं कि उन्हें इम्पार्टेण्ट समझा जाये। ऐसी कण्डीशन में बहुतों का काम वॉयस एस. एम. एस. से भी चल जाता है। स्विच ऑफ़ की मेण्टलिटी कुछ इस तरह की होती है कि आप दरवाज़े पर नॉक करें और दरवाज़ा ही न खुले। ऐसे लोग चैन, सुकून और सुविधा के लिए अपने दरवाज़े पर लगी कालबेल का तार भी निकाल देते हैं ताकि उनके आराम और नींद में किसी तरह की खलल न पड़े।

जेनुइन लोगों का मोबाइल स्विच ऑफ़ करना तो समझ में आता है, वह उस वक़्त-विशेष में कोई और बहुत ज़रूरी काम कर रहे होते हैं। विद्यार्थियों को पढ़ा रहे होते हैं या फिर ख़ुद पढ़ रहे होते हैं। मुकदमें लड़ रहे होते हैं या लड़वा रहे होते हैं। मरीज़ देख रहे होते हैं या फिर ख़ुद मरीज़ होते हैं। किसी सेमिनार-गोष्ठी में भाषण दे रहे होते हैं या फिर सुन रहे होते हैं। ऐसे लोग वाइब्रेटर पर या साइलेण्ट मोड पर भी अपना मोबाइल फ़ोन रख देते हैं। हमारे मोनूलालजी तो जब काव्य-पाठ कर रहे होते हैं तो वह ख़ुद भी वाइब्रेट करते होते हैं और उनका मोबाइल भी। ...ज़ी लोगों का मोबाइल ऑफ़ करने का अपना तर्क होता है मग़र अक्सर वह लोग ... अपना मोबाइल ऑफ़ कर देते हैं जिन्हें ईश्वर ने पर्याप्त समय दिया होता है। ...से लोगों के पास मक्खी मारने और पानी पीटने के लिए तो टाइम होता है पर ...बाइल फ़ोन उठाने का टाइम नहीं होता, सो वह उसे स्विच ऑफ़ कर देते हैं। ... निचाट ख़ाली हैं वह भी फ़ोन उठाने के लिए खाली नहीं हैं। ऐसे ख़ालीप्रसादों

से यह दुनिया अभी खाली नहीं हुई है।

दिन में तारे गिननेवाले और रेलवे प्लेटफ़ार्म पर 'आवन-जावन' देखनेवाले भी जब अपना मोबाइल स्विच ऑफ़ रखते हैं तो हैरत होती है। हनुमानजी के मन्दिर के पुजारीजी जब अपना फ़ोन स्विच ऑफ़ करते हैं तब तो बात समझ में आती है, ऐसा कर देने से पीक पर चल रही उनकी हनुमान चालीसा डिस्टर्ब नहीं होती, सुन्दरकाण्ड का पाठ असुन्दर नहीं हो पाता, उनकी इम्पार्टेन्स अलग से अण्डरलाइन हो जाती है। बिज़ी विदाउट वर्कवाले रेस्पेक्टिव परसन अपने मोबाइल पर गेम खेलना तो पसन्द करते हैं पर किसी दूसरे को इण्टरटेन करने में उनकी आफ़त होने लगती है। ऐसे मौक़े पर वह अपने मोबाइल की बोलती ही बन्द कर देते हैं। दूसरी तरफ़ से फ़ोन करनेवाला बेचारा भी अपनी जबान सिलकर ही रह जाता है।

•

आटा-दाल का भाव

जैसे-जैसे उम्र बढ़ रही है, आटा-दाल का भाव समझ में आ रहा है। मतलब साफ़ है। ऊँट पहाड़ के नीचे आता जा रहा है। अब वह ख़ुद तय नहीं कर सकता कि वह किस करवट बैठेगा? जिस परिस्थिति में होगा उसे उसी करवट बैठना पड़ेगा। यह परिस्थिति तय करेगा गृहस्थी का विन्ध्याचल। ग़रीबी में आटे का गीला होना और दाल में पानी का अधिक होना अब सब-कुछ समझ में आ रहा है। माता-पिता थे तो मनोज कुमार का 'रोटी, कपड़ा, मकान' समझ में आता था, न महँगाई का मार जाना। अब सब-कुछ हमारे दिल और दिमाग़ का एण्टीना कैच करता है। यह सब पल्ले पड़ता है कि थैले में पैसे जाते हैं, मुट्ठी में शक्कर लाते हैं, क्योंकि 'मुट्ठी में पैसे जाते हैं और थैले में शक्कर लाते हैं' का ज़माना तो कब का बीत गया होता है। बचपन में समझ में नहीं आता था जब माँ कहती थी कि बड़े होगे तब आटे-दाल का भाव समझ में आयेगा। पहले हम भाव खाते थे, आज भाव देते हैं। इस खाने और देने का अन्तर उम्र का पैंतालीसवाँ वसन्त पार करने के बाद अण्डरस्टैण्ड कर पा रहे हैं, जब दरअसल वसन्त का कोई मतलब नहीं रह गया है। अब सब-कुछ नकली-नकली-सा लगने लगा है। ओरिजनल है तो केवल पतझड़। इस ओरिजनिलटी की हक़ीक़त ज़रा देर से ही समझ में आती है और जब समझ में आती है तो 'चिड़िया चुग गयी खेत' का आलम आ चुका होता है। कुछ ओरिजनल नहीं रह जाता, सब-कुछ ट्रान्सलेट किया हुआ-स लगता है। ज़िन्दगी का अनुवाद पूरी तरह से ज़िन्दगी नहीं हो पाता। नियर अबाउ ज़िन्दगी से ही काम चलाना पड़ता है। मौलिकता आँसू बहाती है, कैलाश गौतम ठीक हे कहते हैं—

अनुवादों को मिल रहा, पुरस्कार और शाल
जमकर खींची जा रही, मौलिकता की खाल।

अनुवाद को ऊँचा आसन मिलता है, मौलिकता आटे-दाल के भाव की परिक्रमा करती है। यह भाव हमारी सारी भाव-भंगिमा चुरा लेता है। हम अभाव का अर्थशास्त्र पढ़ते हैं। यह इकनामिक्स हमें ज़िन्दगी भर समझनी होती है। कभी गैस सिलिण्डर आकाशकुसुम हो जाता है, तो कभी दाल सैकड़ा छूने लगती है। आर्डिनरी आदमी की दाल भला ऐसे में कैसे गल सकती है, वह ख़ुद ही गल-पचकर रह जाता है। आटा इधर मुँह फेरता है, दाल उधर और हम इधर-उधर हो जाते हैं। कुछ लोगों को तो ज़िन्दगीभर आटे-दाल का भाव नहीं समझ में आता। मैं ऐसे लोगों की बात नहीं कर रहा जो मुँह में सोने अथवा चाँदी का चम्मच लेकर पैदा होते हैं। ऐसे लोग तो हीरा-मोती चुगते हैं, उन्हें दाल-आटे से क्या निभाना? 'जो वादा किया, वो निभाना पड़ेगा', तो हम जैसों के लिए होता है। जब एक बार आटे-दाल का भाव समझ में आ जाता है तो वह स्वप्न में भी नहीं भूलता। नींद में भी आटा बिखरता है और अरहर आँखें दिखाती है।

•

अपूरणीय क्षति यानी इरेपेरेबुल लॉस

'अपूरणीय क्षति' का वाक्य में प्रयोग मुझे बचपन से ही रोमाञ्चित करता रहा है। अपूरणीय क्षति यानी इरेपेरेबुल लॉस। इधर कोई दुनिया से गया नहीं कि उधर रेडियो और अख़बारों में अपूरणीय क्षति का डंका बजना शुरू। सचमुच बहुत-से नुकसान ऐसे होते हैं कि जीवनभर उनकी भरपाई पासिबिल नहीं होती। आज भी गाँधी, लोहिया और जयप्रकाश की जगह ख़ाली ही है, उनकी जगह कोई ले नहीं पाया। यह क्षतियाँ वास्तव में अपूरणीय हैं, पर वाक्य में प्रयोग करने के चक्कर में हम उन्हें भी 'अपूरणीय क्षति' के हेड में गिन लेते हैं जो दरअसल धरती पर बोझ ही होते हैं। वह बदमाश जो एनकाउण्टर में मारा जाता है, वह कैसे इरेपेरेबुल लॉस या डैमेज़ में गिना जा सकता है? पर कई बार कुर्सी नरेश ऐसे व्यक्ति के न रहने को भी अपूरणीय क्षति बताते हैं क्योंकि वह गुण्डा नेताजी का ख़ासमख़ास रहा होता है। नेताजी उसी के बल पर मूँछों पर ताव देते घूमते थे। अब उनका क्या होगा? इस रेफ़रेन्स में उनके लिए तो अपूरणीय क्षति कही ही जायेगी। नेताजी की छोड़िये। जो बदमाश एनकाउण्टर में मारा जाता है, वह भी किसी का पति, किसी का पिता और किसी का बेटा हो सकता है। ऐसी स्थिति में पत्नी, बेटे और माँ के लिए उसका न रहना तो इरेपेरेबुल डैमेज़ ही कहा जायेगा।

मसला केवल लॉस का नहीं है, क्षतिपूर्ति की अनसर्टेनिटी का भी है। निराला-मुक्तिबोध आज की तारीख़ में भी एक अपूरणीय नुकसान बने हुए हैं हमारे लिए। शायद इसीलिए रेलिवेण्ट हैं। मुहम्मद रफ़ी, मुकेश, किशोर कुमार क्या कभी अप्रासंगिक हो सकते हैं? हर टूटे-हारे-थके मन का सम्बल बनते हैं इनके स्वर। अपूरणीय क्षति को ऐसे ही समझा जा सकता है। अपराधियों के न रहने से तो धरती भारमुक्त ही होती है, मग़र नेताओं और बदमाशों की गठजोड़ के चलते उनका विकेट गिरने पर भी 'अपूरणीय क्षति' का ईडियम हवा में उछाल दिया जाता है।

खद्दरधारियों का वश नहीं चलता अदरवाइज़ मुख्य इमारतों पर झण्डे भी झुका दिये जायें।

सच पूछिये तो सबकी अपनी-अपनी अपूरणीय क्षतियाँ होती हैं। यह क्षति युनिवर्सल नहीं होती बल्कि परसन टु परसन डिफ़र करती है। बचपन याद करता हूँ तो शेरू की याद आती है। हाँ! यही नाम था पिता ने अपने प्यारे कुत्ते का। अचानक उसे एक दिन तेज़ बुखार आया और वह दो दिन में ही चल बसा। महीनों मेरे आँसू सूखे नहीं थे। आज भी वह सपने में आता है। मेरे बाल मन ने इरेपेरेबुल डैमेज़ की तरह ही लिया था शेरू के न रहने को। वह अपूरणीय क्षति आज भी मेरे जीवन में बनी हुई है।

•

डिफ़र करनेवाले लोग

कुछ लोग हर बात पर बस डिफ़र करते हैं। वह पैदा ही होते हैं बस डिफ़र होते जाने के लिए। कोई भी बात सर्वसम्मति से तय हो जानेवाली होती है कि आल ऑफ़ सडन वह डिफ़र कर जाते हैं। बात जहाँ-की-तहाँ रह जाती है। ये डिफ़रेन्सजीवी लोग कुछ भी सरल-सहज देख नहीं पाते हैं। कुछ भी स्मूथ गोइंग इन्हें रास नहीं आता। काम्प्लीकेशन में इन्हें रस मिलता है। कोई गुत्थी जब और-और उलझती चली जाती है, तब और-और एनज्वायमेण्ट के मूड में ये आते चले जाते हैं। सीधे रास्तों पर इनका दम घुटता है। चक्करदार रास्ते इन्हें भाते हैं। मोड़ों के प्रश्नचिह्नों से ये पंजे लड़ाते हैं। ये अन्धे मोड़ों पर अपनी आँखें भी मूँद लेते हैं। ये जब किसी मुद्दे पर डिफ़र कर रहे होते हैं तो इनकी भौंहों का बल और माथे का पसीना देखने लायक होते हैं। इनकी मुखमुद्रा अचानक स्प्रिचुअल हो उठती है। अध्यात्म में इण्टलैक्ट का समावेश जब ये करते हैं तो इनकी भंगिमा झटके से क्रान्तिकारी हो उठती है। कविवर मुकुट बिहारी सरोज ने इन्हीं के लिए कहा है—

वैसे भी चलना मुश्किल था अँधियारे में
तुमने और घुमाव ला दिये गलियारे में

गलियारे के घुमाव मे ही इनका इण्टरेस्ट होता है, मंज़िलों के बारे में सबसे डिफ़र करते हुए वह इनडिफ़रेण्ट ही रहते हैं। इनके डिफ़र करने के कारण कई बार मुकदमों का सौदा नहीं हो पाता और बकौल कैलाश गौतम 'जहाँ था करौंदा वहीं है करौंदा' वाली स्थितियाँ बनी रह जाती हैं। सहमति से इनकी गहरी रंजिश होती है। असहमति का हाहाकार किसी फेस्टिवल की तरह इनके मन-प्राण में हर घड़ी सम्पन्न होता रहता है। ये असहमतियों को सेलिब्रेट करते हैं। ये इतिहास रचने में यक़ीन करते हैं, इसीलिए इतिहास से छेड़छाड़ भी करते हैं। यह छेड़खानी इनके डिफ़र पड़ते भावबोध पर सवारी गाँठती है। ये सहमति को अपने अपमान की तरह

देखते हैं, असहमत होकर ये अपनी अलग पहचान बनाने के पक्ष में होते हैं, इसीलिए प्रायः विपक्ष में होते हैं। कोई भी योजना या कार्य जब इनके टाँग अड़ा देने से बीच में ही अधूरे छूट जाते हैं तो इन्हें अलौकिक आनन्द की अनुभूति होती है। इन्हें अपनी एक अलग इम्पार्टेन्स समझ में आती है। इन्हें लगता है कि इस धराधाम पर इनका अवतार लेना सार्थक हुआ है। डिफ़र करनेवाले लोग थोड़ा डिफ़रेण्ट प्रकार के होते ही हैं। इनकी नाक बहुत ऊँची होती है। नाक के फूलने-पिचकने से ही आप इनके डिफ़रेन्स का लेबल समझ सकते हैं। उम्मीद है आप मेरी बात से डिफ़र नहीं करेंगे।

•

कण्ट्रास्ट का मज़ा है

कण्ट्रास्ट का अपना मज़ा है। अभी होली में कण्ट्रास्ट के आनन्द में एक फिर ताज़ा होने का सुख आप ले ही चुके हैं। लाल-हरे-नीले-पीले रंगों का कण्ट्रास्ट भला किसे नहीं लुभाता? ब्लैक एण्ड ह्वाइट का कण्ट्रास्ट तो दुनिया ऊपर होता है। अच्छे ख़ासे चेहरे, सतरंगी पतंग-जैसे हो गये थे। रंगों का कण्ट्रास्ट अभी तक आईनों को मुँह चिढ़ा रहा है, इन्द्रधनुष के रंग भी शरमा रहे हैं। 'सिलसिला' के संजीव कुमार की याद आ रही है, कहते हैं, कुछ रंग बहुत गाढ़े होते हैं। याद आता है वह गीत, जिसमें कहा गया है 'ये रंग न छूटेगा उल्फ़त की निशानी है।' ये कम्बख़्त उल्फ़त की निशानी क्या होती है, अधेड़ हो गया पर आज तक समझ में नहीं आया। यही तो ज़िन्दगी का कण्ट्रास्ट भी है कि चीज़ें समझ में भी आयी हैं और समझ से परे भी रहीं। इसीलिए तो गुलज़ार साहब कहते हैं, 'दिल तो बच्चा है जी, थोड़ा कच्चा है जी'। अधेड़ उम्र में दिल के बच्चा होने से बड़ा कण्ट्रास्ट और क्या हो सकता है? यह विरोधाभास ही खोये हुए रास्ते उजागर करता है। विरोधाभास की सहेली होती है विसंगति। गीतकार भारत भूषण फरमाते हैं, 'ये विसंगति ज़िन्दगी के द्वार सौ-सौ बार रोयी, बाँह में है और कोई, चाह में है और कोई।' ऐसी सिचुएशन में आप गीतकार से केवल सिम्पैथी भर रख सकते हैं।

इस सिलसिले में कानपुर के जनकवि शीलजी की भी याद आती है। उनके पास एक सज्जन आया करते थे, उन सज्जन ने एक बार शीलजी से पूछा कि अच्छी कविता किस तरह सम्भव हो सकती है ? शीलजी ने कहा कि दो विरोधाभासी चीज़ों को दिखाकर यदि आख़िरी पंक्तियों में उनका सामंजस्य बिठा दिया जाये तो अच्छी कविता रूप ले सकती है, जैसे दिन है तो रात, काला है तो सफ़ेद, स्त्री है तो पुरुष, इन सारे सन्दर्भों को साथ लें और अन्तिम पंक्ति में उनकी संगति स्टैब्लिश कर दें तो शानदार कविता तैयार हो जायेगी। यह सुनकर वह सज्जन उत्साहित हो उठे और

कविता लिख मारी, कविता यों थी, 'अरे ये कैसा झंझावात? निशि में दिवस, दिवस में निशि है, रजनी में छुप गया प्रभात। अरे ये कैसा झंझावात?' कविता सुनकर शीलजी ने अपना माथा पीट लिया। कविता का कण्ट्रास्ट तो आख़िर उन्हीं का सुझाया हुआ था। वह सज्जन कवि होने के रास्ते पर अग्रसर हो चले थे। शीलजी बेचारे निरीह भाव से कण्ट्रास्ट होने का मज़ा चख रहे थे। ज़िन्दगी और कविता का कण्ट्रास्ट साकार हो चुका था।

•

साहब का स्टेटस सिम्बल

कभी चाचा नेहरू के नाम एक शरणार्थी बच्चे की चिट्ठी पढ़ी थी, जिसे बाद में कवि उमाकान्त मालवीय ने कविता की शक्ल भी दे दी थी। उस चिट्ठी में एक भूखे बच्चे की गुहार थी। कविता की पंक्तियाँ हैं : सुना तुम्हारा पिल्ला दूध-मलाई खाता और भतीजा भूखा-का-भूखा रह जाता।

तब ज़माना और था, तब पिल्ला दूध-मलाई ही खाता था, आज का पिल्ला तो शैम्पू से नहा रहा है।

मैं टीवी के सामने रिमोट लेकर बैठा हूँ। अचानक एक चैनल पर आकर ठिठक जाता हूँ। एक नन्हीं-सी लड़की कुत्ते के पिल्ले को अपने गाल से सटाये तुतली जबान में 'माई ब्रदर, माई ब्रदर' की रट लगाये हुए है। 'डॉग शैम्पू' का ज़ोर-शोर से विज्ञापन आ रहा है। एक झबरे कुत्ते को नहलाया जा रहा है। वह अपनी तरह से जलक्रीड़ा कर रहा है। कुत्ते का शैम्पू पाँच सौ रुपये में उपलब्ध है। आप स्वयं पाँच रुपये के शैम्पू के पाउच से काम चलाइये, पर अपनी आँखों के तारे कुत्तूलाल के लिए पाँच सौ रुपये ख़र्च कीजिये, तभी तो वह आपके प्रति वफ़ादार रहेगा। आप अपने नाख़ून घर में बैठे-बैठे नेलकटर से धीरे-धीरे कतरिये, पर अपने कुत्ते के लिए 'नेलट्रिमिंग' के पूरे पचास रुपये का वारा-न्यारा होने दीजिये। अपने लिए साबुन की बट्टी पर मुश्किल से दस-बारह रुपये ढीले कीजिये, पर अपने कलेजे के टुकड़े कुत्तूलाल के निमित्त साढ़े तीन सौ रुपये के साबुन की व्यवस्था कीजिये।

अब तो 'डॉग्स क्रश' भी खुल गये हैं। बड़े-बड़े महानगरों में तो कुत्तों का बोलबाला है। आप अगर 'आउट ऑफ़ स्टेशन' जा रहे हों, तो अपने कुत्ते को 'क्रश' में छोड़कर निश्चिन्त होकर जाइये। 'क्रश' के मैनेजर को कुत्ते की आदत, स्वभाव और रुचियाँ बता दीजिये। वह आपके कुत्ते को 'होमली एटमॉसफ़ियर' देगा। कुत्ता 'कम्फर्ट' महसूस करेगा। आपको बस रोज़ डेढ़ सौ रुपये का ही चूना

लगेगा। कुत्ते के खाने का मीनू आपको अलग से देना होगा, उसका पेमेण्ट भी डेढ़ सौ के अलावा ही होगा।

कुत्ता है, तो कोई घास-पात तो खायेगा नहीं, बाक़ायदे मांसाहारी होगा। मांसाहार करेगा, कलेजी काटेगा, बोटियाँ नोचेगा। आप सामर्थ्यवान् हैं ही, क्या अपने कुत्ते के लिए इतना भी नहीं कर सकते? आप वैष्णव भोजन करते हैं, तो करें, पर कुत्ते की सेहत का पूरा ख़याल रखें। साहब का कुत्ता होना गौरव की बात है, इस बात को कुत्ता भी जानता है और साहब भी। कुत्ता घर का भी होता है और घाट का भी। वह साहब का स्टेटस सिम्बल होता है। ऐसा कुत्ता जब भौंकता है, तो साहब की छाती चौड़ी होती है। कुत्ते का पूँछ हिलाना, घिघियाना-रिरियाना साहब के सम्मान को द्विगुणित करता है।

साहब का कुत्ता 'मार्निंग वाक' भी करता है, 'इवनिंग वाक' पर भी जाता है। वह गुलगुले बिस्तर पर सोता है, साहब के यहाँ काम करनेवाला लड़का बँगले के बाहर पोर्च के नीचे टाट बिछाता है। साहब काम करनेवाले बच्चे की बाल्यावस्था पर नहीं, कुत्ते की बाल्यावस्था पर रीझते हैं। वह अपने कुत्ते को बर्बरता के संस्कार देते हैं, ख़ूँख़ार बनाते हैं और मकान के बाहर तख़्ती लगाते हैं : कुत्ते से सावधान।

सचमुच! आज की तारीख़ में ढेर-सारे कुत्ते बहुत ऐश कर रहे हैं।

•

अराजकता का लाइसेन्स

शहर में तेज़ रफ़्तार गाड़ियाँ इधर-से-उधर दौड़ रही हैं। किसी पर प्रेस लिखा है, किसी पर आर्मी, तो किसी पर कोर्ट। ड्राइविंग लाइसेन्स की ऐसी-तैसी हो रही है। गाड़ी पर प्रेस, आर्मी या कोर्ट लिख दीजिये, तो आपकी गाड़ी शान से बरसों-बरस सड़कों को रौंदती रह सकती है। मेरे पड़ोस में एक लड़का रहता है। वह सवेरे स्टेशन से अख़बार उठाने जाता है और फिर दरवाज़े-दरवाज़े लपेटकर फेंकता है। कल ही सुबह उसकी खड़खड़िया मोपेड देखने को मिली। मोपेड पर प्रेस की तख़्ती ठुकी हुई थी। चार सौ चालीस वोल्ट के निशान की तरह लाल स्याही में प्रेस लिखा हुआ था। मुझे ज़ोर का झटका धीरे से लगा। जो हॉकर है, वह भी प्रेस का तमगा लेकर ट्रैफ़िक पुलिस की आँखों में धूल झोंक रहा है। जिसे कारगिल का नाम भर लेने से पसीने छूट जाते हैं, वह भी अपने वाहन पर आर्मी लिखवाये हुए है। जिनके पास काला कोट है, वे भी कोर्ट की तख़्ती का मुकुट अपने स्कूटर को पहनाये हुए हैं।

लोग व्यवस्था का लाभ तरह-तरह से ले रहे हैं। एक बड़े भाई का साठवाँ जन्मदिन निकट है। उनके सारे बाल पैंतीस-चालीस के बीच ही सफ़ेद हो गये थे, तभी से वह लगातार भारतीय रेल को चूना लगा रहे हैं। रेलवे को अपनी सम्पत्ति समझ रहे हैं, यात्राओं में सीनियर सिटीजनवाला टिकट कटवा रहे हैं। ऐसे भी लोग हैं, जिनकी अक्षरों से भेंट तक नहीं है, पर कमीज़ के आगे की जेब में चार-चार कलम खोंसे रहते हैं। केवल प्रेस, आर्मी और कोर्ट का ही मामला नहीं है, व्यवस्था भी तरह-तरह के गुल खिलाया करती है। ऐसी स्थिति में व्यवस्था की आँखों में धूल झोंकना कई लोगों का परम पावन और पुनीत कर्त्तव्य बन जाता है।

अभी कुछ दिन पहले हमारी कॉलोनी में एक अन्धे को आरटीओ ने ड्राइविंग लाइसेन्स जारी कर दिया था। लेकिन अब आरटीओ ऑफिस में बहुत सख़्ती हो गयी

है। अब कार का लाइसेन्स लेने जाइये, तो कार उलटी चलाकर अँगरेज़ी का आठ बनवाने लगे हैं। हो गयी मुसीबत। जिसे कार की स्टीयरिंग पर हाथ भी रखना नहीं आता, वह भला क्या खाकर अँगरेज़ी का आठ बनाये? ऐसे महानुभावों को सीधा, सरल और सस्ता उपाय सूझा, उन्होंने पहले कुछ दिनों तक तो लर्निंग लाइसेन्सवाला स्टीकर अपनी मोटर गाड़ियों पर चिपकाया और बाद में प्रेस, आर्मी और कोर्ट की शरण में चले गये। हर्र लगी न फिटकरी और रंग भी चोखा हो गया। शहर की सारी गलियाँ-सड़कें उनके बाप की हो गयीं। वे लालबत्ती को भी आँखें तरेरकर चौराहे पार करने लगे, आगे बढ़ने लगे।

हम हर स्थिति में बीच का रास्ता निकाल लेने में माहिर हैं। जबकि क्रान्तिकारी कवि पाश कहते हैं कि बीच का रास्ता होता ही नहीं। फिर भी हम कोनों-किनारों से बीच का रास्ता निकाल लेते हैं।

हम जीवन के कार्य-व्यापार को चकमा देते हैं। सिपाही डण्डा फटकारता रह जाता है और हम साठ और अस्सी की स्पीड में कोर्ट, प्रेस या आर्मी की तख़्ती लटकाये चौराह-पर-चौराहे जीतते चले जाते हैं। जिसके पास गाड़ी के सारे पेपर होते हैं, वह दबता है। बैलगाड़ी की स्पीड से गाड़ी चलाता है। हम देश को द्रुतगति से भविष्य की ओर ले चलते हैं। हमारे पास ड्राइविंग लाइसेन्स भले न हो, अराजकता का लाइसेन्स तो होता ही है।

•

खुजली कथा

जैसे नाना प्रकार के मामा होते हैं, यथा-बन्दर मामा, चन्दा मामा और महाभारतकालीन शकुनि मामा, उसी तरह खुजलियाँ भी भाँति-भाँति की होती हैं। एक होती है राजनैतिक-सामाजिक खुजली। एक होती है सांस्कृतिक-वैचारिक खुजली। राजनैतिक खुजली होने पर व्यक्ति चुनाव लड़ने तक की सोच सकता है। समाज-सेवा की खुजली होने पर तो आदमी चैन से बैठ ही नहीं सकता, उम्र से लम्बी योजनाएँ बनाता है और उन्हें कार्य रूप देने के लिए कृतसंकल्प हो उठता है, भले ही बीच रास्ते से भाग खड़ा हो। विचार की खुजली सबसे अधिक संक्रामक होती है। इस खुजली में केवाँच-सा मिला होता है। आदमी अपने विचार को ही सर्वोपरि समझने लगता है और अपने-आपको बहुत बड़ा दार्शनिक एवं विचारक समझने लगता है। फासीवाद का चेहरा उसके विचारों से झाँकने लगता है। वह तानाशाह हो उठता है। सांस्कृतिक खुजली उठने पर तो व्यक्ति कला और रंगमंच की ओर बरबस भागता है, अनूदित नाटकों की ओर देखता है और राष्ट्रभाषा के विकास के विषय में गहनता से विचार करने लगता है।

खुजली वास्तव में बहुत भयावह होती है। दिमाग़ की खुजली तो एक बार मिट भी जाती है, दिल की खुजली तो ताउम्र परेशान करती है। 'एग्ज़िमा' को भी मात दे देती है। आदमी दीवाना बना फिरता है, गाता है—

न उम्र की सीमा हो, न जन्म का हो बन्धन
जब प्यार करे कोई, तो देखे केवल मन।

आदमी बुढ़ाता जाता है, खुजली जवान होती जाती है। बढ़ी हुई दाढ़ी में भी कभी-कभी गम्भीर खुजली होती है, व्यक्ति की विचार-प्रक्रिया या चिन्तन-प्रक्रिया जितनी तेज़ होती है, उतनी तेज़ वह अपनी दाढ़ी खुजलाता है या फिर सिर के बाल नोचता है। दाढ़ी की बात सोचता हूँ तो सबसे पहले महानायक अमिताभ की दाढ़ी याद आती है। उन्होंने बहुत दिनों तक हम सबके भीतर करोड़पति बनने की खुजली लगाये रखी। फिर जैसलमेर जाकर छुट्टियाँ बिताने के क्रम में 'एबीसीएल' दोबारा

शुरू करने की नयी खुजली की घोषणा कर बैठे—'सारे जहाँ का दर्द' खुजली करनेवालों के ज़िगर में होता है। कहते हैं कि खाली दिमाग़ शैतान का होता है। इस तरह के दिमाग़ों में तो लगातार भीषण खुजली मची होती है। यह खुजली होती है, खालीपन की।

पैरों में जब खुजली होती है तो यात्राओं का योग बनता है। पैरों में पंख उग आते हैं, चक्की या पहिये लग जाते हैं। चक्कर-पर-चक्कर शुरू हो जाता है। साँसें चक्करदार हो उठती हैं। हाथों में खुजली होती है तो पैसा आता है या फिर धुआँधार ख़र्च होता है। कुछ दायें अथवा बायें हाथ की गणित होती है, ज्योतिषी लोग बेहतर जानते हैं। स्त्री और पुरुष हाथों की भी अपनी-अपनी योग-स्थितियाँ होती हैं। कई बार पीठ में उस जगह खुजली उठती है, जहाँ आपके हाथ के खुजलाने की सीमा समाप्त होती है। जनेऊधारी व्यक्ति तो धर्मपरायणता के साथ-साथ जनेऊ से पीठ खुजलाने का भी काम करता है। अगर शरीर में कहीं खुजली हो रही हो, तो खुजलाने से बड़ा अपूर्व एवं अनिर्वचनीय सुख कोई और नहीं हो सकता। खुजलाने से परम तृप्ति मिलती है। असीम आनन्द में मन डूबने-उतराने लगता है। शेरो-शायरी में मिलनेवाली दाद से ज़्यादा महत्त्वपूर्ण होते हैं, दाद-खाज-खुजली। कभी कोढ़ में खाज होता है, तो कभी खाज में कोढ़। दाद को तो बड़े-बड़े जावेद मियाँदाद और सुनील गावस्कर भी नहीं समझ सके हैं। शोहरत की खुजली ने इन्हें बहुत तंग किया है। यह खुजली आजकल तेन्दुलकर और गांगुली के लिए बवाले-जान बनी हुई है।

सबसे ख़तरनाक होती है हिन्दुत्व की खुजली। हिन्दुत्व बनाम भारतीयता की बहसें पराकाष्ठा पर हैं। हिन्दुत्व की खुजली हमारे देश के मुखिया से बेहतर भला कौन जानता है। गुज़रात सिरों पर पगड़ी और साफ़े की तरह सज रहा है। सिर चढ़कर बोल रहा है। हिन्दुत्व अट्टहास कर रहा है। राम का चरित नये सिरे से व्याख्यायित किया जा रहा है, पंक्तियाँ कौंध रही हैं—

बाहर युद्ध छिड़ा है गहरा
लेकिन वो तो घर बैठे हैं
जिनका कोई चरित नहीं
वो रामचरित लेकर बैठे हैं।

वाकई! चरित्र की खुजली तो बिलकुल ही लाइलाज़ होती है, वैसे इसके रूप अनेक हैं। खुजली की कथा भी 'हरिकथा अनन्ता' से कुछ कम नहीं है।

●

मैंने भी ली बीमा पॉलिसी

मैं माँ और पिता के दोनों हाथों के बीच जलते सुरक्षित दीये की तरह रहा हूँ। यह बिम्ब मुझे भारतीय जीवन बीमा निगम की याद दिलाता रहा है। अब पिता नहीं हैं यानी एक हाथ जलते हुए दीये के बग़ल से हट गया है, पर दीया है कि फिर भी बुझ-बुझाकर जल रहा है।

समझ आयी तो पता चला कि यह जीवन बीमा ही एल.आई.सी. है। लोग अपना वर्तमान भी संकट में डालकर भविष्य बनाना चाहते हैं। एल.आई.सी. के एक कर्मठ एजेण्ट मेरे पीछे पड़े हुए थे, ज्ञानीजनों ने बताया कि पॉलिसी लेने में मेरा ही हित है सो मैं कलेजे पर पत्थर रखकर बाक़ायदा बीमाधारक हो गया। एक प्रलोभन यह भी था कि इसकी रसीद लगाकर इन्कम टैक्स में छूट मिल जाती है। बचपन से ही मैं छूटों का शौक़ीन रहा हूँ। दो अक्टूबर का 'रिडक्शन सेल' मुझे समान रूप से आकर्षित करते हैं। मैं मूँगफली भी लेने जाता हूँ तो दो-चार दाने छूट के चाहता हूँ।

चूँकि पिता नहीं रहे थे तो एक हाथ के बग़ल से हट जाने के कारण हवा के थपेड़े कुछ ज़्यादा ही तंग करने लगे थे, ऐसी स्थिति में जीवन बीमा निगम ने थोड़ा तेल तो दिया पर अपना ही तेल निकलने लगा। बहरहाल! दीया जल रहा है और ज़िन्दगी में चितकबरी ही सही कुछ रोशनी तो है ही। पॉलिसी लेते वक़्त सबसे पहले भविष्य में होनेवाली अपनी मौत दिखलायी पड़ने लगती है। पॉलिसी की अवधि के बीच ही मर जाने के भी अपने फ़ायदे हैं। कम किस्तें जमा करके भी आप यानी मरहूम फलाने दूनी रक़म के अधिकारी हो सकते हैं। आपके नेपथ्य में जाते ही यानी आँख मूँदते ही आपका समूचा परिवार अचानक ही फलने-फूलने लग सकता है। एकाएक सूखाग्रस्त परिवार में फ़सलें झूमने लग सकती हैं, हरियाली के गीत गूँजने शुरू हो सकते हैं। आप मरकर परिवार के लिए उतने उपयोगी हो उठते हैं जितने कि जीते जी कभी नहीं रहे। आप मरकर मुखर होते हैं। शेर याद आता है—

यकीं आये न आये तुमको लेकिन
बहुत-से लोग मरकर बोलते हैं।

सामाजिक प्राणी की तो और भी फ़जीहत है। जो जितना लोकप्रिय है उसको उतने अधिक एजेण्ट घेरते हैं। अब आप बीस-पचीस पॉलिसी तो ले नहीं सकते, सो बीमावाले तमाम 'एजेण्ट' नाराज़ हो जाया करते हैं। सम्बन्धों के बीच जैसे कोई नींबू-सा निचोड़ देता है। मीठे रिश्तों में ख[illegible]स आ जाती है। अभिन्न सम्बन्धों में गणित भी भिन्न छा जाती है। नितान्त अपनी दौलत भी मुँह चिढ़ाने लगती है। दौलतख़ाना, ग़रीबख़ाना लगने लगता है।

एक बार की बात है। एक सज्जन मेरे पीछे पड़ गये। मैं ग़रीब लेखक कोई नयी पॉलिसी लेने की स्थिति में नहीं रह गया था। आप एक कलमघिस्सू से आख़िर कितनी पॉलिसियों की उम्मीद कर सकते हैं। मैं उन्हें टालता रहा, टालता रहा। वे टलते रहे, टलते रहे, फिर भी आते रहे। कभी उन एजेण्ट महोदय को बीस तारीख़ को बुलाता, तो कभी इक्कीस तारीख़ को। कभी सण्डे कहता, तो कभी सैटरडे। कभी दस बजे का समय देता, तो कभी आठ बजे का। कभी सुबह बुलाता, तो कभी शाम को। मैं शेव करता गाल पर साबुन लगाये और ब्रश लिये दरवाज़े की तरफ़ दौड़ता, तो कभी ऑफ़िस के लिए टिफ़िन सहेजता हुआ भागता। एजेण्ट महोदय निर्लज्जता पर उतारू हो चुके थे। वह घड़ी की नोक पर आ धमकते। आख़िरकार मैं आज़िज़ आ गया। एक दिन जब सूरज उगने के साथ सुबह-सुबह ही उन्होंने दरवाज़े पर दस्तक दी, तो मैं सिटकिनी खोलते ही बिफर पड़ा।

"आप तो मेरे धैर्य और शालीनता की परीक्षा ले रहे हैं। मैं समझ रहा था कि आप समझ जायेंगे, पर आपने तो अपने मन-मस्तिष्क का स्विच ही ऑफ़ कर रखा है। मेरी आर्थिक स्थिति अब ऐसी नहीं रह गयी है कि कोई नयी पॉलिसी ले सकूँ।"

मुझे ताव में आया देख एजेण्ट महोदय ने 'जीजाजी! जीजाजी!!' कहते हुए मेरे पाँव पकड़ लिये और फिर फ़रमाने लगे।

"आप प्लीज़ यह नयी पॉलिसी ले लीजिये, जीजी ख़ुश हो जायेंगी।"

मैं अपने प्रति उनका जीजाभाव देखकर और ज़िन्दगी में एक नये साले का इज़ाफ़ा पाकर सचमुच ही चमत्कृत एवं आश्चर्यचकित हो उठा था। ये एल.आई.सी.वाले वाकई 'ब्रदर-इन-ला' वाले अपनेपन और समर्पण के साथ ही आपसे मिलते हैं और आप 'सारी ख़ुदाई एक तरफ़, जोरू का भाई एक तरफ़', सोचते हुए रोते-झींकते एक और नयी पॉलिसी ले लेते हैं।

●

श्रद्धांजलि के बहाने

श्रद्धांजलि-समारोहों का भी अपना ग्लैमर होता है। कोई आश्चर्य नहीं कि कौन शोक-सन्तप्त व्यक्ति कब समारोह में सिल्क का नया कुर्ता पहनकर चला आयेगा? मैं कल ही एक श्रद्धांजलि-समारोह से लौटा हूँ। समारोह में अध्यक्ष भी थे और मुख्य अतिथि भी। मंच पर हर मेल की छोटी-बड़ी मसनदें थीं। सभागार में दिवंगत हुए महापुरुष का एक मुस्कुराता हुआ चित्र रखा था, जिन्हें महान् होने के लिए असमय मरना पड़ा था। महापुरुष की बेचैन रूह वहीं गोल-गोल चक्कर काट रही थी और प्रसन्न हो रही थी, यह देखकर कि वही लोग जो उन्हें दो कौड़ी का भी नहीं समझते थे, आज उनकी प्रशस्ति में शब्दकोश खाली कर दे रहे थे। माहौल में अगरबत्ती का धुआँ उड़ रहा था। ज़मीन पर यहाँ-से-वहाँ तक साफ़-शफ़्फ़ाक़ चादर बिछी हुई थी। गुलाब के फूलों की मालाएँ पंखुरी-पंखुरी होकर बिखर रही थीं। श्रद्धांजलि और शान्ति-पाठ के बाद चाय-कॉफ़ी की व्यवस्था भी थी। लोग दुःखी थे क्योंकि श्रद्धांजलि-समारोह था। उन्हें दुःखी होना पड़ रहा था। संस्मरणों की बाढ़ आ गयी थी। अच्छा-ख़ासा गेट-टुगेटर का माहौल था। एक खिंची हुई उदासी बीच-बीच में थोड़ा-सी चहक भी उठती थी। जब कोई नया सदस्य सभागार में प्रवेश करता तो अचानक ही सारे चेहरे एकबारगी लटक जाते और फिर अगले ही क्षण खिल उठते। श्रद्धांजलि का अपना तकाज़ा था और समारोह का अपना अलग मर्म। लोग मरनेवाले पर कम, अपने पर ज़्यादा बोल रहे थे। महान् आत्मा से अपने सम्बन्धों की विशद चर्चा कर रहे थे।

एक वक्ता बोलने के क्रम में अपना गला बार-बार रुँधाना चाह रहे थे, पर कम्बख़्त आँखों में तो जैसे सूखा ही पड़ा हुआ था। भीग ही नहीं रही थीं। वे खँखार रहे थे। उनसे ज़्यादा माइक खँखार रहा था। इसी बीच वह भावुकता का नन्हा-सा ज्वार उठाने में किंचित् सफल भी हुए, बोल पड़े—"आज अद्भुतानन्दजी हमारे

बीच नहीं हैं। होते तो कितना ख़ुश होते यह देखकर कि लोग उन्हें कितना प्यार करते हैं, महँगे-से-महँगे परिधान और विशिष्ट वेशभूषा में सब आज उन्हें श्रद्धांजलि देने पधारे है।''

उनके यह कहते ही सभागार तालियों से गूँज उठा था। श्रद्धांजलि और तालियों के विलक्षण काम्बिनेशन ने वातावरण को चार्ज़ कर दिया था। कैमरे अपना काम कर रहे थे, श्रद्धांजलि और चेहरों की 'स्माइल' के बीच संगति बिठा रहे थे। कल तक जो शख़्सियत अवसरवादी थी, आज जनवादी एवं समाजवादी हो उठी थी। बड़े पारम्परिक अन्दाज़ में प्रगतिशीलता की नयी परिभाषा रची जा रही थी। 'मरे बैल की बड़ी-बड़ी आँखें' जैसे मुहावरे चरितार्थ हो रहे थे। जिसने कभी अपने हाथों से लेकर पानी भी नहीं पिया, वह भी कर्मयोगी बताया जा रहा था। श्रद्धांजलि-समारोह की भव्यता देखकर बहुत-से लोग अपने मरने की कामना भी करने लगे थे। गेट-टुगेदर आलीशान, श्रद्धांजलि गरिमा-मण्डित थी। सबसे ज़्यादा उदास तो कपड़े का वह थोक व्यापारी था, जिसके यहाँ से कई-कई सेट धोती-कुर्ते हर दूसरे महीने अद्‌भुतानन्दजी के लिए मँगाये जाते थे। उसका सालों का उधार बाक़ी था। वह महाजन भी कुछ कम दुःखी नहीं था, जिसके यहाँ से राशन-पानी का इन्तज़ाम होता था। कई-कई क्विण्टल गेहूँ के बोरे अद्‌भुतानन्द के पेट में समा चुके थे, जिसका भुगतान नहीं किया गया था। घड़ियाली आँसुओं का भी कारोबार हो रहा था। आँख के भरे हुए पानी से ग्लिसरीन की शीशी पंगा ले रही थी। रूमाल बार-बार आँख-नाक तक जा रहा था। दुःख की घटा घुमड़ रही थी, श्रद्धांजलि और चमकदार हो रही थी। पत्रकारों की कलमें सरसरा रही थीं। फर्स्ट हैण्ड, शार्ट हैण्ड साथ-साथ हो रहा था। अद्‌भुतानन्दजी, चित्र में से बाहर निकलते-से लग रहे थे। लकड़ी का सुन्दर फ्रेम कसमसा रहा था। महापुरुष मुस्कुराता हुआ-सा अपने चाहनेवालों पर तस्वीर के भीतर-बाहर से ही पलकें झपका रहा था। 'कैसा बेवकूफ़ बनाया' कहती हुई महान् मुद्रा छल रही थी और लोग भी मरनेवाले को छल रहे थे। गेट-टुगेदर का गेट-टुगेदर और श्रद्धांजलि की श्रद्धांजलि, यानी टू-इन-वन।

श्रद्धांजलि-सभा के बाद दो मिनट का मौन रखा गया था। एक-एक घण्टा बोलनेवाले वक्ताओं के लिए दो मिनट का मौन कठिन हो गया। कई लोग अरसे

बाद इस श्रद्धांजलि-समारोह के बहाने आपस में मिल पाये, वे दो मिनट के मौन में भी खुसफुसाने लगे थे।

ईश्वर, स्वयं आत्मा की शान्ति के लिए की गयी प्रार्थना से अशान्त हो उठा। सभा अपनी चरम अवस्था में पहुँच चुकी थी। लोग हलके मन और भारी क़दमों से सभागार के बाहर आने लगे थे। समारोह तो लगभग सम्पन्न हो चुका था, पर गेट-टुगेदर का उत्सव अभी भी चल रहा था, शायद उसे अभी घण्टों चलना था। श्रद्धांजलि और गेट-टुगेदर दाल-भात की तरह आपस में सन उठे थे।

मैं अद्भुतानन्दजी को याद करता घर की ओर चल पड़ा था।

•

चौराहे पर देश

लालबत्ती हो गयी है। एक तरफ़ से चौराहे पर देश ठिठक गया-सा लग रहा है। हालाँकि एक तरफ़ से अभी भी आवाजाही चल रही है। बड़ा व्यस्त ट्रैफ़िक है देश और समाज का। बावजूद देश के ठिठकने के, दुर्घटनाएँ हो रही हैं। दुर्घटनाएँ चौराहों पर भी अन्धे मोड़ की फ़ितरत लिये हुए हैं। चौराहे पर देश ठिठका है या फिर कोई घड़ी ही बन्द हो गयी है। एक शेर याद आता है—

उम्र आपकी बहुत बड़ी है, लेकिन मेरी बन्द घड़ी है।

घड़ी बन्द है तो लगता है जैसे किसी दिल ने ही देश की तरह धड़कना बन्द कर दिया है। कहने को 'रंग दे बसन्ती चोला' की भी धूम रही है। भगतसिंह कभी अजय देवगन की ज़बान से चीख़ रहे थे, तो कभी बाबी देओल ने उन्हें हिस्टीरिया का मरीज़ बना दिया था। बाज़ार में आ गया था शहीद। बाज़ार में होना बुरा नहीं है, बाज़ारू हो जाना दुःखद है। एक पावन याद बाज़ारू हो चली थी। बाज़ार, जहाँ चौराहों की धमापेल है। बाज़ार के चौराहे हैं, चौराहों का बाज़ार है। यहीं कहीं ठिठका है देश। जहाँ चौराहों का आर्तनाद है, वहीं कवि भवानी शंकर अपने पास चौराहा न होने का दर्द बयान कर रहे हैं—

इसलिए तारीख़ ने हमको कभी चाहा नहीं,
हम अकेले हैं हमारे पास चौराहा नहीं।

एक तरफ़ किसी के पास चौराहा नहीं है तो किसी के मन में चौराहे-दर-चौराहे हैं। बुरी ख़बरों से लबरेज, जाने कितने-कितने चौराहे मन में ही करवटें लेते रहते हैं। हर चौराहे पर गुजरात की शक्ल उभरती है। टीसते हुए फफोले, उनसे रिसता पानी, पानी में थरथराते बिम्ब। बिम्बों का एक उलझा-उलझा-सा कोलॉज।

कोलॉज में गाँधी के चश्मे की टूटी कमानी, लाठी के छोटे-छोटे टुकड़े, टुकड़ों में घावों के आशियाने, चश्मे के ही टूटे-चिहराये लेन्स में साबरमती आश्रम, स्वामीनारायण मन्दिरवाली गुजराती की ग़ज़ल का छिन्न-भिन्न मतला, हाँफता हुआ मकता, टूटी मज़ार के बुझे हुए दीये, सब-कुछ 'फ़ास्ट फ़ारवर्ड' की शैली में आँखों

से गुज़रता हुआ और तिस पर चौराहे पर लालबत्ती, ठिठका हुआ देश और उन्माद में अट्टहास करती देशभक्ति। एक तरफ़ अहमदाबाद, गोधरा, गाँधीनगर, एक तरफ़ कुल्लू, मनाली, न्यूयार्क। एक तरफ़ मौत का ताण्डव, एक तरफ़ अवकाश की ऐय्याशी यानी फ़ुर्सत के रात-दिन। एक तरफ़ ठण्डी हवा, एक तरफ़ शोलों में धधकता तूफ़ान। एक तरफ़ मोदी, एक तरफ़ मुशर्रफ़। एक तरफ़ रक्षामन्त्रालय, एक तरफ़ असुरक्षित मग़र चौराहे पर ठिठका देश। राष्ट्रपति की गुजरात और फिर भोपाल यात्रा, देश को आत्मनिर्भर बनाने का सपना और समय की आँखों में उतरा मोतियाबिन्द।

महँगा पेट्रोल-डीज़ल, महँगी डाक दरें, सस्ती आदमी की जान। गलियाँ-सड़कें जीभें लपलपाती हुईं। सामान्य आदमी की फटी हुई जेबें, मगर धर्म की बारह खड़ी रटता-रटाता शैतान। ईश्वर जैसे कोई मूकदर्शक आले-आलमारी, पूजागृहों में सजा हुआ। भरी दुपहरी में सूरज का अपहरण। टीवी पर राजा का कविता-पाठ-'जंग न होने देंगे' का उद्घोष। भीतरी जंग, गहरी और गहरी। मौसम के तापमान से कहीं अधिक मन-मस्तिष्क का तापमान। घृणा का हाई वोल्टेज।

हिंसा का बैरोमीटर खिलखिलाता हुआ। अहिंसा के पुजारी की क्षत-विक्षत तस्वीर। हर तरफ़ आग, हर तरफ़ घी। आसमान छूती लपटों के बीच लालबत्ती और चौराहे पर ठिठका देश। शिराओं में खदबदाता ख़ून, सड़कों पर स्तब्ध यातायात। कहीं-कहीं लहूलुहान आत्मा ही पागलों-सी बाल बिखेरे घूमती हुई। धमनियों का ख़ून ही सड़कों पर थक्के की शक्ल में काला पड़ा जमा हुआ। चौराहे-चौराहे पर गुजरात। देश यानी पूरा भारत बन्द। कभी तेज़, कभी स्लोमोशन में हिंसा और आगजनी। हिंसा न हो गयी, बल्लेबाज का चौका-छक्का हो गया। रिपीट, आफ़्टर रिपीट। मांस के लोथड़े, बम-कट्टा और अस्त होता साँवला सूरज। कितने-कितने सूर्योदय सलीब पर। कितने-कितने सूरजों की भ्रूणहत्या। एक दोहा छटपटाता हुआ-सा इधर-से-उधर हवाओं में टहल रहा है—

बिना खड्ग और ढाल के, जिसको किया स्वतन्त्र,
गाँधी के उस देश में, ख़ून पिये जनतन्त्र।

सचमुच ऐसा लग रहा है कि चौराहे-चौराहे पर धार्मिकजन आखेट पर निकले हैं और लालबत्ती पर देश सहमा और ठिठका हुआ है।

•

भारतीय राजनीति और मुँहनोचवा

भारतीय समाज में मुँह नोचने और नुचवाने की एक सनातन परम्परा रही है। मुँहनोचवा अचानक ही पैदा नहीं हो गया है। देश की राजनीति में हर कालावधि में मुँह नोचनेवालों ने बाज़ी मारी है। जो जितना बड़ा मुँहनोचवा है, उतना ही बड़ा राजनीतिक भी है। एक चिन्तक फ़रमाते हैं कि शूर्पणखा आधुनिक भारतीय राजनीति की पर्याय है। चिन्तकों का चिन्तन भी प्रायः एकपक्षीय ही होता है। दुनिया जानती है कि चेहरे पर नाक के क्या ठाठ होते हैं। नाक मुँह और चेहरे का एक अहम् हिस्सा होती है। अगर कोई आपकी नाक ही नोच ले तो उसे आप क्या कहेंगे? निश्चय ही वह नाकनोचवा अथवा मुँहनोचवा ही कहलायेगा और इस तरह से रामज़ी के भ्राताश्री यानी लक्ष्मणजी अपने समय के बहुत बड़े मुँहनोचवा के रूप में ही प्रतिष्ठित पूजित किये जायेंगे।

दरअसल, यह मुँहनोचवा है कौन? यह तो पूछता भी नहीं कि हम आपके हैं कौन! सीधे-सीधे आता है और मुँह नोचकर लहूलुहान कर, धीरे से अन्तर्धान हो जाता है। यह भेष बदलकर हमारे बीच समय-समय पर आता रहा है। कभी यह भूखा भेड़िया होता है, तो कभी उत्पाती अथवा करामाती बन्दर। पिछले साल की हनुमानजी के वंशजों की कारस्तानियाँ आपको याद ही होंगी। देश का दिल राजधानी दिल्ली पसीना-पसीना हो उठी थी। रामभक्तों के शासन में भी बन्दर 'मेनस्ट्रीम' में नहीं आयेंगे तो और कौन आयेगा? पहले समुद्र पर सेतु तनते थे, आज जनसमुद्र पर पुल निर्माण की योजनाएँ बन रही हैं। कहीं 'फ्लाई ओवर' हैं, तो कहीं पुल पर ही अराजकता एवं निरंकुशता का पानी लहरा रहा है। यह निरंकुशता मध्यकालीन सामन्ती अमानुषिकता की याद दिलाती है। कभी आपको भेड़िया उठाने आ सकता है, तो कभी बन्दर धाराशायी कर सकता है और आजकल तो ख़ैर मुँहनोचवा शबाब पर है ही। इस गहरी उमस और भयंकर गर्मी में मुँहनोचवा ने और भी सारे-के-सारे जनतन्त्र को पसीने में डुबो रखा है। रावण के दसों मुँह भगवान् राम ने काट गिराये थे। आज तो हज़ार-हज़ार मुँहों और सिरोंवाले रावण खुलेआम घूम रहे हैं।

मुँहनोचवा इनका बाल भी बाँका नहीं करता। वह केवल निरीह और भोली-भाली जनता को ही परेशान करता है। अफ़वाहें भी एक प्रकार से मुँहनोचवा ही होती हैं।

अभी कल की बात है। मैं बाज़ार गया था सब्ज़ी ख़रीदने। शाम साँवली पड़कर रात में तब्दील हो चुकी थी। बहुत-सारे लोग एक जगह पर इकट्ठे होकर एक दिशा-विशेष की तरफ़ टकटकी बाँधकर देख रहे थे। मैंने भी अपना मुँह, जो अभी तक मुँहनोचवा की कृपा से बचा हुआ था, उसी दिशा में कर दिया। एक तारा अपेक्षाकृत बड़ा, काफ़ी नीचे अपनी सम्पूर्ण चमक के साथ टिमटिमा रहा था। निश्चित रूप से वह शुक्र तारा था। सारी-सारी भीड़ उसे मुँहनोचवा समझ रही थी, पर मैं शारीरिक अभिनन्दन न हो जाये इस भय से ख़ामोश ही रहा। सभी के चेहरों पर हवाइयाँ-सी उड़ रही थीं। मैं एक अफ़वाह का सच देख रहा था और किंकर्त्तव्यविमूढ़ था।

मुँहनोचवा की कहानी काफ़ी दिलचस्प है। वह प्रकारान्तर से मन्त्रियों की विदेश-यात्राओं को भी प्रभावित कर रहा है। किसी का अमेरिका जाना रद्द हो रहा है, तो कोई दिल्ली-मुम्बई के बीच ही पेण्डुलम हो गया है। कहीं खद्दरधारी मुँहनोचवा से मुँह चुरा रहे हैं तो कहीं शिवानी हत्याकाण्ड ही मुँहनोचवा की शक्ल में परिदृश्य पर छा गया है। इससे महाराष्ट्र के महा-जन हलाकान हैं। 'महाजनो येन गतः स पन्थाः' का सूक्तिवचन अथवा आप्त वाक्य भी कन्फ़्यूज़्ड है।

बचपन में पढ़ा एक निबन्ध इन दिनों बार-बार याद आ रहा है। 'विज्ञान : वरदान या अभिशाप' की पहेली बूझता हुआ ही बड़ा हुआ हूँ। मुँहनोचवा आदमी का ही बनाया हुआ भस्मासुर है जो उसी को जला रहा है। तीन-चार बैटरियों का मिलकर लाल-हरा, नीला-पीला होकर जलना, 'प्लैंचेट' पर आयी आत्माओं की याद दिलाता है। ऐसी याद कि देह का कनस्तर खड़खड़ा उठे। बैटरियों के साथ भी एक धातु का कनस्तरनुमा होता है, जो रोबोट के आकार-प्रकार में उड़ता है जिसे कम्प्यूटर का शक्तिस्वरूप संचालित करता है। 'हमको मालूम है मुँहनोचवा की हक़ीक़त लेकिन', हम क्या करें? मुँहनोचवा की हक़ीक़त कोई जन्नत की हक़ीक़त तो है नहीं, वह तो नरक का निर्माता बना हुआ है। एक नाटकीय षड्यन्त्र रच रहा है, लोग स्वर्णिम होने से बचना चाह रहे हैं। कमरे के बाहर भगदड़ मची हुई है। शायद अँधेरा होने के साथ ही मुँहनोचवा आ गया है। मैं मुँहनोचवा माहात्म्य यहीं स्थगित करता हूँ।

•

चिड़िया बैठाने की कला

कुछ लोग चिड़िया बैठाने की कला में पारंगत होते हैं। सरकारी अफ़सर तो चिड़िया बैठाते-बैठाते अपना पूरा जीवन ही गुज़ार देते हैं। उनके हस्ताक्षर की चिड़िया से बड़े-बड़े सौदे पट जाते हैं। अपनी इस चिड़िया को प्यार से वे 'इनीशियल' भी कहते हैं। ड्राफ्ट का लिखना और पढ़ना तो केवल मातहतों के हिस्से आता है। अधिकारी तो आँख मूँदकर साइन करता है। बड़े-बड़े घोटाले इसी एक दस्तख़त की चिड़िया के चलते हुए हैं। एक कवि महोदय फ़रमाते हैं—

तिरछा-सा कुछ लिखकर, दस्तख़त बताते हैं
लोग यहाँ पर केवल, चिड़िया बैठाते हैं।

चिड़िया बैठानेवाले लोग भय नाम की किसी चिड़िया को नहीं जानते। वे निर्भय होते हैं। उड़ती चिड़िया देखकर ही बता देते हैं कि उड़नेवाली चिड़िया किस तरफ़ छि-छि करनेवाली है। निपुणता से चिड़िया बैठानेवाले चिड़ीमारों के बल पर ही यह देश फल-फूल रहा है।

हस्ताक्षर अपने-आपमें हस्ताक्षर करनेवाले का चेहरा होता है, पर प्रायः ऐसे किया गया होता है कि हिन्दी और अंग्रेज़ी दोनों की ही वर्णमालाएँ भीतर तक कराह उठें। इस तरह के छलिया हस्ताक्षरों से टेण्डर पास होते हैं, निविदा-सूचनाएँ ज़ारी होती हैं। बड़े-बड़े पेमेण्ट की रसीदों की छाती पर मूँग दली जाती है। रसीदी टिकट पर लाल, नीली, काली या हरे रंग की चिड़िया बैठ जाती है। हज़ारों-लाखों-करोड़ों का वारा-न्यारा हो जाता है।

इस तरह की चिड़िया से मन्त्रियों और अफ़सरों का जन्म-जन्मान्तर का रिश्ता होता है। वह गहरी नींद में सपनों में बड़बड़ाते हुए चिड़िया बैठाने का कार्यक्रम निर्विघ्न सम्पन्न करते रहते हैं। उनके सामने आठ बाई दस की भरी-पूरी मेज़ होती है, जिस पर उनका साम्राज्य होता है। एक लैम्प विनम्र भाव से गर्दन झुकाये उनके

सामने खुली सादी नोटशीट को रोशनी से नहलाता होता है। तरह-तरह के पेपरवेट होते हैं। अफ़सर कलम का धनी होता है क्योंकि उसकी मेज़ पर नाना प्रकार की कलमें विश्राम की मुद्रा में पायी जाती हैं। उनसे कभी-कभी केवल चिड़िया बैठाने का ही काम लिया जाता है। बीच-बीच में 'स्टेपलर' दाँत बजाता है। पिनकुशनों में खुँसी हुई आलपिनें करवटें बदलती हैं। सरकारी दफ़्तरों में हस्ताक्षर की चिड़िया का पावर अक्सर बड़े-बड़े चीलों और गिद्धों के पास सुरक्षित होता है। वे केबिन में हिंसक चेहरा लेकर बैठते हैं। चिक के पीछे से उनका व्यक्तित्व और भी भयावह लगता है, पंक्तियाँ याद आती हैं—

समझौतों के शान्ति पत्र पर जलते हस्ताक्षर बैठे हैं
केबिन में हिंसक चेहरा ले पशुओं-से अफ़सर बैठे हैं।

बड़ी-बड़ी शान्ति वार्त्ताएँ और समझौते भी इसी हस्ताक्षरवाली चिड़िया के कारण मानीखेज हो उठते हैं, पर मेरे-जैसा कोई अदना सरकारी कर्मचारी जब चिड़िया बैठाने के चक्कर में पड़ता है तो औंधे मुँह गिरता है।

एक बार की बात है। टाइप किया हुआ काग़ज़ मुझे बड़े साहब ने 'कम्पेयर' करने के लिए दिया। मैंने देखा और झट से चिड़िया बैठा दी। बाद में कम्पेयर किये गये काग़ज़ में ढेरों ग़लतियाँ मिलीं। मुझे साहब ने बुलाया। मैं उनके चैम्बर में गया और सहमते हुए स्पष्टीकरण दिया— 'साहब! मैंने काग़ज़ ठीक से पढ़ा ही नहीं था, क्योंकि उसके ठीक ऊपर 'कान्फीडेन्शल' लिखा हुआ था।' साहब मेरे जवाब से पानी-पानी हो गये थे और मुश्किल से यह शेर पढ़ पाये थे—

इस सादगी पे कौन न मर जाये ऐ ख़ुदा,
लड़ते हैं मगर हाथ में तलवार भी नहीं।

तब से मैंने भी तय कर लिया है कि अब भविष्य में कभी भी कोई काग़ज़ बिना क़ायदे से देखे-सुने चिड़िया नहीं बैठाऊँगा।

•

ऊँट और पुरस्कार

ऊँट और पुरस्कार में विलक्षण समानता यह होती है कि दोनों का ही पता नहीं होता, कि वे किस करवट बैठेंगे। जुगाली करता ऊँट चिन्तक दिखता है। आप ज्योतिषी नहीं, उसके पूज्य पिताश्री भी हों, तो भी नहीं बता सकते कि ऊँट किस करवट बैठेगा।

यही हाल पुरस्कारों का भी है। हिन्दी का लेखक हमेशा ही पुरस्कार-प्रेमी रहा है। लेकिन लेखक डाल-डाल है, तो पुरस्कार पात-पात। लेखक पुरस्कृत होने के लिए लिख रहा है। पुरस्कार-समितियों के लोगों से सम्पर्क साध रहा है। पुरस्कारों की राशि और पुरस्कृत होनेवाले लेखक के नाम रातोंरात बदल जाते हैं। पुरस्कार किसी की झोली में गिरना होता है और वह जा गिरता है किसी और की झोली में। एक लेखक टॉप करता है और दूसरा टापता रह जाता है।

पुरस्कार, जुगाड़ के राजपथ से होता हुआ लेखक के सूने अँधेरे में प्रतिफलित होता है। वह दाँत चियार के पुरस्कार लेने पहुँच जाता है और ऐसा अनभिज्ञ बनता है जैसे आज से पहले तक उसे इस पुरस्कार के बारे में कुछ भी नहीं मालूम था। वह निरीह भाव से ऊँट की तरह ही अपनी गरदन हवा में लहराता है। जैसे ऊँट अपनी करवट के पत्ते नहीं खोलता, उसी तरह पुरस्कार-समितियाँ भी अपने रहस्य उजागर नहीं करतीं। अन्त तक सस्पेन्स बना रहता है।

प्रायः पुरस्कारों की अन्तर्कथा ख़ासी रोचक होती है। पिछले दिनों की बात है, ऐन पुरस्कार घोषित होने से कुछ रोज़ पहले ही समिति से एक सदस्य ने यह कहते हुए त्यागपत्र दे दिया कि चूँकि एक वरिष्ठ साहित्यकार ने उनके पास पुरस्कार के लिए एप्रोच कर लिया है, लिहाज़ा वह निष्पक्ष नहीं रह सकेंगे। इस्तीफ़े से कथित वरिष्ठ रचनाकार महोदय को बहुत धक्का लगा। पुरस्कार का ऊँट जिस करवट बैठा, वह सबको चमत्कृत एवं विस्मित कर देनेवाला था।

बहुत-सी बातें ऊँट की करवट और पुरस्कार के चरित्र पर भी निर्भर करती हैं। 'निष्पक्षता' शब्द मात्र रह गया है। आचरण में वह गधे के सिर के सींग की तरह नदारद है। भाई-भतीजावाद केवल राजनीति में ही नहीं, साहित्य में भी फल-फूल रहा है। साहित्य के क्षेत्र में तो 'समधीवाद' का भी इन दिनों ख़ूब बोलबाला है। आलोचक का समधी कथाकार है और कथाकार का समधी आलोचक है। साहित्य का बाज़ार ग्लैमरस होता जा रहा है। 'विश्व बाज़ार का ऊँट' भी अपनी भूमिका में अग्रणी है। उसकी अपनी सोची-समझी करवट है। पुरस्कार की करवट और ऊँट की करवट दोनों ही अपने समय और समाज के लिए कठिन पहेली बनते जा रहे हैं।

एक दिलचस्प प्रसंग याद आ रहा है। एक लेखक महोदय को एक संस्था ने नाट्य लेखन के लिए पुरस्कृत किया। लेखक आश्चर्य में डूब गये। अपने आत्मीय से बोले, "यार बताओ, पिछले पन्द्रह सालों में मैंने एक नाटक भी नहीं लिखा है, फिर मुझे क्यों पुरस्कृत किया गया है?" लेखक के आत्मीय मित्र उनकी छटपटाहट देखकर हँसते हुए बोले, "कम-से-कम आप एक विधा का कबाड़ा तो नहीं कर रहे हैं। इसीलिए आपको पुरस्कृत किया गया है।"

मित्र संवाद सुनकर लेखक महोदय खिसियाते हुए-से हँस पड़े। बहरहाल! पुरस्कार और ऊँट, दोनों ही न समझ में आनेवाले तत्त्व हैं।

•

'टच वुड' का ज़माना

मेरे एक अनन्य प्रशंसक कल मेरे घर आये थे। आते ही उन्होंने मेरी तारीफ़ का 'हावड़ा ब्रिज' बाँधना शुरू कर दिया। बोले—"आजकल तो आपका बड़ा जलवा है। जो भी पत्र-पत्रिका उठाइये, आपकी रचना शान से कब्ज़ा जमाये बैठी मिलती है। रचना छपने पर पारिश्रमिक का चेक भी दरवाज़े पर दस्तक देता होगा। आप पर सरस्वती और लक्ष्मी दोनों ही कृपालु हैं।"

इतना सब कहते हुए उन्होंने अपनी कुर्सी का हत्था भी छू लिया और फिर बोले— 'टच वुड'।

मैं जो अपनी प्रशंसा सुनकर फूला नहीं समा रहा था, अचानक ठिठक गया। मेरे प्रशंसक मित्र ने काठ की कुर्सी छुई थी और मुझे जैसे काठ ही मार गया। मैं टच वुड की जेहनियत में डूबने-उतराने लगा। सोचता हूँ कि ऐसा क्या होता है लकड़ी में कि उसे छू भर लेने से टोक नहीं लगती, हाय नहीं लगती।

आजकल वाकई 'टच वुड' का ज़माना है। एक क्षण को आपकी सराहना की जाती है और अगले ही क्षण 'टच वुड' कर लिया जाता है। दूसरे ही नहीं आप भी 'टच वुड' कहते हैं। पत्नी का बेहतर हो रहा स्वास्थ्य देखकर पहले आप कहते हैं, 'माशाअल्ला तुम तो ठीक हो गयी हो।' और फिर मुँह से यह प्रशंसा निकलते ही आप धीरे से लकड़ी छू लेते हैं। मुसीबत तब होती है जब आसपास लकड़ी से बनी कोई वस्तु ही न हो। दरवाज़े 'फाइबर' के हों, कुर्सियाँ लोहे अथवा प्लास्टिक की हों तो 'टच वुड' की भावना संकटग्रस्त हो जाती है। 'टच वुड' कहनेवाले फिर भी 'टच वुड' कहते ही हैं। भले ही लोहा छूकर ही उन्हें कहना पड़े। ऐसे लोग सन्तोष कर लेते हैं कि आजकल लोहा भी लकड़ी-जैसा ही कमज़ोर, दीन-हीन, छुई-मुई हो चला है। ऐसे मौक़ों पर उसे छुआ जा सकता है। बहुत-सारे लोग तो आदतन 'टच वुड' कहते हैं। इससे फ़र्क नहीं पड़ता कि वह क्या ढूँढ़ रहे हैं? उन्हें

तो कुछ छूना भर होता है। 'टच' करना उनकी फ़ितरत होती है। वैसे लकड़ी को स्पर्श कर लें तो फिर क्या बात है? 'टच वुड' नज़र न लगने देनेवाली भावभूमि का अधुनातन भावबोध है। नज़र है कि फिर भी लगती ही है, चाहे लकड़ी छुइये, चाहे लोहा। कह सकते हैं कि 'टच वुड' हमारे आधुनिक हो रहे समाज का आप्त शब्द युगल है। यह वे लोग भी बोलते हैं जो मन-ही-मन आपके सत्यानाश की भी कामना कर रहे होते हैं। जो जलते-कुढ़ते हैं वे भी लकड़ी छूते हैं या फिर छूने का अभिनय करते हैं, क्योंकि 'टच वुड' सामाजिक आचार-व्यवहार का भी हिस्सा बन चुका है। कोई आश्चर्य नहीं कि वह भी आपकी तारीफ़ कर लकड़ी का स्पर्श करे जो आपके पीछे-पीछे आपके लिए मारण यज्ञ करवा रहा हो। ऐसे ईर्ष्या से धधकते लोग जब लकड़ी छूते होंगे तो निश्चित ही निमिष भर को ही सही, लकड़ी भी आग पकड़ लेती होगी, अग्नि प्रज्वलित हो जाती होगी। 'जय हो लकड़ी की।'

लकड़ी का माहात्म्य अपरम्पार है। यह लकड़ी का ही मामला है, जिससे बैट बनता है। कभी 'मैच फिक्सिंग' होती है, तो कहीं एक शाट में ही 'लगान' जैसी फ़िल्म आस्कर के लिए चुन ली जाती है। देख तमाशा लकड़ी का-जैसे निर्गुन का गायन होता है, काशीनाथ सिंह-जैसे लेखक इसकी ही आड़ में संस्मरण लिखने लगते हैं। यह लकड़ी ऐसा-वैसा तत्त्व नहीं, बड़े काम की चीज़ है। यह लोहे के साथ कसी जाती है तो कुल्हाड़ी की शक्ल अख़्तियार कर लेती है। इसके बिना कुल्हाड़ी का कोई अस्तित्व ही नहीं है। इसके बने 'बेंत' से ही कुल्हाड़ी रोबीली दिखती है। कुल्हाड़ी की लकड़ी छूकर भी 'टच वुड' कहा जा सकता है, लोहे की तेजस्विता लकड़ी के ही जिम्मे होती है।

जन्म से लेकर मृत्यु तक लकड़ी का संसार फैला होता है। बचपन में लकड़ी का पालना मिलता है। बहुत-सारे खिलौने लकड़ी के होते हैं। लकड़ी के घोड़े-हाथियों के साथ मेरा भी बचपन बीता है। लकड़ी के राजा-वजीर, ऊँट-घोड़ा, पैदल शतरंज के मोहरे बनते हैं। प्यादे लड़ते हैं, लकड़ी बजती है। लकड़ी की सुगन्धित अग्नि के ही सात फेरे कन्या के साथ लेने होते हैं, तभी आमतौर पर वह एक अदद जीवनसंगिनी के रूप में जुड़ पाती है। (मैं कोर्ट मैरिज की बात नहीं करता) राम नाम सत्य भी लकड़ी के साथ ही सम्पन्न होता है। ज़िन्दगी भर सिर पर मुसीबत के डण्डे बरसते हैं। अन्त समय में भी घाट तक ले जाने से लेकर चिता सजने तक लकड़ी

ही साथ देती है। यानी अन्त तक साथ निभाती है। विद्युत् शवदाह गृह, बिजली न आने के कारण अप्रासंगिक ही रहता है।

हम लकड़ी छुएँ या न छुएँ, लकड़ी ही हमें छूती रहती है। हमारे सम्पर्क में रहती है। एक तरह का 'टच वुड' चलता रहता है, यह धर्म लकड़ी भी निभाती है।

वैसे एक बात कह दूँ जब से मेरे प्रशंसक मित्र ने 'टच वुड' कहकर मेरी सहायता की है, मेरी रचनाएँ थोक के भाव छपना बन्द हो गयी हैं। लकड़ी छूने के बाद भी उनकी टोक का मैं शिकार हो गया हूँ। पारिश्रमिक के चेक मुझसे रूठ गये हैं। सरस्वतीजी तो अब भी सिद्ध हैं, लक्ष्मीजी ही ख़फ़ा हैं।

मित्र के ऐसे 'टच वुड' पर मैं सौ-सौ लानतें भेजता हूँ।

•

मिसराइन चाची की होली

याद आ रही है चौक, जानसेनगंज, अतरसुइया, ज़ीरोरोड, अहियापुर, महबीरनगली, सती चौरा, कल्याणी देवी की होली। याद आ रहे हैं पिता उमाकान्त मालवीय, पण्डित रविनाथ सारस्वत। याद आ रहे हैं भंगड़ सुल्तान। दुहाई भंग भवानी की, जो कहूँगा सच कहूँगा, सच के अलावा कुछ भी नहीं कहूँगा। फ्लैश बैक में जा रहा हूँ। लोकनाथ पर सिलौटी पर भाँग पिस रही है। भाँग उस सीमा तक पीसी जानी है, जिस सीमा तक पीसी जाकर बट्टा उठाने मात्र से सिलौटी भी साथ ही उठ खड़ी हो। मन बौरही पतंग की तरह सात आसमानों के पार उड़ रहा है। पहले-पहले प्यार की ठुनकी भी दिमाग़ में ठुनक रही है। चेहरे कहीं अधरंगे हैं, कहीं तौकियाला, कहीं मत्थेदार हैं, तो कहीं छुरियल, कहीं-कहीं बामची पतंग-जैसा हवाल भी है। कहीं ब्राण्डी पर भंग है, तो कहीं भंग पर ब्राण्डी। नशे की हलकी-हलकी रस्साकशी है। टमाटर है, रायता है, इमली की चटनी है। कीचड़ और वार्निश भी है, यानी जो कुछ भी है सब-कुछ ईस्टमैन कलर है। हवाओं में 'सरौता कहाँ भूल आये प्यारे नन्दोइया' की गूँज है। साली-सलहजें हैं, भाभियाँ हैं, तिज़ोरी की चाभियाँ हैं।

सम्भवतः वह अस्सी की होली थी। रेख भिननी शुरू हो गयी थी, बासन्ती बग़िया भी धीरे-धीरे जवान हो रही थी। बचपन में ही मुझे यह भान हो गया था कि होली भी दो तरह की होती है, एक सामिष और एक निरामिष। वैसे तो मैं निरामिष हूँ पर सामिष यानी मांसाहारी होली में यक़ीन रखता हूँ। प्लेटोनिक अथवा अशरीरी होली का भला क्या मतलब? जब तक गुत्थमगुत्था न हो, लपटी-लपटा न हो तब तक भला कैसी होली?

पिता सारे शहर की परिक्रमा करते, जानसेनगंज की चरहियों में नहाते, मुट्ठीगंज से मुण्डे इक्के से गुज़रते, बहादुरगंज में कवि पथिकजी को छेड़ते, अन्त में मम्मी-पापा के पास कल्याणी देवी पहुँचते थे। उनके साथ कैलाश गौतम, रवि चाचा, हरिमोहन मालवीय, जगन्नाथ सहाय वर्मा, माहेश्वर तिवारी, अमरनाथ

श्रीवास्तव आदि चाचागण अपने सम्पूर्ण चाचात्व के साथ होते थे। ये लोग अहियापुर से बदौवा गुरु के यहाँ बैठकी लगाकर आये होते थे।

कल्याणी देवी पर एक मिसराइन चाची हुआ करती थीं, उनके सामने ही कक्कड़ाइन का कमरा था। दोनों में छत्तीस का आँकड़ा था, पर होली पर दोनों तिरसठ हो जाती थीं, बेताबी से पिता का गोपीभाव से इन्तज़ार करती थीं। पिता का होली खेलने का वह अन्तिम स्टेशन होता था। हम पिता के सिपाही होते थे। पिता की वत्सला भाभी श्रीमती स्वराज्य मालवीय होती थीं, रंगों के सप्लायर होते थे पापा यानी ताऊजी कृष्णकान्त मालवीय। क का अनुप्रास लिये कंचन, कुन्तल, कीर्ति, कंगन, हमारी बहनें भी सक्रिय रहती थीं। गुल्लू मामा रंगों में भीगे लटाई लिये पतंग उड़ा रहे होते थे। अजय भइया की हाफपैण्टवाली जेब में गुझिया और गुब्बारा दोनों होते थे। मामीजी उद्दाम आवेग में होती थीं।

उस दिन सब जगह से निपटते-निपटते कल्याणी देवी पहुँचने में पिता को दोपहर के ढाई बज गये थे। मिसराइन पिता की प्रतीक्षा करते-करते निराश होकर नहा चुकी थीं, उन्होंने खिड़की से ही तौबा की। पिता विजया की कई सीढ़ियाँ चढ़ चुके थे, एक हरीतिमा लगातार मन में करवट ले रही थी। वह जितनी सीढ़ियाँ चढ़ रहे थे, आनन्द की छत उतनी-उतनी ऊपर खिसकती जा रही थी। मिश्राजी पटरेवाली जाँघिया पहने, अपनी तोंद पर हाथ फेरते मिसराइन की पहरेदारी कर रहे थे। उनकी गहरी नाभि देखकर लगता था जैसे रावण की तरह उनकी नाभि में भी अमृत है। हम लोग मिसराइन चाची का दरवाज़ा पीटने लगे। पिता साइड में खड़े हो गये। चाची सीलिंग फ़ैन की तेज़ हवा में अपने घने काले, लम्बे, घुँघराले बाल सुखा रही थीं। उनका गोरा चेहरा अधछूटे रंगों की आभा में और भी दमक रहा था। कभी चाची चार सौ बीस लग रही थीं, तो कभी आठ सौ चालीस। एक बार विधिवत् नहा चुकने के बाद, फिर से रंग छुड़ाने की जहमत से वह बच ज़रूर रही थीं, पर पिता का देर से ही आ जाना उनको नये सिरे से उत्साहित भी कर रहा था। पिता से हलका-सा गुलाल भर गाल पर लगाने का आश्वासन मिलने पर उन्होंने दरवाज़ा खोल दिया। लाउडस्पीकर पर 'होली आयी रे कन्हाई, रंग छलके सुना दे जरा बाँसुरी' का मन्त्रोच्चार हो रहा था।

मिसराइन चाची का आँगन में आना क्या हुआ, पिता के कृष्णभाव के साथ हम सब चाचीबाज़ी पर उतर आये, पिता अपना आश्वासन भूल गये थे, पर चाची बहुत दबंग थीं। उन्होंने जैसे ही पिता का पाणि ग्रहण किया उनका पाणि मुरुक गया।

वह हाय-हाय करते बैठ गये। चाची ने अपने बचाव में ही सही पिता को कसकर आलिंगनबद्ध कर लिया। वह छिपकली के मुँह में फँसे पतंगे की तरह छटपटाने लगे। उन्हें इस तरह निरीह हालत में फँसा देखकर हमारी वानर सेना नये सिरे से सक्रिय हो उठी। हम लोगों ने मिसराइन चाची से पिता की रक्षा की, उन्हें उनके गहरे चंगुल से छुड़ाया। अब पिता की बारी थी, पर चाची उनके हाथ ही नहीं आ रही थीं। वह कमरे से बाहर सारे शरीर पर तेल पोतकर ही निकली थीं। बार-बार सटक जाती थीं। कड़क पति मिश्राजी फिलहाल दर्शक दीर्घा में खड़े कड़क चाय पी रहे थे। आख़िर कुछ देर की जद्दोजहद के बाद चाची, पिता के हाथ आ ही गयीं। अब वह पिता की बाँहों में थीं। मिश्राजी खड़े खोपड़ी खुजला रहे थे और बाहर सड़क पर खम्भे पर बँधे लाउडस्पीकर पर यह गीत बज रहा था— खाये गोरी का यार बलम तरसे, रंग बरसे।

यह सब-कुछ अब क़िस्से-कहानी-जैसा लगता है। सब-कुछ निष्कलुष और आईने-सा साफ़ मन-मस्तिष्क अब कम ही देखने को मिलता है। नहीं रहे पिता, नहीं रहीं उनकी होलीवाली नायिका मिसराइन चाची, जिनका बिना पिता के साथ रंग खेले फगुआ ही पूरा नहीं होता था। चाची की आँखों की उत्सवी टिमटिमाहट आज भी याद आती है।

पिता के न रहने के बाद एक बार कल्याणी देवी के घर पर ही उनसे मिलना हुआ था। होली सिर पर थी, मैंने पूछा, "चाची अबकी बार होली पर क्या कार्यक्रम है?"

"कैसी होली? कौन-सी होली? होली तो बेटा तुम्हारा बाप अपने साथ लेता गया?"

कहते हुए उनकी आँखें भीग आयीं थीं। अब मिसराइन चाची भी नहीं हैं। गुल्लू मामा की पतंग भी कट चुकी है। पिता की वत्सल भाभी भी न रही हैं। पिता पहले ही रंगों में सराबोर होकर नेपथ्य में जा चुके हैं। होली एक बार फिर सिर पर है। कल्याणी देवीवाले उस घर का भी जीर्णोद्धार हो चुका है। याद आ रहा है जब पुनर्निर्माण के क्रम में घर की दीवारें तोड़ी जा रही थीं, तो दरारों मोखों से होली का रंग झर रहा था, रंगीन पलस्तर गिर रहा था, इस क़दर रंग पैबस्त हो गया था, वहाँ की दीवारों में।

काश कि पहलेवाली होली एक बार फिर लौटती।

●

शुभकामना के चिकने लप्पड़

इन दिनों डाकियों का काम बढ़ गया है। कार्डों की शक्ल में चौतरफ़ा शुभकामना के चिकने लप्पड़ चल रहे हैं। हमारे मोनूलालजी तोड़फोड़ में गहरा विश्वास रखते हैं। वह 'शुभकामना हो' को पढ़ते हैं, 'शुभ काम ना हो'। यानी उनका चिन्तन ही 'नकार' की आधारभूमि पर करवटें लेता है। वह भारतीय संस्कृति के भी पुजारी हैं। इन संस्कृति पुरुषों ने बड़ी आफ़त मचा रखी है। यह जनवरी और चैत का मल्लयुद्ध कराने में भी नहीं चूक रहे हैं। ऐसे लोगों ने नये साल की पूर्व सन्ध्या में लखनऊ के एक होटल में पर्याप्त तोड़फोड़ की है। मैंने पहले ही कहा कि यह तोड़फोड़ में वैसा ही विश्वास रखते हैं जैसे कि एक आस्तिक ईश्वर में। यह बच्चों के जन्मदिन पर केक काटते हैं, मोमबत्तियाँ बुझाते हैं, उन्हें कॉन्वेण्ट स्कूलों में शिक्षा दिलवाते हैं, पर जाने क्यों जनवरी आते ही जब पारा एकदम नीचे आने लगता है तो इनके दिमाग़ का पारा आसमान छूने लगता है। इनका ब्लडप्रेशर बढ़ जाता है। भरी जनवरी अख़बारों के पेज गरमाने लगते हैं। संस्कृति चीत्कार करने लगती है। जिस कैलेण्डर से वर्षभर ख़ुद यह अपना काम चलाते हैं, वही कैलेण्डर जनवरी में फाड़ देने पर आमादा हो उठते हैं। इनसे सामान्य जन का उत्साह-उल्लास देखा नहीं जाता। यह संस्कृति का चाबुक उत्सवधर्मी जनता पर बरसाने लगते हैं। ख़ैर, मैं शुभकामना के चिकने लप्पड़ों की बात कर रहा था। नया साल आ चुका है। रोज़ एक-दो नहीं, शुभकामना के कई-कई चिकने लप्पड़ खाने को मिल रहे हैं। वह भी शुभकामना दे रहे हैं जो सामान्य स्थिति में आपकी शक्ल भी देखना पसन्द नहीं करते। बाज़ार से गुज़रिये तो ग्रीटिंग कार्डों पर बल्ब और ट्यूबलाइटों की रोशनी फिसल रही होती है, निगाह भी फिसलती है। बाहर जितनी अधिक रोशनी जगमगाती है, मन का अँधेरा उतना घना होता जाता है। पिछला साल बहुत गाढ़ा गुज़रा है। नया साल भी युद्धोन्माद के आगोश में है। युद्ध की आँधी

रुक-रुककर चल रही है। राजनेता चुनावों के मद्देनज़र देश को युद्ध की आग में झोंक देना चाहते हैं। सीमाओं पर चौकसी है। पाकिस्तान अपनी आग में जल रहा है, हिन्दुस्तान भी जंग की ही जबान बोल रहा है। अमेरिका अपनी तरह से अट्टहास कर रहा है। नया साल है कि फिर भी आया है। आशावादी मन फिर भी कह रहा है—

साल पुराना दुर्घटनाओं के नाम रहा
नये साल का स्वागत फिर भी करना है
खोये गीत ढूँढ़कर ख़ुद को गाना है
सपनों से सूनी आँखों को भरना है।

पंजाबी कवि पाश कहते हैं, 'सबसे ख़तरनाक होता है हमारे सपनों का मर जाना।' सचमुच हमारे सपने मर रहे हैं। नये साल का कैलेण्डर भी घायल पंछी की तरह अपने पंख फड़फड़ा रहा है। कील ठुकी दीवार पर अर्थहीन-सा हो गया है हमारा समय। शुभकामना के चिकने कार्ड सचमुच झन्नाटेदार तमाचों-जैसे लग रहे हैं। 26 जनवरी ही नहीं आ रही है, वह अपने साथ भूकम्प की त्रासद यादें भी ला रही है। प्रकृति का वह जाने कैसा व्यंग्य था हमारे गणतन्त्र पर। हर सलामी पर तिरंग लहरकर बिखरता हुआ-सा लगा था। बकौल नीलाभ वह सारे कवि याद आये थे, जो किसी बड़ी कविता की रचना के लिए किसी बहुत बड़े हादसे का इन्तज़ार करते हैं। हवाएँ नाख़ून तेज़ कर रही हैं। घना कोहरा दुष्यन्त कुमार की किसी व्यक्तिगत आलोचनावाली बात की याद दिला रहा है। बीच-बीच में आसमान पर सूरज मोमबत्ती की लौ-सा थरथरा जाता है। धूप का स्वास्थ्य ख़राब है, हमारा स्वास्थ्य भी बीमार जिजीविषा ही चला रहा है। हम घरों में दबे-सिमटे हैं, हमारे जवान बर्फ़ में दिलों की आग बो रहे हैं। हमारे वज़ीरेआज़म काव्यपाठ कर रहे हैं। ग़ज़लों के बादशाह जगजीत सिंह उनके गीतों को गा रहे हैं। एक बार फिर रेशमी आवाज़ में खादी की खरखराहट सुनायी देने लगी है। नया साल पुराना होने की दिशा में अग्रसर हो चुका है। मैं भारतीय संस्कृति का उपासक नहीं हूँ फिर भी नया साल अपने नये होने की प्रतीति नहीं दे पा रहा है। तस्वीरें वही हैं, केवल तारीख़ें बदल गयी हैं। हमारा जेहन कुछ बदले तो शायद समय बदलने का एहसास हो। शुभकामना के चिकने लप्पड़ यूँ तो चल ही रहे हैं।

●

कहानीकार आ रहा है

इन दिनों न गर्मी है, न बरसात। जाड़ा भी अभी पूरी तरह नहीं आया है। केवल एक मौसम चल रहा है, एक-दूसरे पर कहानियाँ लिखने का। साहित्यिक उमस इन दिनों बढ़ी है। अन्तरंग सम्बन्धों की पोलें खोली जा रही हैं। जैसे कभी माँ अपने बच्चे को सुलाती हुई कहती थी, 'सो जा बेटे सो जा, नहीं तो गब्बर सिंह आ जायेगा।' वैसे ही कॉफ़ी हाउस में बूढ़ा आलोचक नयी पीढ़ी को आगाह करता है, 'आप सभी लोग हँसी-मज़ाक बन्द करिये। सावधान हो जाइये। कहानीकार के आने का समय हो गया है।' बूढ़े आलोचक की चेतावनी सुनकर सभी आतंकित हो उठते हैं। 'कहानीकार आ रहा है' यह ख़बर वैसे ही गूँजती और भय पैदा करती है, जैसे कि कहा जाये कि 'लकड़बग्घा आ रहा है।'

कभी एक कवि ने लगभग घबराकर लिखा था, 'पेड़ो, बच्चो, चिड़ियो! भागो, हिन्दी के कवि तुम्हारे पीछे पड़ गये हैं।' वह मौसम था पेड़ों, बच्चों और चिड़ियों पर कविताएँ लिखने का। यह मौसम है कहानियाँ घसीटने का। मन करता है कि ऐलान करूँ, "माँ, बाबूजी, भाई साहब, भाभी! सभी लोग सतर्क हो जायें। कहानीकारों को विषय का टोटा पड़ गया है। वह किसी भी आत्मीय सम्बन्ध को सरे बाज़ार रुसवा कर सकते हैं।"

अजीब मौसम है। गुरु शिष्य पर कहानियाँ लिख रहे हैं, शिष्य गुरुओं को निशाना बना रहे हैं। जनम-जनम के प्रेमी आपस में किसी बात पर खटक जाने से कहानियाँ लिखने पर उतारू होने लगे हैं। कोई कहानीकार अपनी पूर्व प्रेमिका को वेश्या बनाये दे रहा है, तो कोई कहानीकार अनौपचारिक और अन्तरंग सम्बन्धों में ही वामपन्थ और दक्षिणपन्थ की कुश्ती करा रहा है। यह कुश्ती कहीं-कहीं नूरा कुश्ती भी साबित हो रही है। नारी-विमर्श के बहाने नारी को ही अपमानित किया जा रहा है। दलित-विमर्श के अपने एजेण्डे हैं। दलितों का सवाल भी चटखारे ले-

लेकर उठाया जा रहा है। इन दिनों वही सबसे बड़ा लेखक है जो जितना बड़ा विज्ञापनदाता है। विज्ञापन की भरपूर राशि से साहित्यिक मूल्य ख़रीदे और बेचे जा रहे हैं। कहानीकार केवल कहानी ही नहीं लिख रहा है, सम्पादकों के पास अपनी कहानी पर चेले-चपाटों से चिट्ठियाँ भी लिखवा रहा है। कहानीकार सम्पादकीय कार्यालयों में सम्पादक से बहसें कर रहा है। कहानीकार सम्मानित हो रहा है, कहानीकार अपमानित हो रहा है। कहानियाँ पढ़ी जा रही हैं, कहानियाँ लिखी जा रही हैं। कहानियाँ शयनकक्ष में दाखिल हो गयी हैं। वह कभी सिर के नीचे का तकिया खींच रही हैं, तो कहीं निर्वस्त्र कर रही हैं। कहानीकार प्रेत-हँसी हँस रहा है। वह दलितों का मसीहा है, नारी के संघर्षों का झण्डाबरदार भी वही है। वह उसी के वस्त्रों को लेकर झण्डों की तरह हवा में लहरा रहा है। वह अपनी ही कहानी के फोटो स्टेट बँटवा रहा है। वह विद्यार्थियों में फूट डलवाकर अपनी सेना तैयार कर रहा है। विश्वविद्यालय और वहाँ का पाठ्यक्रम दोनों उसकी निगाह में हैं। वह मण्टो और चेखव बनना चाह रहा है, पर गुलशन नन्दा और राजू की रचना मानसिकता से उसे फ़ुर्सत नहीं है। हिन्दी सिनेमा का मायालोक उसे लुभा रहा है। कमर्शियल हिन्दी फ़िल्मों का सच उसे विचारोत्तेजित कर रहा है। उसने नंगी तलवार की ही तरह नंगी क़लम हाथ में ले ली है और अपने किरदारों का ही सिर क़लम कर रहा है। उसके पात्र घिघिया रहे हैं, उसके चरित्र जलील हो रहे हैं। वह अपनी कहानियों में ही 'न्यूड्स' तैयार कर रहा है। उसकी कहानी की कल्पनाप्रसूत नंगी पेण्टिंग यथार्थ के नाक-कान काट रही है। उसकी कहानी बाज़ार में है। विश्व बाज़ार के ऊँट को उसने अपने वश में कर लिया है। फ़ार्मूला फ़िल्मों की तरह उसकी कहानी भी अपने निष्कर्ष तलाश कर रही है। वह सोते-जागते कहानियाँ लिख रहा है। वह नींद में भी कहानियाँ ही बड़बड़ा रहा है।

मुझे याद है कि बचपन में जब किसी कहानीकार को घर आना होता था तो जैसे जश्न-सा हो जाता था। अमरकान्त, अमृतराय-जैसे कथाकार आते थे और हम सबके जेहन पर जैसे एक कहानी लिखकर चले जाते थे। हम हुँकारी भर-भरकर उनको सुनते थे। वह चले जाते थे तब भी मन-मस्तिष्क में उनके आगमन की सुगन्ध बनी रहती थी। अब तो कोई कहानीकार घर आता है तो खिड़की दरवाज़ों के परदे खींच देने पड़ते हैं, घर की औरतें डरती हैं कि जाने किस बात पर कहानीकार कहानी

लिख देगा। वह धोती के पल्ले सँभालती हैं और परदे की ओट से ही चाय-नाश्ता भेज देती हैं।

साहित्य में पुलिसिया आतंक भी कुछ कम नहीं है। पुलिस न केवल कहानीकारों को संरक्षण दे रही है, वरन् स्वयं साहित्य की सर्जना भी कर रही है। एक सज्जन एक बार अपने कवि पड़ोसी से तंग आकर मेरे पास आये और बोले, 'भाई साहब, मैं शहर के एस. एस. पी. के पास जा रहा हूँ। पड़ोसी कवि ने तो जीना मुहाल कर दिया है। सवेरे का समय ऑफ़िस जाने का होता है, उसी समय अपनी कविता की डायरी लेकर आ धमकता है।' मैं अपने परिचित सज्जन की तकलीफ़ पर करुणा विगलित हो उठा था। पर फिर भी उन्हें नेक सलाह दी थी, 'एस. एस. पी. के पास तो हर्गिज़ मत जाना। यहाँ तो कविता से छुटकारा मिल जाता है। एस.एस.पी. तो कहानियाँ लिखता है, उसकी कहानियाँ भी ख़ासी लम्बी होती हैं।'

मेरी बात सुनते ही वह सज्जन निढाल हो गये। बहरहाल, कहानियाँ लिखने का मौसम है और ज़ोरों पर है। कहानीकारों से बचना असम्भव प्रतीत होता है।

•

परहेज़ की पकड़

मनुष्य पैदा होने के साथ ही तरह-तरह के परहेज़ों की गिरफ़्त में आ जाता है। जन्म से मृत्यु तक उसे संयम की लड़ाई लड़नी होती है। यह लड़ाई दरअसल अपने-आपसे ही ठाननी होती है। अकसर यह देखा गया है कि आपको उसी चीज़ से परहेज़ करना होता है जो आपको ज़्यादा प्यारी होती है। मेरी अपनी व्यथा है कि मैं मिठाइयों का ज़बरदस्त शौक़ीन रहा हूँ। बचपन में दाँत दर्द के कारण पूज्य माता-पिता मिठाइयों की तरफ़ फटकने नहीं देते थे। अब जब हनुमान चालीसा पढ़ते-पढ़ते चालीस की उम्र होने को आ गयी है तो डॉक्टरों ने मिष्टान्नों पर रोक लगा दी है। डायबिटीज़ ने दस्तक देनी शुरू कर दी है। हालाँकि मैं मिठाई चोरी-छुपे बचपन में भी खा लेता था और अब भी दावतों में दो-एक पार ही कर लेता हूँ। मैं अपनी स्वादेन्द्रिय से लाचार हूँ। बचपन में माता-पिता की निगाह से बचना होता था, आज पत्नी के कोप से बचना होता है। बचपन में जिस तरफ़ दाँत में दर्द होता था, उसके दूसरी तरफ़ से भोग लगाता था और अब पत्नी के मायके जाने का इन्तज़ार करना होता है। विडम्बना यह है कि मेरा बचपन मिष्टान्न तीर्थ लोकनाथ (इलाहाबाद) में बीता है। मुझसे सौ चूहे खाकर बिल्ली की तरह भगवद्‌भक्ति भी नहीं होती। मधुमेह का शिकार होने के पीछे शायद मेरे मधुर व्यक्तित्व की भी कुछ भूमिका रही हो! बहरहाल, प्रकट रूप में मुझे मिठाइयों से गहरा परहेज़ करना होता है। प्रायः यह होता है कि सामने पत्नी विराजमान होती है और बग़ल में डोंगे में रखे रसगुल्ले अपना सिर आपस में भिड़ा रहे होते हैं। मेरी स्थिति यह होती है कि एक बार पत्नी को देखता हूँ तो दूसरी तरफ़ रसगुल्लों को। एक तरफ़ से मिठास टेरती है तो दूसरी तरफ़ पत्नी की निगाहों का नमक बरजता है। मिठाई और नमकीन में घमासान होता है। जीवन का नमक विजयी होता है। मैं उस परीक्षार्थी की तरह रसगुल्ले खाने से वंचित रह जाता हूँ जिसके पास चिटखी हुई हो और इनविजलेटर के सिर पर खड़े

रहने से नकल का रसगुल्ला प्राप्त न कर पाया हो। मैं वंचना का दर्द सहता हूँ।

ब्लडप्रेशर के मरीज़ को बहुत अधिक बोलने से परहेज़ करना पड़ता है। उसका बोलना कई बार तनाव बढ़ाता है। तनाव भी एक तरह का नमक है जो ज़्यादा हो जाये तो ज़िन्दगी ही रास नहीं आती। कम नमक खाना और कम बोलना दोनों ही फ़ायदेमन्द होता है। ज़िन्दगी की दाल में तनाव का नमक जितना कम हो उतना अच्छा रहता है। चुप्पा आदमी बहुत ख़तरनाक होता है, उसे बोलने का अभ्यास करना चाहिए। एक चुप यद्यपि सौ बलाएँ टालती है। मग़र चुप रहने और मितभाषी होने में बड़ा फ़र्क होता है। बोलने में बहुत-सारी भड़ास निकल जाती है। किसी ऊलजलूल हेमरेज का ख़तरा नहीं रहता।

टॉन्सिल के मरीज़ फ्रिज के पानी से दूर से ही नमस्कार करते हैं। सर्दी के स्वभाववाले कूलर और एसी से दामन बचाते हैं। कोई चावल से बिदकता है तो कोई बैंगन से किनारा करता है। किसी को आलू देखकर बुखार चढ़ता है, ऐसे लोग आलू देखकर आलूबुखारा की स्थिति को प्राप्त हो जाते हैं। किसी को ठण्डी हवा से बचना होता है, कोई बारिश में भीगकर आनन्दित होता है तो कोई हलकी फुहार पड़ने पर ही छाँय-छाँय के संगीत से वातावरण को स्वरबद्ध करने लगता है। मेंढ़की से लेकर सत्ताधीशों तक को जुकाम होता है। कई बार सत्ताधीश के एक हाथ में शासनादेश की कॉपी तो एक हाथ में इनहेलर होता है। जनप्रिय कवि कैलाश गौतम इन्हीं स्थितियों के लिए कहते हैं— बरसात बुरी नहीं है, मगर अफ़सोस! पानी बताशों पर पड़ रहा है। बढ़ती उम्र परहेज़ों की सौगात लेकर आती है। जिनका पेट यानी मध्य प्रदेश बढ़ने लगता है वे घी-तेल से तौबा कर लेते हैं, अन्य बादी फैलानेवाली खाद्य-सामग्रियों से भी उनका जी डरता है। वात के रोगी को गद्दों और तकियोंवाली नींद नसीब नहीं होती। एसीडिटी से बचने के लिए कई महानुभाव चाय-जैसे राष्ट्रीय पेय को ठुकरा देते हैं।

यह परहेज़ ख़ासी दिलचस्प स्थितियाँ भी पैदा करता है। प्रायः आत्मसंयम धरा रह जाता है। संयम से पराजित इन्सान काफ़ी दर्शनीय हो उठता है। एक प्रसंग याद आता है : अभी हाल ही में कविता के कीर्तिमान पुरुष डॉ. जगदीश गुप्त नहीं रहे। उनके पास अकसर जाना होता था। एक बार गया तो दारागंज (इलाहाबाद) में निराला की प्रतिमा के पास खड़े जलेबी का भोग लगा रहे थे। उन्होंने मेरी तरफ़ भी

जलेबी बढ़ायी और बोले, 'यह घूस लीजिये और घर चलकर चर्चा मत कीजियेगा कि आपने मुझे जलेबी खाते रँगे-हाथ पकड़ा है। इस समय तो मैं अपनी डायबिटीज़ की छाती पर मूँग दल रहा हूँ।'

कवि जगदीश जी के चेहरे पर बाल-सुलभ मुस्कान तिर आयी थी। परहेज़, आदमी की ज़िन्दगी को चाहे जितना बदरंग कर देता हो, एर उसकी डूबती हुई नाव को किनारे भी लगाता है। लेखक को लिखने से और अ-लेखक को न लिखने से भी कभी-कभी परहेज़ करना चाहिए। अपनी इन्द्रियों से आदमी का संघर्ष उसे धारदार ही बनाता है हालाँकि इन्द्रजीत भी आजकल मुँह के बल गिरते नज़र आ रहे हैं।

•

टॉयलेट में अख़बार

बड़े मज़ेदार लगते हैं मुझे टॉयलेट में अख़बार पढ़नेवाले लोग। टॉयलेट उनका वाचनालय होता है। आज की आपाधापीवाली ज़िन्दगी में फ़ुर्सत के क्षण उन्हें टॉयलेट में ही नसीब होते हैं। ऐसे में टॉयलेट विचार-गृह में तब्दील हो जाता है। चिन्तन की सैकड़ों दिशाएँ खुलती हुई नज़र आती हैं। टॉयलेट में वैचारिकता का द्वन्द्व चलता है। लगता है कि मनुष्य वास्तव में एक चिन्तनशील प्राणी है। यही चिन्तनशीलता उसे जानवरों से अलग करती है।

हिन्दी के कुछ सेवक तो अँगरेज़ी का अख़बार टॉयलेट में छुपाकर पढ़ते हैं, उन्हें टॉयलेट में एक मानक शब्दकोश भी रखना पड़ता है क्योंकि किसी शब्द-विशेष पर अड़चन उपस्थित हो जाने की स्थिति में आगे का सारा कार्यक्रम स्थगित हो जाता है, यानी धरा रह जाता है। इसके ठीक उलट कुछ अँगरेज़ीदाँ, टॉयलेट में हिन्दी का अख़बार ले जाकर हिन्दी के प्रति अपनी नफ़रत का इज़हार करते हैं। हालाँकि हिन्दी के अनन्य भक्त और अँगरेज़ी के पुजारी दोनों ही क़िस्म के लोग विचारों की कब्ज़ियत के भी शिकार होते हैं। टॉयलेट में उनके चिन्तन की चिड़िया बमुश्किल उड़ान भरती है। हमारे मोनूलालजी तो अद्भुत जीव हैं, वह जब तक दो-चार बलात्कार, चार-छह हत्याओं, एकाध ट्रेन दुर्घटना और दो-एक केन्द्र या राज्यस्तर के मन्त्रियों के इस्तीफ़े की ख़बर नहीं पढ़ लेते, उन्हें प्रेशर ही नहीं बनता। दो-चार सनसनीखेज़ ख़बर पढ़कर ही वह 'प्रेशर कुकर' हो पाते हैं। जब पेट साफ़ होता है, तो मन भी साफ़ हो जाता है।

जिस देश में अख़बार भी माँगकर पढ़ने की परम्परा हो, गनीमत है कि कुछ लोग 'टॉयलेट चिन्तन' के लिए ही सही, अख़बार ख़रीदकर तो पढ़ते हैं। ऐसे लोगों के लिए अख़बार की भूमिका कभी ईसबगोल की भूसी-जैसी होती है, तो कभी

अख़बार त्रिफला चूर्ण की स्थिति को प्राप्त होता है। हमारे यहाँ अख़बार आता है, तो अजीब छीना-झपटी का दृश्य उपस्थित हो जाता है। देखते-देखते समूचा अख़बार ही द्रौपदी हो जाता है। श्रद्धेय पिताजी राष्ट्रीय और अन्तर्राष्ट्रीय ख़बरों के रसिया हैं। पत्नी, किस टॉकीज में कौन-सी फ़िल्म चल रही है, इस सवाल पर जागरूक रहना चाहती है। उसकी रुचि बुद्धू बक्से के कार्यक्रमों में भी होती है। बेटा सचिन तेन्दुलकर की किसी ख़बर के बारे में जानना चाहता है। विश्वविद्यालय समाचार भी उसे देखने होते हैं और 'मैं बेचारा काम के बोझ का मारा' स्थानीय ख़बरों से ही काम चलाता हूँ।

दिक़्क़त उन दिनों में होती हैं जब पन्द्रह अगस्त, दो अक्टूबर, छब्बीस जनवरी या होली-दीवाली के दूसरे दिन कमबख़्त अख़बार नहीं आता। सबके चेहरे एक अव्यक्त तनाव से बोझिल हो जाते हैं। टॉयलेट जाने पर एक अजीब-से खालीपन का बोध होता है। टॉयलेट का सूनापन आँखें तरेरता है। पिताजी, जिन्हें टॉयलेट में सर्वाधिक समय लगता है, वह भी दो मिनट में ही हाथ-मुँह धोकर बाहर निकल आते हैं। पिताजी में 'बापत्व' और अब मेरी शादी हो जाने के बाद से 'ससुरत्व' कूट-कूटकर भरा हुआ है। वह तनिक भी बर्दाश्त नहीं कर पाते कि नयी बहुरिया टॉयलेट में ले जाकर अख़बार पढ़े, पर क्या करें! बेचारे कुछ बोल भी नहीं पाते क्योंकि इस परम्परा के पोषक भी तो वही हैं।

सच! टॉयलेट में अख़बार पढ़ने का रोमांच और रोमांस विलक्षण ही होता है, आपकी सुबह फूल-सी हलकी हो जाती है। हमारी बहिनजी तो चश्मे के साथ अपना डॉट पेन भी टॉयलेट में ले जाती हैं, अख़बार तो उनकी बग़ल में दबा ही होता है। वहीं पर वह अख़बार में छपी 'वर्ग पहेली' हल करती हैं। पुराने समय में जिसे 'सण्डास'-जैसे वीभत्स नाम से जाना जाता था, वही जगह अब 'टॉयलेट'-जैसे आभिजात्य शब्द से चिह्नित की जाने लगी है। आज के आधुनिक टॉयलेट तो रीडिंग रूम या स्टडी रूम के भी कान काटते हुए दिखते हैं। कोई आश्चर्य नहीं कि वहाँ आपको किताबों का रैक भी देखने को मिले। पढ़नेवाले, अख़बार की नहीं टॉयलेट में गम्भीर दर्शन की पुस्तकें भी आत्मसात् करते हैं, पर अख़बार का मज़ा ही कुछ और है।

टॉयलेट में अख़बार हमारी चेतना को विशेष स्फूर्ति देता है। गहरे राजनैतिक और सामाजिक ससेकारों का बोध हमें एकान्त में ही होता है। भीड़-भाड़वाले घर-परिवार और समाज में यह एकान्त हमें टॉयलेट में ही नसीब होता है। सुलभ होता है आत्मसाक्षात्कार। शायद इसीलिए सरे-राह बने टॉयलेट केन्द्रों को सुलभ कॉम्प्लेक्स का नाम दिया गया है। मैं तो अपने बड़े साहब को जब भी फ़ोन करता हूँ, तो पता चलता है कि वे टॉयलेट या फिर बाथरूम में हैं। तनावों से मुक्ति पाने के लिए ही या फिर दिनभर के तनावों से जूझने की तैयारी के लिए सुबह होते ही साहब अख़बार लेकर टॉयलेट में चले जाते हैं।

•

विषयी का विषय

इस घनघोर विषयी समय और समाज में कितना त्रासद और विडम्बनापूर्ण है कि मुझे आज लिखने के लिए कोई विषय ही नहीं सूझ रहा है, मग़र ज़िद है कि कुछ लिखना ही है। न लिखने के कारण हो सकते हैं तो लिखने के कारण भी होते ही हैं, सबसे बड़ा और प्रमुख कारण तो पारिश्रमिक का चेक ही होता है। मेरे पास तो ख़ैर एक छोटी-मोटी नौकरी है ही, उनका क्या होता होगा जो फ्रीलांसिंग करते हैं। ऐसे लोगों को जब विषय नहीं मिलता होगा तो वह बेचारे उत्तर आधुनिकता की शरण में जाते होंगे। पत्थर कलम की नोक पर हो या बुद्धि पर दोनों ही स्थितियों में उद्विग्न करता है। तरह-तरह के शिलान्यास होते हैं। एक शिलान्यास दिमाग़ पर भी होता है, जिसे बुद्धि पर पत्थर पड़ना कहते हैं। ऐसी स्थिति होती है तो लिखने के लिए न कोई ऑब्जेक्ट मिलता है और न ही सब्जेक्ट। सामने पैड में लगे सादे काग़ज़ व्यंग्य करते-से लगते हैं। नियमित स्तम्भ अनियमित होने लगता है या फिर ढहने ही लगता है। अख़बार को छापना पड़ता है कि स्तम्भकार अस्वस्थ हो गये हैं या फिर अपरिहार्य कारणों से इस बार फलाँ स्तम्भ नहीं जा पा रहा है। और ज़्यादा हुआ तो स्तम्भकार की विदेश-यात्रा की घोषणा कर दी जाती है। ऐसे में पाठक थोड़ा-सा रिलैक्स ही होता है, स्तम्भकार बेचारा मन मसोसता है। आजकल स्तम्भ लिखे जाने का मौसम है। स्तम्भ लिखने के लिए नये-नये विषयों की ज़रूरत होती है। वो कलम ही क्या जो कालम न लिखे। एक कवि महोदय लिखते हैं कि मैं एक ऐसी कविता लिखना चाहता हूँ जिसे रोटी में तब्दील कर सकूँ। कविता बेचारी तो क्या खाक रोटी में तब्दील होगी। हाँ, कालम से अवश्य आटा साना जा सकता है। अख़बार आ गया है पर उसकी तह खोलने की भी इच्छा नहीं हो रही है। जाने मन के तालाब का पानी शान्त है या फिर सड़ रहा है। विचारों का कोई कंकड़ लहरों

के चक्रव्यूह निर्मित नहीं कर पा रहा है। सब-कुछ यथावत् है। बहुत नीचे होकर शिखर वार्त्ताएँ हो रही हैं, ट्रेन डकैतियाँ हो रही हैं, लोग करोड़पति हो रहे हैं, लोग भीख माँग रहे हैं, शेयर मार्केट में पूँजीनिवेश हो रहा है, घोटाले हो रहे हैं, घोटालेबाज़ बेदाग़ पाये जा रहे हैं, भारत कर्ज़ के बोझ तले कराह रहा है, ऋतिक रोशन पेप्सी पिला रहा है, पेपरवार छिड़ी है, महाबली अमेरिका युद्धोन्माद में है, काबुल-कन्धार में भी धुआँ उठने लगा है, लादेन मियाँ अदृश्य हो गये हैं, कहीं पोटो की पटपटाहट है, तो कहीं दोहा की दोहरी मार है, चैनल युद्ध भी कम नहीं है, सबके हाथ में अपना-अपना रिमोट है, दृश्य बदल रहे हैं, एक केन्द्रीय मन्त्री रासायनिक पानी को केसरिया अमृत समझकर पी जा रहे हैं, ज्योतिष का पाठ्यक्रम सुनिश्चित हो चुका है। इतना सब-कुछ है, फिर भी विषय का टोटा है। कुछ समझ में नहीं आ रहा है। ज्ञानात्मक संवेदन और संवेदनात्मक ज्ञान सभी अपनी-अपनी वेबसाइट भूल चुके हैं। परिदृश्य पर विचित्र क़िस्म का कोलाज़ बिम्बित हो रहा है। सब जैसे एक न ख़त्म होनेवाली कॉकटेल पार्टी में शामिल हैं। एक चितकबरा अथवा बदरंग इन्द्रधनुष आसमान पर है। सम्बन्धों में सड़ाँध है, चौतरफ़ा एक आकर्षक काई है, फिसलने को तैयार हैं योद्धा। अपना घर नहीं सम्हल रहा है, पर विदेश नीति के चर्चे हैं। बहुत-कुछ है, फिर भी मेरा विषय है विषयहीनता। किसी विषयी के लिए विषयहीन होना इस समय की सबसे सनसनीखेज़ ख़बर है। यह विषयहीनता ऊब के गर्भ से जन्मी है। ऊब उसकी माँ है, वह उसकी दुलारी बेटी है। विषय बीच-बीच में कौंधते भी हैं, तो पलक झपकते ही विषयान्तर हो जाता है। वह विषय ही क्या जिसमें विषयान्तर न हो, फिर भले ही वह नामवर के निमित्त ही क्यों न हो। कुशल लेखक और वक्ता जानते हैं कि विषयान्तर कैसे किया जाता है और फिर जब कोई विषय ही न हो तो विषयान्तर कैसा? हालाँकि फिर भी विषयान्तर हो ही गया है। देखते-देखते विषयहीनता हाथ से सरक गयी है, वैसे भी मैं जो विषय उठाता हूँ, उस पर कम ही लिख पाता हूँ, पंक्तियाँ याद आती हैं—एक विषय है, विषयान्तर के कई तरीक़े हैं। लिखनेवालों के माथों पर रोली-टीके हैं। विषय न होने का रोना रोते-रोते मैं कई पेज काले कर चुका हूँ। कोई विषय सूझा तो सेवा में फिर हाज़िर हो जाऊँगा।

•

छाते की महिमा

हर बार बारिश में अपना छाता ठीक कराना पड़ता है और हर बार बारिश में उसकी पोल खुल जाती है। हर बार गर्मी उतरते-न-उतरते नया छाता लेने का संकल्प लेता हूँ। इधर छाता ख़रीदने का मन बनाता हूँ और उधर सावन-भादों सूखे बीतने लगते हैं। सोचने लगता हूँ कि कुछ दिनों की तो बात है, इस साल और 'छाता क्रय योजना' टरका दी जाये। इधर अपना संकल्प शिथिल करता हूँ और उधर आसमान पर काले-काले बादल घिरने लगते हैं, बिजली चमकने लगती है। मूसलाधार बारिश शुरू हो जाती है। मैं अपने मध्यवर्गीय सोच पर निछावर होने लगता हूँ। दुहत्ती से अपना धूल भरा छाता उतारता हूँ और अगले ही दिन मरम्मत करवा लेता हूँ। फिर बादल घिरते हैं, पानी बरसता है। मैं अपना वही छाता जो सिन्धु घाटी की सभ्यता की याद दिलाता है, लेकर निकल पड़ता हूँ। मूड रूमानी होता है, पर अगले चौराहे पर पहुँचते-न-पहुँचते छाता उलट जाता है, जैसे कि कभी-कभी सत्ता उलट जाया करती है। छाता उलटता है, मैं भौचक्का रह जाता हूँ। आसमान से पड़ती फुहारों के बीच आसपास हँसी के फौवारे फूट पड़ते हैं। मैं शर्मा जाता हूँ। 'मालवीय' से 'शर्मा' होते मुझे देर नहीं लगती। मैं जल्दी-जल्दी छाते की तीलियों को पकड़कर सीधा करने लगता हूँ। छाते की दुर्दशा देखकर मेरी छाती दरकने लगती है। मैं मन-ही-मन छाते के समाजशास्त्रीय अध्ययन के बारे में सोचने लगता हूँ। छाता एक सामाजिक ज़रूरत है। बारिश के प्रचण्ड वेग के बीच भी वह हमें समाज से जोड़ता है। मुझे याद आता है अपना बचपन। 'रेनीडे' की जाने कितनी छुट्टियाँ मनायी हैं हम लोगों ने। आज के बच्चे केवल बाल कविताओं में 'रेनीडे' जान पाते हैं। बन्द बसों में जानेवाले बच्चे क्या जानेंगे 'रेनीडे'? हालाँकि मेरा बेटा सुबह उठकर बादलों की तरफ़ उम्मीद भरी नज़रों से देखता है। आप कह सकते हैं कि यह उसका आनुवंशिक गुण है।

बहरहाल! छाता उलटता तो तब है जब बारिश के साथ-साथ तेज़ हवाएँ भी चल रही हों। थोड़ी-बहुत बारिश तो मेरा छाता झेल जाता है, पर जब बारिश रौद्र रूप धारण कर लेती है तो छाता 'ख़ुद आसमां' से ज़्यादा बरसने लगता है। इस बरसने को ही मैं छाते की पोल खुलना कहता हूँ। घर में रहो तो छत बरसती है, बाहर निकलो तो बादलों के साथ-साथ छाता भी बरसता है। ज़नाब असलम इलाहाबादी की याद आती है, वह फ़रमाते हैं :— हम पक्के मकानों में भी महफ़ूज़ नहीं हैं, छत तोड़ के आ जाता है बरसात का पानी। मुझे राजकपूर से और उनके छाते से प्रायः गहरी ईर्ष्या होती है। बारिश के दिन हैं। वह अकसर टी.वी. पर छाता लगाये नर्गिस के साथ नज़र आ जाते हैं। न वह भीगते हैं, न नर्गिस। दोनों बारिश की बूँद-बूँद को जीते हैं। अच्छा है कि मेरे साथ, मेरी नर्गिस बारिश में छाता लेकर टहलने नहीं निकलती, नहीं तो उस बेचारी को भी मेरे साथ भीगना पड़ता। उस बेचारी की तकलीफ़ अपनी जगह है, पर मैंने अकसर पाया है कि बेवफ़ाओं के छाते एकदम चुस्त-दुरुस्त होते हैं, तभी तो एक शायर रोता हुआ कहता है— हमने तो रो-रो लगायी आँसुओं की झड़ियाँ, उस बेवफ़ा ने घूमकर छाता लगा लिया।

मेरा बस चले तो बेवफ़ाओं के छातों में अनगिनत छेद कर डालूँ। बढ़ी नदी में उनकी नावें हों तो छातों के साथ उनकी नावों को भी आटा छाननेवाली चलनी बना दूँ, पर ख़ुदा गंजे को नाख़ून नहीं देता। मैं अवश हूँ। रंग-बिरंगे छाते मुझे सम्मोहित नहीं करते। गहरे काले रंग के छातों में मेरे प्राण बसते हैं। नदी में भैंसें भी नहा रही हों तो भी मुझे छाता लगाकर नहाते हुए लोग ही नज़र आते हैं। मेरा छाता चूता है, तो आँखें भी बरसने लगती हैं। मनुष्य एक सामाजिक प्राणी है, छाता एक समाज-सापेक्ष वस्तु है। मेरे एक अभिन्न एडवोकेट मित्र हैं। जब मेरा छाता विरहिनी नायिका की आँखों-सा बरसने लगता है तो मैं उनका पुराना पड़ गया काला कोट छाता ठीक कराने के लिए माँगने लगता हूँ। वह बिना मेरी पीड़ा समझे मुस्कुरा देते हैं। सड़कों पर बहुत-सारे आधुनिक यक्ष छाता लगाये चहलक़दमी करते नज़र आते हैं। कालिदास की नायिकाएँ भी आधुनिक हो चली हैं, नायक को आगाह करती हैं, 'छतरी न खोल, उड़ जायेगी, बारिश तेज़ है।' इस बारिश में पुराने घाव भी भीगते हैं और नये घाव अस्तित्व में आते हैं। सड़कों के गड्ढे भी घाव की तरह खुल जाते हैं। बादलों से पानी के साथ आग भी बरसती है, जो विरही मन को दग्ध

करती है। छाता बेचारा पानी से एक बार बचा भी ले पर आग से भला कैसे बचा सकता है? दो टकिया की नौकरी में लाखों का सावन-भादों तो जाता ही है, क्वार भी छटपटाने लगता है। बारिश में छाता और जाड़े में कोट दोनों ही मुझे आन्दोलित-उद्वेलित करते हैं, कभी-कभी मुँह भी चिढ़ाते हैं। छाते की तरह मेरा कोट भी अर्वाचीन है। शादी में बनवाया था, अब छाती और पेट पर कसता है। काज में से बटन दाँत चियारते हैं, बाँहें भी तंग हो गयी हैं। पहन लेता हूँ तो हाथ ही नहीं उठता, फिर भी अपने पास कोट होने का सन्तोष तो है ही। क्या करूँ? खिड़की से बाहर एक बार फिर देख रहा हूँ। बरसात हो रही है। अख़बारवाला आज अख़बार नहीं डाल गया है, पर मैं अपने बूढ़े हो गये छाते को और अधिक परेशान नहीं करना चाहता।

•

'इलाहाबाद' अब 'प्रयागराज'

मैं सोच रहा हूँ आज चचा अकबर इलाहाबादी होते तो उन पर क्या बीत रही होती। उन्होंने कभी कहा था—

इस इलाहाबाद में सामाँ नहीं बहबूद के
क्या धरा है याँ सिवा अकबर के औ' अमरूद के।

मरहूम को आज अकबर प्रयागराजी हो जाना पड़ता। इलाहाबादी अमरूद भी ग़फ़लत में हैं वह किसी प्रयागराज को नहीं जानते। आज निराला होते तो वह बेचारे क्या करते? क्या उन्हें भी अपनी कविता में संशोधन करना पड़ता? उन्होंने लिखा था—

वह तोड़ती पत्थर
देखा मैंने उसे इलाहाबाद के पथ पर।

मतलब यह कि अब 'वह' इलाहाबाद के पथ पर पत्थर नहीं तोड़ेगी क्योंकि वहाँ कोई प्रयागराज का पथ करवट ले रहा है। उसे पत्थर तोड़ना होगा तो वह प्रयागराज के पथ पर पत्थर तोड़ेगी। राजनीति तो हमारी साझी संस्कृति को ही तोड़ने पर उतारू है।

प्रयाग तो दरअसल वह इलाका है, जहाँ कुम्भ अथवा माघ मेला लगा करता है। भरद्वाज मुनि जहाँ रहते थे, वहीं से गंगा भी गुज़रती थी। उस आश्रम के आसपास का इलाका भी 'प्रयाग' कहा जा सकता है। कालान्तर में गंगा का वेग नियन्त्रित करने के लिए बख़्शी बाँध का निर्माण किया गया, यानी एक बड़े मोहल्ले को प्रयाग के रूप में देखा गया, पर क्या एक मोहल्ले का नाम पूरे शहर का नाम हो सकता है? सम्राट् अकबर ने भारतीयता और ईश्वर के प्रति जनता जनार्दन का अगाध भाव देखकर ही उसे इलाहावास यानी ईश्वर का वास कहा था जो बाद में इलावास से होते हुए इलाहाबाद हो गया। अब वह प्राचीन इलाहाबाद भी संकट में है।

गोस्वामी तुलसीदास जब 'को कहि सके प्रयाग प्रभाऊ' कहते हैं, तो उनका आशय धर्म और तीर्थ के उस स्थान-विशेष से ही होता है, जिसे वस्तुतः प्रयाग समझा जाता रहा है। कलकत्ता, कोलकाता हुआ। बम्बई, मुम्बई हुई। मद्रास, चेन्नई हुआ। ग़ालिब की दिल्ली में भी एक इन्द्रप्रस्थ रह-रहकर सिर उठा रहा है। 'प्रयाग' ने भी अपने नाख़ून तेज़ कर लिये हैं। उत्तर प्रदेश सरकार की स्वीकृति 'तीर्थराज प्रयाग' के नाम पर हो गयी है, केन्द्र की मंजूरी बाक़ी है, हालाँकि हम जनता हैं और यह जानते हैं कि इस मसले को भी केन्द्र की हरी झण्डी मिलनी ही है। संस्कृति से खिलवाड़ करने की यह हरकत वैसी ही है जैसे तालिबानवाले बुद्ध प्रतिमा तोड़कर कर रहे हैं या हमने विवादित ढाँचा ढहाकर की थी।

रामभक्त ध्यान दें कि विश्वविख्यात रामकथा मर्मज्ञ फादर कामिल बुल्के भी 'इलाहाबाद' को ही अपना मायका मानते थे, उन्हें गोस्वामी तुलसीदास और प्रयाग पर घनी आस्था थी, पर वह यह भी जानते थे कि तीर्थराज प्रयाग की पुण्यभूमि कितनी और कहाँ तक है?

मार्कण्डेय, अमरकान्त, शेखर जोशी, दूधनाथ सिंह, रवीन्द्र कालिया बेचैन हैं। उनकी आँखों के सामने और उनके देखते-ही-देखते उनसे उनका अपना आत्मीय इलाहाबाद छीना जा रहा है और वह कुछ नहीं कर पा रहे हैं, अख़बार में बयान देने के सिवाय। यह बयान भीतर ब्यौंत के साथ छापे जा रहे हैं। मुल्क़ ने सचमुच बहुत तरक़्क़ी कर ली है। तरक़्क़ी के नाम पर उर्मिलेश की बात याद आती है— 'सिर्फ़ इतनी तरक़्क़ी हुई, बम्बई मुम्बई हो गयी।' अनुज अंशु मालवीय की कविता का एक अंश भी जेहन पर हथौड़े बरसा रहा है—इतिहास लिखने की नाक़ाबिलियत।

कैसे छुप सकती है/ इतिहास बनाने के दावों के तार सप्तकीय शोरों से।/ अक्षमताओं से कैसे उबरेंगे। हम/केवल साइन बोर्ड पेण्ट कर।

•

कौन चलेगा ग़रीबी रेखा के नीचे

सचमुच ये देश है वीर जवानों का। अलबेले-मस्ताने हर दिनों करोड़पति बनने का सपना देख रहे हैं। सपना दिखा रहे हैं महानायक अमिताभ बच्चन। छोटे पर्दे पर अदाएँ बिखेर रही हैं उनकी भंगिमा। सामान्य ज्ञान को असामान्य तरीक़े से प्रस्तुत किया जा रहा है। 'जनरल नॉलेज' और अटकलों का बाज़ार गर्म है। कम्प्यूटर भाग्य निर्धारक है उसे सम्मान दे रहे हैं अमिताभ। 'जी' लगा रहे हैं उसे सम्बोधित करते हुए। प्रतियोगियों के साथ उनके नाते-रिश्तेदारों और दोस्तों की धड़कनें बढ़ रही हैं। 'तीस सेकेण्ड' का जादू भी चल रहा है। वातानुकूलित परिवेश में भी लोग पसीना-पसीना हैं। महानगरों का बोलबाला है। मुम्बई-कलकत्ता-दिल्ली-चेन्नई हाँफ रहे हैं, लेकिन इन तेज़-तेज़ चलती साँसों का भी अपना संगीत है। नौ बजे तक सो जानेवाला मेरा बेटा टी.वी. के छोटे परदे के सामने बैठा आँखें मल रहा है। अभावग्रस्त देश के सामने अमिताभ का दाढ़ीवाला चेहरा है। लोगों में उसकी दीवानगी तेज़ी से बढ़ रही है। हर आदमी स्क्रीन से चिपका है 'अमिताभ' दर्शन में लीन है। 'लार्ज स्केल' पर दुकानदारी चल रही है। एक अरब के देश में करोड़पति बनना कोई मामूली बात नहीं है। करोड़पति बनना अरबपति बनने का पथ प्रशस्त करता है। सारे पति परेशान हैं, सारी पत्नियाँ हलाकान हैं। पूँजीपति-सभापति सभी अपने-अपने दाँव में हैं, सब, 'रघुपति' को भज रहे हैं। राष्ट्रपति जिन्हें अंग्रेज़ी में 'हसबैण्ड ऑफ़ नेशन' भी कहा जा सकता है, गम्भीर समस्याओं में उलझे हैं और भूखी ग़रीब जनता करोड़पति बनने जा रही है। देश अमिताभ का ऋणी है। अमिताभ को भी अपने सारे ऋण चुकाने के रास्ते मिल गये हैं। नहीं तो उन्हें विदेशी कम्पनियों का आजीवन ऋणी रहना पड़ता। जिस 'स्वर्गादपिगरीयसी' पर लोगों को दो वक़्त की रोटी भी नसीब नहीं हो पाती, उसी भारत भूमि पर 'कौन बनेगा करोड़पति' से एक क़दम आगे जा दस करोड़पति का झुनझुना लटकाया जा रहा है का प्रसारण हो रहा है। मेरी समझ से भूखी-ग़रीब जनता को इस तरह के सपने दिखाना भी अपराध है। अनपढ़ जनता के बीच सामान्य ज्ञान की खेती की

जा रही है। जनता पूजा भाव के साथ अमिताभ के सामने प्रस्तुत है। शताब्दी के महानायक के ग्लैमर का तहलका है अन्यथा दूरदर्शन पर इससे पहले भी इस प्रकार के प्रतियोगी कार्यक्रम आते रहे हैं, जिनकी तरफ़ जनता झाँकती भी नहीं थी। 'क्विज' में भाग लेने के लिए अनिवार्य प्रतियोगियों की संख्या भी मुश्किल से पूरी हो पाती थी। 'व्यक्ति-पूजा' की पराकाष्ठा है। 'जनरल नॉलेज' की बयार बह रही है, बह रहे हैं बड़े-बड़े बुद्धिजीवी। यह बहने का मौसम है, बहा ले जाने का मौसम है। अभी कुछ दिनों पहले तक चिन्तित दिखनेवाले अमिताभ लाखों-लाख नौनिहालों के दिल पर फिर से छा रहे हैं। एक निम्न मध्यमवर्ग से जुड़े परिवार में चल रहे संवाद का जायजा लें। पिता के पास बच्चे की फ़ीस जमा करने के लिए पैसे नहीं हैं, टूटे-से पुराने घर में 'कौन बनेगा करोड़पति' का प्रसारण चल रहा है। पत्नी पति से कहती है, ए सुनो! तुम भी चले जाओ न! एक फ़ोन ही तो करना है। क्या पता हमारी लाटरी खुल ही जाये। इस बार तो शर्माजी से उधार माँगकर फ़ीस जमा कर दी है, मग़र अगली बार क्या होगा? पति यह सुनकर खीझ उठता है, वह कहता है, 'बेवकूफ़ी की बात मत करो। इनाम भी बड़े लोगों को ही मिलता है, वैसे भी अपनी क़िस्मत खोटी है।' पत्नी चुप लगा जाती है, इसी बीच अमिताभ 'ब्रेक' की घोषणा कर देते हैं। 'कौन बनेगा करोड़पति' की तर्ज़ पर ही एक टी.वी. धारावाहिक और बनना चाहिए, जिसका नाम हो, 'कौन चलेगा ग़रीबी रेखा के नीचे'। देखिये कितने सम्पन्न लोग तैयार होते हैं। केवल एक आँकड़ा हमारे शहर इलाहाबाद का ही लें। सामाजिक कार्यकर्त्ताओं ने बताया कि नौ हज़ार से तेरह हज़ार तक जिनकी सालाना आय है, वह ग़रीबी रेखा के नीचे है। मलिन बस्ती के जिन इलाकों में यह लोग काम करते हैं, वहाँ चालीस प्रतिशत लोग 'ग़रीबी रेखा' के नीचे हैं यानी तक़रीबन तीस लाख लोग इस स्थिति में हैं, जबकि राशनकार्ड सिर्फ़ तेरह हज़ार ही बने हैं। यह एक सरकारी आँकड़ा है, यानी कि हक़ीक़त कुछ और ही भयावह है। यह एक शहर का हाल है, इसे पूरे प्रान्त और देश के सन्दर्भ में देखें तो पता चलेगा कि करोड़ों लोग 'ग़रीबी रेखा' के नीचे गुज़र-बसर कर रहे हैं। जिस भारत देश में करोड़ों-करोड़ लोग 'पॉवर्टी लाइन' के नीचे जी रहे हों, वहाँ 'कौन बनेगा करोड़पति' का प्रसारण किसी अश्लील मज़ाक-जैसा लगता है। हमें अपने देश पर नाज़ है, लेकिन हमारे नाज़ करने से क्या होगा? कुछ और लोग भी हैं जिन्हें नाज़ था हिन्द पर वह अब कहीं दिखायी नहीं देते।

•

मम्मी-पापा की हाज़िरी

आज मुन्ना के स्कूलों में 'पैरेण्ट्स मीटिंग' है। मुन्ना की अम्माँ यानी मेरी पत्नी सुबह से 'नर्वस' है और मैं अपनी तरह से 'नारीवश' हूँ। मुन्ना की अम्माँ मैचिंग ब्लाउज़, चप्पल, घड़ी का पट्टा, बिन्दी आदि ध्यानाकर्षक वस्तुओं के लिए हलाकान है। मैं मुन्ना की मैडम से विश्वासपूर्वक बतिया सकने के लिए कभी 'रैपिडेक्स इंग्लिश स्पीकिंग कोर्स' उलट रहा हूँ, तो कभी फादर कामिल बुल्के की डिक्शनरी में गोते लगा रहा हूँ। जो भी हो पैरेण्ट्स मीटिंग का एक ज़बर्दस्त बुखार मन पर छाया हुआ है। हम दोनों जितना परेशान हैं, मुन्ना उतना निश्चिन्त है। पास-पड़ोस के चार-छह घरों में यह ख़बर चर्चा का विषय बनी हुई है कि आज मुन्ना के मम्मी-पापा पैरेण्ट्स मीटिंग में जा रहे हैं। पैरेण्ट्स मीटिंग न हो गयी, सीमा पर जैसे सेनाएँ बुला ली गयी हों। मुन्ना के सारे दोस्त भी अपने-अपने मम्मियों-पापाओं को उसी तरह स्कूल भेजने की मुद्रा में हैं, जैसे रोज़ उन्हें भेजा जाता है।

बहरहाल! मैं और मुन्ना की अम्माँ सारे होमवर्क के बाद ढेर-सा साहस जुटाये आख़िर स्कूल जा पहुँचते हैं। वहाँ का दृश्य अद्भुत था। समझ में नहीं आ रहा था, यह 'पैरेण्ट्स मीटिंग' है या मम्मी-पापाओं की फैशन परेड। विद्यालय का प्रांगण तरह-तरह की ख़ुशबुओं में नहाया हुआ था। मीटिंग प्रारम्भ हुई। नकचढ़ी मैम एक-एक कर पैरेण्ट्स को आवाज़ देने लगीं। हम लायक़ बेटे के नालायक़ माता-पिता की तरह पीछे की पंक्ति में बैठे हुए थे। मैम ने बेटे का नाम लेकर हमें पुकारा। उनका तेवर एकदम 'अदालत में हाज़िर हो' वाला था।

हम दोनों उनके श्रीमुख के सम्मुख उपस्थित हो गये। मैम ने हमारे लायक बेटे के पराक्रम गिनाने शुरू किये। उनके मुखारविन्द से बेटे की शिकायतें ऐसे झर रही थीं जैसे हरसिंगार के फूल। पिछले दिनों साहबजादे ने बस से घर पहुँचानेवाले अपने ड्राइवर को दाँत से काट लिया था। यह शिकायत सुनकर मुन्ना की अम्माँ

का सिर संकोच और शर्म से नीचा हो गया और मैं मन-ही-मन अनियन्त्रित बस चलानेवाले ड्राइवर को ज़ख़्मी कर देने की अपने बेटे की बहादुरी पर फूला नहीं समाया।

दूसरी प्रमुख शिकायत मेरे बेटे की यह थी कि वह दूसरे बच्चों का टिफ़िन आये दिन साफ़ कर जाया करता था। यह शिकायत सुनकर भी मुन्ना की अम्माँ को ग्लानि हुई, पर मुझे फिर एक बार गहरा सन्तोष हुआ कि कम-से-कम भुखमरी और ग़रीबीवाले अपने मुल्क़ में मुन्ना भूखा तो नहीं मरेगा।

मेरा बेटा इसी वर्ष पहली से दूसरी कक्षा में गया है। मैम ने गहरी चिन्ता व्यक्त करते हुए कहा कि अब वह बड़ी क्लास में आ गया है, हमें और अधिक ध्यान देना होगा। मुझे ख़ुशी हुई कि मैं तो दूसरी कक्षा में जाँघिये का नारा तक बाँध नहीं पाता था और अब मेरे बेटे के लिए दूसरी क्लास ही बड़ी क्लास हो गयी है। मुन्ना की शिकायतें तो अनन्त थीं। उसकी मम्मी के चेहरे पर मुन्ना की गौरव-गाथा सुन-सुनकर 'डिप्रेशन' तारी होने लगा था। मैम रुकने का नाम नहीं ले रही थीं। उन्होंने धारावाहिक शिकायतों के क्रम में धाराप्रवाह बोलते हुए रोष के साथ एक सलाह और दे डाली कि मुन्ना को अलग से भी कोचिंग कराइये। वह गणित में ख़ासा कमज़ोर है। कोई सवाल देते ही वह पुस्तक में पीछे छपी 'उत्तरमाला' उलटने लगता है।

उत्तरमाला देखने का मुन्ना का यह गुण तो पूरी तरह से आनुवंशिक ही था। रही कोचिंग की बात, तो थोड़ी देर बाद यह जानकारी भी मिली कि मुन्ने को कोचिंग करवाने की सलाह देनेवाली मैम स्वयं अपने ही घर में कोचिंग क्लास चलाती हैं। उनका संकेत था कि हम मुन्ने को उनके घर पर मोटी फ़ीस देकर कोचिंग ज्वाइन करा दें। मैं मुन्ना की हर शिकायत का धनात्मक पक्ष देख रहा था। उत्तरमाला के पीछे भागने का उसका स्वभाव जानकर और भी अच्छा लगा। मुन्ना अभी से समस्याओं और प्रश्नों के समाधानों के प्रति जागरूक होना सीख रहा था, भले ही इस प्रक्रिया में उसे उत्तरमाला ही क्यों न उलटनी पड़े। मैं पुत्रमोह में धृतराष्ट्र हो गया था, या फिर मैम ही सात साल के बच्चे से अधिक अपेक्षाएँ रख रही थीं, कहना कठिन है। मैम ने आध-पौन घण्टे तक केवल मुन्ना का ही शिकायत-पुराण खोले रखा, अपनी बातें ही कहीं। हमारी एक न सुनीं। हमारी पीड़ा यह थी कि मुन्ना का

क्लास पाँचवीं मंज़िल पर लगता है। तीन-चार दिन पहले वह बारह-चौदह सीढ़ियों से नीचे आ गया था। गनीमत है कि कहीं कुछ फूटा-फटा नहीं, केवल हल्दी-चूने से ही काम चल गया। बच्चों का क्लास 'ग्राउण्ड फ्लोर' पर ही चलना चाहिए, यह बात हम ढेर-सारे मम्मी-पापा मिलकर भी प्रधान अध्यापिका को नहीं समझा पाये।

पीठ पर बस्ता लादे बच्चे मुझे नन्हें-नन्हें ईसाओं-जैसे ही लगते हैं। बचपन से ही उन्हें अपना-अपना सलीब ढोने की आदत डलवा दी जाती है। जो बचपन चिड़ियों की बोली सुनने और फूलों के रंग आँखों में भरने के लिए होता है, वह शुरू से ही किताबों में ग़र्क़ होने लगता है। मामा-पिता भी मज़बूरी में हिंसात्मक हो उठते हैं।

पैरेण्ट्स मीटिंग से लौटते समय हम दोनों को एक युवती स्कूल के गेट पर ही मिली, जो अपने दो-सवा दो साल के बच्चे को स्कूल में दाख़िला दिलाना चाहती थी। स्कूल का चौकीदार उस पर लगभग खिसियाते हुए बोल पड़ा था— 'इन नयी मम्मियों का वश चले तो, जो सन्तान पेट में है उसका भी ऐडमीशन स्कूल में करवा दें।'

नन्हीं उम्र में ही हमने भी अपने बेटे का दाख़िला स्कूल में करा दिया था और अब पैरेण्ट्स मीटिंग में जाने के लिए अभिशप्त हैं। मीटिंग से लौटने के बाद से मुन्ना की अम्माँ बेटे के भविष्य को लेकर बहुत चिन्तित रहने लगी है। मैं उसे चाहकर भी किसी प्रकार आश्वस्ति नहीं दे पाता।

•

स्वाद और सुगन्ध का कारोबार

चारों तरफ़ अण्डे तादाद में बिक रहे हैं। उन्हें शाकाहारियों की भी स्वीकृति मिल चुकी है। अण्डे के साथ प्याज भी अपनी पाली खेल रहा है। पिछले वर्षों में यह अपने 'कजिन' अण्डे से बिछुड़ गया था, महँगाई के आसमान से चिढ़ा रहा था। सरकार के लिए ख़तरा साबित हो रहा था। ख़ैर! आज अण्डे के साथ कन्धे-से-कन्धा मिला रहा है। दोनों की तासीर और दुर्गन्धमयता एक-सी है। मुँह महके या हीक आये। खानेवाले लोग खाने से बाज नहीं आते। मुर्गी चोरों का अपना इतिहास रहा है। अण्डों का अपना भूगोल होता है। भारतीय राजनीति में भी अण्डों का विशेष महत्त्व है। लम्बे-लम्बे भाषणों के बीच यह टमाटरों के साथ चलाये जाते हैं। उजली-उजली खादी पर जब पीली-पीली जर्दी शोभायमान् होती है, तो देखते बनता है। अण्डे, अण्डाकार चेहरेवालों को भी नहीं बख़्शते। सुन्दरियाँ इनसे बाल भी धोती हैं। बाल, जिनसे काली घटा भी शरमा उठती है, श्रृंगार-रस फलता-फूलता है। मैं बचपन से अण्डों का शौक़ीन रहा हूँ। पहले यह गणित में मिलते थे, आज खाने में मिलते हैं। समय बहुत बदल चुका है। डिस्को की धुन पर आरती हो रही है। न डिस्को के साथ न्याय हो रहा है और न ही आरती के साथ। आरती में हम सब शामिल हैं। हमारे स्वर पूजा को नहीं, फ़िल्म संगीत को साकार कर रहे हैं। परम्परा और प्रगतिशीलता दोनों हमारे हाथों से छूट जा रहे हैं। पूजा का अलौकिक वातावरण तैयार करनेवाली अगरबत्तियाँ भी आज भिन्न-भिन्न भूमिकाओं में मुब्तिला हैं। वैसे भी हादसों से भरे अपने देश में अगरबत्तियाँ पूजा-अर्चना का कम, शवों की अभ्यर्थना का आभास अधिक कराती हैं। बिहार का नरसंहार हो या राजेश पायलट का असमय अवसान, निर्जीव शरीरों के सिरहाने जलती अगरबत्तियाँ बेचैन कर जाती हैं। अगरबत्ती की भीनी सुगन्ध से मन दहल उठता है, फिर धीरे से केवड़ा साँसों में उतरता है। अगरबत्तियाँ बेचारी क्या करें? उन्हें तो तिल-तिल कर जलना

होता है। वह राख होकर भी हमें फूल की ख़ुशबू सौंपती हैं। अब यह हमारे ऊपर होता है कि मन की किस सीलन से लड़ने के लिए हम उनका इस्तेमाल करते हैं। प्रकार की अप्रियता पर यह प्रियता का खोल चढ़ा देती हैं। इन्हें वातावरण के मुँह की लौंग-इलायची समझा जा सकता है। इनका अन्तर्दाह वही समझ सकता है, जो सुगन्ध के लिए भीतर-भीतर दहा हो, जिसने समय और समाज की सड़ाँध और दुर्गन्ध से लोहा लिया हो। आज सुबह-सुबह मैं अपने बेटे के लिए अण्डे खरीदने गया। वहाँ फेंटे जाते अण्डों के बीच अगरबत्ती की सुगन्ध पसरी हुई थी। टेप रिकॉर्डर पर 'जय माता दी' का उद्‌घोष चल रहा था। आमलेट तैयार हो रहा था। अगरबत्तियाँ, अद्‌भुत रस का संचार कर रही थीं। अण्डे की दुकान पर अगरबत्ती, बहुत-सारे विरोधाभासों को चरितार्थ कर रही थी। नाक भी अजब दुविधा में थी। एक बार अगरबत्ती की गन्ध 'डॉमिनेट' करती थी, तो एक बार अण्डा सनसनाता था। दोनों की जुगलबन्दी चल रही थी। दोनों की मिली-जुली गन्ध हम पर किसी प्रयोग की तरह छा रही थी।

हमारा समाज संक्रमण के दौर से गुज़र रहा है। साझा-संस्कृति की जगह एक घालमेलवाली संस्कृति विकसित हो रही है। हम सच्चाई को हसीन बनाकर पेश करने के आदी हो गये हैं। यदि अण्डे की लज़्ज़त हमें मन्त्रमुग्ध करती है, तो उसकी हलकी-सी दुर्गन्ध को भी हमें गले लगाना आना चाहिए, इसके लिए भीनी सुगन्धवाले अण्डों का दम घोटना कहाँ तक उचित है? हम विषपायी शंकर की सन्तान हैं, फिर भी बिना मिठास के कोई तल्ख़ी पचा ही नहीं पाते। अण्डे के साथ अगरबत्ती जाने कौन-सा पवित्र बोध रचती है। कथित तामसिकता शायद हमारे पास फटकने नहीं पाती। हम पूरी सात्त्विकता एवं वैष्णवता के साथ अण्डे का भोग लगाते हैं। दरअसल! दुकानदारी हमारी चेतना में कूट-कूटकर भर दी गयी है। हमें अण्डे और अगरबत्ती दोनों ही बेचने होते हैं। दोनों से सामंजस्य रखना होता है। बहुत-सारी गुत्थियाँ हम पहले ही नहीं सुलझा पाये हैं। पहले अण्डा या पहले मुर्गीवाली पहेली अभी तक हल नहीं हुई है, इस दिलचस्प समस्या के सामने तो इस प्रकार की पेचीदगियाँ बहुत छोटी हैं। कुछ व्यक्तित्व भी अण्डे की तरह ही होते हैं। एक साथ विपरीत एवं प्रतिकूल ध्रुवों को साधते हैं। 'छत्तीस' की गिनती भी सिद्ध कर लेते हैं। अण्डे की तरह समभाव से रहते हुए सपाट चेहरों से भी निर्वाह कर लेते

हैं, लेकिन ऐसे लोगों का सौजन्य भी अण्डे की तरह ही टूटकर बिखरता भी है, जब उन्हें ही सन्त बतानेवाले अपनी सिद्धि न होने पर उन्हीं पर चरित्र हत्या से सजी कविता का सृजन करते हैं। अपने प्रधानमन्त्री को ही लीजिये, कल तक जो अजातशत्रु थे, सज्जनता की प्रतिमूर्ति थे, आज केवल पियक्कड़ हैं। कल्याण सिंह ने घुमक्कड़, भुलक्कड़, पियक्कड़ की ऐसी 'तुकाराम शैली' प्रस्तुत की है कि राष्ट्रकवि आनन्द बख़्शी भी फेल हो गये हैं। बहरहाल! अण्डे बहुत 'ऐडजस्ट' करते हैं। समझौतों की राजनीति उनसे सीखनी चाहिए। एक तरफ़ वह अगरबत्तियों के साथ निबाहते हैं, सुगन्ध में भीगते हैं, तो दूसरी तरफ़ दारू और पीनेवालों को भी कृतार्थ करते हैं। उपकृत होती है तीक्ष्णगन्ध सुरूर में आते हैं लोग। नशा सिर चढ़कर बोलता है। अण्डे के साथ दारू का 'कम्बिनेशन' बनता है। अगरबत्तियाँ अपना काम करती हैं। कई बार उनकी सुगन्ध भी 'अल्कोहलिक' हो उठती है। इसके उलट कई बार दारू भी सुगन्ध-स्नान करती है। अण्डे की दुकान पर अगरबत्ती क्रमशः राख होती हैं। दुकान चलाने के यह सब कारगर नुस्ख़े हैं। अगर दुकानदारी चलानी हो तो आप भी यह सब आजमाकर देखें, निश्चित ही सफलता आपका चरण चुम्बन करेगी।

•

हमारे शहर में सब शहरयार हैं

अपने शहर इलाहाबाद में एक-से-एक शहरयार हैं (ज़नाब शहरयार माफ़ करें), जो शहर के अन्देशे से दुबले होते रहते हैं और इन पंक्तियों को चुनौती भी देते रहते हैं, 'इस शहर में हर शख़्स परेशान-सा क्यों है?' इलाहाबाद आदिकाल से गोष्ठियों का शहर रहा है, 'आदि-इत्यादि' में शामिल होते रहे बहुत-सारे लेखक 'मसि कागद छुयो नहीं' के मर्म को अक्षरशः चरितार्थ करते रहे हैं, शायद इसीलिए शहर जीवन्त और जागृत बना हुआ है। हमारे एजी ऑफ़िस को ही लीजिये, फ़ाइलों की दुनिया में कविता साँस लेती रही है। एक बार की बात है। एक सज्जन ऑडिट के दौरे पर गये। वहाँ पर एक कर्मचारी ने उनसे पूछा, 'क्यों भाई! एजी ऑफ़िस में डेढ़-दो सौ लोग तो होंगे?' सीधा सरल-सा उत्तर आया, 'भाई, इतने तो कवि ही हैं।' बस आप इसी से अन्दाज़ा लगा लीजिये। जिस अन्दाज़ में 'खाट बिनवा लो, सिलबट्टा ख़ुदवा लो' की गुहार सुनायी देती रही है, उसी अन्दाज़ में आयोजक लोग प्रयोजक के पास पहुँचने लगे हैं और बड़े शिष्ट एवं विनम्र अन्दाज़ में कहने लगे हैं, 'बड़े भाई! कवि-गोष्ठी करवा लो, अभिनन्दन करवा लो, लोकार्पण-विमोचन करवा लो।'

अब बेचारा प्रायोजक करे तो क्या करे? गोष्ठियों के भी नये-नये विषय मिलने लगे हैं। भारत का विश्व कप जीतना एक परिघटना है, पर धोनी और सचिन के पसीने को गुलाब की तरह महकनेवाला बताकर उसे इनक़लाब के बरअक्स रखनेवालों की भी बाढ़ आ गयी है। मुझे यक़ीन है कि सचिन और धोनी भी अपनी स्तुति में लिखी कविताएँ सुन लें, तो कवि के कन्धे से ही कूदकर ख़ुदकुशी करने के लिए तैयार हो जायेंगे। जश्ने वर्ल्ड कप का ख़ुमार उतरने का भी नाम नहीं ले रहा। शहर को गोष्ठियों की ज़मींदारी एवं ठेकेदारी प्रथा से बचकर रहना होगा। गली-गली संचालक और अध्यक्ष घूम रहे हैं। शहर इलाहाबाद की रूह कराह रही है, वो वह दिन याद कर रही है, जब बिना अपना नाम चमकाये गोष्ठियों के आयोजन हुआ करते थे।

•

चमत्कार से वन्दे मातरम् तक

बड़ी आफ़त है इन दिनों। नौनिहालों को दूध पीने को नहीं मिल रहा और मूर्तियाँ दूध पी रही हैं। ज़िन्दगी में कड़ुवाहट घुल रही है और समुद्र का पानी मीठा हो रहा है। आम आदमी की आँखों में सूखा पड़ा है और मरियम की आँखें भीग रही हैं। लगता है नयी सदी ही चमत्कारों के हवाले हो गयी है। रोज़ सुबह उठकर लगता है कि आज जाने कौन-सा चमत्कार होनेवाला है और शाम होते-न-होते चमत्कार अपनी चुँधिया देनेवाली चमचमाहट के साथ हमारे सामने होते हैं। विज्ञान मत्था पीट लेता है और ज्ञान का तो जैसे 'क्षत्रज्ञ' ही हो जाता है, यानी छुट्टी ही हो जाती है।

दरअसल हम एक चमत्कारिक युग में जी रहे हैं और हमारा भारत ही अब कृषिप्रधान न रहकर चमत्कारप्रधान देश हो गया है क्योंकि खेतीवाले तो ख़ुदकुशी कर रहे हैं। जब किसान ही न रहेंगे तो हो चुकी सारी कृषिप्रधानता। अब आप गाया करिये वन्दे मातरम्। देशभक्ति के मायने पेटभक्ति हो गया है। अल्पसंख्यक अपनी पिनक में हैं, बहुसंख्यक अपनी सनक में हैं। जहाँ मज़ार छूकर पानी मीठा हो रहा हो और मूर्तियों के दूध पीने के कारण डेरियों में दूधाभाव हो गया तो वहाँ 'दूधो नहाओ' का मामला भला कैसे चरितार्थ हो सकेगा। वहाँ तो बस आस्था के मजीरे भी बजेंगे और सम्भव हुआ तो मीराँ पग घुंघरू बाँधकर नाचेगी भी। और आप देखते ही रह जाओगे क्योंकि आप जन्मजात दर्शक हो। आपका अवतार ही देखते जाने के लिए हुआ है। कुछ होगा आप देखोगे, कुछ नहीं होगा आप देखोगे। कुछ होने, न होने के बीच होगा आप देखोगे, क्योंकि आपको भगवान् ने एक जोड़ी आँखें दी हैं। हालाँकि देनेवाला आँख देते वक़्त जबान देना भूल गया, इसलिए आप बोलते नहीं केवल देखते हो। देखते भी वह हो जो दिखानेवाला दिखाना चाहता है। आँखें होते हुए भी आप वो नहीं देख पाते जो देखना चाहते हो।

तुम्हें भूख लगती है तो तुम वन्दे मातरम् गाते हो, तुम्हें प्यास लगती है तो तुम वन्दे मारतम् गाते हो। सोते-जागते तुम्हारे होंठों पर वन्दे मारतम् होता है, मग़र तुम जानते नहीं कि यह वन्दे मारतम् है किस मर्ज़ की दवा? किस चिड़िया का नाम है यह वन्दे मातरम् जिसे गाते हुए सावन के झूले की तरह आज़ादी के दीवाने फाँसी के फन्दे को गले लगा लेते थे। तुम्हारी नीयत में ही कहीं खोट है, तुम्हें वन्दे मातरम् से कुछ लेना-देना नहीं होता, तुम्हें तो अपने चेहरे पर राजनीति की वैनिशिंग क्रीम पोतनी होती है। धर्म का पाउडर भभूत की तरह मलना होता है, नशे से लाल हुई आँखों से तुम्हें, 'वन्दे मातरम्' कहना होगा, जैसे कभी तुमने 'जय श्रीराम' कहा था। न तुम राम को समझे, न ही वन्दे मातरम्, तुम्हें तो राजनीति का कुशल चरवाहा भेड़-बकरियों की तरह हाँक देता है और तुम उसके साथ कभी 'जय श्रीराम' तो कभी 'वन्दे मातरम्' का उद्घोष करने लगते हो। अच्छा होगा कि तुम मुल्लाओं के चक्कर में भी न पड़ो जो इस्लाम को एक कच्चे शीशेवाला आईना मात्र समझते हैं जो ज़रा-सी बात पर दरकने लगता है। वन्दे मातरम् कोई पत्थर नहीं जिससे शीशे में लकीरें भर जायेंगी।

बहरहाल, हम तो आम आदमी हैं, कोई भी आँच हो सबसे पहले हमीं तक आती है। मुनव्वर राना कहते हैं—

चलो मिलकर वतन पर आज हम सब जान देते हैं
बहुत आसान है कमरे में वन्दे मातरम् कहना।

कमरों के कॉमरेड और कमरों में वन्दे मातरम् कहनेवालों, दोनों ही प्रजाति के लोगों से हमें ख़बरदार रहना है। बुद्धिसेन शर्मा आगाह करते हैं—

राजनीति के गलियारों में मत जाना
नागिन अपने बच्चों को खा जाती है।

बड़ी मनोरंजक स्थिति है। एक तरफ़ वन्दे मातरम् है तो एक तरफ़ दुग्धपान। मूल समस्याओं से आदमी का ध्यान कटा है, पानी, बिजली, शिक्षा, स्वास्थ्य के यक्ष प्रश्न तेल लेने चले गये हैं। हमारे गुरुजी कहते हैं जो सिद्ध न हो वह चमत्कार है। वह भगवान् को भी एक चमत्कार ही मानते हैं। आँख में धूल झोंकना भी एक चमत्कार है। गुरुजी के परम शिष्य कुछ और ही विचार रखते हैं, कहते हैं—

बिल्लियों के लिए, साँपों के लिए है।

दूध मुश्किल से कोई बच्चा पिये है।

यह गुरु-शिष्य के बीच असहमति का समय भी है। यह असहमति हर तरफ़ से शुभ है। असहमतियाँ संवाद के रास्ते भी खोलती हैं।

अब इससे बड़ी बात क्या होगी? उत्तम स्वास्थ्य के पुरोधा स्वामी रामदेवजी ने भी प्रतिमाओं के दूध पीने को चमत्कार नहीं धोखा कह दिया है, पर कपाल भाति करते हुए भी हमें कुछ अक्ल नहीं आ रही है। हम खुली आँखों से देख ही नहीं पा रहे हैं। विज्ञान विषय के हमारे दोस्त जब दूध के ग़ायब होने पर 'पृष्ठ तनाव' वाली तार्किक बात करते हैं, तो आस्थावान् लोगों के चेहरों पर ही तनाव के बादल पसर जाते हैं। पूरा समय और समाज ही तनावग्रस्त हो उठता है। आस्था के आगे तर्क की एक भी नहीं चलती।

•

विज़िटिंग कार्ड की महिमा

विज़िटिंग कार्ड की महिमा न्यारी होती है। उस पर अदना-सा इन्सान भी प्रायः महामानव हो जाता है। मैंने कल ही एक लेखक टाइप के महानुभाव का विज़िटिंग कार्ड देखा है, कार्ड के अनुसार तो वह निराला और प्रेमचन्द से ज़्यादा बड़े साहित्यकार नज़र आ रहे थे। वह कार्ड केवल विज़िटिंग कार्ड नहीं था, वरन् लेखक महोदय का पूरा बायो-डाटा भी था। उन्होंने अपने नाम के साथ स्वयं को सुप्रसिद्ध साहित्यकार के रूप में प्रकाशित कर रखा था। मुझे नहीं लगता कि मुक्तिबोध ने भी कभी विज़िटिंग कार्ड छपाया रहा होगा, बिना अपने को महान् साहित्यकार छपवाये हुए ही वह महान् साहित्यकार थे। तब महान् साहित्यकार हुआ करते थे और आज महीन साहित्यकार होते हैं। बड़े आ की मात्रा और बड़ी ई की मात्रा का स्पष्ट अन्तर महसूस किया जा सकता है। बच्चनजी के पास कोई विज़िटिंग कार्ड नहीं था, वह अपना परिचय जीवनपर्यन्त इन पंक्तियों से देते रहे हैं—

माटी का तन, माटी का मन
क्षण भर जीवन मेरा परिचय।

वह कभी किसी परिचय के मुहताज़ भी नहीं रहे। दरअसल! आपका काम ही आपका परिचय होता है, महानगरों की भाग-दौड़वाली ज़िन्दगी में जहाँ व्यक्ति अपने-आपको भी नहीं पहचान पाता हो, वहाँ विज़िटिंग की ज़रूरत से मैं इन्कार नहीं करता। जहाँ आईना भी अजनबी हो जाता हो और आपके अक्स से सौतेला व्यवहार करने लगता हो वहाँ बेशक विज़िटिंग कार्ड की आवश्यकता अनुभव की जा सकती है। ज़नाब बशीर बद्र फ़रमाते हैं—

परखना गत परखने में कोई अपना नहीं रहता
किसी भी आईने में देर तक चेहरा नहीं रहता।

बावजूद विज़िटिंग कार्ड की ज़रूरत के मैं बड़े अदब से अर्ज़ करना चाहता हूँ कि विज़िटिंग कार्ड और प्रचार पत्र के बीच फ़र्क़ तो होना ही चाहिए। परिचय अगर

प्रचार पीड़ित हो गया तो समझो हो गया कल्याण। विज़िटिंग कार्ड नाम, पते और फ़ोन नम्बर के अलावा आप क्या बेचते हैं, केवल इतने तक की जानकारीवाला होना चाहिए। न्यूयार्क में आपका प्रोडक्ट कितना बिक रहा है या न्यूयार्क टाइम्स में आपके आर्टिकल के साथ आपकी फोटो भी छपी है, आपके विचारों का अमेरिका में कितना सर्कुलेशन है, आपको सहस्राब्दि सम्मान मिल चुका है, यह सब मामले स्वतन्त्र लेख का विषय है। आप बिना बात गागर में सागर क्यों भरते हैं? क्यों विज़िटिंग कार्ड की जान निकालते हैं? आपकी प्रचारप्रियता आपको हस्यास्पद बना देती है, कभी सोचा है? क्यों विज़िटिंग कार्ड की छाती पर मूँग दलते हैं? विज्ञापन की भी हद होती है, आपका बस चले तो विज़िटिंग कार्ड तो क्या आप हर चौराहे पर अपनी मूर्ति लगवा सकते हैं, जीते जी उस पर फूल-मालाओं की झड़ी लगवा सकते हैं। मगर आप तो बस आप ही हैं। आप बेचारे क्या करें? बस विज़िटिंग कार्ड बनवाकर ही सन्तोष पा लेते हैं, क्योंकि कहा भी गया है, जब आये सन्तोष धन, सब धन धूरि समान। यह ख़ुदा भी अजीब ही है, जो गंजा होता है उसे नाख़ून ही नहीं देता, उसे सन्तोष का धन दे देता है, परम सन्तोषी बना देता है। जिसे हुनर देता है, उसे विज़िटिंग कार्ड नहीं देता और जिसे विज़िटिंग कार्ड देता है उससे हुनर की दौलत छीन लेता है। वस्तुतः क़ाबिलियत किसी विज़िटिंग कार्ड की मुखापेक्षी ही नहीं होती, योग्यता अपने-आपमें एक विज़िटिंग कार्ड होती है, स्वयं अपना परिचय होती है।

कैसा ज़माना आ गया है? यह प्रचार का युग है। मैं सोचता हूँ कि क्या आज निराला होते तो उन्हें भी अपना विज़िटिंग कार्ड छपवाना पड़ता और अपने कार्ड में यह भी छपवाना पड़ता कि राम की शक्ति-पूजा की रचना उन्होंने ही की है। प्रेमचन्द अपना विज़िटिंग कार्ड छपवाते तो क्या स्वयं को ही उपन्यास सम्राट् की संज्ञा से अभिहित करते? अपने विज़िटिंग कार्ड में यह भी प्रकाशित करवाते कि गोदान की रचना उन्होंने ही की है। त्रासदी कुछ ऐसी ही है। आज महाकवि और महालेखक भी अपना विज़िटिंग कार्ड छपवा रहे हैं और साथ ही यह भी छपवा रहे हैं कि उन्होंने ज़िन्दगी भर कहाँ-कहाँ और कैसे-कैसे तीर मारे हैं, वह कितने बड़े तीसमार खाँ रहे हैं।

मैं जिन लेखक महोदय के विज़िटिंग कार्ड से आन्दोलित होकर यह सब लिख रहा हूँ वह वाकई धन्य हैं। मुकुट बिहारी सरोज के शब्दों में 'वह धन्य हैं, उन्हें धिक्कार है।' विज़िटिंग कार्ड पर उन्होंने अपनी पूरी जीवनी ही छपा डाली है, वह

निश्चित रूप से पोस्टकार्ड पर ही हिन्दी साहित्य का इतिहास छपवा लेने की सामर्थ्य रखते होंगे। उन्होंने अपना विज़िटिंग कार्ड दोनों ही तरफ़ से भरा-पूरा कर रखा था। कार्ड में सामने तो उनका नाम, पता, फ़ोन नम्बर व प्रसिद्धि झिलमिला रही थी और कार्ड के पीछे उनकी उपलब्धियों के कीर्तिमान् जगमगा रहे थे। उनके जीवन के इतने विवरण थे कि मुझे अपने-आप पर शर्म आ रही थी। मुझे लग रहा था कि मैंने जैसे ज़िन्दगी में कुछ किया ही नहीं। उन सज्जन ने तो जब से आँखें खोली थीं, तब से वह सम्मानित हो रहे थे। विज़िटिंग कार्ड पर इतने शब्द थे कि एक चावल भर रखने की भी जगह नहीं बची थी। इतनी सारी उपलब्धियों का भार लेकर भी वह रीढ़ सीधी रखकर चलते हैं। मैं तो इतनी उपलब्धियों का बोझ लेकर चल ही नहीं सकता, कोशिश भी करूँ चलने की तो उस खच्चर की तरह बैठ जाऊँ जिसके मालिक ने ज़रूरत से ज़्यादा सवारियाँ बैठा ली हैं।

मैं सुना करता था तो सहसा यक़ीन नहीं कर पाता था कि फलाँ सज्जन ने पूरी मधुशाला पोस्टकार्ड पर लिख मारी है या फिर अमुक शहर में अमुक सज्जन ने पूरा रामचरितमानस ही अन्तर्देशीय पर साकार कर दिखाया है। मैंने यह भी सुना है कि गेहूँ पर गायत्री मन्त्र और चावल के दानों पर बनानेवाले ताजमहल तक बना देते हैं, पर विज़िटिंग कार्ड पर साठ-सत्तर बरस की ज़िन्दगी छपी हुई है स्वयं अपनी आँखों से देख रहा था। मैं सात जनम लेकर भी शायद कभी इतना कुछ हासिल नहीं कर पाऊँगा, फिर भी मुझे प्रेरणा हो रही है कि मैं भी अपना विज़िटिंग कार्ड छपवा लूँ क्योंकि पोस्टकार्ड पर अन्तर्देशीय का मैटर तो मैं भी लिखता ही रहा हूँ।

•

फ़ीलगुड के नये तराने

मज़बूरी है कि पिछले दिनों से केवल और केवल फ़ीलगुड कर रहा हूँ। इतना गुड अभी फील नहीं किया था, डरता हूँ कहीं फीलपाँव न हो जाय। जय हो भारतीय संस्कृति की। संस्कृति पुरुषों को हिन्दी की पताका फहराता कोई नारा ही नहीं मिला। मन्दिर और फ़ीलगुड का ऐसा ज़बर्दस्त 'कण्ट्रास्ट' देखने को मिल रहा है कि तबीयत गार्डन-गार्डन यानी बाग़-बाग़ हो गयी है, हालाँकि बाग़बाँ ही फूलों को मसल रहा है। चुनाव के चमत्कार शुरू हो गये हैं। तनख़्वाहें बढ़ाने की घोषणा हुई है, महँगाई अघोषित रूप से पहले ही बढ़नी शुरू हो गयी है। माहौल में बजट की बजबजाहट है। वेतन बढ़ने की ख़ुशी को इन्कम टैक्स की छुरी धीरे-धीरे रेत रही है। मार्च शिकारी की तरह कार्यालयों के आगे मचान बाँधकर बैठ गया है। फरवरी फुर्र हो चुकी है। दोनों महीने सचमुच बहुत गाढ़े होते हैं। देवेन्द्र कुमार आर्य याद आ रहे हैं, फ़रमाते हैं—

दस महीने पगार घर के लिए
दो महीने हैं आयकर के लिए।

इस बार होली के रंग फीके थे। पापड़ सीले हुए लगे। गुझियों के पेट को मुश्किल से चुटकी भर खोया नसीब हुआ। चेहरों पर वार्निश लगी रही और नल था कि ग़ायब रहा। मौज़-मस्ती को मुँह चिढ़ाते नकली शराब के धन्धे आबाद रहे। आश्वासनों की चाशनी में लिपटी अफीम की खेती शुरू हो गयी है, अफीम के फूल खिलने लगे हैं। सरकारी ठेकों का नवीनीकरण हो रहा है। लाउडस्पीकर पर 'भंग का रंग जमा हो चकाचक' का उद्घोष हो चुका है। इस बार रंग भी नहीं बरसे और जब रंग नहीं बरसे तो चूनरवाली भीगी भी नहीं। जेब खाली रही और दरवाज़े पर चन्दा माँगनेवालों की भीड़ जुटी रही और तिस पर फ़ीलगुड का दबाव बढ़ता रहा है, है न बैड बात। वेरी-वेरी बैड।

शासन तो वर्षों से नाच नचा रहा है, मग़र इस तरह तो कभी गुडफील नहीं करवाया गया था। अपने जख़्मों को सहलाइये, उन पर से मक्खियाँ उड़ाइये और फिर ढेर-सारा फ़ीलगुड का नमक छिड़क लीजिये। आँखें भर आयें, निर्लज्ज आँसू बात न सुनें तो निःसंकोच भाव से फ़ीलगुड का रूमाल इस्तेमाल कर सकते हैं। फ़ीलगुड का मुहावरा 'फ्री स्टाइल' में हमारी जेहनियत से टकरा रहा है। अब कह सकते हैं कि उन्नीस सौ सैंतालीस में इण्डिया आज़ाद हुआ था, क्योंकि उसी के साथ फ़ीलगुड की संगति बैठती दिखती है। भारत बेचारा तो आज भी ग़ुलाम ही है। भारत के साथ फ़ीलगुड कुछ-कुछ छत्तीस के अंक-जैसा ही लगता है, एक-दूसरे से मुँह फेरे हुए। राष्ट्रकवि रामधारीसिंह दिनकर ने चार अध्याय ही लिखे हैं। फ़ीलगुड तो संस्कृति का पाँचवाँ अध्याय साबित हो रहा है। भारतीय संस्कृति का चमन लहलहा रहा है। सरसों के फूल अनमने हैं। आमों पर बौर आने में हिचकिचा रहा है, अभाव दाँत किचकिचा रहा है। उत्तर आधुनिकता के शोर में डूबी कोयल के स्वर में ख़राश है। खादी की खाद इफ़रात हो गयी है, उसकी खरखराहट भी हवा में है। जो अपने घर की सीढ़ियाँ भी चढ़ नहीं सकते वह खराद पर चढ़ने की तैयारी कर रहे हैं और गुडफ़ील कर रहे हैं। लोग महात्मा गाँधी मार्ग पर कट्टा लेकर आगे बढ़ रहे हैं। हिन्दीवालों पर अँगरेज़ी शराब का नशा तारी है। क़समों और वादों को दुहराने का मौसम शवाब पर है, रेडियो पर गाना बज रहा है, 'क़समें वादे प्यार वफ़ा सब, वादे हैं वादों का क्या।' ग़रीबों में कम्बल और साइकिलें बँटवाने के लिए थोक ख़रीद शुरू हो गयी है। लाण्ड्रीवालों का काम भी बढ़ गया है, भाषा भी कलफ़दार हो गयी है। दर्ज़ियों की कैंचियाँ और नेताओं की ज़बानें एक स्पीड में चल रही हैं। दोनों कतरब्यौंत में लगी हैं। नये-नये कुर्ते पाजामें काम से लग गये हैं। कई-कई पीढ़ियों के खाने का इन्तज़ाम किया जा रहा है। आसान बात नहीं है गुडफ़ील को आचरण में चरितार्थ करना, यह हमारे रहनुमाओं के ही बूते की बात है। एक कवि महोदय फ़रमा रहे हैं—

जनगणमन के कई तकिये सिरहाने हैं,
और फ़ीलगुड के बस्ती में नये तराने हैं।

•

मेरे पास तेल है

यह तेल भी कमाल की चीज़ होता है। अभी तक इसकी महिमा का बखान अलग-अलग महापुरुषों से सुनता आया हूँ। अब इस शृंखला में एक महानायक भी जुड़ गया है। एक ख़ास ब्राण्ड का तेल पैंतीस वर्षों से उसका साथ निभाता आया है। यह तेल ही है जिसके बल पर वह सफलता की सीढ़ियाँ चढ़ा। फाइट सीन्स दिये, स्मगलरों से लोहा लिया, हीरोइन की इज़्ज़त बचायी, पार्कों में गाने गाये, बारिश में भीगे। फेंके हुए पैसे लेने से इनकार किया। 'शहंशाह' रहे। 'कुली' बने तब भी 'देव' ही कहलाये। सारा जीवन तनाव, सिर दर्द, थकान, अनिद्रा पर विजय पताका फहराता, 'आनन्द' से कट गया। जब मिली, ख्याति 'मिली'। तेल देखा और तेल की धार देखी। एक तेल किसी आदमी के जीवन में कितना कारगर हो सकता है, यह देखना हो तो 'बिग बी' को देखिये, एकदम ठण्डा-ठण्डा, कूल-कूल। कोई टेन्शन नहीं। भागदौड़ की ऐसी-तैसी। नसों में गर्म ख़ून दौड़ रहा है या फिर उन्हें शीतल कर रहा है चमत्कारी तैल और हम कल्पना कर रहे हैं एक विशाल तैल चित्र की, जो हमारे अघोषित भारत रत्न का है।

तेल भी बड़े-बड़े काम करा ले जाता है। स्टार, सुपर स्टार होता है। फ़िल्म सुपर डुपर हिट होती है, बॉक्स ऑफिस की खिड़कियाँ टूटती हैं सो अलग से। तेल की कई तरह के होते हैं, यह तेल थोड़ा-सा समाजवादी है भाजपाई तेल तो ख़ैर तेल हो ही चुका है। पूर्व प्रधानमन्त्री की कविताएँ पढ़नेवाला वह भावुकता-भरा उद्घोष भी अब ठण्डा है। कांग्रेस का तेल तो इलाहाबाद से चुनाव लड़ने के बाद से ही उतर चुका है। अब बच्चन जी के लल्ला के अँगनें में केवल और केवल इसी विशेष ब्राण्ड के तेल का काम बचा है। एक तेल तेलंगाना का था और एक तेल यह है, जो सिर चढ़कर बोल रहा है और सिर भी किसका? महानायक का, जिसकी राह में पलकें ही नहीं, दुपट्टे तक बिछ जाया करते हैं। जब एक मच्छर आदमी को

क्या से क्या बना देता है, तो पैसा तो भाई बहुत बड़ी चीज़ है। वह तो जो मन आयेगा, वह बनायेगा। उसके आगे आपकी एक न चलेगी। पता नहीं सदी के इस कीर्ति पुरुष ने अपने बेटे को इस तेल के इस्तेमाल की नेक सलाह दी या नहीं, जिसकी एक के बाद एक फ़िल्म फ्लाप हो रही है। क्या पता छोटे बच्चन के कैरियर को इसी तेल का इन्तज़ार हो।

अगर 'जंज़ीर' के बाद आयी वह सुपरहिट फ़िल्म 'दीवार' आज फिर बने, तो उसमें एक महत्त्वपूर्ण संशोधन हो सकता है। जब रवि बना शशि कपूर अपने बड़े भाई बने विजय यानी अमिताभ बच्चन से कहता है कि 'मेरे पास माँ है।' तो यह संवाद सुनकर हमारा महानायक क़तई निरुत्तर नहीं होगा, वह अपनी खसखसी दाढ़ी पर हाथ फेरता हुआ शान से जवाब देगा 'मेरे पास तेल है' और कहना न होगा कि छोटा भाई लाजवाब हो जायेगा।

साठ साल की मेरी माँ तो उठकर अपने हाथ से पानी भी नहीं ले सकती और साठ पार का यह 'बाग़बाँ' तीन-तीन, चार-चार शिफ़्ट काम कर रहा है। शाहरुख, रीतिक, आमिर सब पीछे छूटे जा रहे हैं। ख़ुद अपना 'युवा' बेटा भी टुकुर-टुकुर निहारता रह जा रहा है। आप मानिये चाहे न मानिये यह तेल का ही जादू है कि महानायक की सत्ता, 'सत्ते पे सत्ता' का जयगान बनी हुई है। अब इतना बड़ा कलाकार तो झूठ बोलेगा नहीं, वह सही मायनों में 'ऊँचा कलाकार' है। उसने कभी नीचे नहीं देखा। वह अगर तेल की इतनी सारी ख़ूबियाँ बता रहा है, तो आप देर मत कीजिये और जाकर बाज़ार से यह तेल ले आइये, बुढ़ापा आपके पास फटकेगा तक नहीं। हमारे नायक ने जब बोली है, खरी बात बोली है। उसने 'अतिशयोक्ति अलंकार' छोड़कर बाकी सारे अलंकार पढ़े हैं। खाने से लेकर बात तक, सब-कुछ पचाने के लिए वह हाजमे की गोली का स्तुतिगान भी करता है। उसने सामान्य जनता में च्यवनप्राश को भी और अधिक लोकप्रियता दिलवायी है। अब वह तेल पर उतर आया है, पर वह सटककर गिरेगा नहीं क्योंकि वह तेल से सिर ठोक रहा है। पाँव के तलुवे तो आगे बढ़ने के लिए हैं और फिर यह तो उसका अनुभूत सत्य भी है।

•

ए.जी. की साहित्यिक अड्डेबाज़ी

दलित-विमर्श के ज़माने में यह है पण्डितजी की दुकान। पाँड़ेजी कर्त्ता-धर्त्ता हैं। यह पाँड़ेजी 'या अल्ला पाँड़े में भी पाँड़े' वाले नहीं हैं बल्कि ख़ालिस पाँड़े हैं पर चाय पिलाने में कोई भेदभाव नहीं करते। सबको मोहब्बत से चाय पेश करते हैं। हालाँकि अपनी चुटिया बार-बार कसते रहते हैं। रह-रहकर उनका ब्राह्मण सिर उठाता है पर उस ब्राह्मण पर हर बार उनके भीतर के रोज़गारी की जीत होती है। सोनकर से लेकर शर्माजी और हरीशचन्द्र पाण्डे से लेकर एहतराम इस्लाम तक सब उनके ग्राहक हैं इसलिए यहाँ लंच अवकाश में या छुट्टी होने के बाद कवि-मण्डली की बैठक भी जमती है। यहाँ के सरोकार व्यापक हैं। कहीं किसी कोने में मुक़दमे का सौदा तय होता रहता है तो कहीं जोड़ी मिलायी जा रही होती है। कहीं बढ़े हुए डीए की बात चलती है तो कहीं आयकर रिटर्न भरे जाने का 'भौकाल' खड़ा किया जाता है। 'कृष' फ़िल्म के संवाद लेखक और इसी अड्डे के भूतपूर्व किन्तु अभूतपूर्व सदस्य भाई संजय मासूम की याद आती है, फ़रमाते हैं—

कुछ खोना कुछ पाना चलता रहता है,
साँसों का अफ़साना चलता रहता है।
हिन्दू-मुस्लिम आते-जाते रहते हैं,
नुक्कड़ का मैख़ाना चलता रहता है।

अभी पिछले दिनों 'इन्तिहा' शीर्षक एलबम में इस ग़ज़ल को ग़ज़ल सम्राट् जगजीत सिंह ने भी अपना रेशमी स्वर दे दिया। ख़ैर! मैं तो अपने अड्डे की बात कर रहा था। यहाँ की आबोहवा ही कुछ ऐसी है कि जो बैठता है एक क्वालीफाइड अड्डेबाज हो जाता है यानी सो कॉल्ड इण्टलेक्चुअल जो अरहर में आग लगने से लेकर जसवन्त सिंह के जिन्ना अध्याय तक और बेनजीर-इमरान के इश्क़ से लेकर स्वाइन फ्लू तक अपनी समान राय रखता है। कहने को यह 'हनुमत जलपान

गृह' है यानी भगवान् राम का परचम लहरानेवालों का जमावड़ा पर जय श्रीराम से ज़रा भिन्न है। यहाँ सारे सामाजिक-सांस्कृतिक संगठन एकजुट होते हैं और चोंच लड़ाते हैं। राम ही नहीं, रावण के वंशज भी यहाँ बैठते हैं। दशहरा सिर पर है, सो रामलीला की पृष्ठभूमि भी बनती-बिगड़ती दिखायी देती है। चन्दे की रसीद काटी जाती है। काले कोट में वकील साहबों की जमात भी यहाँ देखते बनती है जो ख़ुद कैलाश गौतम की कविता दोहराकर आनन्दित होते हैं—

भले डाँट घर में तू बीबी की खाना,
भले जाके जंगल में धूनी रमाना।
भले जैसे-तैसे गिरस्ती चलाना,
मग़र मेरे बेटे कचहरी न जाना!

यहाँ का एक बहुत प्रमुख आकर्षण है नींबू की चाय! पूरे इलाके में यह एक अकेला अड्डा है जहाँ नींबू की चाय धुआँधार बनती-छनती है। अड्डे पर चाय के पेंच लड़ते हैं। चाय में पण्डितजी का नाती रिंकू एक विशेष मसाला या नमक भी छोड़ता है जिससे चाय में एक अलग-सा फ्लेवर भी आ जाता है। इस चाय में रंग का भी एक मज़ा एवं अनिर्वचनीय सुख होता है। मित्र छरजीत याद आते हैं : रंग भी ज़ायके में शामिल हो/ कोई अमरूद गुलाबी निकले। गुलाबी निकलनेवाले अमरूद की तरह यह चाय भी सोमरस की सहेली लगती है। अंशु कहता है : न जाने क्या होता है/उन उँगलियों की छुवन में,/कि चाय शराब के आगे खड़ी हो जाती है। सही बात है। इस अड्डे की चाय अपनी कैफ़ियत में दारू को भी पटकनी दे देती है। लोग चाय पीते हैं और साहित्यिक, सामाजिक, सांस्कृतिक बहसों के बीच बहकते-चहकते हैं।

अभी कल की ही बात है। मेरी एक रचना के मानदेय का चेक जब साहित्यिक अड्डे के पते पर आया तो मैं चौंक गया। पते पर नाम के साथ 'ए.जी. का साहित्यिक अड्डा, इलाहाबाद' लिखा हुआ था और चेक मेरे पास राजी-ख़ुशी आ गया। आज मैंने फ़ोन करके भोपाल पता किया तो उधर से कथाकार हरि भटनागर बोले, 'यार, तुम्हारा पता खो गया था। मैं उस अड्डे पर बैठ आया था तो सोचा कि घर में शायद चेक इधर-उधर हो जाये पर अड्डे पर तो यह चेक ज़रूर डेलीवर हो जायेगा।'

मैं चेक पाकर चेकचेकायमान हो गया, मस्त हो उठा। अपने अड्डे के प्रति आभार व्यक्त किया और अपना राशिफल दोबारा देखा जिसमें डूबे हुए धन के मिलने की बात लिखी थी। यह मेरा अड्डा धीरे-धीरे विस्तार ले रहा है। शहर में एक साहित्यिक अड्डे की तरह विकसित भी हो चला है। मैं बीसों बरस से यहाँ बैठ रहा हूँ और रिटायर होने तक तो यहाँ धूनी रमाऊँगा ही। और रिटायर होकर भी क्या पता यही मेरी शरणस्थली रहे क्योंकि यह अड्डा तो जीवन देता है और जहाँ जीवन हो वहाँ कविता और भी अधिक रंग भर देती है। मैं नींबू की चाय के साथ अपने गीतों को ज़िन्दगी भर यहाँ गुनगुनाते रहना चाहूँगा क्योंकि कवि पिता उमाकान्त मालवीय कह भी गये हैं :

एक चाय की चुस्की एक कहकहा,
अपना तो इतना सामान ही रहा।

•

टीचरजी देखो-देखो हालत मेरी ख़स्ता है

बच्चे फूल नहीं होते
फूल स्कूल नहीं जाते
स्कूल क़त्लगाह नहीं होते

जब मैं कवि नरेश सक्सेना की यह पंक्तियाँ लिख रहा हूँ, उस दिन की वह ख़बर मेरे मन-मस्तिष्क को झिंझोड़ देती है जब एक विद्यालय में धूप और उमस की तेज़ी में तपते हुए लगभग सत्तर बच्चे बेहोश हो गये और शिक्षण संस्थान एवं नौनिहालों के भाग्यविधाता 'शक्ति कपूर' वाले खलनायकी अन्दाज़ में बयानबाज़ी करते रहे। मोटी फीस दे रहे बच्चों के मम्मी-पापा हलाकान होते रहे और आधुनिक द्रोणाचार्य एकलव्यों का अँगूठा लेने के बदले सीधे-सीधे उनकी जान से खेलते रहे। बच्चो की फीस के बल पर वजनी तनख़्वाहें उठाते विद्यालय प्रशासन के कान पर जूँ भी नहीं रेंगी। स्कूलों को नये भविष्य का कारखाना बना देनेवाले अधेड़ नीति निर्धारक भरे और अघाये हुए पेटों के साथ स्थापना-दिवस मनाते रहे। ऐसी ही स्थितियों से बेज़ार होकर बच्चों की ओर से शायर शकील जमाली को कभी कहना पड़ा था—

सफ़र से लौट जाना चाहता है
परिन्दा आशियाना चाहता है
कोई स्कूल की घण्टी बजा दे
ये बच्चा मुस्कुराना चाहता है

हमें सोचना होगा कि बच्चे क्यों स्कूल की छुट्टी की घण्टी का इन्तज़ार करते हैं। क्यों स्कूल जाने से कतराते हैं? क्यों उन्हें शिक्षकों के चेहरे अब डरावने दिखने लगे हैं? क्यों फूटती है उनके मुँहों से रुलाई और सिसकियों का समूहगान? क्यों शिक्षक विद्यार्थियों को आनेवाले कल की तरह सजा नहीं पाते, केवल सज़ा देते हैं।

मुर्गा बनाते हैं, बेंत बरसाते हैं, क्लास रूम से बाहर निकाल देते हैं। पैरैण्ट्स मीटिंग में शिकायतों का पुलिन्दा खोल देते हैं, सारी ज़िम्मेदारी बच्चों पर डालकर अपने कर्त्तव्य की इतिश्री समझ लेते हैं, मुक्त हो लेते हैं।

डर लग रहा है। आज़ादी का पर्व 15 अगस्त सिर पर है। फिर पसीना बहाता भविष्य खुले मैदानों पर परेड करेगा। पीटी करानेवाले मास्टर साहब छाया में रहेंगे, बच्चों के हिस्से कड़ी धूप आयेगी। मास्टर साहब सरासर नाइन्साफ़ी करते हुए बच्चों को 'इन्साफ़ की डगर' पर चलने की नेक सलाह देंगे।

बच्चे बेहोश होने तक इन्साफ़ की डगर पर चलेंगे और फिर उन्हें नर्सिंग होमों की तरफ़ लेकर भागना पड़ेगा। यही शिक्षक, शिक्षक-दिवस आने पर रोना रोयेंगे कि अब शिक्षकों का वह सम्मान समाज में नहीं है, जो पहले था। यह कभी नहीं देखेंगे कि पहले शिक्षक भी बच्चों को जान से बढ़कर चाहते थे। बच्चों में सपने बोते थे,नफ़रत के बीज नहीं। जहाँ बच्चों का पसीना बहता था, वहाँ वह ख़ून बहा दिया करते थे।

सच कहें तो विद्यालय भी राशन की दुकानों-जैसे हो गये हैं। जिस तरह कण्ट्रोल की दुकानें राशन न होने की तख़्ती लगाती हैं, उसी तरह ऐडमीशन न होने की तख़्ती यह शिक्षण संस्थाएँ लगाती है। जिन बेचारे बच्चों का किसी तरह इन विद्यालयों में दाखिला हो जाता है, वह ख़ास-ख़ास मौक़ों पर इसी प्रकार बेहोश होते रहते हैं। बच्चे बेहोश होते हैं, शिक्षक होश का पाठ पढ़ाते हैं। शिक्षक, जिन्हें ख़ुद होश नहीं रहता कि दरअसल होश है क्या चीज़? यह केवल 'होमवर्क' देना जानते हैं, इन्हें 'स्कूलवर्क' से कुछ लेना-देना नहीं होता। यह केवल बस्ते का बोझ बढ़ाते हैं। सूर्य कुमार पाण्डेय की याद आती है, वह कहते हैं—

टीचर जी देखो-देखो
हालत मेरी ख़स्ता है
के. जी. 2 में पढ़ता हूँ
2 के. जी. का बस्ता है।

सचमुच यह बस्ता नहीं सलीब होता है, जिसे बच्चे बचपन से ही ढोने लगते हैं। मुझे बस्ता उठाये बच्चे नन्हें-नन्हें ईसा-जैसे लगते हैं, जिन्हें अपना क्रास ख़ुद ढोना होता है। दोहा याद आता है—

देह नींद की छिल गयी, सपने ढोते क्रास
बच्चे भी ईसा हुए, झेल रहे संत्रास।।

मैं फिर उसी सन्दर्भ की ओर लौटता हूँ, जहाँ से शुरू हुआ था। सत्तर बेहोश बच्चों में से लगभग बीस बच्चे ज़्यादा परेशानी में आ गये थे। पर वह महान् ऋषि के नाम से जुड़ा विद्यालय दुर्घटना की पराकाष्ठा होने तक लगातार 'मिस्टीरियस' ही बना रहा। उसके आचरण और व्यवहार में कहीं भी खेद और अफ़सोस की भंगिमा नहीं दिखी। जबकि बच्चों का बस्ता क्रमशः भारी होता गया। इसीलिए मैं उन लमहों को सलाम करना चाहता हूँ जो नन्हें कन्धों से बस्ते उतारकर, बच्चों को खुली हवा में साँस लेने का मौक़ा देते हैं। सलीम शहजाद का शेर याद आता है—

वो एक लमहा क़यामत से कम नहीं होता
जो नन्हें काँधों से बस्ता उतार लेता है।

•

गोभी के फूलों का मौसम

यह तरह-तरह के फूलों का मौसम है, पर गोभी के फूल तो क़यामत पर उतारू हैं। वह स्वाद की सुगन्ध लेकर हमारे बीच हैं। ठेले से रसोई और रसोई से थाली तक गोभी-ही-गोभी है, मन है कि उसी के कारण लोभी है। अचार से लेकर तरकारी तक गोभी डण्ठल का बाहरी समर्थन लिये घरों में घुस आयी है और श्वेत पत्र जारी कर रही है। मण्डियों में महक रही है, गेंदों की तरह लुढ़क रही है। गेंदे के फूल भी गोभी के फूलों से रेस बद रहे हैं, पर आदमी को केवल ख़ुशबू से मतलब नहीं है, उसे तो भूख और पेट का व्याकरण भी समझ में आना चाहिए। जैसे-जैसे जाड़ा बढ़ रहा है, गोभियों में भी स्वाद बढ़ रहा है। इसका गठन ऐसा है कि हर किसी से इसका गठबन्धन हो जाता है और यह साझा सरकार की तरह जनता के आगे परस दी जाती है और जनता भी आँख मूँदकर इससे काम चलाती है, इसका भोग लगाती है। उसे तो बस भोग लगाना होता है या फिर भोगना होता है। बुद्धिमान् से लेकर डैमफूल, सभी को पसन्द होते हैं गोभी के फूल। गोभी के फूलों का सौन्दर्यशास्त्र विशिष्ट होता है। मुझे रामवृक्ष बेनीपुरी जी का बचपन में पढ़ा लेख 'गेहूँ और गुलाब' याद आता है। यहाँ भी गेहूँ की खाद्यवाली पात्रता गुलाब पर 'डॉमिनेट' करती है। गर्मियों में भी एक तरफ़ दशहरी आम महक रहे हों और एक तरफ़ गुलाब के फूल महक रहे हों तो भी मैं दशहरी आमों की महक की तरफ़ जाता हूँ। स्वादेन्द्रिय ज़ोर मार देती है। जीभ मुँह के कोने-अँतरों में टहलने लगती है, मुँह पानीदार हो उठता है। केवल ख़ुशबू भरे और अघाये हुए पेटवालों के लिए होती है। आम आदमी को तो ख़ुशबू के साथ खाद्य भी चाहिए। उसके लिए नाक से ज़्यादा अहम् पेट होता है। यूँ तो गेंदे के फूल अपने सौष्ठव में गोभी के फूल के 'कज़िन' जैसे होते हैं। दोनों का छन्द कसा होता है, दोनों पखुरी-पखुरी और फूल-फूल होकर बिखरते हैं। मैं आज भी गेंदे के फूल से निकली गिरी चाव लेकर खाता हूँ। ख़ैर!

बात गोभी की चल रही थी।

गोभी का तालमेल आलू, मटर, टमाटर के साथ विलक्षण होता है। अपनी सहसब्ज़ियों के साथ इसकी 'अण्डरस्टैण्डिंग' देखते बनती है। सहसब्ज़ियाँ, सहसम्पादकों की तरह अपने दायित्वों का निर्वहन करती हैं। कई बार लगता है गोभी, फूल, फल और सब्ज़ी तीनों की अलग-अलग भूमिकाओं में एक साथ होती है यानी 'थ्री इन वन'। वह एक ओर गेंदे के फूलों से हाथ मिलाती है तो दूसरी तरफ़ सर्दियों के दूसरे महानायक अमरूद के पड़ोस में भी सजती है। मौसम बदलते ही एकाएक सब्ज़ीमण्डी और फलमण्डी अतिरिक्त रूप से दर्शनीय हो उठती हैं। 'चले भी आओ कि गुलशन का कारोबार चले' (फ़ैज़ साहब की रूह से क्षमा-याचना सहित) की तर्ज़ पर फूल, फल और सब्ज़ियों का कारोबार ठाठ से चलता है।

अकसर गोभी के फूल कांग्रेसी कार्यकर्त्ता-जैसे लगते हैं, हर तरफ़ अपनी सरकार चलाने के लिए दोस्ती का हाथ बढ़ाते हुए, चाहे फिर वह सपाई आलू हो, बसपाई मटर हो या फिर भाजपाई टमाटर हो। हालाँकि इस तरह के समीकरण को प्रायः प्रबुद्ध जन साझा संस्कृति से जोड़कर भी देखने की कोशिश करते हैं। उन्हें साझा सरकार और साझा संस्कृति में कोई फ़र्क ही नज़र नहीं आता। जय हो संस्कृति के सभी अध्यायों की।

कहते हैं कि गोभी बादी करती है। बादी पेट और शरीर तक हो तब तक तो गनीमत है, जब यह चर्बी की शक्ल में आँखों में जमने लगती है, तब तो बड़ी फ़ज़ीहत पैदा करती है। चेहरा ही आँखों समेत फूलकर गोभी का फूल होने लगता है। ऐसी अति से तो अच्छा है कि इसे आचार-विचार के साथ मय आलू सेम बिना 'शेमफुल' हुए अचार की तरह फूल की ही तरह सूँघते जाने की तर्ज़ पर खाया जाये क्योंकि कम और ग़म खानेवालों के खाना खाने को फूल सूँघना ही कहते हैं। ऐसा करने से आँखों में चर्बी भी नहीं चढ़ेगी और हम गोभी के फूलों का लुत्फ़ भी उठा लेंगे।

गोभी के फूलों का गदराया हुआ मौसम लगातार आवाज़ दे रहा है। आप भी सुन रहे हैं न पंचम स्वर में उठती इसकी पंचम दा-जैसी आवाज़।

•

चौपाल पर रचा जाता ज़ायके का महाकाव्य

ये है पण्डितजी की कर्नलगंज चौराहे की तिरमुहानी पर स्थित चटपटे की दुकान। ठेठ इलाहाबादी संस्कृति यहाँ साँसें लेती है। पण्डितजी वह शख़्स हैं जिन्होंने श्रीमती इन्दिरा गाँधी को भी पानी के बताशे खिलाये हैं। यह प्रसंग याद करते हुए उनकी आँखें छलछला उठती हैं। पण्डितजी की भवें तक सफ़ेद हो चुकी हैं। उनकी मिचमिचाती आँखों में अनेकानेक सुबहों का उजाला झिलमिलाता है, गुड़िया-जैसी बेटी इन्दिरा को याद करते हैं तो जैसे समय ही ठहर जाता है। फ्लैशबैक में चले जाते हैं पण्डितजी। शाम चार बजे उनकी दुकान सज जाती है और आठ बजने तक सारा माल साफ़ हो जाता है। स्वाद और लज़्ज़त के सारे आशिक़ परिन्दों की तरह पंख फड़फड़ाते यहाँ इकट्ठे हो जाते हैं। दही-बड़ा सुवासित हो उठता है, मटर महमहाने लगती है, जीराजल जागृत हो उठता है। इतनी कारें, साइकिलें, मोटर साइकिलें इकट्ठी हो जाती हैं कि जाम-सा लग जाता है। पीछेवाली सड़क से आनन्द भवन भी जैसे आवाज़ देता है। पण्डित नेहरू भी पण्डितजी की चाट के मुरीद थे। शायरे आज़म जनाब फ़िराक़ गोरखपुरी भी एक-दो पेग के बाद पण्डितजी का आलू दम पसन्द करते थे। इसी सड़क पर उनका यह अमर शेर साकार हुआ था।

शाम भी थी धुआँ-धुआँ हुस्न भी था उदास-उदास,
दिल को कई कहानियाँ याद-सी आके रह गयीं।

यह कहानियों का मुहल्ला है, यह गीतों की बस्ती है, मुनव्वर राना के शब्दों में ग़ज़ल गाँव भी यहीं है, यहाँ कोई ऊँच-नीच, भेदभाव नहीं है। सारी जातियाँ नदी की धाराओं-सी यहाँ मिलती हैं। सारे धर्म ही यहाँ का राष्ट्रधर्म हैं। कटरा, ममफोर्डगंज से आती गलियाँ-सड़कें तिर्यक् रेखा पर आकर जिस बिन्दु पर एक-दूसरे को काटती हैं, वहीं बस वहीं पर, पण्डितजी की कलाकार उँगलियाँ ज़ायके

का महाकाव्य रच रही होती हैं। पण्डितजी की आँखों में इतिहास के पृष्ठ बोलते हैं। चटपटे की दुकान पर विख्यात लेखक ओंकार शरद, प्रसिद्ध समाजवादी चिन्तक डॉ. राममनोहर लोहिया को लेकर आते थे। पण्डितजी की चटपटे की दुकान हमारी साझा संस्कृति की जिन्दा मिसाल है। लोहियाजी को यहाँ पूरे देश का दर्शन होता था। इलाहाबाद में केवल नदियों का ही नहीं, संस्कृतियों का भी संगम हुआ है। यह संगम हिलोरें लेता हुआ पण्डितजी की चटपटे की दुकान पर भी महसूस किया जा सकता है। यहाँ पर विजयदेवनारायण साही, गोपीकृष्ण गोपेश, उमाकान्त मालवीय, रामस्वरूप चतुर्वेदी-सरीखे शब्दों के सिपाही तशरीफ़ लाते रहे हैं। आज भी यहाँ एहतराम इस्लाम, अजामिल और अनीता गोपेश जैसे शब्द-शिल्पी गाहे-बगाहे आते हैं और ज़िन्दगी को ऊर्जा से भरकर वापस जाते हैं। शहर की दुनिया के समानान्तर एक दुनिया यहाँ आकार लेती है। चटपटे का लावण्य अभिभूत करता है, यहाँ की मिर्च ज़िन्दगी की तल्ख़ी दूर करती है।

कोई शाम ऐसी नहीं होती कि चार-छह-दस माँ बननेवाली माँएँ यहाँ न आती हों। उनके चेहरों पर सृजन का आलोक जगमगाता है। उन्हें अत्यन्त वात्सल्य भाव से पण्डितजी चाट खिलाते हैं। उनके भीतर एक बाबा, एक नाना, एक दादा जाग उठता है। पण्डितजी किसी रचनाकार की तरह स्वाद का सपना साकार करते हैं। शाम होते तक यहाँ एक मेला-सा लग जाता है। एक चटपटापन पूरी सड़क पर जैसे तारी हो उठता है। जीरा, नमक, मसाला, धनिया, पुदीना की सम्मिलित महक की अवहेलना कर आगे बढ़ जाना कठिन होता है। जबान मुँह में ही चक्कर काटने लगती है, लोटा-लोटा भर पानी आता है। पण्डितजी हनुमानी मुद्रा में लाल कपड़ों में सँवरे होते हैं। हर आने-जानेवाले को आवाज़ देते हैं और एकदम घर के बड़े बुज़ुर्गों की तरह आत्मीय भाव से सत्कार करते हैं। उनका चेहरा आतिथेय की गरिमा से ओत-प्रोत होता है। शहर के विपरीत छोरों से भी लोग, 'कच्चे धागे में बँधे आते हैं सरकार मेरे' की बेसब्र मुद्रा में आकर यहाँ इकट्ठे होते हैं। लकड़ी की छोटी बेंचों पर नित्य एक समारोह सम्पन्न होता है।

पण्डितजी के लिए हर ग्राहक उसका एक अपना बन्धु-सखा होता है। पण्डितजी सबको नाम से जानते हैं। चटपटे के ऑफ़ टाइम में सबके सुख-दुःख में शामिल होते हैं। वैसे लजीज़ चटपटे की तैयारी वह सुबह से शुरू कर देते हैं।

मसाला पीसना, बाल्टी-बाल्टी भर पानी लाना और इसी बीच भगवद्भजन भी करते जाना उनकी बड़ी प्यारी-सी फ़ितरत है।

चाट चटपटे का स्वाद अड्डा धीरे-धीरे कर शहर की शान बन चुका है। यूनिवर्सिटी एवं तमाम छात्रावासों के आस-पास होने से, मेडिकल कॉलेज और इंजीनियरिंग कॉलेज के छात्रों के यहाँ होने से, दुकान की रौनक पर यूँ ही चार चाँद लग जाते हैं। वकील यहाँ मुक़दमे का सौदा तय करते हैं तो बड़े बाबू दफ़्तर के अधूरे कामकाज की फ़ाइल भी खोलते-बन्द करते हैं। बीच-बीच में दही-बड़े पर भी हाथ साफ़ करते जाते हैं। लम्बे-से तार से झूलते सौ-सौ वाट के बल्ब करैला, बैंगनी मटर, पापड़ का चेहरा और भी ऊँजोर कर देते हैं। हर कोई एक अधैर्य में दिखता है। सबको पण्डितजी की चाट से साक्षात्कार करना होता है। सब हड़बड़ी में होते हैं पर पण्डितजी किसी को निराश नहीं करते, सबको उपकृत करते हैं। उनकी समूची भाव-भंगिमा विश्वबन्धुत्व के आलोक में नहायी होती है। वह अनावश्यक पैसे नहीं लेते और कभी-कभी तो कोई नया जोड़ा आ गया तो उसे मुफ़्त में भी चाट खिलाते हैं। नब्बे बरस के पण्डितजी आज भी थके नहीं हैं। हर किसी को अपना बना लेने को आतुर और उत्सुक हैं।

पण्डितजी की चटपटे की दुकान इलाहाबाद शहर का वह अड्डा है जहाँ हर आयु वर्ग और रुचियों के लोगों का आपस में सांस्कृतिक आदान-प्रदान होता है। फ़िल्म 'मोहनदास' के म्यूज़िक डाइरेक्टर विवेक प्रियदर्शन हों या रंगकर्मी अनिल रंजन भौतिक, हफ़्ते में तीन-चार बार यहाँ चक्कर अवश्य काट लेते हैं। इतिहासकार डॉ. लालबहादुर भी पण्डितजी की चाट के आशिक़ हैं। कोई भी अपने इस तरह के सांस्कृतिक अड्डे पर गर्व कर सकता है, शहर की यह चौपाल दिल्ली तक चर्चित है। समालोचक डॉ. विश्वनाथ त्रिपाठी की भी पण्डितजी से दोस्ती है। हम पण्डितजी के दीर्घ जीवन की कामना करते हैं ताकि अड्डा लम्बे समय तक आबाद रहे।

•

शहर इलाहाबाद की गर्मी

जनाब अकबर इलाहाबादी याद आ रहे हैं। वो फ़रमाते हैं— 'पड़ जायें अभी आबले अकबर के बदन पर/पढ़ के जो कोई फूँक दे अप्रैल मई जून।' सचमुच सूरज आगबबूला हो चला है, यह इलाहाबाद की गर्मी है। मेरा शहर गर्मजोश लोगों का ही शहर रहा है। पारा दिमाग़ का हो या यन्त्र का अपना खाँचा तोड़कर बाहर आने को है। दफ़्तरों में कूलर की घास बदली जा रही है, यथासम्भव माहौल ठण्डा रखने की कोशिश की जा रही है।

बिजली आ रही है और जा रही है। बिजली घर में भी बिजली नहीं है, वहाँ भी जेनरेटर का कोरस चल रहा है। हमारे ठेठ इलाहाबादी कवि कैलाश गौतम कहते हैं—'युग विकल्प का आ गया बदल गये आयाम/बिजलीघर में चल रहा जेनरेटर से काम।' जेनरेटर बेचारा भी क्या करेगा। अगर तेल ही नहीं होगा। बड़े-बड़े जब तेल लेने चले गये, तो बेचारे पिद्दी-से जेनरेटर की भला क्या औक़ात?

बहरहाल! गर्मी से सन्तुलन बिगड़ रहा है। यह दिमाग़ से बहुत ज़्यादा काम लेने का समय नहीं है। गर्मी और ग़ुस्से का चोली-दामन का साथ है। लेकिन इस बीच अजीब बात हुई है, ग़ुस्से का आना विलम्बित हो गया है। पहले हर बात पर आता था, पर अब आते-आते किनारा कर लेता है। वह एडजेस्टिंग हो गया है। ट्रान्सफार्मर भले जल जाये, पर उसका ख़ून नहीं जलता, जब जलता नहीं तो खौलेगा भला क्या? जगह-जगह पाइन लाइन टूटी हुई है। सारा ख़ून ही पानी हुआ जा रहा है, पर काँटे उगा रही है। संजय मासूम कहते हैं— 'जिसे देखो वही प्यासा खड़ा है, हमारा शहर है या क़र्बला है?' चाचा ग़ालिब भी जेहन पर कहीं दस्तक दे रहे हैं। उन्होंने भी शायद इलाहाबाद की गर्मी और उससे पैदा होनेवाली दुर्दशाओं के बारे में सुन रखा होगा, तभी तो अपने एक ख़त में लिखते हैं कि अगर जन्नत का रास्ता भी बरास्ता इलाहाबाद होगा, तो वह जन्नत जाना भी पसन्द नहीं करेंगे। पर मैं क्या करूँ? मुझे तो अपने शहर का नर्क भी अजीज़ है, कम्बख़्त गर्मी का तो पिछले अड़तालीस वर्षों में अच्छा-ख़ासा अभ्यास हो चला है। •

शू-शैम्पू की महिमा

कल ही शहर की एक प्रतिष्ठित दुकान से जूतों के साथ उनका शैम्पू भी लेकर लौटा हूँ। जूतों का चमकदार होना ज़रूरी हो गया है शायद! चेहरा भले ही निस्तेज़ रहे। लम्बे-काले-घने बालों के साथ शैम्पू का सम्बन्ध बचपन से देखते आये हैं, जूतों पर भी शैम्पू मला जायेगा, यह स्वप्न में भी नहीं सोचा था। मेरा तो सारा सौन्दर्यबोध ही ध्वस्त हुआ जा रहा है। उपभोक्ता-संस्कृति ताण्डव कर रही है। जूते, जूते नहीं सिर हो गये हैं। अच्छे-ख़ासे शैम्पू के रहते अब कौन माई का लाल बाल की खाल निकालेगा। अभी तक जूते पड़ते थे तो सिर गंजे होते थे, अब तो हमारा चरित्र ही इतना गिर गया है कि बेचारे जूतों की आत्मा तक गंजी हो जाती है। जूतों के तल्ले चलने पर नहीं घिसते, पड़ने पर अवश्य दम तोड़ने लगते हैं। शू-शैम्पू इनके दीर्घ जीवन की कामना करता है।

बाल बराबर या सुई की नोक बराबर ज़मीन का झगड़ा भी महाभारत खड़ा कर देता है। आधुनिक महाभारत में जूते अचूक आयुध के रूप में इस्तेमाल होते हैं। इनकी भूमिका के आगे 'अर्जुन' का गाण्डीव भी गिड़गिड़ाता नज़र आता है। आँख में उग आये बालों का भी अपना सौन्दर्यशास्त्र होता है, हमें नज़र नहीं आता अपना चेहरा। शू-शैम्पू से तरोताज़ा हुए जूतों में हम अपना नक़ली प्रतिबिम्ब देखते हैं। जूते शीशों को मात करना चाहते हैं। धड़ से अलग स्वाभिमानी सिर, बग़ले झाँकते हैं। लकदक जूते पहनकर हम शीर्षासन करते हैं या फिर सिर के बल चलते हैं। जूते पहनकर सामान्य आदमी भला कैसे पाँव-पाँव चल सकता है। उलटी गंगाएँ बहायी जा रही हैं। परम्पराएँ उलट-पुलट रही हैं तो हम क्यों नहीं औंधे सिर या उलटी खोपड़ी हो सकते। एक कवि महोदय तो पैरों में टोपी पहनाने की ज़िद करते हैं—

सिर पर नहीं पाँव में अब टोपी पहनायेंगे
अपनी ज़िद है इसी तरह हम राज चलायेंगे

कृष्ण हमारे पुरखे थे बाँसुरी बजाते थे
हम उनके कुलदीपक हैं हम बाँस बजायेंगे।

पाँव रगड़-रगड़कर धो लेने से क्या सिर की स्थिति को प्राप्त हो सकते हैं। ऐसे हठ का आप क्या कहियेगा? एकदम 'उलट-पलट कपि लंका जारी' वाली बात है। बाँस बजाइये या जूते, अपने बाप का क्या जाता है। हमने तो जूते का कायाकल्प करते रहने के लिए सस्ता, सरल और आसान उपाय सोच लिया है।

शैम्पू की मेहरबानी से जूते तो टिकाऊ होने लगे हैं, सिर ही टिकाऊ नहीं रह गये हैं। दस जोड़ा आँखों या दस सिर के साथ यदि आज रामायणकालीन रावण होता तो वह भी चकरघिन्नी हो जाता। वैसे एक सिर में ही सहस्त्र सिर रखनेवाले रावणों की आज कमी नहीं है। पंचानन होते तो भी चकरा जाते। सृष्टि के नियामक चतुरानन अर्थात् ब्रह्मा के सिर भी घूम जाते। कुछ हाथ न आता। भला बताइये? शैम्पू किया हुआ जूता छोड़कर क्यों कोई भगवान् के सामने सिर पटकेगा? भगवान् के दर्शन भी करने हों तो लोग जूते बग़ल में दबाकर मन्दिर में प्रवेश लेने लगे हैं, आरती लेने लगे हैं। एक अदद जूते से ध्यान हटता नहीं, परमात्मा से क्या ख़ाक लौ लगायेंगे।

आप कितना भी शैम्पू लगा लीजिये जूतों के लम्बे-काले-घने बाल तो निकलने से रहे। हाँ! शादी रचाने जायेगा तो जूतों का नेग ज़रूर बढ़ जायेगा। सालियाँ जूते चुरा ले जायेंगी, फिर मोटी रक़म माँगेंगी। आप बस खीस निपोरते हुए टेंटें ढीली करने भर को रह जायेंगे।

जूतों और शैम्पुओं का रिश्ता धीरे-धीरे समझ में आ रहा है। इसी को कहते हैं सिर-पैर का एक करना। जो बड़े-बड़े नहीं कर पाते वह अकेला शैम्पू कर दिखाता है। यह शैम्पू-चिन्तन हमें 'हेडलेस' करता जा रहा है। हमारे सिरों में गोबर भरा ही है, 'गोबर गैस प्लाण्ट' की दूसरे सोच रहे हैं। दिमाग़, सिर और भेजे के अलग-अलग 'डाइमेन्शन' हैं, पर तीनों ही खाली हुए जा रहे हैं। बुद्धि पर पत्थर पड़ रहा है, जिसे 'शिलान्यास' होना कहते हैं। शैम्पू शीशी में कसमसा रहा है, किसी जिन्न की तरह। जूतों पर धूल की पर्त मोटी न हो, आइये जूते चमकायें और शू-शैम्पू के गुण गायें।

•

सोलहवें साल का फ़रेब

साहित्य में बड़ी महिमा गायी गयी है। कभी सोलहवें सावन की, तो कभी सोलहवें वसन्त की चर्चा होती है। मुझे लगता है कम्बख़्त सोलहवें साल के साथ बहुत अन्याय किया गया है। इसका मिथ टूटना ही चाहिए। मुझे सोलहवाँ साल लगा था तो पता ही नहीं चला और अब बरख़ुरदार सोलहवें साल में प्रवेश कर रहे हैं, मसें भीग रही हैं। थोड़े-बहुत सपने भी आते होंगे, पर अभी तक पाजामे का नारा तक बाँधने का शऊर नहीं है और फ़िल्मवाले हैं कि बाली उमरिया का ढिंढ़ोरा पीटते नहीं थकते। 'मैं सोला बरस की, मैं सतरा बरस की' मुए रेडियो पर बजता रहता है। 'स्वीट सिक्सटीन' का छलावा एक पूरी-की-पूरी पीढ़ी को गुमराह करता है।

बेरोज़गारी, भुखमरी और कुपोषण के गलाज़त भरे समय में कैसा सोलहवाँ साल। होटलों में प्लेट धोते बच्चों, स्कूल जाने की उम्र में स्कूल का रिक्शा खींचते बच्चों, रेलगाड़ियों में साहब और मेमसाहबों की चप्पलें किनारे कर झाड़ू लगाते बच्चों का क्या कभी सोलहवाँ साल लगता है? क्या कभी उनकी उमंगें पतंगों की तरह उड़ पाती होंगी? एक उदास पतझर ही उनकी ज़िन्दगी का सच होता है। 'सोलहवाँ साल' केवल मुहावरों में अच्छा लगता है।

हमारे देश का बहुमत बचपन से सीधे बुढ़ापे में प्रवेश करता है। उसे जवानी आती ही नहीं। वह सोलह साल का होता ही नहीं। वह स्वप्न नहीं, केवल दुःस्वप्न देखता है। वह उस समय अख़बार बाँटता है, जब अख़बार पढ़नेवाले घोड़े बेचकर सो रहे होते हैं। उसके जीवन में प्रेम आता ही नहीं, उसे अपने समय और समाज से केवल 'नफ़रत' मिलती है। सोलहवें साल की बातें उसे परीलोक के किस्सों-जैसी लगती हैं, उसे यह जानने की दिलचस्पी भी नहीं रहती कि इस कथित उम्र में कुछ मुट्ठी भर लोगों की औलादों के दिलों में कुछ-कुछ होता है, यहाँ तो दाल-रोटी की चिन्ता में बड़े हो रहे बच्चों के दिलों में बहुत-कुछ हो चुका होता है। ये बेचारे सोलहवें साल के तिलिस्म में उलझना ही नहीं चाहते।

•

तकिया-पुराण

तकिया एक सुविधा का नाम है। आराम के सिर पर यह चार चाँद लगा देता है। विधानसभा में कुर्सियाँ चलती हैं, तो घरों में तकिया चलता है। कई शहरों में तो मोहल्ले का नाम ही 'तकिया' होता है। हमारे शहर लखनऊ के 'तकिया गणेशगंज' को ही लें, उपन्यास सम्राट् अमृतलाल नागर भी इसका प्यार से ज़िक्र करते हैं। तकिया, मसनद के छोटे भाई-जैसा होता है, हमारे सिरों को सहेजता है। कई बार तो हमारे अगल-बग़ल को भी सजाता है। हमारे छगुनलाल तो सिर के नीचे चाहे तकिया न लगायें पर पेट के नीचे अवश्य लगाते हैं।

तकिये तरह-तरह के होते हैं। मोटे-गदबदे, नरम-मुलायम, गद्‌देदार। ये हमारी नींद को गहरी और गहरी बनाते हैं, इसीलिए कभी-कभी लगता है ये चोरों से भी मिले होते हैं, क्योंकि हम नींद के आगोश में रह जाते हैं और शहर के माननीय एवं मानिन्द चोर अपना काम दिखा जाते हैं। हम सपनों में खोये होते हैं और हमारा टेप रिकार्डर, टी.वी., वी.सी.आर. ठिकाने लग जाते हैं। चाहे जो हो, फिर भी हमें तकिये प्रिय होते हैं। यह प्रेमिका के लिए प्रेमी की और प्रेमी के लिए प्रेमिका की बाँहों-जैसे होते हैं। तभी तो गीत-कवि उमाकान्त मालवीय कहते हैं, 'तकिये की बाँहों पर, एक सर टिका हुआ। साँसों की नरम-नरम आँच में सिंका हुआ।'

सचमुच तकिये, बाँह-जैसे ही होते हैं। मग़र कभी-कभी इनकी अनुपस्थिति में अपनी बाँह को ही तकिया बनाना पड़ता है। कभी अकेले में होइये तो इनके भीतर की धुनी हुई रुई-जैसे बात करती है। इनके भीतर सेम्हल का एक पूरा पेड़ बोलता है। मैं स्पंजवाले तकियों की बात नहीं कर रहा। स्प्रिंगवाले तकिये भी अपने लचीलेपन से हमारे सिरों को झूला झूलाते हैं, मग़र रुईवाले तकियों का कोई विकल्प नहीं होता। आज इन्सान भी तकियों-जैसा होता जा रहा है। दूसरों की सुख-सुविधा के लिए मर-खप रहा है। अट रहा है उनके आराम में। ख़ुद दबकर उनका सिर ऊँचा उठा रहा है।

तकिये हमें आरामतलब एवं सुविधाभोगी बनाते हैं। अगर कहें कि हरामख़ोर बनाते हैं तो भी अतिशयोक्ति न होगी। तकिये सुख देते हैं मगर 'स्पौण्डलाइटिस' के मरीज़ों के लिए तकलीफ़ का सबब बन जाते हैं। उन्हें दुःख देने लगते हैं। उनकी गर्दनें अकड़ा देते हैं। डॉक्टर उन्हें तकिया लगाने से मना कर देते हैं। तकिया उनके लिए मीठा जहर हो जाता है। बिना तकिये के उनसे रहा नहीं जाता। उनके लिए पतले तकिये बनाये जाते हैं। उनका सिर के नीचे होना, न होना कुछ मायने नहीं रखता। वह गद्दे के साथ ग़रीब के पेट-पीठ की तरह एक हो जाते हैं। हमारे मनोविज्ञान को सन्तुष्ट करते हैं। यह सन्तोष होता है कि सिर के नीचे तकिया लगा हुआ है, भले ही वह तकिया, तकिये के नाम पर कलंक ही क्यों न हो।

मेरा बेटा तो केवल नींद के आरम्भिक क्षणों में ही तकिया सिर के नीचे लगाता है, बाद में तो तकिया ही उसके ऊपर होता है। कभी-कभी तो आँख खुलने पर सिरहाने का तकिया पैताने मिलता है, सिर-पैर एक करता हुआ। तकिया एक तरफ़ मिलता है, तो तकिये का खोल दूसरी तरफ़। दरअसल! तकिया, गद्दे के बच्चे की भूमिका भी निभाता है। अकसर तो यह जिस पर होता है कालान्तर में वही पत्ते हवा देने लगते हैं। शायर महोदय को मज़बूरन कहना पड़ता है, 'जिन पर तकिया था वही पत्ते हवा देने लगे।' जयललिता, लालूप्रसाद यादव, कल्याण, ममता बनर्जी ऐसे ही पत्ते रहे हैं, जिन पर अटलजी का तकिया रहा है, फिर भी न इन पत्तों ने कई बार ऐसी हवा दी है कि राजसिंहासन भी डोल उठा है। जिस तरह तकियों की कई क़िस्में हैं वैसे ही पत्ते भी कई प्रकार के पाये जाते हैं। पीपल के पत्ते से लेकर तिल का ताड़ बने पत्ते, सभी अवसर आने पर तकिये की सल्तनत को चुनौती देने लगते हैं। मैं यह लेख भी गोद में तकिया रखकर ही लिख रहा था। मुँह फैलने लगा है, जमुहाई आने लगी है। गोद का तकिया सिर के नीचे लगाने जा रहा हूँ। आशा है आप क्षमा करेंगे।

•

सम्पादक जो न कराये

एक रचनाकार महोदय हैं। वह हर दूसरे दिन सम्पादक-प्रवर को रचनाएँ छपनार्थ भेजा करते थे। रचनाएँ सम्पादक के खेद और अभिवादन के साथ लौट आया करती थीं। वह तिलमिला उठते थे, खेद के साथ अभिवादन का 'काम्बिनेशन' उन्हें तनिक भी समझ में नहीं आता था। उन्हें ऐसा महसूस होता जैसे मारकर कण्डा सुँघाया जा रहा है। उस रचनाएँ वापस भेज देनेवाले सम्पादक की ख्याति दूर-दूर तक फैली हुई थी। वह प्रधान सम्पादक था, एकदम ग्रामप्रधान-जैसा। उसके नीचे कई उप एवं सहायक सम्पादिकाएँ थीं। रचनाएँ दरअसल वही पढ़ा करती थीं, सम्पादक तो हस्ताक्षर करता था। उसकी पत्रिका में छपना 'टेढ़ी खीर' जैसा था। यह टेढ़ाई बहुधा सीधे लोग नहीं समझ पाते। उसकी पत्रिका में वह सबसे बड़ा कथाकार सिद्ध कर दिया जाता था, जो सबसे बड़ा विज्ञापनदाता होता था। सबसे बड़ा विज्ञापनदाता वही हो सकता था, जो सबसे बड़ा अफ़सर हो। चूँकि अफ़सर विज्ञापन दिलवाता था, इसलिए वह उस कथादेश का महत्त्वपूर्ण कथाकार भी होता था। उसकी कथा सत्यनारायण व्रत-कथा-जैसी होती थी। उसकी अपनी लीलावती होती थी, जो कथाकार बनने का सपना देखा करती थी। जिसने संकल्प लिया था कि अपनी एक कहानी छप जाने पर वह सम्पादक को दस हज़ार का विज्ञापन दिलवायेगी। अपना यह संकल्प वह कहानी छप जाने के बाद भूल गयी। परिणाम यह हुआ कि लीलावती बड़ी कथाकार नहीं बन पायी।

चूँकि सम्पादक केवल हस्ताक्षर किया करता था, इस तथ्य में एक महीन से संशोधन की और ज़रूरत है। सम्पादक पुरुष रचनाकारों की रचनाएँ वापस करते हुए केवल हस्ताक्षर किया करता था। महिला रचनाकारों की कथाएँ तो वह ख़ुद चाव लेकर पढ़ा भी करता था। उन्हें लम्बे-लम्बे पत्र भी लिखा करता था। यह पत्र कहानी पर प्रतिक्रिया कम, कहानीकार पर प्रेम अभिव्यक्त करनेवाले अधिक होते थे। यदि

महिला रचनाकारों की रचनाएँ किन्हीं कारणों से वापस भी करनी होती थीं, तो सम्पादक लौटती डाक से उनकी दूसरी रचनाएँ मँगाकर अगले अंक में ही रचनाकार को प्रकाशित कर उपकृत होता था और रचनाकार को कृतकृत्य होने का अवसर देता था। यह बात हमारे उन रचनाकार महोदय को जो लगातार अस्वीकृत होते चले आ रहे थे, पता चली तो वह अपनी बीबी के नाम उस पत्रिका में रचनाएँ भेजने लगे। अकसर रचना के साथ अपनी बीबी की फोटो और परिचय भी संलग्न कर देते थे। कुछ ही दिनों में उस राष्ट्रीय पत्रिका में उनकी कहानी धड़ल्ले से छपने लगी। कथा-साहित्य में उनकी बीबी स्थापित होती चली गयीं। सचमुच के कथाकार महोदय कलम घिसते रह गये। अब वह यह बात स्वयं अपने से भी छुपाते हैं कि वह कहानियाँ लिखा करते हैं। कथा-संगोष्ठियों में वह अटैची ढोने का निर्वहन इन दिनों गहरे आत्मिक सन्तोष के साथ कर रहे हैं। उनकी बीबी सम्पादक के ठीक बग़ल में बैठकर समकालीन कथा-लेखन पर अपना बीस-बीस, पचीस-पचीस पृष्ठ का पर्चा पढ़ रही हैं। यह पर्चा भी हमारे सचमुच के कथाकार महोदय ही लिख रहे हैं, मग़र चूँकि शीर्ष सम्पादक की राशि 'कन्या' है, इसलिए पर्चा भी स्त्री की ओर से हुआ करता है। सम्पादक महोदय सही अर्थों में कन्या राशि को चरितार्थ कर रहे हैं। 'स्त्री-लेखन की चिन्ताएँ' उनके चिन्तन के केन्द्र में रहा करती हैं, वह इस 'एजेण्डे' को लेकर किसी हद तक जा सकते हैं।

बहरहाल! सम्पादक जो न कराये वह थोड़ा है। उसकी पत्रिका में छपने के लिए पुरुष को स्त्री बनना पड़ सकता है। विज्ञापनदाता अफ़सरों और महिला रचनाकारों के अतिरिक्त आजकल के सम्पादकों की दूसरी अन्य महत्त्वपूर्ण प्राथमिकताएँ हैं— जातिवाद, क्षेत्रवाद और धर्म-सम्प्रदायवाद। मैं ऐसे कई लेखकों को जानता हूँ जिन्होंने पत्र-पत्रिकाओं का अभेद्य दुर्ग अपना 'सरनेम' बदलकर भेदा है और दुर्ग भेदने के बाद सम्पादक का असली चेहरा सामने आ जाये इसलिए वस्तुस्थिति भी स्पष्ट कर दी है। पहचान के संकट से जूझते कई लेखक तो आज जाति और बिरादरी बदलकर स्थापित हैं। अब पहचान बन जाने के बाद उनकी हिम्मत नहीं है कि वह अपनी असली पहचान बता दें। धर्म और मज़हब के साथ भी यही मामला है। लेखक अपना दीन-ओ-ईमान बेच देने को तैयार है। उसे अपना जमीर बेचने में साँस लेने भर की देर भी नहीं लगती। यही हाल क्षेत्रीयता का भी

है। जिन्होंने पहाड़ कभी देखा नहीं वह भी पहाड़ का समीकरण हल कर रहे हैं। लेखन में भी पहाड़ी और मैदानी का बँटवारा दिखने लगा है। ऐसे भी कवि हैं जो मंच से मन्दिर बनवाते हैं और पत्रिकाओं में मन्दिर-मस्जिद से पैदा हुए झगड़ों और दंगों का विरोध करते हैं। छपने की सुविधा को ध्यान में रखकर बहुत-सारे प्रतिक्रियावादी आज मार्क्सवादी हो गये हैं। आज साहित्य की मुख्यधारा की लगभग सारी पत्रिकाएँ वामपन्थ के पास हैं। छपने के लिए लेखक अपनी वल्दियत तक बदलने को तैयार है। सम्पादक जो जी में आये वह करा रहा है।

•

नाक की धाक

कुछ लोग केवल अपनी नाक देखते हैं, उनकी नाक के नीचे भले ही कुछ होता रहे। ऐसे लोग दूसरों की नाक की क़तई परवाह नहीं करते। नाकें भी कई प्रकार की होती हैं, लेकिन जो होती हैं साकार होती हैं। निराकार से उनका कोई वास्ता नहीं होता। उनका आकार ही उन्हें समय-समय पर स्वप्न-दुःस्वप्न की तरह साकार करता रहता है। आकार-प्रकार से निश्चित ही वे एक विशिष्ट महत्त्व का प्रतीक होती हैं। गोल, चिपटी, नुकीली, मसखरी, तावबाज़ यह सब-कुछ उनके नथुनों से ही समझ में आ जाता है। जो लोग अपनी नाक पर मक्खी भी बैठने नहीं देते, अनेक अवसरों पर नाक रगड़ते हुए भी नज़र आते हैं। यह तो कहा जाता है कि अमुक आदमी की नाक बिलकुल तोते-जैसी है, पर यह कभी नहीं कहा जाता कि अमुक तोते की नाक बिलकुल आदमियों-जैसी है। अपने समाज में नाक कटाकर भी नथुनी गढ़ायी जाती है और शान से गाया जाता है— झुलनी का रंग साँचा हमार पिया।

नाक पता नहीं कब और कैसे इज़्ज़त का 'सिम्बल' बन गयी, समझ में ही नहीं आया। हालाँकि चेहरे पर होंठ, गाल, भौं, कान, मस्तक आदि का भी कुछ कम महत्त्व नहीं है, पर नाक तो फिर नाक ही है। महत्त्वपूर्ण बन गयी तो बन गयी। कौआ कान ले जाता है, चील नाक ले जाती है। प्रतिशोध और उपहास में नाक और कान ही काटे जाते हैं। मर्यादा पुरुषोत्तम राम, लक्ष्मण से शूर्पणखा के नाक और कान ही कटवाते हैं। जुकाम भी नाक को ही होता है, नाकवालों को ही होता है। जिनके पास नाक नहीं, उनकी कोई धाक नहीं। पगड़ी का उछल जाना भी नाक का कटना ही होता है। नाक चेहरे पर ऐनक को सम्हालती है। जिनकी नाक ढलवाँ होती है, उन पर ऐनक रह-रहकर फिसलता है और बार-बार उसे 'आरोप' वाली उँगली से भवों के बीच में 'ऐडजस्ट' करना होता है या फिर चश्मे के ऊपर से देखना होता है, ठीक वैसे ही जैसे घड़ियाल पानी के ऊपर से सिंहावलोकन करता

है। घड़ियाल और सिंह दोनों में ही फाड़ खाने की कुशलता और समानता होती है। देर से कार्यालय पहुँचने पर मेज़ पर कुहनी टिकाये, गर्दनिया लैम्प, फ़ोन और कम्प्यूटर के बीच से उच्चाधिकारी भी ऐनक के ऊपर से ही चीर जानेवाली मुद्रा में आपको देखता है और आप सोचते हैं कि धरती वहीं फट जाये और आप उसमें समा जायें। अधिकारी उपेक्षा भाव से ऐनक ठीक कर लेता है और आप दिनभर के लिए बेठीक हो जाते हैं।

नाक और महत्त्वाकांक्षा एक ही सिक्के के दो पहलू हैं। कुछ लोग महत्त्वाकांक्षी तो होते हैं, उनकी नाक भी असाधारण, असामान्य अथवा बड़ी होती है, पर उसके पीछे कोई विशेष तैयारी नहीं होती। ऐसे लोग नाक के होते हुए भी 'फ्रस्ट्रेशन' या 'डिप्रेशन' के शिकार होते हैं। जिनकी तमन्ना सारी ज़िन्दगी लोगों को शिकार करने की होती है, वही शिकार हो जाते हैं। महत्त्वाकांक्षा के शिकारी कुत्ते उन्हें भीतर-ही-भीतर तोड़ देते हैं। 'शिकारी ख़ुद यहाँ शिकार हो गया' वाली स्थिति हो जाती है।

महत्त्वाकांक्षा तो हो पर उसे पाने के लिए कोई कसरत न हो, शीर्षासन करने से सिर को ही बचाया जाये तो ऐसे में महत्त्वाकांक्षी मनसूबे औंधे मुँह गिर पड़ते हैं। महत्त्वाकांक्षा एक बीमारी बन जाती है और वह भी लाइलाज़। एड्स और कैन्सर तक का उपचार हो जाता है, पर महत्त्वाकांक्षा अपनी नाक सहेजे हाँफती-काँपती रह जाती है। नाक भी रोती है, महत्त्वाकांक्षा भी। दोनों एक-दूसरे को ढाँढ़स बँधाने में खुल-खुल जाते हैं। सपने तितर-बितर होते हैं या फिर हम उन सपनों के टूट जाने पर रोते हैं जिन्हें हमने भर आँखों देखा ही नहीं। हम रोते हैं, महत्त्वाकांक्षा नाक सुड़सुड़ाती है। नाक को ही नहीं महत्त्वाकांक्षा को भी जुकाम होता है।

हम ज़िन्दगी भर दिल्ली से दौलताबाद करते रहते हैं। हम सबमें एक मुहम्मद तुग़लक़ साँस लेता है। कई बार तो नाक से भी बड़ी महत्त्वाकांक्षा पाल ली जाती है और फिर दौड़ना-भागना ही हाथ आता है। नाक और महत्त्वाकांक्षा का छोटा-बड़ा होना हमें भी छोटा-बड़ा करता रहता है। कभी हम नाक के पीछे भागते हैं, तो कभी महत्त्वाकांक्षा के पीछे।

कभी नाक मिलती है तो कभी महत्त्वाकांक्षा। दोनों एक होकर भी एक नहीं होते। दोनों को ही रखने बचाने में सारी उम्र गुज़र जाती है। कारवाँ गुज़र जाता है और हम गुबार ही देखते रह जाते हैं।

•

आज की रामलीला

बीते पखवारे तरह-तरह की रामलीलाओं का मौसम ज़ोरों पर रहा। मंच सजते रहे, चन्दे की रसीदें काटी जा रही थीं, माइक खँखार रहे थे। 'हे वानर तू कौन है?' की रटन हवाओं में थी। रावण के पुतले बन रहे हैं। एक सिर तैयार होता है तो दूसरा लुढ़क जाता है, दूसरा तैयार होता, तो तीसरा लुढ़क जाता। लाउडस्पीकर का धन्धा करनेवालों की चाँदी रही। राम के चरित्र की महिमा गायी जा रही है, पंक्तियाँ याद आ रही हैं—

बाहर युद्ध छिड़ा है गहरा
लेकिन वो तो घर बैठे हैं
जिनका कोई चरित नहीं
वो रामचरित लेकर बैठे हैं।

हमारे मोहल्ले के मोनूलाल कुम्भकर्ण का चरित्र साकार करने के लिए नींद की गोलियाँ निगल रहे हैं। हनुमान बने दीनदयाल अपने संवाद रट रहे हैं। कभी जामवन्त, तो कभी सुग्रीव के डायलाग 'ओवरलैप' कर रहे हैं। कॉलोनी का भ्रष्ट व्यापारी सुखचैन मर्यादा पुरुषोत्तम की भूमिका में है। दशरथ बने मातादीन पुत्र-वियोग में कराह रहे हैं। मेघनाद को जामवन्त से लिया पिछले साल का कर्ज़ा वसूलना है। वह रिहर्सल में ही जामवन्त को पटक देता है। जामवन्त की मरहमपट्टी के लिए साँवले लक्ष्मणजी इमरजेन्सी वार्ड की तरफ़ भागते हैं। अजब गहमागहमी है। 'सियाराम मय सब जग जानी' से लेकर 'चला इन्द्रजित अतुलित जोधा' तक का ज़ोर है। दुर्गा-पूजा-पण्डाल में एक तरफ़ माँ दुर्गा महिषासुर को रौंद रही हैं तो दूसरी तरफ़ सीताहरण का दृश्य प्रस्तुत किया जा रहा है। जटायु फड़फड़ा रहा है कि इतने में बिजली चली गयी है। अफरा-तफरी मच गयी है। कहीं तरकश है, तो कहीं मुकुट है। मंच पर ही रावण ने अपने दसों मुँह से खाना शुरू कर दिया है।

जिसने जितना अधिक चन्दा दिया है, वह उतना अधिक आगे बैठकर रामलीला का रसास्वादन कर रहा है। बीच-बीच में अयोध्या ही लंका का रूप धारण कर ले रही है। एक तरफ़ चीख़-पुकार है, तो दूसरी तरफ़ चना चुरमुरा है। बिजली-संकट ऐसी-तैसी कर रहा है, जेनरेटर का कोरस पराकाष्ठा पर है। 'रामचन्द्र कह गये सिया से' का दारुण उद्घोष भी हवाओं में निरन्तर प्रवहमान् है। रामकथा के पन्ने-दर-पन्ने उलटे जा रहे हैं। आठ-नौ दिन में ही पूरी रामकथा सम्पन्न होनी है। हड़बड़ी का आलम है। सीन-पर-सीन चले आ रहे हैं। जल्दबाज़ी में बाली की धोती खुल गयी है, सब-कुछ 'अनसीन' हो गया है।

इसी मंगल और दंगलमय वातावरण में भरत-मिलाप भी होना है। रामलीला के प्रमुख आयोजक दक्खीलाल गहरी चिन्ता में हैं। कैसे सम्भव होगा भरत-मिलाप? राम और भरत तो गहरे भूमि विवाद में फँसे हैं, कहीं ऐसा न हो कि ऐन भरत-मिलापवाले दृश्य में ही भरत राम की गर्दन उतार लें। ख़बर है कि राम ने भरत की एक हज़ार वर्ग गज़ की ज़मीन अपने नाम करा ली है। अब राम, भरत को अयोध्या का सिंहासन सौंपनेवाले नहीं हैं, उनके मन में तो नफ़रत का महासागर ठाठें मार रहा है, लहरा रहा है स्वार्थ का हिन्दमहासागर, परमार्थ तेल लेने चला गया है। बाबा तुलसी की आत्मा कराह रही है।

रामलीला मैदान खचाखच भरा है। जिनके मन से जीवन की सारी उमंग और उत्साह की हवा निकल चुकी है, वह गैस के गुब्बारे बेचनेवालों से मोलभाव कर रहे हैं। जो एक-दूसरे को गहरे से छील नहीं पाये हैं, वह मूँगफली छीलकर ही सन्तोष कर रहे हैं। आधुनिक रामकथा आसमान छू रही है, उसे रावण-कथा भी कह सकते हैं। रावण के शरीर में वह लोग भूसा भर रहे हैं, जिनके दिमाग़ में भी भूसा भरा हुआ है। रावण जलाया कैसे जायेगा, यह चिन्ता भी जान खा रही है। दियासलाइयाँ सीली हुई हैं, मिट्टी का तेल बाज़ार से ग़ायब है। मंच पर रामलीला का कम, महाभारत का दृश्य कुछ अधिक ही मूर्त होता दिख रहा है।

रामलीला के बीच एक अव्यक्त तनाव कसे हुए पुल-सा झूल रहा है। यह पुल समुद्र पर बाँधे गये सेतु से भी ज़्यादा पुख़्ता और मज़बूत है। मन की गिलहरी बेचैन है, वह तन पर बालू लपेटना भी भूल गयी है। भगवान् राम की आँखों में करुणा नहीं, रामलीला से मिलनेवाले मानदेय के प्रति उत्कण्ठा है। हनुमान के मन

का भक्तिभाव गधे के सिर की सींग की तरह नदारद है। रामलीला का चरित्र खद्दरधारी नेताओं की संसद्-जैसा हो गया है। समझ में नहीं आ रहा है कि हम रामलीला देख रहे हैं अथवा अपने टी.वी. के परदे पर ही संसद् का कोई महत्त्वपूर्ण सन्त देख रहे हैं। रामलीला शवाब पर है, जल्दी ही आनेवाले एलेक्शन की आहट भी मिल रही है। रावण अट्टहास कर रहा है। ज़नाब मुनव्वर राना याद आ रहे हैं—

शरीफ़ इन्सान आख़िर क्यों एलेक्शन द्वार जाता है
क़िताबों में तो लिक्खा है कि रावण हार जाता है।

●

यह देश है वीर जवानों का

बात शादियों की मौसम की है। फर्स्ट शिफ़्ट का बैण्ड है, तो कहीं सेकेण्ड शिफ़्ट का। अच्छा-ख़ासा लहराता मौसम है। जिसे देखिये लगता है, 'दारुलशफ़ा' से तशरीफ़ ला रहा है। 'ये देश है वीर जवानों का, अलबेलों का मस्तानों का, इस देश का यारों क्या कहना।' जैसे वीरभाव के गीतों पर डिस्को के अन्दाज़ में नृत्य-महोत्सव हो रहे हैं। मुझे समझ में नहीं आता कि शादी के मौक़े पर देश-वन्दना के निहितार्थ क्या हैं? कई बार तो पूरी-की-पूरी बारात 'टुन्नावस्था' में नज़र आती है। अल्कोहल का कोलाहल दिशा-दिशा में व्याप्त हो उठता है। लोग अभिभूत होते हैं अथवा टुन्नीभूत। बहरहाल! शादियाँ हो रही हैं और शान से हो रही हैं। एक-एक दिन में, तीन-तीन, चार-चार बारातें निपटानी पड़ रही हैं, चार-चार, छह-छह प्रीतिभोजों का काम तमाम करना पड़ रहा है। कोट-पैण्ट की सभी जेबों में व्यवहार और नैवेद्य का लिफ़ाफ़ा भरकर बाहर निकलना होता है। अभी कल की ही बात है, हलके-से सुरूर में गहरा मज़ाक हो गया। मैं सिन्हाजी की बेटी का आशीर्वादवाला लिफ़ाफ़ा अग्रवाल साहब की बेटी की शादी में दे आया। दो सौ इक्यावन का लिफ़ाफ़ा जहाँ जाना था, वहाँ इक्यावन की ही राशि दर्ज़ हुई, जबकि इक्यावन की औपचारिकतावाला सम्बन्ध दो सौ इक्यावन की प्रतीक राशि से अलंकृत हुआ। कहीं मुझे दिलदार समझा गया होगा, तो कहीं दरिद्र। सामाजिकता की बयार चल रही है। लगन तेज़ है, ऐसे में लिफ़ाफ़ों का बदल जाना कोई अस्वाभाविक नहीं है। लिफ़ाफ़ों के बदल जाने से सम्बन्धों की गरमाहट का अवमूल्यन भी हो रहा है। मेरा मामला तो ग़नीमत है। मेरे दोस्त फ़ारूकी साहब ने तो कमाल ही कर दिया, वह चार पेग की झनझनाहट में थे। कल एक अभिन्न के यहाँ प्रीतिभोज में गये और नवदम्पति को जेब में रखा बन्दूक का लाइसेन्स ही दे आये। नवदम्पति बेचारे बन्दूक के लाइसेन्स का क्या करेंगे? फ़ारूकी साहब बेचारे धर्मसंकट में हैं, सो अलग।

इन सब स्थितियों से बेहतर स्थिति तो वह है, जो हमारे मोनूलालजी निर्धारित करते हैं। वह प्रीतिभोज में जाकर 'मेन्यू' देखकर ही लिफ़ाफ़े का वज़न हलका अथवा

भारी करते हैं। आजकल शादियों में तो कई बार आपका लिफ़ाफ़ा आपके सामने ही फाड़ा जाता है, कोई मुनीम टाइप आदमी काउण्टर पर ही खसरा-खतौनी लिये बैठा होता है। आपके नाम के सामने ही आपकी औक़ात दर्ज़ कर लेता है, आप लज्जित होते हैं अथवा गौरवान्वित, यह आपकी लिफ़ाफ़े में धरी गयी प्रतीक राशि पर निर्भर करता है। व्यवहार के साथ, यह असहनीय दुर्व्यवहार। मुझे गब्बरसिंह याद आता है, बहुत नाइन्साफ़ी है ये। नये-नये रँगरूटों और पुराने रिन्दों का समय तो टाई की नॉट बाँधते ही बीत रहा है। शादियों का मौसम पराकाष्ठा पर है।

बड़ी रोचक स्थितियाँ सामने आ रही हैं। बेमेल विवाहों का भी अपना सौन्दर्यशास्त्र होता है। शादियाँ अन्तर्जातीय, अन्तर्प्रान्तीय से लेकर अन्तर्देशीय तक हो रही हैं। मैरेज पैलेस आबाद हैं, लड़की का पिता बर्बाद है। 'दुल्हन ही दहेज है' जैसे आप्त वाक्यों का सार्वजनिक मंचों से उद्घोष करनेवाले भी दहेज में मोटी रक़म वसूल कर रहे हैं। पण्डालों में गहमागहमी है, बिजली की चकाचौंध है। आँखें चुँधिया रही हैं। पुरोहितों-ज्योतिषियों की चाँदी है। लम्बी दक्षिणा लेकर उन्होंने मंगली लड़कियों और लड़कों का भी बेड़ा पार लगा दिया है। इश्क़ कमीने से कुछ लोग परेशान भी हैं, जो कारवाँ गुज़र जाने के बाद के गुबार में नहा रहे हैं। सास-ससुर, साली-सलहज, समधी-समधिन, साले-बहनोइ-जैसे नये रिश्ते-नाते आकार ले रहे हैं। कोई किसी का जीजा है, तो कोई किसी का दामाद। ज़नाब मुनव्वर राना याद आ रहे हैं, वह कहते हैं—

न जाने खा गया कितनी ही मोहब्बतों का नसीब
वो इक सवाल कि दामाद क्या कमाता है।

इन्हीं लगन के दिनों में मच्छरों का आतंक भी बढ़ा हुआ है। ख़बर आयी है कि एक मच्छर और मक्खी की शादी भी इसी गुलाबी से लाल होती सर्दी में सम्पन्न हुई है, पर मच्छर महोदय मक्खी महोदया से बजाय प्रणय-निवेदन करने के अपने कक्ष से भाग खड़े हुए। मच्छर के दोस्त मच्छरों ने, 'ये देश है वीर जवानों का' के तर्ज़ पर उन्हें प्रोत्साहित किया, तब भी कोई बात नहीं बनी, बल्कि मच्छर महोदय ने उदास होकर मुँह लटका लिया। दोस्तों ने जब बहुत दबाव डाला तो उन्होंने फ़रमाया कि उनकी नवविवाहिता प्यारी बीबी मक्खी पूरे बदन में ओडोमॉस मलकर पड़ी हुई है, उसके पास तो फटकना भी सम्भव नहीं है। मच्छर की व्यथा-कथा सुनकर उसके सारे दोस्त मच्छर व्यथित हो उठे।

कहने का मतलब यह है कि लगन इतनी ज़बर्दस्त है कि मच्छर मक्खी भी कुँवारे नहीं बच पा रहे हैं, फिर भले ही बेमेल शादी का बेसुरा तराना ज़िन्दगी भर गाना पड़े।

•

महानगर में मिसकॉल

मोबाइल पर बात करता आदमी कई बार अपने से बात करता-सा लगता है। लगता है जैसे कोई स्वगत कथन चल रहा है। महानगरों में आजकल मोबाइल पर ही 'मिसकॉल' देने का भी चलन है। मिसकॉल माने घण्टी देना। यह घण्टी ख़तरे की भी हो सकती है। वैसे सामान्यतया जब कोई शुभचिन्तक आपकी जेब पर रहम खाता है तो भी कहता है, 'तुम फलानी जगह पहुँचकर एक मिसकॉल दे देना, आगे का काम मैं समझ लूँगा।'

हमारे भंगा बाबू तो मिसकॉल देने की बात कहने पर अपने-आपको बहुत अपमानित महसूस करते हैं, फ़रमाते हैं, 'क्या मैं इतना भी अफ़ोर्ड नहीं कर सकता? सवाल यह है कि सामनेवाले ने मुझे इतना गया-गुज़रा कैसे समझ लिया?'

दरअसल! महानगरों में जो मिसकॉल की संस्कृति चल रही है, उसके अनेक शेड हैं। कुछ लोग मिसकॉल के दम पर ही मोबाइल धारक बने रहते हैं। वह केवल 'रिसीव' करते हैं। वह तनिक भी 'अंगुलिमाल' होना पसन्द नहीं करते। उनकी अँगुली बटन पर तब जाती है, जब कहीं से कोई फ़ोन आता है। फ़ोन आने पर वे गहरी बेफ़िक्री के साथ बात करते हैं। आपके स्वास्थ्य और कैरियर के प्रति विशेष चिन्ता प्रकट करते हैं। हिदायतों और उपदेशों का 'इनसाइक्लोपीडिया ऑफ ब्रिटानिका' खोल देते हैं। यह क़तई भूल जाते हैं कि फ़ोन उन्होंने किया नहीं है, बल्कि आया है।

अभी कल की बात है। एक मोटे सेठजी रिक्शे पर बैठे बाज़ार की जानिब प्रयाण कर रहे थे कि मोबाइल बज उठा। सेठजी अपनी जेबें टटोलने लगे कि रिक्शेवाला बोला, 'अरे सेठजी! परेशान मत होइये! मेरी बहादुरगंजवाली सवारी ने मिसकॉल दी है, आपको छोड़कर फिर उसे लेने भागूँगा।'

हमारे कार्यालय की कैण्टीन का मैनेजर तो मोबाइल पर ही अलग-अलग अनुभागों का चाय का ऑर्डर लेता है। समय पर ऑर्डर न मिलने पर बारी-बारी

से अनुभागों में घण्टी देता है। उसकी मिसकॉल मिलने पर अनुभाग अधिकारी की बाँछें खिल उठती हैं। वह अपने मातहतों की तरफ़ कॉलर ठीक करते हुए सिंहावलोकन की मुद्रा में देखता है। मातहत बेचारे तो बॉस को चाय पिलाने के लिए अभिशप्त होते ही हैं। जिस मातहत कर्मचारी की चाय पिलाने की बारी होती है, वह सक्रिय हो उठता है और कैण्टीन मैनेजर की मिसकॉल को 'इण्टरटेन' करता है और चाय के साथ समोसे, बिस्कुट और दालमोठ का ऑर्डर भी दे मारता है। वह यह नहीं भूलता कि बॉस द्वारा उसका कैरेक्टर रोल लिखा जाना अभी बाकी है। अच्छा कैरेक्टर केवल 'नैकेट टी' पर ही लिख ही दिया जाय, वह अशोभनीय प्रतीत होता है। कैरेक्टर के सोलह आने खरे होने में भी प्रकारान्तर से मिसकॉल मददगार साबित होती है। मिसकॉल भी किसकी, हमारे कैण्टीन मैनेजर की। वह घण्टी देता है तो बॉस की नज़रे-इनायत होने पर आपके कैरियर की तमाम घण्टियाँ घनघना उठती हैं और यही बॉस जब दौरे पर होता है तो जाहिर है कि उसका मोबाइल 'रोमिंग' पर होता है। कोई भी घण्टी पहुँचने पर उसके तन-बदन में आग लग जाती है। वह कर्मचारी का नाम उसी क्षण अपने दिल और दिमाग़ की डॉयरी में नोट कर लेता है और लौटते ही उस कर्मचारी का कैरेक्टर रोल 'लाल' कर देता है।

बहरहाल! मैं अपनी टिप्पणी यहीं स्थगित कर रहा हूँ। कम्बख़्त कोई बड़ी देर से घण्टी दे रहा है। ससुरे को शायद यह पता नहीं है कि मैं भी बाहर के शहर के आलीशान गेस्ट हाउस में हूँ और मेरा मोबाइल भी रोमिंग पर है।

•

समर्पण का सत्य

अभी कल ही मुझे अपने एक लेखक मित्र की लाइब्रेरी टटोलने का मौक़ा मिला। मैं हैरान रह गया। पचहत्तर प्रतिशत किताबें वहाँ ऐसी थीं जो भेंट में मिली थीं या फिर उन पर 'समीक्षार्थ' लिखा था। जब इतनी किताबें ऐसे ही मिल जाती हैं तो फिर क्या लेखक को कूकुर ने काटा है वह ख़रीदकर पढ़ेगा। भेंट में मिली प्रतियों में मेरा लेखक मित्र साहित्य-मर्मज्ञ के रूप में जगमगा रहा था। वह अत्यन्त अध्ययनशील है, ज़्यादातर किताबों को फ्लैप पढ़कर ही निपटा देता है। समीक्षा-कर्म की तो उसे सिद्धि है। वैसी समीक्षाएँ कोई अक्षर-अक्षर चाटकर भी क्या ख़ाक लिखेगा? महीने में एक बार उसके यहाँ रद्दीवाले का फेरा लगता है। जिन किताबों की समीक्षाएँ वह लिख चुका होता है, उन्हें वह तराजुओं को समर्पित कर देता है। भेंट-प्रति तुला को भेंट चढ़ जाती है। वह अपनी तुला राशि पर फूला नहीं समाता।

एक बार तो हद हो गयी। मैंने अपनी ताज़ी प्रकाशित कविता-संग्रह उसे भेंट किया। वह मेरी ओर से प्रकट की गयी अनन्यता पर रीझ गया। उसने मेरे सृजन को माथे से लगाया। पर अभी महीना भर ही बीता था कि मैंने अपनी वह किताब गुदड़ी बाज़ार में सुशोभित पायी। मैंने ख़ुद अपनी वह किताब दो रुपये की अल्पराशि में फिर से ख़रीद ली (हालाँकि वह अमूल्य थी, भले ही रद्दी में बेच दी गयी थी) और इस हिदायत के साथ कि अब मेरा मित्र उसे फिर नहीं बेचेगा, पुनः एक बार मैंने उसे भेंट कर दी। मेरा मित्र रत्ती भर भी लजाया नहीं। बस मूँछों-ही-मूँछों में मन्द-मन्द मुस्कुराता रहा। मुझे मरहूम परसाईजी याद आते रहे, जो अपनी एक किताब के समर्पण पृष्ठ पर फ़रमाते हैं कि उन्हें समर्पित है यह किताब जो इसे ख़रीदकर पढ़ेंगे। यह विश्वास तो परसाई-जैसा कोई लेखक ही व्यक्त कर सकता है, जिसकी किताब ख़रीदकर पढ़ी जाती रही हो। यहाँ तो मेरी भेंट-प्रति भी ईमान या जमीर की ही तरह बेच दी जाती है और मैं बिका हुआ लेखक उफ़ तक नहीं कर पाता।

हाथ से लिखकर दी गयी भेंट-प्रति और किताब पर छपे हुए समर्पण पृष्ठों दोनों की ही महिमा निराली है। मुझे हैरत होती है जब सघन सिंगार से लबरेज कविता-संग्रह भी लोग अपने माता-पिता के चरणों में समर्पित करते हैं। मुझे समझ

में नहीं आता कि उनके राग-बोध में उनके माता-पिता का भला क्या योगदान है, सिवाय इसके कि वह उन्हें इस धराधाम पर लाये हैं। महत्त्वाकांक्षाएँ भी जाने क्या-क्या करवाती हैं। कुछ यशप्रार्थी लेखक तो अपना कविता या कहानी-संग्रह सम्पादकों को समर्पित करते हैं और वह भी उन सम्पादकों को जो उनकी लिखी एक पंक्ति भी प्रकाशित नहीं करते। सम्पादकों के हृदय-परिवर्तन का इससे बेहतर उपाय और क्या होगा? कई चतुर लेखक तो अपनी किताब उन्हें भेंट कर देते हैं जिनका उधार खाये होते हैं। साँप भी मर जाता है और लाठी भी नहीं टूटती। हर्र लगती है न फिटकरी और रंग भी चोखा आता है। साहित्य की राजनीति और राजनीति का साहित्य करनेवाले भी पीछे नहीं रहते।

आलोचना के शीर्ष पुरुषों को अपनी किताब समर्पित करते हैं या फिर राज्यसभा का रास्ता देखते हुए किसी मन्त्री के नाम अपनी रचनात्मकता की बलि चढ़ा देते हैं। ऐन चुनाव के समय कोई लाभ देनेवाली पार्टी 'ज्वाइन' कर लेते हैं। फिर उसी के क़सीदे पढ़ने लगते हैं। अपने सारे संसाधन मानव संसाधन के नाम कर देते हैं। समर्पण और भेंट की खेती लहलहाती है। फ़सलें गले में घण्टियाँ बाँधकर नृत्य करती हैं। रचनाशीलता एक सौ बीस किलोमीटर प्रति घण्टे की रफ़्तार से साहित्य के हाईवे पर दौड़ने लगती है। रिकग्नीशन लेखक के सामने ही दुम हिलाने लगती है। वह भी मान्यता देने लगता है जो मन के अतल तल से आपको धेला भर भी नहीं मानता। विस्थापित भी स्थापित होते हैं।

भेंट और समर्पण पृष्ठों का सच अब थोड़ा-थोड़ा मुझे भी समझ में आने लगा है। झूठ के राजमार्ग पर जब गाड़ी चल निकलती है, तो आपकी ओर भाषा और साहित्य परिषदों का भी ध्यान जाता है। आप कहीं सचिव होते हैं, तो कहीं अध्यक्ष। अकादमियाँ आपको सम्मानित करती हैं। आपकी सृजनात्मकता कई भाषाओं में अनूदित होकर मंजरे-आम पर आती है। यह बात और है कि अनुवाद आपकी मौलिकता की खाल उतार लेता है, पर सम्मान और पुरस्कारों की गलियाँ भी उजागर कर देता है। सत्ता के गलियारे मेहरबान हो उठते हैं।

ऐसे में कैलाश गौतम का एक दोहा याद आता है—

अनुवादों को मिल रहा, पुरस्कार और शाल
जमकर खींची जा रही, मौलिकता की खाल।

•

सरकारी कार्यालय में एक दिन

अपने शहर के एक चर्चित सरकारी कार्यालय में इसी माह सेवानिवृत्त हो रहे अपने पिता की भविष्य निधि के सिलसिले में आया हूँ। पूरा कमरा पंखे की हवा में नहा रहा है। फ़ाइलें आराम फ़रमा रही हैं और बाबू चाय पीने गये हैं। कुर्सियाँ अपने खालीपन को रो रही हैं। पेपरवेट ऊँघ रहे हैं। कलमें खुली पड़ी हैं। मेज़ पर रखी नोटशीट सादी है, थोड़ी देर में शायद उस पर कुछ लिखा जाना है क्योंकि केस से बाहर उस पर एक चश्मा भी रखा हुआ है, जो 'बाई फोकल' है। आँखों के इन्तज़ार में चश्मा बहुत निरीह लग रहा है। आँखें तो कुछ देर में उसे मिल भी जायेंगी पर एक सार्थक दृष्टि का मिलना फिर भी सपना ही रहेगा। मैं इस कार्यालय में एक ज़रूरी काम से आया हूँ पर चारों तरफ़ निष्काम योग के ही दर्शन हो रहे हैं। दीवारों पर पान की पीकें हैं, मॉडर्न आर्ट को चिढ़ाती हुई-सी। अधिकारियों के नेम प्लेट हवा में झूल रहे हैं। केवल नाम दिख रहे हैं, लोग नदारद हैं। मेरे बायें तरफ़ की दीवार पर लिखा है, 'कार्य ही पूजा है।' पूजा से विरत लोग चाय पीने गये हैं, वैसे सरकारी कार्यालय में चाय पीना भी एक काम है। आख़िर चायवाले को भी तो कुछ मिलना चाहिए उसका घर भी चलना चाहिए। सरकारी कर्मचारी चाय पीना छोड़ देंगे तो चायवाले का घर कैसे चलेगा? आज के दौर में जो सरकारी है वही असरकारी है। मैं सरकारी कार्यालय के इस महत्त्वपूर्ण अनुभाग में अभीष्ट सरकारी कर्मचारी का इन्तज़ार करते-करते उकता गया हूँ। नींद ने जम्हाई के मिसाइल दागने शुरू कर दिये हैं। मैं उठता हूँ और सामने स्टूल पर रखी सुराही की गर्दन पकड़कर नीचे झुकाता हूँ, मग़र यह क्या उसमें भी एक गूँजता हुआ खालीपन बज रहा है। कोई सवा दो घण्टों के इन्तज़ार के बाद मैं अनुभाग छोड़ देता हूँ।

अब मैं दफ़्तर के बाहर कैण्टीन में हूँ। कर्मचारी आयकर की सीमा के बारे में बहस कर रहे हैं। कोई फेस्टिवल ऐडवान्स का फ़ार्म हवा में लहरा रहा है, तो कोई मेडिकल रिम्बर्समेण्ट की गुत्थियाँ सुलझा रहा है। बढ़े हुए डीए या रुके हुए बोनस के यक्ष प्रश्न वातावरण में हैं। चिन्ता यह भी है कि सरकार ने एलटीसी पर रोक लगा दी है। कर्मचारियों के माथे पर चिन्ता की सलवटें हैं। किसी को इन्कम

टैक्स रिटर्न भरना है, तो कोई हाउस बिल्डिंग ऐडवान्स के लिए 'अप्लाई' कर रहा है। कोई स्कूटर ऐडवान्स की फ़िराक़ में है तो कोई पैरेण्टल हाउस के रिपेयर के लिए लोन के जुगाड़ में है।

किसी की छत चू रही है, किसी को बिटिया की शादी करनी है। किसी को बेटे को इंजीनियरिंग की पढ़ाई के लिए बाहर भेजना है तो किसी का ओपेन हार्ट सर्जरी का मामला है। दफ़्तर के बाहर एक और दफ़्तर लगा है। चाय बन रही है, पकौड़ियाँ छन रही हैं। अपनी सीट का काम छोड़कर कर्मचारियों के ज़िगर में सारे जहाँ का दर्द है। वह अपनी आसपास की समस्याओं के बीच रहकर कश्मीर, गुजरात और अयोध्या पर भी 'डिस्कस' कर लेते हैं। वित्तमन्त्री की बेवफ़ाई से सामान्य जनता के साथ सरकारी कर्मचारियों-अधिकारियों के दिल भी टूट गये-से लगते हैं, प्याज भी परेशान किये हुए हैं, शायद इसीलिए किसी का कामकाज में मन नहीं लग रहा है। मैं मुश्किल से एक प्याला चाय हलक के नीचे उतारता हूँ और फिर अपने पिता के काम के सन्दर्भ में कार्यालय के भीतर सम्बन्धित अनुभाग में आ जाता हूँ। इस बार अनुभाग में आकर ख़ुशी होती है। बड़े बाबू अनुभाग में तशरीफ़ ला चुके हैं। पर अब दूसरी गहन समस्या यह है कि वह गहन निद्रा में हैं। उनके खर्राटे सन्नाटे की रीढ़ पर प्रहार कर रहे हैं। ऐसा लग रहा है जैसे बड़े बाबू ने कल रात कहीं पहरा दिया है।

मैं उनके जगने का इन्तज़ार करने लगता हूँ। पहले बड़े बाबू का इन्तज़ार था और अब उनके जगने का इन्तज़ार है। इसी बीच एक सुखद घटना घटती है। एक चूहे की कारस्तानी से धूलभरी फ़ाइलों का एक गट्ठर ज़मीन पर आ गिरता है, ज़ोर की आवाज़ होती है। बड़े बाबू की नींद क्षत-विक्षत हो जाती है। वे आँखें मलते हैं, फिर गालों तक बह आयी अपनी लार पोंछते हुए मेरी तरफ़ नज़रे करम करते हैं। मैं उन्हें अपनी समस्या बताता हूँ। वह सहृदयतापूर्वक पूरे पाँच सौ रुपयों की अदना-सी माँग करते हैं। मैं उनकी माँग पूरी करता हूँ। वह बड़े अधिकारी के पास चिड़िया बैठाने यानी हस्ताक्षरार्थ फ़ाइल 'पुट अप' कर देते हैं। वहाँ भी मुझे पर्याप्त दक्षिणा देनी होती है, जो बड़े बाबू के बॉस को कुछ कम ही प्रतीत होती है।

फ़ाइल का कई-कई मुक़ामों से गुज़रना अभी बाक़ी है, पर सरकारी कार्यालय में पूरा एक दिन बीत चुका है। अभी मेरे जाने कितने दिन ऐसे ही बीतेंगे। कामना कर रहा हूँ कि रिटायर हो रहे पिता दीर्घायु हों ताकि अपनी भविष्य निधि के कुछ अंश का सुख तो भोग ही लें।

•

दो अक्टूबर पर भारी ग्यारह अक्टूबर

इस महीने 2 अक्टूबर को राष्ट्रपिता का जन्मदिन आया और चुपचाप चला गया। कहीं कोई हरक़त नहीं हुई। 'वैष्णव जन तो तेणे कहिये...' भी सुनायी नहीं पड़ा। बस राजघाट पर खायतन फूल-मालाएँ चढ़ गयीं। 'रघुपति राघव राजाराम' का भी भला इससे ज़्यादा क्या होगा कि वह मोबाइलों पर रिंगटोन की भूमिका से लग गया है। याद आया मित्र कवि का व्यंग्य—

सत्य अहिंसा दया प्रेम से, अपना तो इतना नाता है।
दीवालों पर लिख देते हैं,, दीवाली पर पुत जाता है।

और अभी इस महीने 11 अक्टूबर भी आ पहुँचा। महानायक का जन्मदिन। बच्चनजी के लल्ला का आविर्भाव दिवस। सुबह से ही सारे टी.वी. चैनल हाँफने लगे। अख़बारों का पेट नके नक भरा हुआ है। किसी चैनल पर 'अब ये ताला मैं तेरी जेब से चाभी निकालकर खोलूँगा' गूँज रहा है, तो कहीं 'मेरे पास बँगला है, मोटर है, कार है, बैंक बैलेन्स है तुम्हारे पास क्या है?' की गूँज है। बिग बी का बिग गन पूरे देश में ठाँय-ठाँय कर रही है। छाछठवाँ जन्मदिन है कोई मामूली बात नहीं है। गली-मोहल्लों में केक काटे जा रहे हैं। स्त्री-विमर्श के कठिन काल में मर्द ताँगेवाले का ताँगा सरपट भाग रहा है। शहंशाह अपनी शहंशाही से लगा है। वह बार-बार कहता है कि वह अपना जन्मदिन सादगी से मनायेगा, पर जन्मदिन आते-आते सादगी रंग-बिरंगी हो उठती है या फिर सादगी का हुस्न छा जाता है। देश राष्ट्रपिता से महानायक तक की साठ साला यात्रा पूरी कर चुका है। मेरे पिता के समय राष्ट्रपिता के आदर्श थे और मेरे समय महानायक के आदर्श हैं। उनके समय आदर्शोन्मुख यथार्थ था, मेरे समय यथार्थोन्मुख आदर्श हैं। अपने-अपने अन्दाज़ में दोनों ही आदर्शवाद के पथ पर चले हैं, आदर्शवादी रहे हैं। अन्तर केवल इतना ही है कि पिता आदर्श की वेदी पर जान देते थे और मैं यथार्थ का दामन थामकर चलना पसन्द करता हूँ। पिता कल्पनाशील थे, मैं गतिशील हूँ। ठीक वैसा ही फ़र्क है, जैसे महानायक के पिता 'मधुशाला' रचकर तृप्त होते थे और महानायक 'शराबी' की भूमिका में संतृप्त होता है।

ख़ैर, जो भी हो। सुबह पंछियों के कलरव में भी 'हैपी बर्थ डे' की चहकार सुनायी दे रही है। स्पष्ट दिखायी दे रहा है कि 11 अक्टूबर ने 2 अक्टूबर को चारों खाने चित कर दिया है। ख़ाकसार लेखक की ज़बान पर भी 'हैपी बर्थ डे' का आप्त वचन उभर आया है।

हर पीढ़ी के अपने-अपने 2 अक्टूबर और 11 अक्टूबर होते हैं। गाँधीजी की अपनी आँधी थी। महानायक का अपना जलजला है। गाँधीजी की अपनी स्वप्नदर्शी आँखें थीं, महानायक 'कजरारे-कजरारे तेरे कारे-कारे नयना' पर ज़ोर देता है। एक के जन्मदिन पर झण्डारोहण किया जाता है, तो दूसरे के जन्मदिन पर केक काटा जाता है। एक संकल्प है, तो दूसरा विकल्प। एक इन्साफ़ की डगर पर चलता है, तो दूसरा किसान बनकर ज़मीन का काग़ज़ तैयार करता है। 'बहुत नाइन्साफ़ी है ये' जैसे संवादों से उस पर कोई फ़र्क नहीं पड़ता। वह तो अपनी सफलता के नशे में बुलन्दियों के एफिल टावर चूमता है। राष्ट्रपिता और महानायक यह दो मुहावरे बन गये हैं। मुहावरों का सच रह-रहकर हमारे सपनों से टकराता है। 2 अक्टूबर अपनी ओर बुलाता है, 11 अक्टूबर अपनी ओर खींचता है। 'काबा मुझे खींचे है, कलीसा मेरे आगे' वाली स्थिति होती है।

11 अक्टूबर ने एक दूसरी जन्माष्टमी की शक्ल ले ली है। अब बेचारे नन्दकिशोर क्या करें? वहीं गोकुल-मथुरा में दूध दही करें। अपना महानायक तो मुम्बई में 'जलसा' में जलसा करा रहा है। जब योगेश्वर कृष्ण का जन्मदिन फीका पड़ गया तो फिर 2 अक्टूबर की भला क्या बिसात? पहले अपना महानायक 'जय' जैसा सौम्य सुशील था, अब ख़ुद ही गब्बरसिंह बन गया है। गब्बरसिंह-जैसों से दुनिया डरती है। वह पानी पानी होकर भी 'आग' होते हैं।

मुझे लगता है 11 अक्टूबर के बढ़ते महत्त्व पर सरकार को ध्यान देना चाहिए। जिस दिन ने 2 अक्टूबर को भी पीछे छोड़ दिया हो, उस दिन के प्रति शासन-प्रशासन की उदासीनता समझ में नहीं आती। इस दिन को तो राष्ट्रीय दिवस और सार्वजनिक अवकाश से अलंकृत किया जाना चाहिए ताकि नौनिहाल समारोहपूर्वक अपने रोल मॉडल का बर्थ डे सेलिब्रेट कर सकें। बहुत हो चुका 2 अक्टूबर का संकीर्त्तन। अब तो 11 अक्टूबर का मंगल दिवस ही 'मंगल भवन अमंगल हारी' की मानसिकता से मनाये जाने से कल्याण होगा। राष्ट्रहित में यही होगा कि 2 अक्टूबर और राष्ट्रपिता को 11 अक्टूबर और महानायक से रिप्लेस कर लिया जाये।

•

स्विच ऑफ़ है

हमारे साहब भी सिर से पैर तक साहब ही ठहरे। उनकी नस-नाड़ियों में साहबी का 'कोलेस्ट्रोल' आसमान छूता नज़र आता है। ये साहब ऐसे हैं जिनके लिए कहा गया है : साहब से सब होत है, बन्दे ते कछु नाहिं। सही फ़रमाया। बन्दे तो बेचारे उनके आगे अल्ला के बन्दे होने से भी डरते हैं, या यह कहिये कि साहब ही उनके अल्ला और सुभानअल्ला, दोनों हैं। साहब की फ़ाइल, उनका प्रोफ़ाइल दोनों सोते-जागते उनके साथ रहते हैं। उन्हें देखकर लगता है, वे टाई बाँधकर ही सोते भी होंगे कि पता नहीं सपने में ही कहीं किसी अर्जेण्ट मीटिंग में न जाना पड़ जाये। वे दफ़्तर में तो साहब रहते ही हैं, घर में भी साहब ही बने रहना चाहते हैं। हालाँकि जब कभी उन्होंने अपनी मैडम को ऑफ़िस की लेडी स्टेनो की तरह ट्रीट किया है, उन्हें अगले ही क्षण क्लास फोर की गति को प्राप्त होना पड़ा है। वैसे हमारे साहब पेट से ही साहब पैदा हुए हैं। कई बार अपनी एक दर्जन सन्तानों को भी मातहत की ही तरह इस्तेमाल करते हैं। कार्यालय की जीप का वह निर्द्वन्द्व और निस्संकोच प्रयोग करते हैं। तेरहियों से लेकर प्रीतिभोजों तक महाराणा प्रताप के चेतक की तरह जीप दिन भर दौड़ती रहती है। अकसर यह भ्रम होता है कि जीप कार्यालय की न होकर उनके अपने पूज्य पिताश्री की है, जो अब इस धरा धाम पर नहीं हैं और स्वर्ग से अपने साहब बेटे को देखकर फूले नहीं समा रहे हैं। साथ ही यह गर्व भी कर रहे हैं कि क्या साहब औलाद पैदा की है। भई! मूँछें हों तो नत्थूलाल-जैसी और औलाद हो तो साहब-जैसी। नहीं तो न हों।

साहब के पास आधा दर्जन से ज़्यादा मोबाइल हैं। कोई ऐसी कम्पनी नहीं जिसका कनेक्शन साहब के पास न हो। कभी-कभी तो साहब रावण की तरह दसों मुँह और बीसों कानों से सक्रिय नज़र आते हैं। कमर से लेकर श्रीमुख तक और मेज़ से लेकर तकिये तक यत्र-तत्र-सर्वत्र उनके मोबाइल फोन्स की व्याप्ति है। साहब का

नेटवर्क इतना दूर-दूर तक फैला हुआ है कि प्रायः नेटवर्क विज़ी ही आता है। वे वर्क इज़ वर्शिप की जीती-जागती मिसाल हैं। वे इतना व्यस्त रहते हैं कि कई बार मोबाइल के बजने पर हड़बड़ी में अपने चश्मे का केस ही उठा लेते हैं और हलो-हलो करने लगते हैं। साहब जब थककर सोते हैं तो नाक से ही खर्राटों की रिंगटोन निकलने लगती हैं और वे अचकचाकर अपना ही विप्लव कान में पड़ने पर जाग उठते हैं।

इतिहास साक्षी है कि कभी किसी ज़रूरी काम के समय उनका मोबाइल फ़ोन आज तक कभी नहीं मिला। ज़्यादातर उनके फ़ोन गप्प लड़ाने के पुनीत कार्य को ही कार्यरूप देते हैं। शायद इसीलिए उनके अधीनस्थों में सबसे ज़्यादा विमर्श का विषय उनके मोबाइल फ़ोन ही होते हैं। साहब ने दुनिया में सबसे ज़्यादा स्त्री-विमर्श मोबाइल फ़ोन पर ही किया है। यानी दिन-दिन भर विशालाक्षियों से बतियाये हैं। इस नाज़ुक मौक़े पर साहब किसी पत्रिका के सम्पादक-जैसे भी दिखने लगते हैं। जब स्त्री-विमर्श से थक जाते हैं तो मुँह में सिगार दबा लेते हैं। सिगार दीप्त हो उठता है। धुआँ गुंजायमान हो जाता है। काला चश्मा दूर तक देखने लगता है।

ख़ैर! तो मैं साहब के फ़ोन न मिलने की बात कर रहा था। निन्यानबे प्रतिशत मामलों में साहब बाथरूम में होते हैं या फिर उनके मोबाइल फ़ोन का स्विच ऑफ़ होता है। एक मधुर आवाज़ आती है : थोड़ी देर बाद ट्राई करें। वह थोड़ी देर बड़ी देर तक नहीं आती। अन्ततः साहब के अमृत वचनों से वंचित बन्दा निराश हो जाता है। साहब के फ़ोन का स्विच ऑन नहीं होता है।

इस वक़्त भी साहब का स्विच ऑफ़ है। मैं बहुत देर से ट्राई कर रहा हूँ। जब तक साहब स्विच ऑन करेंगे मेरी ज़रूरत ही दम तोड़ चुकी होगी।

•

उत्तर आधुनिकता और कोयल की कूक

यह उत्तर आधुनिक काल है। देवास से कवि नईम का पत्र आया है। कोयल ने कूक-कूककर नाक में दम कर रखा है। नईम सहब फ़रमाते हैं—'इन ग़रीब परिन्दों को नहीं मालूम था कि अब हिन्दी काव्य में उत्तर आधुनिकता घर कर रही है। विगत सारे उपमान मैले हो चुके हैं। चील-गिद्धों के राज में अब कौए भी पर नहीं मार सकते। व्यर्थ मुँह मारने की कोशिश न करें।'

कवि महोदय की चिन्ता अपनी जगह है। खोपड़ी पर कितनी भी उत्तर आधुनिकता सवार हो जाये, कोयल का टेरना आज भी अच्छा लगता है। आम बौरायेगा तो कोयल गायेगी ही। इस तल्ख़ ज़िन्दगी में कुछ मिठास अगर घुलती है तो आपके सिर में दर्द क्यों होता है? हालाँकि कवि का दर्द भी 'जेनुइन' है, हम ही भावुक हुए जा रहे हैं।

यह सवेरे का पहर है। कोयल उत्तर आधुनिकता की परवाह किये बग़ैर लगातार कूकती जा रही है। मुझे लगता है उसका कूकना कभी भी अप्रासंगिक नहीं हो सकता। लम्पट आधुनिकता को मुँह चिढ़ाता कोयल का स्वर, राग की एक उजली परम्परा का पोषक है। 'कूक-कुहू' की स्वर-लहरी मेरे भीतर रस का संचार कर रही है। मेरा सूख रहा संवेदन सहसा हरिया उठा है।

उत्तर आधुनिकता की मनमानी व्याख्याएँ की जा रही हैं। उत्तर आधुनिकता का अर्थ रस का निषेध क़तई नहीं है। आज चाँद के सारे रहस्य उजागर हो चुके हैं। आदमी चन्द्रमा पर पहुँच चुका है। उसका सारा-कुछ ऊबड़-खाबड़ जान चुका है, फिर भी चाँदनी भली लगती है। कई बार वह जलती हुई आँखों पर आकर जैसे रुई का फाहा रख देती है, बहुत पास से आकर छूती है। ऑपरेशन टेबल पर स्त्री की देह को टुकड़ा-टुकड़ा परिभाषित कर दिया गया है। क्या इतना भर हो जाने मात्र से स्त्री का आकर्षण कुछ कम हुआ है? क्या है जीवन का यथार्थ? क्या कमल की पंखुड़ियों पर कीचड़ पोतकर युग-सन्दर्भ रेखांकित किया जायेगा ? कीचड़ का एक सच है तो कमल के रूप सौन्दर्य का भी एक सच है। दोनों का घालमेल कैसा? यद्यपि कमल कीचड़ से ही उपजा है।

उत्तर आधुनिकता के सन्दर्भ में जब भी सौन्दर्य और उस क्रम में कमल के फूल का प्रसंग आता है तो मुझे बरबस एक कहानी का पात्र तनवीर याद हो आता है जिसे अपने गाँव के तालाब के कमल बहुत अच्छे लगते हैं। वह जब बड़ा होता है तो उसे पता चलता है कि 'कमल का फूल' एक पार्टी-विशेष का चुनाव-चिह्न हो गया है। वह लगभग बौखला उठता है और कहता है— 'किसी पार्टी को क़तई यह अधिकार नहीं मिलना चाहिए कि वह किसी की संवेदना को चुनाव-चिह्न बना दे।'

वस्तुतः उत्तर आधुनिकता के सन्दर्भ हमारे कथ्य में ही अन्तर्निहित होते हैं। कोई बात हम कैसे कहते हैं या कह पाते हैं, यह हमारे रचना-कौशल पर निर्भर करता है। यहीं आकर कथ्य को एक सुघड़ शिल्प की दरकार होती है। उत्तर आधुनिकता किस चिड़िया का नाम है, यह वे लोग कभी नहीं बता सकते जो कला और जनवाद का सतुआ एक साथ सान रहे हैं। यह वास्तव में जनविरोधी कृत्य है। ऐसे लोग न 'उत्तर' जानते हैं और न ही 'आधुनिकता' से उनका कुछ लेना-देना होता है।

बहरहाल! काली कोयल की कूक में अद्‌भुत सामर्थ्य है। मन उजला हुआ जा रहा है। यह सब कुरूप की रूप साधना-जैसा है। सौन्दर्य भी कई बार कुरूपता की छाया में ही फलता-फूलता है। भुजंग काली कोयल भी मन-प्राण में सवेरा कर देती है। और तो और मन के मौसम में मिसरी घोलनेवाली कोयल के अण्डे भी कुरूप कौआ ही सेता है। कोयल पंचम स्वर में गाती है, उसके कण्ठ में समय बोलता है, समय का सच चिह्नित होता है। बदलते हुए वक़्त को देखकर कवि हरीशचन्द्र पाण्डे आन्दोलित-उद्वेलित होते हैं। कहते हैं :—

चाहे कुछ हो जाये कोयल।
पंचम स्वर में कभी झूठ नहीं बोलना।

सच बोलने के रास्ते में कई बार गम्भीर अड़चनें आती हैं। कौआ हर हाल में सच बोलनेवाली कोयल के अण्डे सहेजता है। एक कवि अपने को अभिव्यक्त करता है—

कई बार तो सच कहने के रस्ते में
परिचय भी दीवार खड़ी कर देता है
चाहे कितनी भी ख़राश हो बोली में
कौआ तो कोयल के अण्डे सेता है।

फिलहाल! कोयल निरन्तर कूक रही है। एक आश्वस्ति कहीं मन में सुगबुगा रही है, उत्तर आधुनिकता उसका बाल भी बाँका नहीं कर सकती। ●

मंगल का दिन और मैकदा

मंगल का दिन था। मैकदे में रोज़ की तरह भीड़ थी, फ़र्क केवल इतना था कि आज बहुत-सारे माथों पर महावीरी भी दमक रही थी। धरम-का-धरम और करम-का-करम। एक तो मंगल और दूसरे सावन का महीना (हालाँकि पवन उतना शोर नहीं कर रहा था जितना कि उसे करना चाहिए था) यानी करैला और उस पर नीम चढ़ा। जिन्हें शराब नहीं पीनी थी वह जौ का पानी यानी बियर से काम चला रहे थे। खानेवाले आमलेट भी खा रहे थे, पर वह भी बिना प्याज के। जिस तरह शाकाहारी अण्डे तक सीमित रहते हैं, उसी तरह स्ट्रांग बियर पीकर भी कुछ लोग शराबी न होने का गौरव धारण करते हैं और शान से मद्यनिषेधवाले राष्ट्रीय कार्यक्रमों में शामिल होते हैं। गाँधीजी कहते हैं, 'शराब शरीर और आत्मा दोनों का नाश करती है', पर उनका क्या कीजियेगा जो अशरीरी हैं और जिनकी आत्मा मर चुकी है। कुछ लोग तो महात्मा गाँधी के विचारों से केवल इसीलिए सहमत नहीं हो पाते क्योंकि दो अक्टूबर को अगर पहले से इन्तज़ाम नहीं रहा तो प्रायः प्यासे ही सो जाना पड़ता है।

बहरहाल! मंगल का उत्सवी दिन था और मैकदा भी खचाखच भरा हुआ था। लोग हनुमानजी को लड्डू चढ़ाकर सीधे मैखाने में आ गये थे। गिलासों में लाल परी का पानी या और ललाटों पर तिलक-टीका। लोग धर्मपरायण भी थे और निरपेक्ष भी। 'ये लाल रंग कब मुझे छोड़ेगा?' कहनेवाले भी कुछ चेहरे थे। जाम-पर-जाम चल रहे थे और बाहर बारिश के कारण चक्का जाम हो रहा था। सावन की झड़ी लगी थी मैकदे पर। सामने शीशे की खुली आलमारी पर शीशे सजे थे। छोटी-बड़ी बोतलें-शीशियाँ माहौल को भी नशीला बना रही थीं, उन्हीं बोतलों-शीशियों के बीच गणेश-लक्ष्मी भी सजे हुए थे। मैखाने के मालिक को धन्धा भी तो करना ही था, इसलिए शुभ-लाभ, बोहनी-बट्टा सभी पर नज़र थी। सावन और मंगल की जुगलबन्दी चल रही थी, मन में पंक्तियाँ कौंध रही थीं—

हम जैसा ही लहराया है तौबा! तौबा!!
ख़ुदा मैकदे में आया है तौबा! तौबा!!

व्यापार और सुरूर दोनों पराकाष्ठा पर थे। शरीर और आत्मा दोनों का नाश करने और करवानेवाले क्रियाशील एवं सक्रिय थे। मंगल शबाब पर था। जो सूरज ग़र्क होने के पहले हनुमानजी के भक्त थे, अब सारे-के-सारे मदिरा देवी के चरणों पर लोटते नज़र आ रहे थे। माथे की महावीरी फैल रही थी या फिर वातानुकूलन में भी चुहचुहा आये पसीने के साथ बह आयी थी। सितारे अपने सफ़र पर थे। आकाश में चन्द्रमा बीचोंबीच आ चुका था। रात गहरा रही थी, नशा गहरा रहा था। मुझे आज भी याद है वह थी 'मंगल की रात।' हाँ! वह मंगल की रात का सावन था। काँच के गिलास बज रहे थे। बर्फ़ के छोटे-छोटे टुकड़े ठण्डी आँच में पिघल रहे थे। एक दूसरे तरह का 'मंगल भवन अमंगल हारी' साकार हो रहा था। एक दूसरा ही 'बार एसोसिएशन खुल गया-सा लग रहा था।'

मुझे याद है। वह भी कोई महत्त्वपूर्ण दिन ही था। मेरे मोहल्ले में एक जनप्रतिनिधि पधारे थे। पण्डाल भरा था। नेताजी चार पेग खींचकर मंच पर आये थे और मद्य निषेध पर लम्बा-चौड़ा भाषण दे डाला था। लहराते हुए स्वर में बोले थे, "मद्य हमारी चेतना को बन्धक बना लेती है। वह पाप की "जननी जन्मभूमिश्च स्वर्गादपि गरीयसी होती है!" ख़ूब तालियाँ बजी थीं।

और अब यह मंगल सामने था। पीनेवाले छककर पी रहे थे, मंगल की दुहाई भी चेहरे पर सजी थी। मैखाने की छत पर झमाझम पानी बरस रहा था, सावन हुलस रहा था। मौसम के माथे पर जैसे कोई गीली पट्टियाँ रख रहा था। जाती हुई गर्मी का बुखार रह-रहकर चढ़-उतर रहा था। उमस शरीरों पर पसीनों के शिलालेख रच रही थी। पानी थम जाता था, तो भी एक उम्मीद बनी रहती थी, कोई बार-बार कहता था—

कोई नहीं रेत के घर में प्यासा तरसेगा।
गहरी उमस साफ़ कहती है पानी बरसेगा।

मैकदा आबाद था, पूरी मंगलमयता के साथ। धर्म, दुकानदारी और आनन्द की त्रिवेणी लहर रही थी। सावन, सोडे के पानी की तरह सनसना रहा था। उमंग का झाग उठ रहा था। मैकदे में भीड़ बढ़ती जा रही थी। वह पूरी तरह से गुलज़ार

था (ज़नाब जावेद अख़्तर माफ़ करें)। मैकदे ने दिन के कॉफ़ी हाउस की शक्ल अख़्तियार कर ली थी। एक लय से चकर-चकर मची हुई थी। सलाद सुगबुगा रहा था, पनीर का प्यार परवान चढ़ रहा था। गिलास बार-बार 'लिक्विडच्यवनप्राश' से भर रहा था और ख़ाली हो रहा था।

बहुत-सारे मयख़ार मैखाने में ही मंगल मना रहे थे। चेहरों पर भक्ति की भव्यता और नशे की मादकता समानुपाती भाव से विराजमान थी, यद्यपि समय ही इन दिनों आनन्द का व्युत्क्रमानुपाती चल रहा है।

'मंगल और सावन का मणिकांचन योग आपको भी मुबारक हो!', यही वाक्य कोई धीरे-धीरे मैकदे की दहलीज़ से' बुदबुदाता-दुहराता चला जा रहा था।

●

एक विशिष्ट लोकार्पण-समारोह

वह अधिकारी की बीबी थी। अधिकारी की बीबी थी इसलिए श्रेष्ठ कवयित्री थी। श्रेष्ठ कवयित्री थी इसलिए वर्ष भर में ही यह उसकी चौदहवीं पुस्तक का लोकार्पण-समारोह था। चौदहवीं पुस्तक का लोकापर्ण-समारोह था इसलिए वह चौदहवीं का चाँद लग रही थी। चौदहवीं का चाँद लग रही थी इसलिए बहुत-सारे चकोर कवि-लेखक वहाँ उपस्थित थे। चूँकि कवि- लेखक वहाँ उपस्थित थे इसलिए शब्दों की कई-कई आकाशगंगाएँ वहाँ लहरा रही थीं। कहने का अर्थ यह कि वह एक विलक्षण लोकार्पण-समारोह था। एक हिन्दीप्रेमी मुरारी बापू की तरह प्रवचन दे रहे थे। सिद्ध पीठ पुरस्कार प्राप्त एक कवि वैष्णवता में भीग रहे थे। उन्हें कवयित्री की कविताओं में मीराँ की वेदना, महादेवी की करुणा दिखलायी दे रही थी। श्रोता समुदाय मन्त्रमुग्ध था क्योंकि अधिकारी की बीबी महान् कवयित्री सिद्ध की जा रही थी। कैमरे बिजली गिरा रहे थे। अधिकारी की बीबी मुस्कुरा रही थी। उसका शौहर यानी अधिकारी यानी समारोह का संयोजक-व्यवस्थापक भागदौड़ में व्यस्त था। शहर का सबसे प्रतिभासम्पन्न संचालक हर वक्ता के बाद माइक पर उपस्थित होता था और कवयित्री की शान में कसीदे काढ़ता था। उसकी आत्मा भीतर-भीतर लहूलुहान हो रही थी लेकिन वह मज़बूर था क्योंकि यह अधिकारी की बीबी की चौदहवीं पुस्तक का लोकार्पण-समारोह था। वह ऐसी अधिकारी की बीबी थी कि सारे अधिकारी उसकी चाकरी करते थे।

लोकार्पण-समारोह क्या था, अच्छा-ख़ासा प्रीतिभोज था। सभागार के बाहर लाल-नीली बत्तियोंवाली कारों का हुजूम इकट्ठा था। महँगे परफ़्यूम और अगरबत्तियों की सुगन्ध से वातावरण सुवासित था। समारोह में सैण्डविच थी, कॉफ़ी थी और ऊँचे दामोंवाले शब्द थे। शब्दों का कारोबार चल रहा था। कॉफ़ी की चुस्कियों के बीच ही संचालक ने कवयित्री को रचना-पाठ के लिए आमन्त्रित कर लिया था।

कवयित्री अपना पल्लू सँभाल रही थी। एक मोटा कवि आशीर्वाद की मुद्रा में आ गया था। कवयित्री पसीने-पसीने हो रही थी। हर दो पंक्ति पढ़ने के बाद वह चार घूँट पानी पीती थी। भारी-भरक़म शब्द उसका हलक सुखा रहे थे। वह साहित्य के इतिहास में अपना नाम दर्ज़ कराने के लिए आकुल हो रही थी। उसकी आकुलता को बहुत-सारे कवि मन-ही-मन प्रणाम कर रहे थे। वह अधिकारी की बीबी थी इसलिए समकालीन थी। वह प्रेम की बातें कर रही थी, इसलिए विद्वत्मण्डल उसकी कविताओं में शाश्वत भाव देख रहा था। वह काल को बाले काले करके अँगूठा दिखा रही थी इसलिए कालजयी रचनाओं की सम्भावनाओं से लबालब प्रतीत हो रही थी। शब्द उसके लिपस्टिक लगे होंठों पर फिसल रहे थे। उसका ग़लत उच्चारण भी सुख दे रहा था। वह अधिकारी की बीबी थी इसलिए कविता पर साधिकार वक्तव्य दे रही थी।

समारोह भव्य था, पत्रकार दिव्य थे। ख़बरें तैयार हो रही थीं, 'हेडिंग' तय हो रहा था। समारोह की सबसे पीछेवाली पंक्ति में कुछ कवि अपनी लम्बी काव्य-यात्रा का दस्तावेज़ यानी कविता की पाण्डुलिपि टटोल रहे थे और एक-दूसरे की आँखों में उदास मुस्कुराहट घोल रहे थे। वे अपने फूले झोले और पिचके गाल के साथ समारोह की गरिमा बढ़ा रहे थे। अधिकारी की बीबी अपनी स्थापना की ओर तेज़ गति से अग्रसर हो रही थी।

•

तरह-तरह के हूटर

इलाहाबाद अगर कवि-सम्मेलनों और मुशायरों का शहर रहा है, तो कवियों-शायरों को हूट करनेवाली ऐतिहासिक शख़्सियतों का शहर भी रहा है। मज़ाल नहीं कि कोई भी कवि या शायर अपनी कविता या क़लाम पढ़कर सकुशल अपनी मसनद तक वापस पहुँच पाये। हमारे इलाहाबाद विश्वविद्यालय ने तो इस दिशा में मानक ही रचे हैं। याद आता है लगभग तीस बरस पहले का डायमण्ड जुबली छात्रावास का वह कवि-सम्मेलन। कविता के कीर्तिपुरुष सर्वेश्वरदयाल सक्सेना ने कविता शुरू की, "पंख दो!, पंख दो!!, पंख दो!!!" श्रोताओं में से आवाज़ आयी, "नहीं देंगे!, नहीं देंगे!!, नहीं देंगे!!!" कहना न होगा कि सर्वेश्वरजी इस तरह से क्लीन् बोल्ड हुए थे कि आगे की अपनी कविता ही भूल गये थे।

हमारे शहर में एक आरिफ़ उस्मानी साहब हैं, ताल ठोककर जब आगे की क़तार में बैठ जाते हैं तो राहत इन्दौरी-जैसे खिलाड़ी शायर की साँस भी ऊपर-नीचे होने लगती है, कभी राहत साहब अगर 'टी शर्ट' पहने हुए दिखे तो जुमला हवा में उछलेगा, 'क्या ब्लाउज़ पहनकर चले आये हैं क़लाम पढ़ने।' या फिर मोहतरमा अंजुम रहबर अपना तरन्नुम छेड़ेंगी तो आवाज़ आयेगी, 'ग़जब टेटुआ पाया है भभ्भी ने, दिल करता है नटइयै दबाय देई।'

मुशायरे के मंच पर फ़िराक़ साहब होते थे तो मुशायरा सुनने की लज़्ज़त दुगनी-चौगुनी हो जाती थी। वह शायरों का नहीं, सामने बैठी जनता का ही साथ देने लगते थे। एक बार एक मुशायरे में पहुँचे, वहाँ स्टेज़ पर रोशनी कम थी, फ़रमाते हैं "ये कहाँ पर ले आये तुम लोग? इससे ज़्यादा रोशनी तो दोज़ख़ में होती है।"

इलाहाबाद विश्वविद्यालय की ही बात है। शायद अपना पहला कवि-सम्मेलन पढ़ रहा था। आयोजक लाल-हरी-नीली पन्नी और टार्च लिये सामने बैठे

थे। टार्च से छनकर लाल रोशनी कवि पर पड़े तो स्पष्ट संकेत था, बैठ जाओ। नीली रोशनी पड़े तो बेटा! एक कविता से ज़्यादा नहीं, हरी रोशनी पड़े तो गुरू पढ़ते रहो। घण्टा-घड़ियाल-शंखध्वनि अलग से थी। प्रख्यात कवि-संचालक कैलाश गौतम ने मेरा नाम काव्यपाठ के लिए पुकारा, मेरे घुटने काँप रहे थे, लग रहा था दोनों कटोरियाँ निकलकर स्टेज़ पर ही लुढ़कने लगेंगी। मैंने कविता शुरू की, कि मेरे चेहरे पर लाल रोशनी पड़नी शुरू हो गयी, मेरी तो बत्ती ही बुझ गयी, मग़र इतने में कवि-सम्मेलन की अध्यक्षता कर रहे नीरजजी माइक पर आ गये श्रोताओं को मनाते-फुसलाते हुए बोले, "मेरे प्रिय श्रोताओ! एकदम नयी प्रतिभा है, आप इस तरह लाल रोशनी में नहलायेंगें तो एक कवि असमय काल-कवलित हो जायेगा। इसके माथे पर संगम नगरी का भभूत लगाकर आशीर्वाद दें ताकि यह कवि लम्बा सफ़र तय कर सके।"

नीरजजी के इस अनुरोध का जादू का-सा असर हुआ, फिर तो मुझसे दो-तीन गीत सुने गये, पर आज भी ऐसे जाबाँज़ हूटरों को याद करता हूँ तो कलेजा मुँह को आने लगता है।

•

कवि-सम्मेलन में मानदेय

पहले कविता स्वान्तः सुखाय होती थी। कवि, कवि-सम्मेलनों में अपनी कविता पढ़कर सुधीजनों की सहज अनुशंसा पाकर अपने-आपको कृतकृत्य अनुभव करता था। इन्हीं दिनों काव्य-मंचों पर कविवर डॉ. हरिवंश राय बच्चन का प्रवेश हुआ। उन्होंने एक 'जेनुइन' सवाल उठाया कि तम्बू-कनातवालों, मेज़-कुर्सीवालों, माइक-लाउडस्पीकरवालों के लिए पारिश्रमिक की व्यवस्था होती है तो बेचारे कवि ही क्यों मुफ़्त में कविताएँ सुनायें। इस तरह कह सकते हैं कि कवि-सम्मेलनों में मानेदय का चलन बच्चनजी ने ही शुरू करवाया। अपने इलाहाबाद के अग्रवाल कॉलेज में जब एकाएक कवियों को काव्य-पाठ के उपरान्त मानदेय मिला तो सब-के-सब भौचक्के रह गये। कवियों के लिफ़ाफ़े में पाँच रुपये, ग्यारह रुपये, इक्कीस रुपये, उनके क़द के अनुसार भर दिये गये थे। सबसे अधिक इक्यावन रुपये का पेमेण्ट बच्चनजी का था। गोपेशजी को इक्कीस रुपये मिले थे, कवि पिता उमाकान्त मालवीय ग्यारह रुपये का मानदेय पाकर प्रसन्न मन घर लौटे थे। वह दिन और आज का दिन। बच्चनजी ने स्वप्न में भी नहीं सोचा होगा कि जो स्वस्थ परम्परा वह शुरू कर रहे हैं, एक दिन वही उदात्त भाव नासूर की शक्ल ले लेगा। अब केवल, कवि-लिफ़ाफ़े का आयतन और आकार-प्रकार व उसकी गर्मी ही महसूस करते हैं, कवि- सम्मेलन तो हैं पर वहाँ से कविता की ही विदाई हो गयी है। तब कवि पढ़े-लिखे होते थे आज अध्ययन के नाम पर केवल रेलवे टाइम टेबुल ही पढ़ते हैं। उन्हें यह तो मालूम रहता है कि नीलांचल एक्सप्रेस कब आयेगी, लिच्छवी कब छूटेगी, पर यह मालूम नहीं होता है कि 'राग दरबारी' हरिशंकर परसाई की रचना है या श्रीलाल शुक्ल की।

आज का कवि हवा में उड़ रहा है और सीधे 'एयर फेयर' माँगता है। मेरे पिता मानदेय के सन्दर्भ में आयोजकों को लिखते थे कि आप मेरा दिल देखियेगा, मैं आपका हित देख लूँगा। कभी राशि नहीं लिखते थे कि इतनी चाहिए। आज तो

सीधे पचास हज़ार की डिमाण्ड की जाती है और फिर मंच पर फूहड़ लतीफ़े सुनाये जाते हैं।

एक राज की बात बताऊँ, मैंने भी कवि-सम्मेलनों में मुँह खोलना शुरू कर दिया है, पर मेरे मुँह खोलने में एक ख़ास बात यह है कि मैं कवि-सम्मेलनों में अपने कवितापाठ के पैसे नहीं लेता बल्कि ख़राब कविताएँ सुनने की यातना के पैसे लेता हूँ।

•

चुनांचे चाचा के चबूतरे की चाय

हमारा पुराना मोहल्ला अहियापुर, आज भी अपनी पुरानी ठसक और रंग-ढंग बनाये हुए है। अहियापुर यानी ठण्डाई से भरा-पूरा एक गिलास। इसी मोहल्ले के आदिवासी हैं हमारे मोनूलालजी। आदिवासी इसलिए कि पिछले साठ साल से निरंजन टॉकीज़वाला पुल भी नहीं डाँके, पर हाल-अहवाल यह है कि क्यूबा की राजनीति हो या फिर ओसामा बिन लादेन का दुनिया को 'टाटा गुड बॉय', सभी मुद्दों पर अपनी प्रामाणिक राय रखते हैं। 'चुनांचे' उनका अत्यन्त प्रिय शब्द है, तकिया कलाम की तरह उनके होंठों पर थिरकता रहता है। मज़े की बात यह है कि 70 के दशक में जब 'मनोरंजन' नाम की फ़िल्म 'मानसरोवर' में लगी तो सत्तर बार सिनेमा हाल की सीढ़ी चढ़े-उतरे। उन्हें पता होता था कि 'शो' में कब किशोर कुमार की आवाज़ में 'गोया के चुनांचे'वाला गीत बजेगा, बस वह पान जमाकर जीरो रोडवाली सड़क से अजन्ता-रूपबानी होते अपने परदेवाले संजीव कुमार-जीनत अमान के पास पहुँच जाते थे।

'चुनांचे' शब्द आज भी उसी करण्ट के साथ उनका साथ निभा रहा है। अपने इसी चुनांचे अनुराग के चलते वह मोहल्ले भर के चुनांचे चाचा हो गये हैं। चुनांचे चाचा के चबूतरे पर सुबह के दर्जन भर अख़बारों के साथ जब नित-नित चाय का महोत्सव चलता है तब देखने लायक दृश्य होता है। चुनांचे चाचा कभी स्कूल की देहरी नहीं लाँघे पर अँगरेज़ी का अख़बार भी हिन्दीवाली सहजता के साथ ही बाँच लेते हैं।

किसी बात पर कोई निष्कर्ष देना हो तो वह गहरी सीवर कार्य प्रगति के अन्दाज़ में गहरी मीमांसा प्रस्तुत करते हैं और फिर चुनांचे के साथ अपने वक्तव्य का समाहार करते हैं। शहर की ईद, होली उन्हीं से है। जब वह पतली गली (फूटनेवाली नहीं) से झण्डेवाली चौड़ी सड़क पर बाहर आते हैं तो देखते बनता है। कॉलोनी संस्कृति से एपार्टमेण्ट कल्चर तक आने के संक्रमण-काल में भी न उन्होंने

मोहल्ले का पुराना नीम छोड़ा और न ही नीम की दातौन। सुबह-सुबह अधिक-से-अधिक अन्नकूटवाले चौराहे तक टहलते हैं और फिर अख़बारों की ख़बरों के विश्लेषण यानी छीछालेदर पर उतर आते हैं। छुन्नन गुरू-जैसे राजनीतिक भी उनसे दृष्टि लेते थे।

महादेवीजी ऐसे ही लोगों के लिए कहा करती थीं कि भगवान्‌जी के यहाँ अब ऐसे साँचे ही टूट गये हैं, जिनसे ऐसे लोग बना करते थे। जिस तरह बाघ कम हो रहे हैं, मोर केवल चिड़ियाघर में रह गये हैं, उस तरह ही चुनांचे चाचा-जैसों की प्रजाति भी कम होती जा रही है, हम भतीजों को इस तरफ़ ध्यान देना होगा, तभी शहर बचेगा और बचेगा शहर का नमक और पानी।

•

राधा कैसे न जले?

उदित नारायण की रेशमी आवाज़ में गीत गूँज रहा है 'आग तन-मन में लगे, राधा कैसे न जले' और मैं अपनी राधा के बारे में सोच रहा हूँ। राधा 'पजेसिव' न हो तो कृष्ण का कोई भरोसा नहीं, हालाँकि कृष्ण को राधा चरण चारण चक्रवर्ती भी कहा गया है, लेकिन कभी-कभी राधा रानी अकारण भी माचिस की तीली-सी भक्क से जल उठती हैं, तभी तो निरीह बाँसुरी को कहना पड़ता है,

तज आयी नैहर बँसवारी
छलनी देह भई है सारी
तब माधव के अधर लगी हूँ।
रूठो मत राधा!

मगर राधा का रूठना तो कभी-कभी स्थायी भाव हो जाता है, वैसे रूठना तो उसका जन्मसिद्ध अधिकार है पर जब यह 'प्रोफेसनल जेलसी' का रूप ले लेता है तो अत्यन्त असुविधाजनक हो जाता है। लीलापुरुष कृष्ण की भी बत्ती बुझ जाती है। कृष्णजी 'असमंजस बाबू' तो तब हो जाते हैं, जब शहर के आई. जी. पण्डा साहब ही राधा भाव में आ जाते हैं। सारा मामला भाव का है, यह भाव कभी-कभी अभाव भी पैदा करता है। स्त्री-विमर्श के ज़माने में भी राधा नहीं जलेगी तो फिर कब जलेगी, पर यहीं यह सवाल भी उठता है कि वह जिससे जल रही है वह भी तो स्त्री ही है, ऐसे नाज़ुक समय में फिर एक गीत बग़ल में आकर खड़ा हो जाता है—'श्याम तेरी वंशी पुकारे राधा नाम, लोग करें मीराँ को यूँ ही बदनाम।'

अपने भारतीजी ने तो इसी राधा पर पूरी एक किताब 'कनुप्रिया' ही लिख दी थी। यमुना की लहरें कनुप्रिया की साँसों में किलोल करती थीं, तभी तो वह अकसर ई.सी.सी. के पार्श्व में बह रही या फिर बलुवाघाट में रह रही यमुना को छोड़कर 'मैं तुझसे मिलने आयी, मन्दिर जाने के बहाने' की तर्ज़ पर पैलेस थियेटर के मार्निंग शो में अपने कनु से मिलने भागी चली आती थी। ये बात और है कि वही पैलेस

अब खँडहर में तब्दील हो चुका है। राधाएँ अब पी.वी.आर. में आती हैं, पर उनके जलने का शाश्वत और सनातन भाव आज भी वैसा ही है, उदित नारायण का स्वर तेज़-से-तेज़तर होता जा रहा है—

'आग तन में लगे, राधा कैसे न जले?'

यह प्रश्न हर हाल में 'जेनुइन' है, इसका कोई स्थायी हल तलाशना ही होगा।

•